KB100356

밤의
대통령

밤의 대통령 1부 3

이원호 장편소설

초판 3쇄 찍은 날 § 2023년 2월 22일
초판 3쇄 펴낸 날 § 2023년 3월 2일

지은이 § 이원호
펴낸이 § 서경석

편집책임 § 황창선
편집 § 박현성 김범석
마케팅 § 서기원

펴낸곳 § 도서출판 청어람
등록번호 § 제387-1999-000006호
등록일자 § 1999. 5. 31
어람번호 § 제8-0062호

주소 § 경기도 부천시 원미구 부일로 483번길 40 서경B/D 3F (우) 14640
전화 § 032-656-4452 팩스 § 032-656-4453
E-mail § chungeorambook@daum.net

ISBN 979-11-04-90612-1 04810
ISBN 979-11-04-90609-1 (세트)

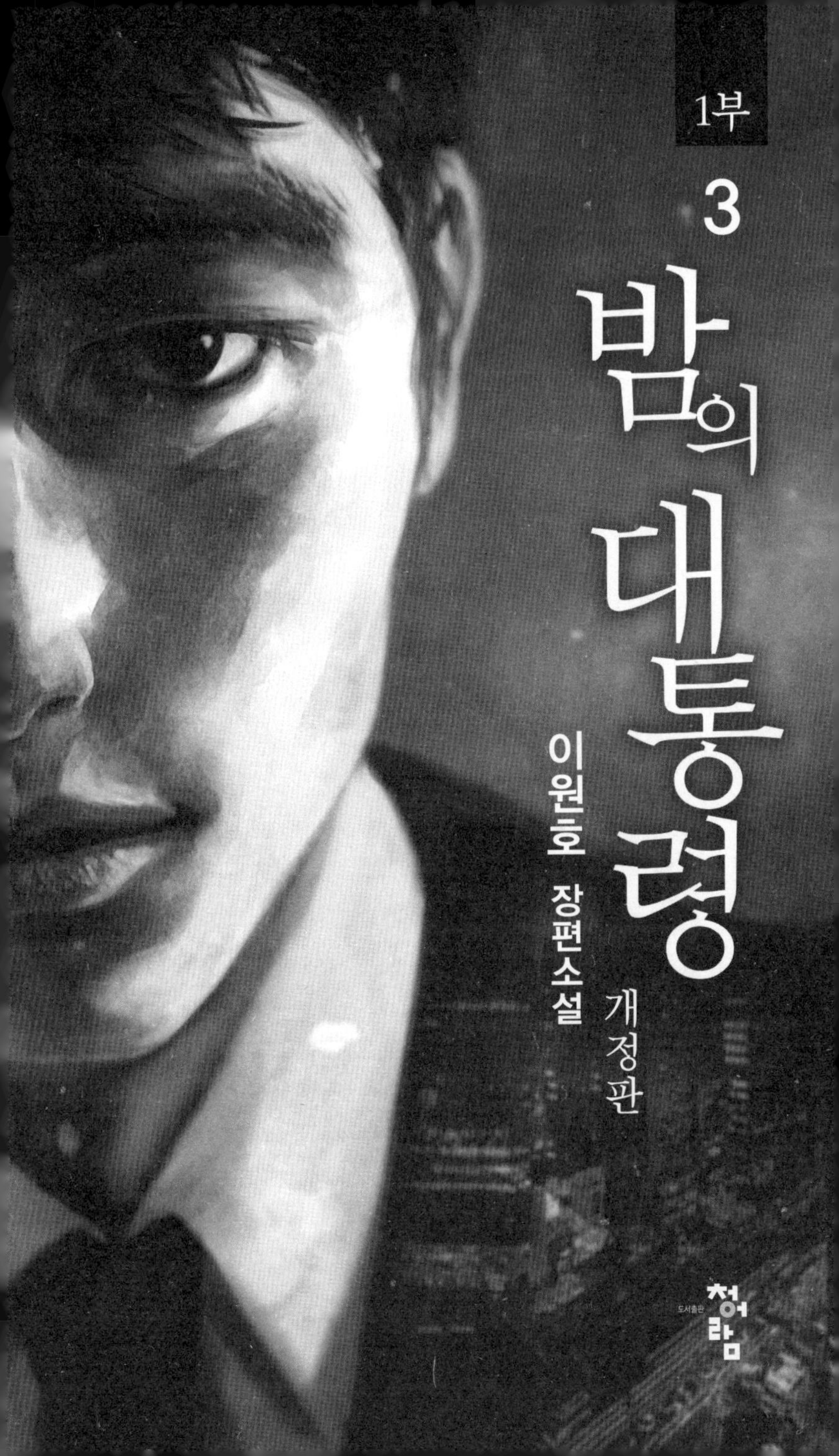
1부
3
밤의 대통령
이원호 장편소설
개정판
도서출판 청어람

CONTENTS

제1장

세상의 갈림길

밤의
대통령

한국 식당은 만다린에서 승용차로 40분쯤의 거리였다. 도로가에 널찍한 공간을 확보하고 서 있는 빌딩 앞에 차가 멈췄을 때 이 경감이 김원국을 바라보았다.

"여기 와보셨습니까?"

"아니, 난 처음입니다."

그들은 차에서 내렸다. 어둠이 짙게 깔려 있었고 빌딩 앞의 공터에는 10여 명의 남녀가 한가하게 모여 앉아 있었다. 뒤에서 차가 멈추더니 강만철과 이형구가 차에서 내렸다.

"이곳이 제법 알려진 곳입니다."

이 경감이 빌딩을 가리키며 말했다.

"5층에 한국 식당이 있습니다."

그들은 빌딩 안으로 들어섰다. 경찰차 두 대는 밖에 세워져 있었다.

저녁 6시쯤 이 경감이 김원국을 찾아왔다. 저녁 식사는 한국 식당에서 하자는 것이었다. 상부의 허락을 받았다면서 이 경감은 호인다운 웃음을 띠었다. 강만철이 내뱉는 불평을 기억하고 손을 쓴 것 같았다.

로비 안내판에 아리랑 식당은 5층에 표시되어 있었다. 그들은 엘리베이터를 타고 5층에서 내렸다. 이 경감이 앞장을 서서 넓은 복도를 걸었다.

복도 끝에 붉은 간판이 보였다. 한복을 입은 여자의 커다란 사진이 현관 유리창에 붙여져 있었다. 그들이 식당 문을 열고 들어서자 식당 안에는 밝은 불이 켜져 있을 뿐 손님이 한 사람도 없었다.

"앉으십시다. 시간이 아직 이른 모양입니다."

이 경감이 그들을 자리로 안내하며 말했다. 김원국은 시계를 보았다. 저녁 8시가 넘어 있었다. 강만철이 주위를 둘러보았다.

"이 집, 장사가 안되는 모양이군요. 종업원도 나와 보지를 않아."

한국말이었으므로 이 경감은 웃는 얼굴로 강만철을 바라보았다.

"여보시오!"

이 경감이 종업원을 불렀다. 빈 음식점이 쩌렁 울렸다. 그러자 주방 입구와 현관에서 인기척이 났다. 머리를 돌린 김원국의 눈에 그들에게 다가오는 10여 명의 사내들이 보였다. 강만철과 이형구가 자리에서 벌떡 일어섰다. 이제는 안쪽의 통로에서도 10여 명의 사내들이 나타났다. 그들은 말없이 다가와 김원국 등을 둘러쌌다. 모두 20여 명은 되어 보였다.

"이 비열한 놈, 우릴 속였구나."

강만철이 이를 악물고 이 경감을 바라보았다. 이 경감이 다시 호인다운 웃음을 얼굴에 띠었다. 그러고는 혀를 찼다.

"믿고 따라온 너희들이 우둔했던 거야. 너희들을 보면 우습기 짝이 없다."

그는 자리에서 일어섰다.

"웃음을 참느라고 혼이 났어."

그는 몸을 돌렸다. 김원국은 자리에 앉아 그의 뒷모습을 바라보았다.

"이봐, 너희들은 내 허락 없이 호텔을 빠져나간 것으로 되어 있어."

음식점의 현관 쪽에서 그의 목소리가 들렸다. 몸은 사내들에게 가려서 보이지 않았다.

"나는 호텔로 돌아가서 너희들의 탈출을 보고할 거야. 그러고는 너희들 시체를 찾게 되겠지."

그의 웃음소리가 들렸다. 김원국은 주변을 둘러싼 사내들을 바라보았다. 사내들은 아직 움직이지 않았다.

"형님."

강만철이 일어선 채 그들을 둘러보며 말했다.

"한바탕 뛰어야 할 것 같습니다."

사내들이 발을 떼어 그들에게 바짝 다가왔다. 어지럽게 의자들을 옆으로 밀어제치는 소리들이 났다. 이제 그들과의 거리는 4,

5미터 정도였다. 사내들은 아직까지도 입을 열지 않았다. 수십 명이 내뱉는 숨소리와 살기만이 음식점을 가득 메웠다.

"각자 뒤쪽을 쳐라."

김원국이 앞쪽을 노려보면서 말했다.

"주방으로 들어가도록 해봐."

벌려 선 사내들이 다가왔다. 우당탕거리며 그들은 테이블과 의자를 구석으로 던져 놓았다. 그 순간 김원국이 벌떡 일어서면서 옆에 놓인 의자를 잡아 뒤쪽으로 휘둘렀다. 앞에 선 사내가 흠칫 몸을 젖혔으나 뒷사람에게 등이 걸렸다. 사내는 의자 다리에 얼굴을 얻어맞았다. 강만철은 김원국의 몸이 움직임과 동시에 한 바퀴 몸을 돌려 발을 뻗었다. 발끝에 묵직한 충격이 왔다. 그의 발에 옆구리를 차인 사내가 허리를 꺾었다. 이형구는 사내들을 정면으로 바라보고 있었으므로 그들에게 내던지듯 몸을 부딪쳐 갔다. 앞에 선 사내가 내려찍은 쇠뭉치를 어깨를 비껴 피하고는 곧장 달려들어 이마로 얼굴을 들이받았다.

김원국은 사내들이 아예 처음부터 타협이나 협상할 생각이 없음을 알았다. 무조건 자신을 제거하려는 것이다. 자신도 모르게 눈이 부릅떠졌고 폭발하듯 억눌렸던 힘이 분출되었다. 그의 주먹과 발길에도 이제는 가로막는 상대를 없애 버린다는 살의가 배어 있었다. 단검을 겨누고 들어온 사내를 몸을 틀어 피하자 옆에서 내려친 쇠뭉치에 왼쪽 어깨를 얻어맞았다. 그 순간 곧게 뻗은 그의 주먹에 단검을 쥔 사내가 가슴을 찍혔다. 금방 얼굴이 새하얗게 된 사내가 입을 쩍 벌리더니 칼을 놓고 주저앉았다. 그러자 그 사내에게 걸려 다른 사내가 비틀거리면서 상체를 숙였다. 김원국은 다시 내려친 쇠뭉치를 얼굴을 비껴 피했다. 휘청거리며 헛손질을 한 사내의 사타구니를 발끝으로 차올렸다.

"아악!"

사타구니를 움켜쥔 사내가 무릎을 꿇자 김원국은 몸을 틀어 앞으로 다가온 사내의 턱을 주먹으로 쳤다. 그러자 옆구리에 선뜻한 느낌이 왔다. 아차하면서 몸을 틀고는 팔꿈치로 뒤쪽을 찍었다. 칼로 옆구리를 찌른 사내가 김원국의 팔꿈치에 얼굴을 찍히고는 입을 벌린 채 뒤로 넘어졌다.

이제 사내들은 어지럽게 고함을 지르고 있었다. 그들은 20명이 넘었으나 좁은 식당 안에서, 더욱이 테이블과 의자가 가득한 곳에서 효율적으로 세 명을 공격할 수 없었다. 한 사람이 쓰러지면 테이블 사이로 빠져나와 다시 다른 사람이 달려드는 형편이었다.

강만철은 한 손에 칼을 빼앗아 쥐고 있었다. 그의 얼굴에는 피가 튀어 있었으나 자신의 피인지 구분이 되지 않았다. 그는 헐떡이며 이형구를 바라보았다. 이형구는 맹렬히 쳐들어가다가 사내에게 쇠뭉치로 등을 얻어맞아 비틀거렸다.

"형구야!"

강만철이 소리 높여 부르면서 그쪽으로 몸을 옮겼으나 거리가 5미터도 넘었다. 그리고 가로막은 사내들이 대여섯 명이나 되었다.

김원국이 몸을 돌렸다. 이형구는 한 손을 등으로 돌리며 몸을 비틀었다. 한쪽 무릎을 꿇고 있었다. 앞에 섰던 사내가 이형구를 바라보고 한 걸음 나섰다. 김원국이 뛰어 들어갔다. 어깨에 칼날이 스쳐 지났고 옆에서 발길이 날아들었으나 그걸 맞으며 이형구에게 다가섰다. 이형구가 이를 악물고 머리를 쳐들자 앞에 선 사내가 쇠뭉치를 내려쳤다. 머리를 비껴 이형구는 어깨로 쇠뭉치를 받아냈다. 뒤쪽의 사내가 칼을 겨누는 순간 김원국의 발길이 그의 턱을 찼다. 덜컥 소리와 함께 사내는 한껏 턱을 쳐들면서 그대로 뒤로 넘어졌다. 김원국의 주먹이 쇠뭉치를 든 사내의 관자놀이를 후려갈겼다.

"가스통을 틀어라!"

갑자기 김원국이 소리쳤다. 강만철은 훌쩍 몸을 날려 가로막고 선 사내의 아랫배를 걷어차면서 테이블 위로 몸을 굴렸다. 주방은 바로 눈앞에 있었다. 그를 향해 한 사내가 쇠파이프를 내려쳤으나 빗나갔다. 요란한 소리가 났다. 테이블 위에서 떨어져 내리면서 강만철은 칼을 내밀어 다가선 사내의 아랫배를 찔렀다.

"아악."

찢어질 듯한 비명 소리가 났다. 의자가 부서지는 소리, 쇠뭉치가 시멘트 바닥을 부딪히는 소리, 그리고 터지는 비명 소리가 음식점 안을 가득 메우고 있었다. 강만철은 뒤쫓아 오는 사내에게 칼을 휘저어 보이면서 주방으로 뛰어 들어갔다. 주방의 구석에 있는 기다란 호스가 눈에 띄었다. 호스의 끝은 딴 곳으로 연결되어 있는 것 같았다. 손잡이가 달려 있었다. 돌리는 손잡이였다. 두 사내가 주방으로 뛰어 들어왔다. 강만철은 손잡이를 돌렸다. 한 사내가 주방 안의 테이블을 돌아 다가왔다.

강만철은 손잡이에서 손을 떼었다. 가까운 곳에 있는 그릇을 들어 그에게로 던지면서 다가갔다. 그가 그릇을 피하려고 얼굴을 젖히자 강만철의 발길이 날았다. 사내는 칼을 쥔 팔을 휘둘러 강만철의 팔을 베려고 하였으나 발길이 빨랐다. 강만철의 발끝이 그의 팔목에 맞고 그의 손에서 칼이 떨어졌다. 강만철의 주먹이 날아가 그의 콧등을 쳤다. 금방 코가 깨지면서 사내가 얼굴을 젖혔다. 강만철의 주먹이 다시 날아 그의 명치를 쳤다. 그는 뒤로 반듯이 넘어졌다.

주방 앞에 서 있던 사내는 좁은 통로에 막혀 다가오지 못하고 있었다. 그는 동료가 넘어져 강만철과 장애물이 없어지자 주춤거렸다. 이를 악물고 있었다. 강만철은 성큼 다가가 발을 들어 사내의 얼굴을 걷어차 버렸다. 얼굴을 싸쥐고 비틀거리는 사내를 밀치고 강만철은 주방을 나왔다.

열 명 정도의 사내들이 김원국과 이형구를 둘러싸고 있었다. 부서진 테이블 사이의 땅바닥에 10여 명의 사내가 쓰러져 신음 소리를 내었다. 김원국은 한 팔을 쓰지 못하는 듯 보였다. 어깨뼈가 부러진 모양이었다. 이형구의 입에선 피가 흘러나오고 있었다. 김원국의 얼굴에도 피가 튀었는지 피투성이였다.

"형님, 가스 틀었습니다!"

강만철이 소리쳤다. 몇 명의 사내들이 그에게로 몸을 돌려 다가오고 있었다. 모두들 가쁜 숨을 몰아쉬고 있었다. 입에서 쉿소리가 났다. 그들은 벽에 등을 기대고 서 있었다. 사내들은 이제 단숨에 요절을 낼 것처럼 보였다. 그들이 앞에 몰려서서 눈에 살기를 띠고 차츰 다가왔다.

그들의 손에 쥔 칼과 쇠뭉치들을 노려보면서 김원국은 호주머니에서 라이터를 꺼내 들었다. 음식점 안은 프로판가스 냄새로 가득 찼다.

사내 두어 명이 김원국을 바라보며 눈을 크게 떴다. 콧구멍을 벌렁거리는 것도 보였다. 그러자 모두들 눈치를 챈 듯이 몸을 돌려 주방 쪽을 바라보았다. 그리고 다시 김원국이 손에 쥔 라이터를 바라보았다.

"엎드려라!"

그 순간 김원국이 소리치며 라이터를 켰다. 강만철과 이형구가 벽에 몸을 대고 엎드리는 것이 보였다.

펑!

고막이 터질 듯한 폭음이 울렸다. 김원국은 순간 한 손으로 얼굴을 가렸으나 쏟아져 오는 유리 부스러기와 나뭇조각을 보았다. 그는 자신의 몸이 공중으로 떠오르는 것을 느꼈다. 가로막고 선 사내들이 어지럽게 부딪치며 목이 찢어질 듯한 고함 소리를 지르는 것이 들렸다.

이윽고 김원국은 자신의 몸이 세차게 어딘가에 부딪히고 멈춘 것을 느꼈다. 불길이 치솟고 있었다. 주방에서부터였다. 가스가 연결된 테이블에도 불이 붙고 있었다.

서너 명의 사내가 비틀거리면서 우왕좌왕하고 있었다.

김원국은 강만철과 이형구를 찾았다. 모로 쓰러져 있어서 앞쪽만 보였으므로 목을 들어 보았다. 팔 하나는 움직이지 않았으므로 다른 팔로 버텨 상체를 세웠다.

"만철아! 형구야!"

서너 명의 사내가 깨진 현관의 유리창 사이로 빠져나가고 있었다. 음식점 바닥에는 일고여덟 명의 사내들이 울부짖고 있었고, 이제 서 있는 사람은 보이지 않았다.

"만철아! 형구야!"

그가 다시 소리 높여 불렀다. 그의 목소리는 떨렸다.

"형님."

근처에서 소리가 났다. 테이블에 깔린 이형구가 눈을 껌벅이며 그를 바라보고 있었다.

"어어."

엉겁결에 소리를 친 김원국이 일어났다. 다리 한쪽이 말을 듣지 않았으나 이를 악물고 다가가 테이블을 잡아당겼다. 이형구의 멱살을 잡아 일으켜 앉혔다.

"저, 괜찮습니다."

상체를 건들거리면서 이형구가 말했다. 가까운 가스 구멍에서 불길이 번져 나왔다.

"만철아!"

김원국이 강만철을 불렀다.

"만철아!"

주방에서 다시 폭음이 울렸고 불길이 바깥으로 튀어 나왔다. 이제 음식점은 자욱한 연기와 불길에 싸였다.

"형님, 이것 좀."

강만철의 목소리가 들렸다. 김원국이 소리 나는 쪽으로 머리를 돌렸다. 강만철은 한 사내에게 깔려 있었다. 김원국이 다가가 사내의 옷깃을 잡아 끌어내리자 사내가 신음 소리를 냈다. 강만철은 정신을 잃었었는지 머리를 저었다. 머리털이 그슬어 있었다.

"나가자."

밖에서 사람들의 고함 소리와 어수선한 발소리가 들렸다.

강만철이 두 다리를 딛고 일어섰다. 이형구가 앉은 채로 머리를 저었다.

등과 어깨를 맞아 움직일 수 없는 모양이었다. 김원국은 다리와 어깨가 결렸으나 걸을 수는 있었다. 그들은 이형구를 양쪽에서 부축해 세웠다. 이젠 불길이 음식점 내부를 태우고 있었다. 사람들이 쏟아져 들어왔다. 그들은 음식점 바닥에 쓰러져 공포의 비명을 질러대는 사내들을 꺼내가기 시작했다.

소방차의 사이렌 소리가 들렸다.

*   *   *

밤 11시가 넘어 있었다. 아파트의 현관은 늦게 귀가하는 남편들만 가끔씩 눈에 띌 뿐 한산했다. 현관 위에 밝게 켜진 붉은 등이 주변을 밝히고 있었다.

현관 근처의 주차장에 차를 세우고는 의자의 등받이를 길게 눕힌 채 누워 있던 화복은 상체를 일으켜 세웠다. 옆에 누워 있는 조창을 깨웠다. 대여섯 명의 사내가 아파트로 들어서고 있었다. 그들은 서로 얼굴을 마주 보았다. 그러고는 재빨리 문을 열고 밖으로 나왔다.

그러나 그들은 제각기 뒤에서 목덜미를 잡혔다. 화복은 창자가 끊어지는 듯한 충격을 받고는 먹은 것을 토해내며 무릎을 꿇었다. 다시 목덜미에 충격이 오자 자신이 토해낸 오물 위에 엎어져 의식을 잃었다. 조창은 재빨랐으므로 몸을 돌려 상대방의 얼굴을 보았다. 그러나 그것으로 그의 의식이 끝났다.

얼굴 한복판으로 날아온 주먹과 사타구니를 차올린 발길질에 그는 땅이 꺼질 듯한 한숨을 쉬면서 주저앉았다.

사내들은 입을 열지 않았다. 끈과 테이프를 꺼내어 그들의 손발을 묶고 입에 테이프를 붙인 다음 차의 트렁크를 열고 던져 넣었다.

해리슨은 눈을 떴다. 리첸을 돌아보자 그녀는 그의 가슴에 얼굴을 묻고 잠들어 있었다. 한껏 쾌락을 즐기고 난 만족한 얼굴이었다.

해리슨은 리첸의 머리를 살며시 들어 팔을 빼냈다. 탁자 위에 놓은 가운을 걸치고는 시계를 바라보았다. 11시 반이 되어가고 있다.

방문을 열고 응접실로 나간 해리슨은 숨을 들이마시며 그 자리에 멈췄다. 응접실의 소파에 한 사내가 앉아 그를 바라보고 있었다. 그의 좌우에 두 사내가 서 있었는데 한 명은 낯이 익었다. 비디오 필름으로 본 홍성철이었다. 그러자 다시 눈을 굴려 앉은 사내를 바라보았다. 김원국이었다. 사진으로 본 적이 있었다. 다른 한 명의 거한은 기억이 나지 않으나 분명히 보스급일 것이다.

주방의 벽에도 두 사내가 붙어 서 있었다. 그리고 현관 앞에서도 두 사람이 그를 바라보고 서 있었다.

"앉아라, 해리슨."

김원국이 입을 열었다. 말소리가 얼음 위를 구르는 것 같았다.

"누구냐?"

겨우 마음을 가라앉힌 해리슨이 물었다. 그는 두어 걸음 소파를 향해 다가섰다. 김원국은 잠자코 그를 바라보았다. 그의 차가운 시선을 받자 해리슨은 갑자기 가슴이 내려앉았다.

"시치미 떼지 마라, 해리슨."

옆에 서 있던 홍성철이 빈정거리듯 말했다. 해리슨이 주춤거리며 김원국의 옆에 와 앉자 홍성철과 김칠성이 김원국의 좌우에 자리 잡고 앉았다.

"해리슨, 이곳은 15층 아파트더군. 여기서 떨어져 죽을 테냐, 아니면 다른 방법으로 죽을 테냐?"

김원국이 다시 말했다.

"네가 대항할 수는 없을 것이고, 좋은 방법이 있으면 어서 말해라. 죽는 것은 네 뜻대로 해주겠다."

"……."

"좋아, 그럼 네가 좋아하는 마약을 먹고 죽어라."

김원국이 눈짓을 하자 주방에 서 있던 부하 한 명이 컵을 찾아들었다. 그는 찬장을 뒤져 본 모양으로 비닐 주머니에 들어 있는 흰 가루를 컵에 반쯤이나 담았다.

해리슨은 그것을 보더니 침을 삼켰다. 저 양이라면 100명쯤 죽일 수 있을 것이다. 부하가 약이 든 컵에 물을 부었다. 그러고는 컵을 탁자 위에 내려놓았다.

"잔말 필요 없다. 이걸 마셔라. 그러기 싫다면 베란다로 나가서 뛰어내려."

"잠깐만."

"닥쳐!"

해리슨은 입을 다물었다.

"너는 나를 제거하지 못했고 이제 나한테 잡혔다. 네가 네 계집과 함께 즐기고 있을 적에 죽여 없앨 수도 있었다. 이렇게 말해주는 것만으로도 고맙게 생각해라."

"……"

"자, 이제 끝났다. 죽어라."

김원국의 얼굴은 냉혹해 보였다. 바늘 하나 파고들 틈도 없는 것 같았다. 해리슨의 가슴이 절망으로 한없이 떨어져 내려갔다.

"나를 죽여서 무슨 소득이 있겠는가?"

해리슨이 안간힘을 쓰면서 물었다. 그의 이마에 땀방울이 맺혔다. 20여 년 동안 이렇게 절체절명의 궁지에 몰린 적이 없었다. 그들을 처음 보았을 때 몸을 날려 그들과 대항하려는 반사작용도 일어나지 않았다. 언제부터인지 없어져 버린 것이다.

"나는 졌다. 그렇지만 죽이는 것보다 너에게 이롭게 이용하는 게 나을 거다."

해리슨이 김원국을 똑바로 바라보았다. 60살에 가까운 해리슨은 타산으로 김원국에게 부딪혀 갔다. 김원국은 해리슨을 바라본 채 대꾸하지 않았다.

"내가 이번 일을 일으킨 부하를 처벌하겠다. 그리고 우리 형제의 의를 맺자. 아니, 친구라도 좋다. 그러면 서로 좋을 것이 아닌가?"

김원국이 싸늘하게 웃었다.

"네 목숨을 건지려고 부하를 희생시키는가?"

"어쩔 수 없는 일 아닌가. 부하가 내 일을 대신할 수는 없다. 이 조직을 끌고 갈 수는 없는 거야. 나를 위해서가 아니라 조직을 위해서 죽어줘야 한다."

"네 부하가 죽어주겠느냐? 네 말을 듣고 말이야."

해리슨이 답답하다는 듯이 머리를 저었다.

"희생이나 제물로 삼을 것의 생각이나 의지는 필요 없어. 그것을 바치는 사람하고 받아들이는 사람이 중요할 뿐이지."

"비열한 놈."

홍성철이 뱉듯이 말했다.

"그런 너에게 충성하는 부하들이 불쌍하다."

이제 해리슨은 조금 여유를 갖는 듯 보였다.

"천만에, 홍 형. 그들은 그들의 자리와 이득을 위해서 일을 한다. 엄격히 말하면 나를 위해 일하는 것이 아니야. 조직이 커지면 그런 법이야."

"……."

"나는 항상 여분의 부속이 준비되어 있다. 필요 없는 부속은 갈아 끼울 수 있지. 그것은 여기 김 형이 잘 알 것이다."

김원국이 싱긋 웃었다. 그러나 입을 열지는 않았다.

"오늘 밤 김 형을 습격한 것은 조진량이라는 내 부하다. 그를 오늘 밤 제거하겠다. 이것으로 내 사과를 받아주겠는가?"

"……."

"그리고 김 형과 나는 형제의 의를 맺겠다. 천지신명에 맹세하고 피를 나눠 마시는 의를 맺겠다."

그는 손을 뻗어 전화기를 집었다.

"뭘 하는 거야?"

김칠성이 눈을 부라리며 말했다.

"약속을 지키려고 한다. 당신들이 보는 데서 내 부하를 처치하라는 명령을 내리겠다."

김칠성이 김원국을 바라보았다. 김원국이 잠자코 있었으므로 김칠성은 몸을 돌렸다. 해리슨은 전화기를 집어 들었다. 그러고는 서슴없이 다이얼을 눌렀다.

스물네 명 중 몸이 온전한 부하는 다섯 명이었다. 조진량은 중상자들을 병원에 입원시키고 나서 사무실로 돌아왔다. 내일 아침에 경찰에 시달릴 것은 문제가 아니었다. 해리슨에게 어떻게 변명할지 걱정스러워 그의 얼굴은 찌푸려져 있었다.

사무실에는 서너 명의 부하들이 남아 있다가 그를 보고는 자리에서 일어섰다. 그들도 사정을 알고 있었으므로 조진량은 잠자코 그들을 지나 방에 들어섰다.

조진량은 아리랑 식당에 들어가지 않았다. 밖에서 기다리고 있었던 것이다. 그들은 함정에 들어왔고 당연히 제거됐어야 했다. 총기를 쓰지 않은 것은 이 경감이 강력히 만류했기 때문이었으나 지금 생각하자 후회가 되었다.

조진량은 길게 한숨을 내쉬었다. 해리슨의 성격을 누구보다 잘 아는지라 조진량은 그에게 처벌당할 것을 예상하고 있었다. 원삼기와 강개가 차례로 홍성철에게 당하고 나서 해리슨은 조직의 명예가 땅에 떨어졌다고 화를 냈었다.

조진량은 우두커니 벽을 바라보았다. 벽에 걸린 시계가 12시를 가리키고 있었다. 갑자기 바깥 사무실이 떠들썩해지면서 부하들이 대답하는 소리도 들렸다. 놀라 눈을 치켜떴던 조진량은 한숨을 내쉬었다. 뒤늦게 강개가 응원차 온 것 같았다. 방문이 열리면서 강개가 들어섰다.

"놈들은 어디로 갔습니까?"

강개가 서둘러 물었으므로 조진량이 잠자코 머리만 저었다.

"호텔에 연락해 보니까 들어오지 않았다고 해요."

강개가 소파에 털썩 앉았다.

"이것 야단났는데."

"……"

"그놈들도 부상당했다면서요? 오늘 밤 안으로 찾아야 할 텐데……"

조진량이 입맛을 다셨을 때 강개가 일어섰다.

"이렇게 앉아만 있지 말고 나갑시다."

"어딜 가려고?"

"김원국이가 갈 데가 어디겠습니까? 부상당했다니까 오리엔트 근처의 병원 쪽으로 갔을 겝니다. 그쪽에 그놈의 부하들이 10여 명 입원해 있거든요. 그쪽부터 찾아봅시다."

조진량은 자리에서 일어섰다. 어쨌든 이러고 있을 때는 아니었다.

거리에는 차량의 통행이 뜸했고 가끔 노란 불을 켠 빈 택시가 지날 뿐이었다.

조진량이 뒤를 돌아보고 물었다.

"강개, 자네 부하들은 어디 있나?"

"네, 엠퍼러에 들렀다가 오리엔트로 가라고 했습니다."

엠퍼러호텔은 강개의 본부가 있는 곳이었다. 조진량은 의자에 등을 기대고 앉았다. 새벽 1시가 되어 있었고 온몸이 의자에 착 달라붙는 것처럼 피곤했다. 차는 쏜살같이 달렸다.

"여기서 세워라."

갑자기 강개가 말했으므로 차는 길가로 다가가 멈췄다.

"너, 잠깐 나가 있어. 우리끼리 할 이야기가 있다. 10분 후에 들어와."

강개가 말하자 운전하던 부하가 말없이 밖으로 나갔다. 조진량은 물끄러미 강개를 바라보았다. 강개가 머리를 돌렸다.

"형님, 보여드릴 것이 있습니다."

그는 가슴 안주머니에 손을 집어넣었다.

"움직이지 마라."

그순간 날카롭게 소리치며 조진량이 권총을 그의 배에 갖다 댔다. 어느새 그는 총을 빼 손에 쥐고 있었던 것이다.

"아니?"

강개가 한 손을 가슴속에 넣은 채 엉거주춤 몸을 굳혔다. 조진량은 그의 가슴속에 손을 넣어 그가 움켜쥔 권총을 빼앗아 손에 쥐었다.

"네가 찾아올 때부터 의심쩍었다."

강개는 조진량을 노려본 채 대답하지 않았다.

"손을 올려! 머리 뒤로 해서 깍지 껴!"

강개가 손을 올렸다.

"네가 날 도와준답시고 온 것이 수상했단 말이야. 너는 날 도와줄 놈이 아니야."

"……."

"해리슨의 명령을 받았지? 날 제거하라고 하더냐? 그래서 조직의 체면을 세우겠다는 거냐?"

"형님, 난 명령만을 따랐을 뿐이오."

강개의 자세가 허물어지고 있었다. 눈이 치켜 올라간 채 눈동자가 쉴 새 없이 흔들렸다.

"날 죽이라고 하더냐?"

강개가 대답을 망설이자 조진량은 총구로 그의 배를 찔렀다.

"그렇소."

"왜?"

"난 모릅니다. 그저 본보기로 제거하라고 전화를 받았어요."

"흥."

조진량이 얼굴을 찌푸리고 웃었다.

"개새끼들."

탕.

억눌린 총소리가 났다. 차 밖에서는 들리지도 않을 것 같았다. 강개가 입을 쩍 벌렸다. 배에 꽉 붙이고 쏘았으므로 옷이 타는 냄새가 났다.

탕.

조진량은 다시 한 번 방아쇠를 당겼다.

새벽 5시가 되어 있었다. 김원국과 김칠성은 용궁호텔로 들어섰다. 강만철과 이형구는 치료를 받고 있었다. 김원국도 옆구리에 붕대를 감고 이제는 한 팔을 목에 매달아 걸었다.

"형님, 들어가 쉬세요."

김칠성이 방문 앞에서 말했다.

"그래, 너도 쉬거라."

김원국이 끄덕이며 방으로 들어갔다.

김칠성은 방문 옆의 벽을 등지고 섰다. 김원국은 바로 그의 옆 방에서 묵고 있었다.

김칠성은 벽에 기댄 채 담배를 꺼내 물었다. 지키고 서 있을 작 정이었다. 길게 연기를 내뿜고는 팔짱을 끼고 머리를 숙였다. 피 로가 몰려왔다. 얼핏 발소리가 들렸다. 머리를 든 그의 눈에 한세 라가 가방을 들고 다가오는 것이 보였다. 나갔다가 지금 들어오는 모양이었다. 김칠성은 머리를 돌렸다. 한세라는 김칠성의 앞을 지 나다가 갑자기 걸음을 멈췄다. 제법 커다란 가방을 내려놓고 그 를 향해 몸을 돌렸다.

"여기서 뭘 하세요?"

"아, 그건 알아서 뭘 하려고?"

김칠성이 이맛살을 찌푸리며 말했다.

"그 가방, 이제 20미터도 안 남았는데 혼자 들고 가지, 뭘."

끼드득 하고 한세라의 목에서 웃음소리가 났다.

"설마 절 기다리시는 건 아니겠죠?"

미친년 하고 김칠성이 속으로 중얼거렸다. 그러나 한편으로는 이렇게 이야기하는 기분도 나쁘지 않았다.

"제가 어떤 대답을 기다리는지 아세요?"

그녀가 다가서서 그를 올려다보았다. 눈동자가 반짝였고 입술

끝은 장난스럽게 위로 추켜올려져 있었다.

"예스예요."

"……"

"그리고 제 대답은 당연히 노구요."

"……"

"그리고 아쉬워하면서 행복할 거예요."

"어이, 한차례 얻어맞고 싶어?"

김칠성이 웃으며 물었다.

그녀는 눈을 깜박이며 대답하지 않았다.

"그래, 연극 구경 같이 가고, 어린이대공원에도 놀러 가고, 카페에서도 몇 번 만나고 그렇게 하는지 몰라."

"……"

"그런 영화가 있는지도 모르고."

"……"

"대충 나를 알 텐데? 나를 네 수준에 맞추지 마."

한세라의 눈이 크게 떠졌고, 그녀는 그를 바라본 채 움직이지 않았다.

"아주 때를 맞추지 못한 농담이었어. 이봐, 내가 지금 무슨 생각 하는지 알려줄까?"

"관두세요."

한세라가 몸을 돌렸다. 김칠성은 그녀의 두 팔을 움켜잡았다. 입에서 담배를 뱉어 복도에 버렸다. 한세라가 몸부림을 쳤으나 꼼짝도 할 수 없었다.

"널 한차례 두들겨서 넋을 뺀 다음에 네 옷을 벗기고."

"그만해요."

낮으나 단호한 소리로 그녀가 말했다.

"내 밑에서 네가 우는 모습을 보는 거야."

팔을 풀자 그녀가 기다렸다는 듯이 손을 휘둘렀다. 김칠성이 그녀의 팔을 얼굴 근처에서 잡았다.

"이년이?"

김칠성이 그녀에게 얼굴을 바짝 가져다 댔다.

"네가 무슨 짓을 하는 년인지는 몰라도… 하긴 남자들이 들락 거리는 걸 보니까 보통 직업은 아닌 것 같더라만, 내가 요즘 정신 이 없어서 차분하게 널 가지고 놀 수가 없어서 유감이다. 자, 꺼져."

그녀의 팔을 밀자 한세라는 가방에 걸려 복도에 엉덩방아를 찧고 주저앉았다. 두 다리를 벌린 채 복도에 주저앉은 한세라는 놀란 듯 김칠성을 올려다보았다. 그러고는 입을 쩍 벌렸다.

"으아!"

복도가 떠나갈 듯한 목소리였다. 아니, 호텔 전체가 들썩거리 는 울음소리였다. 머리끝이 치솟아 오를 정도로 놀란 김칠성이 막 닭 잡는 자세를 취했을 때 뒤에서 문이 열렸다. 김원국의 놀란 얼굴이 보였다. 그리고 이 방 저 방의 문이 한꺼번에 열렸다.

"웬일이냐?"

김원국이 물었다. 그는 김칠성의 얼굴이 진땀으로 젖어 있는 것을 보았다. 한세라는 이제 발버둥을 치며 울고 있었다.

해리슨이 사무실로 들어섰다. 아직도 비어 있는 자리가 많았 다. 그는 사무실을 지나 커다란 응접실을 건너서 자신의 방으로 들어섰다. 자신도 모르게 얼굴에 웃음이 떠올라 있었다. 그토록 골치를 썩이던 김원국의 문제가 단숨에 해결된 것이다. 그와는 형제의 맹세를 했고 이제 그는 자신의 든든한 동생이 되었다. 김원국의 업소들을 인정한다 해도 홍콩의 시장은 넓었다. 그리고 김원국은 그의 마음에도 들었다. 멋진 녀석이었다.

김원국으로서도 나쁜 일은 아닐 것이다. 모든 사업체를 인정받고 홍콩에 기반을 굳히게 되었으니까. 자신은 이제 김원국을 동생으로 부르면서 마음 편히 지내도 되었다. 책상에 앉은 해리슨은 전화기를 집어 들었다. 신호가 가자 형주량이 전화를 받았다.

─여보세요?

"어, 주량이냐? 나다."

─아아, 예, 무슨 일이십니까?

이놈은 무뚝뚝해서 인사성이 없다. 해리슨은 헛기침을 했다.

"주량, 이제 김원국은 네 형님이다. 알았느냐?"

─그게 무슨 말입니까?

형주량이 잠이 덜 깬 듯한 목소리로 다시 물었다. 해리슨은 김원국과의 회담 내용을 들려주었다. 김원국의 연락을 받아 만난 것으로 했고, 자신이 제의한 것으로 이야기를 만들었다.

"우리는 형제의 맹세를 했다. 너도 이제 든든한 형이 생긴 것이야."

─아, 형님. 그러시면 저도 부르시지 그랬습니까?

형주량이 아쉬운 듯 말했다.

"그래, 오늘 중으로 너하고 같이 만나기로 하자."

해리슨은 전화를 끊고 잠시 생각한 다음 다시 수화기를 집어 들었다. 경찰 고위층에게 하는 전화였다. 그들에게 김원국과의 회담 이야기를 해주고 만다린에 보호하고 있는 부하들을 풀어주도록 부탁하려는 것이다. 그들도 앓던 이가 빠진 것처럼 시원해할 것이다. 전화를 마친 해리슨은 인터폰을 눌렀다.

"강개는 아직 안 들어왔느냐?"

—네, 아직 도착하지 않았습니다.

비서가 대답했다.

"엠퍼러에 연락을 해봐. 찾아서 날 바꿔 주도록 해."

수화기를 내려놓은 해리슨은 이맛살을 찌푸렸다. 어젯밤 일에 대한 보고를 아직 듣지 못한 것이다.

10시가 조금 넘었을 때 노크 소리가 들리고는 문이 열렸다.

"너, 웬일이냐?"

해리슨이 눈을 크게 뜨고 물었다. 원삼기가 들어선 것이다. 그를 부르지도 않았으므로 해리슨은 이맛살을 찌푸렸다.

"그래도 소용없습니다."

원삼기가 해리슨의 손을 보며 말했다. 해리슨의 손이 인터폰의 스위치에 닿아 있었다.

"건방진 놈, 나에게 불만이 있는 거냐?"

해리슨은 인터폰을 눌렀다. 비서는 대답하지 않았다. 문이 열리더니 조진량이 들어섰다. 해리슨이 눈을 부릅떴다. 그는 이 시간이 되도록 강개와 연락이 안 된 이유와 원삼기가 갑자기 방에 들어온 것을 조진량을 보면서 알아차렸다.

"조진량, 네놈이 날 배신하는구나."

해리슨이 가라앉은 목소리로 말했다.

"배신은 당신이 먼저 한 겁니다."

조진량은 주머니에서 권총을 꺼내어 그를 겨누었다.

"어젯밤 당신이 보낸 강개는 죽었소."

"그랬겠지."

해리슨은 이를 악물었다. 이놈은 김원국과는 다르다는 생각을 한 것이다. 어젯밤 김원국이 찾아왔을 때 그는 말할 수 없는 공포감을 맛보았다. 그러나 그의 눈을 보았을 때 해리슨은 보스로서 큰 것을 가지고 승부하고 싶은 충동을 느꼈다. 김원국은 상대가 되었다. 그러나 지금은 다르다. 이놈은 송사리에 불과하다. 조그마한 제 이익과 제 위치를 위해서는 서슴없이 상대를 제거할 것이다. 이제까지 자신이 그랬던 것처럼 이놈은 그렇게 해치울 것이다. 해리슨은 절망감을 느꼈고 곧 허탈해졌다.

"그래, 쏘겠느냐?"

"그렇소."

조진량이 한 걸음 다가섰다.

"어젯밤에 당신이 리첸과 단꿈을 꾸고 있을 때 우린 이미 모든 준비를 끝냈소. 이제부터는 나와 여기 원 형이 이곳을 지배하게 될 거요."

"형주량은?"

"그는 변두리에 남아 있을 거요."

"그럴까? 너희들이 그를 설득하지는 못했겠지. 아마 접근하지도 못했을 거다."

"……."

"넌 형주량이 치고 들어오면 하루도 넘기지 못해. 네가 규합한 놈들은 모두 하루살이야. 형주량이 들어오면 모두 뿔뿔이 도망친다."

"……."

"왜냐하면 넌 명분이 없기 때문이지. 그러면 형주량이 명실공히 보스가 된다."

"흥."

조진량이 코웃음을 쳤으나 얼굴은 잔뜩 긴장되어 있었다.

"그렇다면 난 주량이를 위해서 죽어줘야겠군. 보람 있는 일이야."

해리슨의 머리에 수백 개의 영상이 스쳐 지났다. 순간이었으나 모두 선명했다.

"난 그냥 죽지 않는다. 자, 봐라."

그는 당당히 서랍을 열었다. 조진량이 움찔하면서 두 손으로 권총을 겨누었다.

서랍 속엔 그가 아끼는 콜트가 들어 있었다. 그는 손을 넣어 콜트를 쥐었다. 차가운 감촉이 손에 잡혔다. 그 순간 요란한 총소리가 났다. 머리가 번쩍이며 푸르고 흰 불꽃이 튀었다.

형주량은 소매로 눈물을 닦았다.

"자살하셨다구?"

그는 붉어진 눈을 들어 도찬위를 바라보았다.

"한 시간 전만 해도 나하고 오늘 밤에 김원국과 만나기로 약속을 하고 자살을 한단 말이냐?"

도찬위는 잠자코 있었다.

"조진량하고 원삼기의 짓이다. 나가서 기다려라. 나도 곧 나가 겠다."

도찬위는 문을 열고 나갔다. 파라마운트 빌딩에 있는 조진량 과 원삼기를 단숨에 박살 낼 작정이었다. 시계를 본 형주량은 자 리에서 일어섰다. 12시 15분이었다.

전화벨이 울렸다. 수화기를 집어 들자 낯선 목소리가 들렸다.

—여보세요? 형주량 선생이십니까?

영어를 쓰고 있었다.

"네, 접니다."

—나 김원국이오.

"아아."

형주량은 입을 벌리고 눈을 크게 떴다.

—나도 조금 전에 들었는데, 해리슨 형의 피살 사건 말이오.

그는 바로 용건을 꺼냈다. 조진량이 경찰에 자살로 신고를 한 모양이었으나 김원국은 피살이라고 말했다.

"아, 네, 조진량이 한 짓이 틀림없습니다."

—나도 그렇게 생각해요. 어젯밤 해리슨 형이 조진량을 문책할 것을 지시했었소. 강개에게 말이오. 나도 옆에서 들었소. 조진량 이 그것에 반발한 모양입니다.

"아, 그렇습니까? 저도 오늘 아침에 해리슨 형님으로부터 말씀 을 들었습니다."

—조진량을 빨리 치는 게 좋겠소.

김원국이 말했다.

"지금 치러 나갑니다."

—우리 애들이 만다린에서 풀려났소. 홍성철이에게 지시해서 파라마운트 앞으로 가게 하겠소. 우리는 밖에서 지킬 테니 당신은 안으로 들어가 조진량을 쳐서 없애시오."

형주량은 부쩍 기운이 났다.

"고맙습니다, 형님."

—해리슨 형은 아깝게 되었지만 형이 칭찬하던 형 형이 보스가 되어야 해요. 나는 해리슨 형과의 약속이 지금도 유효하다고 믿습니다.

"제가 대신해서 지키겠습니다."

—그럼 됐소.

전화가 끊어졌다. 형주량은 이제 거칠 것이 없었다.

제2장
거센 도약

밤의
대
통
령

김원국은 오리엔트호텔의 방에 앉아 있었다. 호텔은 대대적인 청소를 하느라 소란스러웠으나 활기차 보였다. 방에 앉아 있어도 복도를 오가는 진공청소기 소리와 떠들썩한 사람들의 이야기 소리가 들려왔다. 어깨뼈를 다쳐 한 팔은 아직 목에 걸고 있었고 옆구리는 10여 바늘을 꿰맸지만 열흘쯤 지나면 나을 것이다.

　형주량은 예상했던 대로 두 시간 만에 조진량과 원삼기를 몰아내고 파라마운트 빌딩을 장악했다. 그는 이제 명실공히 해리슨의 뒤를 이은 보스가 되었다. 그리고 김원국은 그와 동맹 관계를 맺은 형님이 된 것이다. 조진량과 원삼기는 제각기 변두리로 쫓겨나 조진량은 중국 세력과 손을 잡은 모양이었고 원삼기는 부둣가에서 배회하는 것 같았다. 이제 그들은 변두리에서 중심부로 발을 딛기가 어려울 것이다.

문이 열리더니 홍성철이 들어왔다. 그의 얼굴은 활짝 펴져 있었다.

"형님, 형주량이 오늘 저녁에 저녁 식사를 같이하자고 합니다. 우리 모두를 초대한답니다."

"한국 식당이냐?"

"글쎄요. 장소는 아직."

그러다가 홍성철이 말뜻을 알아차린 듯 피식 웃었다.

"에이, 형님. 형주량이는 사람이 다릅니다."

그는 형주량과 서너 번 만나면서 꽤 친해졌다.

"만철이가 다쳐서 한국으로 가야겠어. 네가 당분간 홍콩을 맡아라."

"당연하죠. 그런데 형님은 어쩌세요?"

"난 괜찮아."

"함마가 걱정을 많이 합니다."

"형구가 고비를 넘겨서 다행이다."

이형구는 중태였으나 차츰 회복되고 있었다.

"형구는 당분간 여기서 치료시키고 보내겠습니다."

"애들은 모두 홍콩에 두고 가겠다."

홍성철이 머리를 끄덕였다.

"이젠 사업체들 영업에 신경을 써야 합니다. 두어 달 안에 흑자로 돌릴 수 있어요."

그러면서 그는 피식 웃었다.

"히로시가 약이 오르겠군요. 그들이 이렇게 될 줄 알았겠습니까?"

김원국은 대답하지 않았다. 그것은 어쩌면 당연한 일이었다. 가능성이 없어 보이는 일에서 서슴없이 손을 떼는 것을 나무랄 수는 없다. 우리하고는 환경과 조건이 다르기 때문이라고 김원국은 믿었다.

"형님, 아까 형님이 밖에 나가셨을 때 웅남이한테서 전화가 왔습니다."

홍성철이 생각난 듯 말했다.

"형님 언제 돌아오시냐구 묻습니다. 그리고 형님 몸이 어떠시냐구도 물었습니다."

"음, 앞에 물은 건 믿겠는데, 그놈이 뒤의 질문도 했단 말이냐?"

"나 참, 형님은 중국 놈들 상대하시다 보니까 의심이 늘었어요."

홍성철이 입을 벌리고 웃었다. 김원국도 따라 웃었다.

조웅남은 소파에 앉아 졸고 있었다. 김원국이 홍콩에 간 후로 어김없이 아침 8시에 출근해서 우두커니 앉아 있었으므로 직원들이 며칠 동안은 바짝 긴장했었다. 그렇다고 일찍 출근해서 누굴 부르거나 회의를 하는 것도 아니어서 직원들은 긴장을 풀었으나 지각하는 사람들은 없게 되었다.

조웅남은 노크 소리에 잠이 깨었다. 시계를 보자 12시가 되어 있었다. 직원이 들어섰다.

"사장님, 손님이 오셨습니다."

"누군디?"

"여자분이신데요."

"긍게 무신 여자여?"

조웅남은 입가를 닦았다. 직원은 머리를 긁적였다.

"들어오라고 혀."

직원이 몸을 돌렸다. 들어서는 것은 김경지였다. 짙은 색 투피스를 입고 있어서 드러난 피부와 얼굴이 환하게 보였다. 웃음을 띠고 들어오던 그녀는 조웅남의 표정을 보고는 긴장한 듯 주춤거렸다.

"안녕하셨어요?"

"거그 앉어. 인자 다 나섰고만?"

김경지는 소파에 조심스레 앉았다.

"네, 이제는. 그런데 정말 반가워요."

조웅남은 새삼스러운 듯 말하는 김경지를 물끄러미 바라보았다.

"거시기, 내가 잽혀갔다 나온 거 알고 있능 거여?"

"네, 전 나오신 것도 몰랐어요. 어떻게 되었는지 궁금해서 아침에 전화를 했다가 석방되셨다길래 놀라서 뛰어왔어요. 어떻게 된 일이죠?"

김경지가 눈을 깜박이며 다가앉았다.

"죄가 없는디 어쩔 것이여?"

조웅남은 김경지가 왜 왔는지 궁금했다. 아직도 이 여자 생각만 하면 자다가도 얼굴이 화끈해지는 것이다. 그는 잔뜩 경계하고 있었다. 김경지는 머리를 숙이고 손가락을 바라보았다. 그녀는 조웅남이 왜 이러는지 알고 있었다. 그러나 조웅남은 아무래도 이 매듭을 풀어갈 재주가 없어 보였다.

"저."

김경지가 머리를 들었다. 조웅남이 천재용을 만난 듯이 그녀를 바라보았다.

"저… 그때, 오해하셨던 것 같아요."

조웅남의 가슴이 철렁 내려앉았다.

"뭘 오해했단 말여?"

그러다가 김칠성의 말이 떠올랐고 오해고 오달이고 병신 같은 짓거리를 한 자신이 부끄러웠으므로 그는 눈을 부릅떴다.

"내가 요새 생각을 많이 혔는디 말여."

김경지가 머리를 숙였다. 그러고는 곁눈으로 그의 가슴 언저리를 바라보았다.

"내 동생이 하나 있었는디 고아여. 천지에 저 하나뿐여."

김경지는 조웅남의 동생이 왜 고아인지 궁금하였으나 잠자코 있었다.

"근디 동생 각시도 고아여. 똑같혀."

"……."

"근디 동생 각시가 암으로 죽었는디 그놈의 시키가 따라 죽었어. 쳐들어가서 죽었는디."

"……."

"같이 묻어달라고 혀서 내가 묻어줬는디."

조웅남이 김경지를 바라보았다.

"참말로 진실허도만. 동생 각시도 진실허고 유철이도 진실혔어. 서로 참말로, 긍게, 머라구냐, 서로 애꼈단 말여."

"……."

"내가 참 부끄럽더랑게."

너도 부끄러워하라고 말하는 것처럼 들렸다.

"내가 충고허겄는디, 사람이 진실 되게 이야기헐 때는 존중히 줘야 허는 거여. 내가 사회 경험이 많아서 그러는디 내 충고를 새겨듣도록 혀."

김경지는 무슨 말인가 알아는 들었다. 그러나 너무나 심각해서 여기서 다른 이야기를 꺼냈다가는 조웅남이 틀림없이 화를 낼 것 같아 잠자코 있기로 했다.

"나는 급헌 일이 있어. 웬수를 갚어줘야 헐 일이 있단 말여. 그 일이 끝나고 경지 씨를 만나든지 헐 거여. 그동안 내 충고를 잘 생각혀."

김경지는 머리를 끄덕였다. 그저 웃음만 참으면 되었다. 그러나 지금도 그를 껴안고 웃고 싶었다.

김칠성이 방에 들어가자 김원국과 홍성철이 마주 앉아 있었다. 홍성철은 어젯밤 술을 너무 많이 마셨는지 아직도 얼굴이 붉었다.

"형님, 부르셨습니까?"

자리에 앉아 김원국을 바라보았다.

"응, 준비는 다 했니?"

"예, 준비랄 게 있어야죠. 몸만 왔는데요, 뭘."

오늘 오후 5시 비행기로 김원국과 함께 귀국하기로 한 것이다. 강만철은 어제 오후에 서울로 떠났다. 몸이 나으면 홍콩으로 나올 것이었다.

"네가 먼저 출발해야겠다. 12시에 출발하는 CX가 있으니까 그걸 타고 가거라."

김원국이 말했다.

"네? 저 혼자요? 형님은요?"

"야, 인마. 형님이 어린애냐? 여기서 우리가 모시고 나갈 테니까 잔말 마."

김칠성이 홍성철을 바라보다가 다시 김원국에게 물었다.

"무슨 일 있어요?"

"응."

김원국은 탁자 위에서 흰색 봉투를 집어 들었다.

"이걸 웅남이에게 전하거라."

김칠성은 봉투를 받아 조심스럽게 안주머니에 넣었다.

"여기 비행기 티켓이 있다."

김원국이 티켓을 집어주었다. 티켓을 받아 들고 김칠성은 시계를 보았다. 10시가 되어가고 있었다.

"어, 서둘러야겠는데."

그는 자리에서 일어섰다.

"형님, 그럼 이 편지만 전해드리면 돼요?"

"응."

"그럼 제가 다시 공항에 마중 나오겠습니다."

김칠성은 서둘러 호텔을 나섰다. 본래 뭘 들고 다니기를 싫어하는 성격이어서 내복은 모두 버리고 양복이 두어 벌 든 조그마한 가방만 하나 들었다.

서둘러 공항에 도착한 김칠성이 항공사 창구로 다가가 여권과 함께 티켓을 내밀었다.

"아, 김칠성 씨시군요. 좌석 예약까지 되었습니다."

항공사 직원이 친절하게 말했다. 좌석표를 받아 들고 난 김칠성은 시계를 보았다. 11시 20분이었으므로 시간이 없었다. 조웅남에게 줄 선물이나 하나 살까 생각했던 것이다. 서울에 내려서 공항에서 무엇이든 하나 사서 홍콩에서 샀다고 하기로 마음먹었다. 조웅남은 믿을 것이다. 세관을 통과하고 탑승 구역으로 들어가자 탑승 안내 방송이 들렸다. 곧장 지정된 출구로 가서 사람들 틈에 낀 김칠성은 눈을 번쩍 떴다. 앞에 한세라가 서 있었다. 그녀도 김칠성을 본 모양으로 머리를 휙 돌렸다.

김칠성은 입맛을 다셨다. 어쩐지 처음부터 일이 잘 풀리더라니 저런 요물을 만나려고 그랬던 것 같았다. 호사다마가 따로 없다고 생각했다. 좌석표를 보이고 기내로 들어가면서 김칠성은 일부러 느릿느릿 걸었다. 그의 좌석표는 18—B였다. 자리를 찾아 통로를 걷던 김칠성이 문득 좌석 번호와 좌석표를 바라보면서 제자리에 섰다. 한세라가 18—A에 앉아 있었다.

"이런, 젠장."

저절로 입에서 말이 튀어나왔다. 그녀가 힐끗 그를 올려다보았다. 김칠성이 좌석표를 그녀에게 보이면서 잇새로 말했다.

"이건 내가 한 것이 아냐."

그는 털썩 한세라의 옆에 앉았다. 한세라는 창밖으로 머리를 돌렸다. 김칠성은 의자에 등을 기대고 눈을 감으면서 세 시간 동안 눈을 뜨지 않기로 마음먹었다. 비행기는 한참을 꾸물거리더니 이윽고 활주로를 굴러가기 시작했다.

잠이 들었던 김칠성은 어깨를 흔드는 바람에 눈을 떴다. 깨운 것은 한세라인 것 같은데 스튜어디스가 그를 바라보고 서 있었다. 점심을 주는 것이다. 앞좌석에서 받침대를 끄집어내고 점심을 내려놓았다. 힐끗 그녀를 보았으나 한세라는 포크로 스테이크를 뒤적거리고 있었다. 김칠성은 자신의 점심을 내려다보았다. 닭고 기였다. 한세라가 자고 있는 사이에 시킨 모양이었다. 그는 잠자코 포크와 나이프를 들었다.

"말해둘 게 있어요."

한세라가 스테이크를 자르면서 말했다. 김칠성은 우물거리면서 닭고기를 씹었다.

"내가 남자들하고 어떻다고 전번에 말씀하신 것 같은데⋯ 기분 나빠요. 댁하고는 또 안 보면 되겠지만, 그런 취급 받는다는 것은 참을 수 없어요."

김칠성은 퍼석거리는 당근을 포크로 찍어 입에 넣었다.

"그런 모욕은 처음이에요."

그녀는 이제 두 손을 멈추었다.

"그렇게 망신당한 것도 처음이었어요."

김칠성은 얇은 플라스틱 잔에 담긴 물을 마셨다.

"사람이 그렇게 거칠어질 수 있다는 것도 처음 알았어요."

어제저녁 형주랑과의 파티에서 술을 많이 마셨던 관계로 아침을 거른 김칠성은 닭고기를 다 먹었으나 아직도 배가 출출했다.

"그거, 남긴 거야?"

그녀 앞에 놓인 스테이크를 포크로 가리키며 물었다. 한세라가 잠자코 있었으므로 포크로 찍어 자신의 그릇에 내려놓았다.

여자의 잔소리와 하소연은 귀에 못이 박히도록 들어온 김칠성이다. 제일실업의 김칠성은 여자에 닳고 닳은 사내이기도 한 것이다. 김칠성은 한세라가 정직하지 못한 여자라고 믿고 있었다. 정직하지 못한 여자는 성실하지도 못하고 그리고 진실하지도 못하다. 그는 그렇게 믿었다.

스테이크는 질겼으나 그런대로 씹을 만은 했다. 제법 큼직한 놈을 두 조각으로 내어서 두 번에 씹어 삼켰다. 김칠성은 입맛을 다시고 포크를 내려놓았다. 그녀의 밥상을 바라보았으나 지저분해서 먹을 것이 없었다.

"나도 그렇게 놀라긴 처음이었어."

김칠성이 말했다.

"입을 쩍 벌리고 우는 것을 보니까 글쎄, 미친년 같기도 하고."

그녀는 창가에 앉아 있었으므로 창 쪽으로 머리를 돌렸다.

"난 당신이 정직하지 못한 여자라고 믿고 있었어. 지금도 그래."

"……."

"그런데 우는 얼굴이 가끔씩 생각났어. 입이 크더군."

한세라가 아랫입술을 깨물었다.

"당신이 나한테 아는 체도 안 하길래 기분 나빴지. 기분이 더러웠어. 날 이용한 것 같더라구. 뭔지 모르지만 말이야."

"……."

"그리고 당신 방에는 웬 놈들이 들락거리고 말이야. 시도 때도 없이 말이지."

스튜어디스가 다가와 빈 점심 그릇을 걷어갔다. 김칠성은 받침대를 올리고 편히 앉았다.

"그렇지만 그 우는 얼굴이 굉장했어. 그런 얼굴, 처음이야."

"난 밀수해요."

한세라가 불쑥 말했다. 김칠성이 그녀를 바라보았다.

"그렇게 놀라지 말아요. 난 홍콩에서 싼 물건을 보따리로 사 가지고 한국에 가져다 팔고, 또 그 반대의 일도 해요. 값나가는 건 못 해요. 무섭기도 하지만 돈도 없어요. 화장품도 가져갈 때가 있고, 어떤 때는 옷을 가져갈 때도 있어요."

"……"

"댁이 본 사람들은 내가 물건을 주고받는 사람들일 거예요."

김칠성이 조심스럽게 침을 삼켰다.

"이래 봬도 난 동생들 공부 다 가르치고 있어요. 월급쟁이보다도 수입이 나아요. 그리고 재미도 있고. 댁 같은 사람을 만나기도 하고."

비행기가 공항에 도착하자 승객들은 입국 심사대를 빠져나와 짐이 쏟아져 나오는 회전 벨트 앞에 모였다. 한세라는 벨트 앞에 바짝 붙어 서서 짐을 뽑아냈다. 큰 가방으로 다섯 개나 되었다. 한세라는 은근히 걱정이 되었다. 이번에는 화장품이 꽤 많았다. 그리고 부탁을 받은 전자제품이 20개나 되었다. 그 밖에도 잡동사니가 가득 있어서 세금을 얻어맞으면 본전밖에 안 되었다.

수레 위에 짐을 올려놓자 누군가가 손잡이를 불쑥 잡았다. 김칠성이었다. 놀라 눈을 크게 뜬 그녀를 제쳐 두고 김칠성은 수레를 밀고 곧장 세관으로 다가갔다.

"형님! 형님!"

김칠성이 세관이 떠나갈 듯이 소리쳐 누군가를 불렀다. 사람들이 모두 돌아보았고 늘어서 있던 제복의 세관원들이 일을 멈추고 그를 바라보았다. 한세라의 간이 쌀알만 해졌다. 40대의 금줄을 여러 개 붙인 세관원이 바쁘게 다가왔다.

"칠성이 아녀? 왜 그려?"

그는 놀란 듯 김칠성과 한세라를 바라보았다.

"여보, 인사해. 우리 고향 형님여. 형님, 내 각시요."

"어어, 이런, 반갑습니다."

세관원이 온 얼굴에 주름을 지으며 웃었다. 한세라가 정신없이 머리를 숙였다.

"형님, 내 각시하고 홍콩에서 쇼핑을 좀 많이 했는데……."

"응, 따라와."

세관원은 두말 않고 앞장을 섰다. 김칠성은 수레를 끌고 그의 뒤를 따랐다. 세관 심사대를 지나자 짐을 검사하던 세관원이 싱긋 웃어 보였다.

"여보, 당신 혼자 홍콩 갈 적에는 우리 형님 찾어. 알았지?"

대합실에 나오자 김칠성이 세관원을 가리키며 말했다.

그 말을 들은 세관원이 활짝 웃었다.

"아이고, 제수씨가 밀수하겠소? 날 찾으시오, 언제든지."

공항 밖으로 나오자 김칠성이 한세라를 바라보았다.

"미안해."

한세라가 버릇처럼 아랫입술을 물었다.

"그럼 언젠가 이렇게 또 만나자구."

김칠성이 돌아섰다. 서너 걸음 걷다가 김칠성은 발을 멈췄다.

쫓아온 한세라가 옷을 잡아당겼기 때문이다.

"이게 뭣이여?"
조웅남이 김칠성의 얼굴에 편지를 집어 던졌다. 그는 김칠성까
지 홍콩을 간 것이 배가 아픈 것이다.
"너는 씨발 놈아, 니 편지 내 편지도 모르능 거여?"
김칠성은 편지를 주워 들고 읽었다.

칠성에게.
그래, 잘되었느냐? 성실한 사람 같더라.

김원국.

"지기미. 머시 잘된 거여?"
조웅남이 다시 투덜거렸다.

제3장
복수

밤의
대
통
령

태양은 산마루에 걸려 있었다. 산 그림자가 마당 위에 덮여 있어서 땅바닥에 놓인 못이 잘 보이지 않았다. 차가운 바람이 호수를 훑고 불어왔다. 마른 나뭇잎이 김원국의 몸에 부딪치고 지나갔다.

"거기, 못 큰 걸로. 아니, 그보다는 작은 것. 그래, 이리 줘."

장민애에게서 못을 받아 쥔 김원국은 탁자의 다리를 몸체에 맞췄다. 김원국의 파카를 둘러쓰고 쪼그리고 앉아 있던 장민애가 몸을 일으켜 탁자의 받침을 잡았다.

쌀쌀한 날씨였으나 김원국은 땀을 흘렸다. 못질에 익숙한 그는 딱 세 번에 못을 두드려 박았다. 이제 다리 네 개를 다 맞추어 박은 것이다. 김원국은 쪼그리고 앉아 다리를 흔들어 보았다. 장민애도 탁자의 다리를 잡고 밑 쪽을 기웃거렸다.

"흔들리지 않아요. 그리고 다리가 네 개니까 하나쯤 짧아도 균형은 잡혀요."

"……."

"그런데 기둥이 너무 굵은 것 같아요. 안정감은 있지만 너무 위가 허전해 보이는 것 같은데?"

장민애는 눈썹을 모으고 기둥을 만져 보았다. 그러다가 그녀는 문득 옆을 돌아보았다.

김원국과 시선이 마주쳤다. 꼼짝하지 않고 앉아 김원국은 그녀를 바라보고 있었다. 숨을 쉬는 것 같지도 않았다.

"왜요?"

눈을 크게 뜬 장민애가 놀란 듯 물었다. 그녀의 말소리에 김원국이 턱을 조금 추켜올렸다.

"응? 아냐, 그냥."

두어 번 눈을 깜박인 김원국은 일어나면서 장민애의 겨드랑이를 잡아 일으켜 세웠다. 장민애의 가슴이 가볍게 뛰었고 따스해졌다.

해는 이미 기울어서 아래쪽 곽 씨 집의 부엌에는 불이 켜져 있었다. 그것을 본 장민애가 집 안으로 뛰어 들어갔다. 집 안에 환하게 불이 켜졌다. 응접실이 환해지고 마당과 가까운 안방의 불도 켜졌다. 장민애가 바쁜 듯 움직이는 것이 마당에서 환하게 보였다. 김원국은 마당가에 서서 그녀의 모습을 눈으로 좇았다.

아래쪽에서 부르는 소리가 들렸다. 저녁 준비가 다 된 모양이었다. 연장을 챙기고 마당을 치우고 있는데 음악이 흘러나왔다. 허리를 세운 김원국의 얼굴에 웃음이 떠올랐다. 하도 많이 들어서 이제 처음에 울리는 피아노 소리만 들어도 알 수 있었다. 잉글버트 험퍼딩크의 달콤하지만 애타는 목소리가 들렸다. 김원국은 연장이 든 가방을 구석에다 치우고 집 안으로 들어섰다.

Don't leave me alone······.

노랫소리가 집 안을 가득 메우고 있었다. 김원국은 장민애를 바라보았다. 전축의 다이얼을 잡고 선 장민애가 그와 시선이 마주치자 볼륨을 낮췄다.

새벽 4시였다. 거리는 차량의 왕래가 끊어져 썰렁했다. 빌딩들은 몇 개의 광고탑에서 비치는 불빛만을 받고 검은 겉모습만 희미하게 내보이고 있었다. 상점들은 모두 문을 닫았으며, 인도에 어지럽게 흩어진 휴지와 종이 상자들은 지난밤에 도시가 게워놓은 환락의 찌꺼기일 것이다.

텅 빈 테헤란로를 달리던 우유 배달 트럭 운전사는 커다랗게 입을 벌리고 하품을 했다. 눈물이 찔끔 나왔으므로 한 손을 들어 눈을 닦았다. 순간 그는 두 손으로 핸들을 움켜쥐었다. 검정색 중형 자가용이 쏜살같이 그의 트럭을 스치고 지났기 때문이다. 빈 거리기는 하나 엄청난 속도였다. 아마 시속 150은 되어 보였다.

그는 둥그레진 눈으로 승용차를 좇았다. 승용차는 사거리에 다가서더니 좌측 깜빡이를 켰다. 그러고는 휘익 우측으로 꺾어져 들어가 버렸다.

그는 입을 쩍 벌렸다. 헛웃음이 나왔다. 좌측과 우측의 깜박이 사용법을 모르는 녀석이었다.

조웅남은 다시 액셀러레이터를 힘주어 밟았다. 차가 불끈 튀더니 다시 속력을 냈다. 남부 순환도로가 다가오고 있었다. 오른쪽으로 틀면 김포공항으로 가게 될 것이고 왼쪽으로 가면 종합 운동장이 나오게 될 것이다. 순환도로가 다가왔다. 조웅남은 오른쪽으로 깜빡이를 켰다가 이맛살을 찌푸리고 왼쪽으로 핸들을 꺾었다.

*　　　　*　　　　*

강만철은 자리에서 일어나 시계를 보았다. 새벽 4시 30분이었다.

"어디 가세요?"

잠이 덜 깬 목소리로 안미혜가 물었다.

"아니, 냉수 한 잔 마시고 싶어서."

"제가 가지고 올게요."

그녀는 부스럭거리며 상체를 일으켜 세웠다.

"누워 있어."

강만철은 냉장고에서 냉수를 꺼내 컵에 따랐다. 물을 마시고 응접실로 돌아온 그는 소파에 앉았다. 어둠에 눈이 익숙해지자 의자와 탁자, 그리고 벽에 걸린 그림의 윤곽까지 보였다. 안방 문이 열리더니 안미혜가 나왔다. 그녀는 더듬거리듯 다가오다가 강만철을 발견하고 놀란 듯 우뚝 섰다.

"여기서 뭘 하세요?"

강만철은 그녀의 손을 끌어 소파에 앉혔다.

"잠이 안 와서 그래. 당신은 들어가 자."

"무슨 일 있어요?"

안미혜의 목소리가 팽팽해졌다.

"없어."

"그럼 왜?"

"그냥 잠이 안 와서 그래."

안미혜는 그의 손을 끌어 그녀의 아랫배에 가져다 대었다. 불룩한 부분이 만져졌다. 임신 6개월째였다.

"무슨 일 있으면 안 돼요."

강만철은 손을 빼냈다.

"당신도 이제 곧 아버지가 돼요."

어둠 속에서 그녀의 눈동자가 그를 바라보고 있는 것이 보였다.

"가서 자."

안미혜는 그에게 다가앉았다.

"어제 오후에 대치동 삼촌이 왔다 가셨어요."

"응? 웅남이가? 무슨 일로?"

어젯밤엔 늦게 들어오기도 했지만 안미혜도 잊어먹은 것 같았다.

"그놈이 갑자기 왜 왔지?"

"지나다가 들르셨다면서 사과 한 상자 놓고 가셨어요."

"……."

"어머니하고 한동안 이야기하고 가셨어요."

어머니야 누구든 붙잡기 좋아하니까 이상할 건 없었다.

"대치동 삼촌, 요즘 무슨 일 있는 거예요?"

"왜?"

"별로 말도 없고 예전처럼 떠들지도 않아요. 어머니도 달라지신 것 같다고 말씀하세요."

"나이 들었으니까 이젠 점잖아질 때도 되었지."

"점잖아진 게 아니에요. 걱정이 있는 것 같았어요. 저녁이나 먹고 가시라고 해도 그냥 웃으면서 나가는 것이 안돼 보였어요."

"……"

"대치동 삼촌은 왜 장가를 안 가는가 몰라."

강만철은 잠자코 그녀를 바라보았다.

판은 짓고땡에서 버티기로 옮겨가고 있었다. 짓고땡은 5장을 가지고 3장으로 짓고 2장을 가지고 끝수 싸움을 하면 이미 바닥에 깔린 3장으로 상대방의 패를 알 수가 있다. 그렇게 되면 머리싸움이 되어서 판돈이 굵지 못했다. 그러나 버티기는 20장의 화투를 2장씩 나눠 줘서 끝수로 승부를 하는 것이기 때문에 단칼로 승부를 하는 것처럼 배짱과 밑천이 필요한 것이다. 판돈도 부쩍 굵어지기 시작했다.

천재용은 안쪽의 벽에 기대앉아 그들을 바라보고 있었다. 가끔씩 머리를 숙이고는 조는 것처럼도 보였다.

그러나 새벽 4시가 넘으면서부터 노름판은 점점 열기를 띠어가고 있는 것이다.

"이봐, 받을 거야, 안 받을 거야?"

김 전무의 목소리였다. 초저녁에 고스톱으로 시작했을 때 그는

200만 원 정도를 가볍게 잃었다. 그러다가 짓고땡으로 판을 바꾸자 500만 원 정도를 땄다가 버티기에 들어가서는 내리 깨지고 있는 것이다. 그가 소리친 상대는 허 사장이었다. 40대 후반으로 대머리인 그는 김 전무의 소리를 들은 척도 하지 않고 패를 들여다보고 있었다.

"아, 젠장, 백 낼 거야, 안 낼 거야?"

버티기는 끝까지 버텨가는 것이어서 중도에서 패를 깔 수는 없다. 그들의 규칙은 선을 잡았다 하더라도 세 번까지는 상대방의 버팀에 응하지 않으려면 포기해야 했다.

김 전무는 선을 잡았고 네 번째 판돈을 건 상태다. 40대 초반의 그는 재벌 그룹의 차남이어서인지 통이 컸다. 가구 회사를 경영하는 허 사장과 맞상대가 되어 있는 상황이다. 허 사장이 한숨을 쉬는가 했더니 100만 원짜리 수표를 던져 놓았다.

"허."

첫 번째부터 죽어서 판돈 10만 원을 버린 조 원장이 눈을 크게 떴다.

"뭔가 쥐고 있는 거 아냐?"

그러면서 옆에 놓인 맥주잔을 집어 들었다. 그는 강남의 제법 큰 병원 원장이었다. 40대 후반으로 몸집이 비대한 탓인지 얼굴에 번들거리는 땀이 보였다.

"좋아, 그럼 200이야."

김 전무가 서슴없이 수표 두 장을 던져 놓았다.

"끝까지 가보자구."

이번에는 허 사장이 망설이지 않고 따랐다. 김 전무가 힐끗 허 사장을 보았다.

"거 괜히 오기 부리지 말어. 내가 다 아니까."

"흥."

허 사장이 웃었다. 이제는 얼굴의 긴장이 풀려 있었다.

"댈 거야, 안 댈 거야?"

"좋아, 500이다."

비스듬히 누워 있던 강 사장이 일어나 앉았다. 김 전무는 500만 원을 던져 놓았다. 그러고는 어지럽게 널려 있는 판돈을 차곡 차곡 쌓아놓았다.

"그래, 나도 500이다."

허 사장이 1천만 원짜리 수표를 꺼내놓고 판돈에서 500만 원을 빼내어갔다. 김 전무의 이맛살이 좁혀졌다.

"이봐, 당신 왜 그러는 거야? 노름 한두 번 했나. 왜 이렇게 성질을 내고 그래?"

"내 걱정은 말어."

"당신 생각해서 까졌어. 당신 회사 부도나면 안 되니까."

김 전무가 패를 바닥에 깔았다. 7땡이었다. 멧돼지가 호기롭게 달리고 있었다. 허 사장이 바닥에 패를 던졌다. 2땡이었다. 조 원장이 혀를 찼고 강 사장은 다시 비스듬히 누웠다.

"사람이 싱겁기는… 아, 그래 2땡 가지고 그렇게 엉기면 어떻게 해?"

강 사장이 누운 채 말했다. 그는 제법 알려진 부동산업자였다. 지금은 그의 땅에 백화점을 세워 백화점 사장이 되었다.

"아, 그럼 2땡 가지고 죽으란 말이야?"

허 사장이 언짢은 듯 말했다.

김 전무가 웃으며 판돈을 긁어 앞에다 쌓았다.

"당연하지. 나 같아도 2땡 가지고는 끝까지 버틸 거야."

천재용은 다시 눈을 감았다. 오늘 고리는 1천 500은 될 것 같았다. 윤용근이 들어오자 그는 자리에서 일어섰다. 방에서 나오자 주방에서 김 마담이 해장국을 준비하고 있는 것이 보였다.

"이봐, 오늘은 길어질 것 같으니까 아침 식사 준비도 해야 돼."

"알았어요."

"그런데 애들은 어디 있어?"

"방에서 자요."

천재용은 시계를 보았다.

"깨워. 슬슬 생각날 때가 되었어."

"지금이 몇 신데. 4시 30분이에요."

"그러니까 하는 소리야."

김 마담은 잠시 천재용을 바라보더니 건너편 방으로 들어갔다. 30대 후반의 무르익은 몸이 원피스 안에서 터져 나오려는 것 같다.

천재용은 응접실 소파에 앉아 머리를 등받이에 대고는 천장을 올려다보았다. 호화로운 샹들리에가 보였다.

이 집은 비밀 요정을 하는 김 마담의 작업장이다. 방 다섯 개에 각 방마다 목욕탕과 화장실을 설치해 놓아서 응접실에서 파티가 끝나면 파트너와 옆방으로 옮기면 되었다. 파트너들도 수준이 높아서 배우와 탤런트 뺨치는 미인들이었다.

김 마담은 모델 학원이나 배우 학원, 연기 학원에 줄을 대고 있어서 물 좋고 싱싱한 아가씨들을 얼마든지 공급시킬 수 있는 것이다. 말이 배우고 탤런트지 연기 학원에 다니는 반반한 애를 치장시켜 놓고 얘가 이번에 천 대 일의 경쟁을 뚫고 방송국의 주연 모집에 당선된 애라면 안 속아 넘어가는 작자가 없다.

김 마담은 철저하게 회원 위주로 영업을 하는 터라 뜨내기가 소문을 듣고 찾아오면 쫓아 보냈다. 하루에 한 팀으로 하되 다섯 명 이상은 받지 않았다. 김 마담과는 칠팔 년 전부터 아는 사이였던 천재용은 이철주가 피습당한 후로 그녀의 기둥서방 노릇을 하고 있었다. 이곳은 경찰은 물론 김원국의 조직도 알지 못하는 곳이었다. 이를테면 김원국이 관리하는 업체들과는 하늘과 땅만큼의 수준 차가 있었고 덕분에 그동안 안전했던 것이다.

김 마담이 방에서 나오더니 천재용 옆에 와 앉았다.

"오늘 밤에 박 전무가 오기로 했는데 어떡하죠? 취소시킬까요?"

술 먹고 오입할 손님이었다. 천재용이 머리를 끄덕였다.

"아이참, 당신이 노름꾼들을 불러들이는 바람에 손해가 많아요."

"손해? 네가 왜 손해야? 내가 끝나면 한몫씩 줬잖아?"

"그렇다고 그게 매일 있나요? 이러다간 손님 떨어지겠어요."

천재용은 노름꾼들을 끌어들였고 그들은 김 마담의 집에 홀딱 빠져들었다. 껍질까지 벗고 나와도 술과 오입을 할 수 있었기 때문이다. 그러나 천재용은 판돈의 15퍼센트는 어김없이 받아냈다. 10퍼센트는 자신이 챙기고 5퍼센트는 김 마담 몫이었다.

천재용도 망보기나 경호원으로 형무소에서부터 알고 지내던 윤용근 등 세 명을 부리고 있었으므로 경비가 들었던 것이다. 하품을 하면서 아가씨 한 명이 방문을 열고 나왔다. 반바지 차림에 맨발이었다. 날씬하게 뻗은 다리의 선이 고왔다. 처음 보는 얼굴이었다. 어디에서 데려오는지는 모르지만 매일 새 얼굴이었고 모두가 미인이었다.

그녀의 뒷모습을 바라보면서 천재용은 과연 돈이란 좋은 것이라고 생각했다. 돈이라면 언제나 최고의 대접을 받는다. 저렇게 젊고 예쁜 애를 자는 걸 깨워서라도 기다리게 하는 힘이 있다. 다시 두 명의 아가씨가 방에서 나왔다. 천재용은 우두커니 그들을 바라보았다.

"두당 100만 원이랍니다."

백장용이 말했다.

"나도 그 얘긴 들었어. 그렇지만 도무지 어디에 있는지를 몰랐는데 잘됐다."

김칠성이 웃어 보였다.

"걔는 오늘도 나간다는데 가볼까요?"

"인마, 너 돈 있어?"

"아니, 그게 아니라……."

"가서 엎잔 말이냐?"

"어차피 그것들은 영업허가도 없이 불법으로 장사하니까요."

"그런 얘기 큰형님한테 해봐라. 네가 무슨 법 집행관이냐고 작살나게 깨질 거다."

"그럼 경찰에 신고를 해요?"

백장용이 볼멘소리로 말했다.

군에서 제대한 후에 간부 사원으로 특채된 그는 모처럼 한 건 올렸다고 생각하고 있었다. 김칠성 밑에서 업소에 출연하는 연예 인들과의 계약을 담당하던 백장용은 우연히 비밀 요정에 대한 이 야기를 들었던 것이다. 두어 번 신곡을 내놓았으나 빛을 못 보고 밤무대를 뛰던 이정란은 몸매도 미끈했고 얼굴도 제법 귀여웠다. 백장용과 계약을 하다가 이 정도가 한 달 계약금이면 그곳에 나 가 사흘만 일하면 되겠다는 이정란의 말을 듣고 캐물었던 것이 다.

"그리고 그곳은 회원이 아니면 들어갈 수도 없답니다. 그러니까 우리 같은 서민들은 돈이 있어도 안 돼요."

김칠성이 웃었다.

"요즘 세상에 돈 있으면 누가 서민이냐? 양반이지."

"그렇구먼요."

"어쨌든 생각해 보자. 이건 형님한테 보고를 해야 할 것 같으니 까."

이틀 후에 백장용은 주택가에 있는 김 마담의 집에 들어섰다.

"어서 오세요, 백 사장님."

현관에서 김 마담이 기다리고 섰다가 허리를 굽혔다.

"아, 김 마담이시오?"

백장용이 웃으며 그녀에게 물었다. 턱이 약간 빠졌으나 눈매와 입술이 남자깨나 밝힐 여자 같아 보였다.

"네, 오 사장님한테서 말씀 많이 들었어요."

김 마담은 그를 안방으로 안내했다. 백장용은 두 명의 부하와 함께 그녀의 뒤를 따랐다.

"오 사장이 좋은 데를 소개시켜 주겠다고 해서 말이야. 궁금해서 못 참겠더군."

오 사장은 강남에서 수입품 판매장을 가지고 있는 사내였다. 김칠성은 그가 김 마담의 회원인 것을 이정란을 통해 알아냈고 안면이 있었던 그를 설득하여 전화를 하게 했던 것이다. 오 사장은 발을 끊은 지 오래되었다면서 선선히 전화를 해주었다. 그들은 보료 위에 자리를 잡고 앉았다.

"준비할 동안 화투라도 치시겠어요?"

김 마담이 자리를 만들어 줄듯이 물었다.

"아니, 우린 세 가지 중에서 그것 하나는 흥미 없어."

백장용이 손을 젓자 김 마담이 웃으며 몸을 돌렸다.

"햐아, 형님, 대단하네요."

부하가 주위를 둘러보며 말했다. 그의 눈에도 방 안의 장식이 화려하게 보였던 모양이다. 양쪽 벽이 유리로 된 수족관이었다. 커다란 황금색 열대어가 눈을 끔벅이며 이쪽을 바라보고 있었다. 푸른 해초가 어물거리는 바닥엔 흰 모래가 깔려 있었다. 수백 마리의 조그마한 고기가 한꺼번에 몰려다녔다. 수족관 안에서 밝은 불빛이 비치고 있었으므로 그들은 물속에 들어와 있는 것 같았다.

잠시 후에 여자들이 들어왔다. 그녀들은 인사를 하더니 잠자코 안쪽에 앉았다. 부하 한 명이 침을 꿀꺽 삼켰다. 매일 여자들을 관리해 온 그들이었지만 이렇듯 싱싱하고 물 좋은 것들은 처음 보는 것이다.

김 마담이 들어왔다. 조그마한 상을 들고 있었다. 그녀는 상을 그들 앞에 내려놓고 은주전자를 들어 올렸다. 아가씨가 다가와 그들에게 조그마한 유리잔을 쥐어 주었다.

"뭐야, 이건?"

"녹혈이에요. 농장에서 아침에 가져왔으니까 싱싱할 거예요."

백장용은 잠자코 잔을 내밀었다. 잔에 붉은 피가 담겨졌다. 사슴의 뿔을 자를 때 뿔에서 나오는 피였다. 이것을 마시려고 뿔이 자랄 때부터 예약한다는 것이다. 어떤 여자는 뿔을 자르고 나서 솜으로 피를 닦아주면 그 솜을 빼앗아 빨아먹었다는 이야기도 들었다. 정력에 좋다는 데는 다들 악착같은 세태였다. 백장용은 문득 형님들에게 미안한 감정이 들었다. 부하들은 더 그런 느낌이 드는 모양인지 찌푸린 얼굴이었다.

음식상이 들어왔다. 갖가지의 진미가 놓여 있었다. 여자들은 어느새 그들 옆에 와서 시중을 들었다. 모두들 벌컥이며 술을 마셨다. 급하게 마셨으므로 얼른 취기가 올랐다.

천재용은 문틈으로 백장용들이 안방으로 들어가는 것을 보았다.

젊고 단단하게 보이는 사내들이었다. 그는 방에서 나오는 김 마담을 불렀다.

"이봐, 저놈이 인천에서 배 사업을 한다는 놈이야?"

"지가 하겠어요? 지 애비가 하겠지."

"처음 오는 놈이지?"

"네, 그렇지만 오 사장이 소개해 줬어요."

천재용은 입을 다물었다. 며칠 동안 김 전무 일행이 자기 집인

양 뭉개고 간 후로 손님이 들쑥날쑥했던 것이다. 예전에는 하루도 쉬는 날이 없었다.

"이봐, 내일 김 전무가 온다는데 괜찮겠지?"

김 마담은 퍼뜩 머리를 들었으나 얼른 대답하지 않았다. 재료값 없이 사오 일간 500만 원 수입이라면 괜찮았으나 한 달에 두 번이 있을까 말까 했고 고정 손님들에게 지장이 많았다.

"좋아요. 그렇지만 다음부터는 다른 곳을 찾아봐 줘요. 당신이니까 자릴 내줬지만 영업에 지장이 많아요."

"알았어."

천재용이 잘라 말했다. 그도 이곳에서 더 이상 기둥서방 노릇을 하기에도 질려 있었다. 역마살이 다시 발동한 것이다.

판돈이 커져 가고 있었지만 김 전무는 시큰둥한 얼굴이었다. 걱정거리가 있는 듯 말이 없었다. 방 안은 담배 연기와 사내들이 발산하는 후끈한 열기로 가득 차 있었다. 오늘은 조 원장이 열을 받은 상태였다. 김 전무가 패를 바닥에 던졌다.

"이거야 원. 갑오를 가지고 덤벼들다니. 눈치가 있어야지, 눈치가."

4, 7, 9 짓고 3땡을 잡은 조 원장이 판돈을 긁으며 흐뭇한 표정으로 말했다. 조 원장이 2천만 원쯤을 따고 있었다.

"젠장, 버티기로 하지."

허 사장이 짜증 난다는 듯 말했다. 멤버는 전에 모인 사람들이었다. 이의가 없었으므로 그들은 새 화투를 천재용에게서 건네받고 패를 나누었다. 비와 똥은 버리고 나머지 40장 중에서 껍질을 다시 버려 20장을 만드는 것이다.

천재용은 시계를 보았다. 새벽 3시였다.

"오늘은 빨리 끝내야겠어."

김 전무가 바짝 다가앉았다.

"왜?"

허 사장이 물었다.

"아침에 영감님 집으로 가서 식구들이 같이 아침을 먹기로 했거든."

"홍, 아직도 유산이 남았어?"

"어쨌든 5시에는 가야 돼."

천재용은 벽에서 등을 떼고 앉았다. 윤용근이 그를 바라보았다. 두 팔을 벌리고 하품을 하면서 천재용은 자리에서 일어섰다. 응접실의 소파에 김 마담이 앉아 있었는데 과일을 깎다가 힐끗 그에게 시선을 주었다.

"이봐, 시원한 식혜나 준비해 둬. 해장국 끓일 필요는 없어."

김 마담이 얼굴을 들었다.

"왜요?"

그녀는 기분이 좋지 않았다. 여자들을 보면 재수가 없다고 하는 바람에 어젯밤은 애들을 부르지 않았다. 그러나 아가씨들에게 예약을 해두었기 때문에 돈을 주어야 될 것이다. 밤새도록 혼자 잔심부름을 하다 보니 짜증도 났다. 그녀는 이번이 마지막이라고 마음먹고 있었다.

"김 전무가 5시에 나가야 된다니까 그때 끝날 것 같아."

"잘됐군요."

김 마담의 얼굴이 풀어졌다.

"오늘 판돈은 얼마나 돼요?"

판돈의 5퍼센트를 받게 되어 있는 것이다. 천재용은 피식 웃었다.

"오늘은 4, 5억 될 거야."

"오늘은 크네요."

"그래."

김 마담을 바라보는 그는 무표정이었다. 4시 30분이 되자 김 전무는 자주 시계를 들여다보았다.

김 전무가 엉덩이를 들썩이자 나머지 사람들도 불안한지 끈질기게 베팅하는 사람이 없었다. 각자의 앞에는 판돈이 수북하게 쌓여 있었다. 오늘은 초저녁부터 열을 올린 조 원장이 3천쯤 딴 것이 전부였다. 윤용근이 들어왔다. 상 위에 시원하게 보이는 식혜 네 그릇이 올려져 있었다.

"자, 시원하게 한 잔씩 드십시오. 해장국 대신 드셔야 할 겁니다."

김 전무가 서둘러 식혜 그릇을 들었다. 모두들 식혜 그릇을 깨끗이 비웠다. 조 원장은 더 먹고 싶은 듯 바닥에 깔린 밥알까지 먹었다.

천재용은 시계를 보았다. 4시 50분이었다.

백장용은 시트를 젖히고 잠이 들었다가 옆의 부하가 어깨를 흔드는 바람에 잠에서 깨어났다. 아침 8시였다.

"아니, 이런."

시계를 본 그는 당황했다.

"야, 이거 어떻게 된 거야? 8시 아냐?"

어젯밤 12시부터 기다렸다가 새벽녘에 깜빡 잠든 모양이었다.

"아, 그놈들이 나오지 않는 걸 어떡합니까? 아예 저기서 자는 모양이에요."

부하는 김 마담의 집을 턱으로 가리키며 말했다.

"그 새끼들, 오지게 노는군."

백장용이 눈을 비비며 혀를 찼다. 그들은 손님들이 돌아가고 나서 김 마담 집의 수족관과 밀실들을 때려 부술 작정으로 있었다. 김칠성의 지시였다. 백장용은 차라리 경찰에 신고하자고 했으나 김칠성은 머리를 저었다. 비겁하다는 것이다. 그가 강만철이나 김원국에게 보고하고 지시를 받았는지 알 수 없었다. 어쨌든 그 일을 못 하게 따끔한 맛을 보여주라니 그 길밖에 없었다.

김 마담의 집에서 사내 한 명이 나왔다.

2층 양옥집이었고 옆집과는 분명하게 담으로 나누어져 있어서 옆집 사내는 아니었다. 30대 초반의 젊은 사내는 잠깐 주위를 둘러보더니 골목길을 걸어 나왔다. 백장용의 차는 길가에 주차되어 있는 차 사이에 끼어 있어서 눈에 띌 염려는 없었다.

"저게 웬 놈이야? 어젯밤 저놈이 들어간 건 못 보았는데?"

"저두 그래요."

"저 새끼 잡아와 봐."

이젠 가릴 것이 없었다. 심부름하는 녀석이면 안쪽 사정을 물어볼 작정이었다. 운전석에 있던 부하가 뛰쳐나가면서 앞에 주차하고 있던 차를 두드리자 부하 둘이 문을 열고 나왔다. 백장용은 차 안에서 그들을 바라보았다. 길에는 아침 출근을 서두르는 사람들이 제법 많았다. 세 명의 부하는 앞뒤로 나란히 서서 그 사내에게 다가갔다.

앞장섰던 부하가 사내의 앞을 가로막고 섰다. 무엇인가 이야기를 하자 그 사내는 부하의 얼굴을 올려다보았다. 순간 사내의 이마가 부하의 얼굴을 들이받는 것이 보였다. 재빠른 동작이었다. 그러고는 발을 들어 뒤에 선 부하의 배를 차올렸다. 부하들이 얼굴과 배를 움켜쥐고 주춤거렸다. 뒤쪽에 섰던 부하가 두 팔을 벌리고 달려들었으나 사내는 벌써 몸을 빼 이쪽으로 달려오고 있었다.

백장용의 가슴이 뛰었다. 사내와의 거리가 가까워졌다. 10미터쯤 다가왔을 때 백장용은 차의 문을 열고 나왔다. 사내는 달려오면서 백장용을 보았다. 속도를 늦췄으나 그때는 이미 백장용이 달려가고 있었다. 백장용의 발길이 휘익 공중으로 떠올랐다. 오른쪽 발끝을 앞으로 하고 온몸이 수평이 된 듯 그를 향해 날아갔다. 사내는 멈추면서 그의 발길을 오른 팔목으로 때렸으나 그때는 이미 백장용의 주먹이 그의 턱을 치고 난 후였다.

사내는 휘청거렸다. 백장용은 땅바닥에 두 발과 한 손을 짚으면서 떨어졌다. 그리고 번쩍 상체를 세우면서 양손으로 그의 배를 연타하고는 발을 뻗어 다리를 걸었다. 사내는 땅바닥에 엉덩이를 부딪치며 주저앉았다. 머리가 건들거렸다. 부하들이 달려왔다.

"이놈을 차에다 실어라."

길을 걷던 사람들이 놀라 그들을 바라보면서 멈춰 서 있었다.

그들이 있는 곳은 주택가를 빠져나오는 길이어서 차도는 100미터 쯤 아래였다.

그들은 재빨리 차에 시동을 걸고 골목을 빠져나왔다. 뒤를 돌아보았으나 바쁠 때여서인지 아무도 신경 쓰는 것 같지 않았다. 모두들 갈 길을 가고 가게의 문을 열던 사람은 다시 열고 있었다. 사내의 주머니에서 수표로만 4억 원이 나왔다. 모두 고액권 수표였다.

김칠성은 무심코 뒤진 사내의 몸에서 나온 수표에 어안이 벙벙한 모양인지 그를 바라보았다.

"이거 어디서 났어?"

"난 심부름하는 거요."

사내가 억울하다는 듯 말했다.

"누구 심부름이야?"

"사장님들요."

"누구?"

"사장님들 말입니다."

"그래서 이걸 가지고 어쩌려고 그랬어?"

"……."

"너, 김 마담한테 전화 걸어볼까? 아니면 경찰에 그냥 넘겨줄까? 바른대로 이야기하지 못해?"

사내는 불안한 듯 눈동자가 흔들렸다.

9시 30분이었다. 은행은 10시나 되어야 실제 업무를 시작할 것이다. 그리고 고액권 수표를 현금으로 바꾸려면 시간이 걸릴 것이다. 천재용은 소파에 앉아 신문을 펼쳐 들었다. 김 마담에게는 조금 미안했지만 귀찮은 일은 없을 것으로 믿었다.

김 전무나 조 원장 등이 돈을 털렸다고 경찰에 고발하지도 못할 것을 알고 있었다. 안방에는 네 명의 사내들과 김 마담이 손발이 묶인 채 눕혀져 있었으나 그들은 오후 늦게나 잠에서 깨어날 것이다. 식혜에 타 넣은 수면제를 맛있게 마셨기 때문인데 윤용근은 확실하게 하려고 그랬던지 계획했던 양보다 많이 먹인 것 같았다.

천재용은 시장기가 느껴져 냉장고를 열었다. 깔끔한 김 마담의 성격대로 음식이 차곡차곡 쌓여 있었다. 그는 소시지 한 조각과 과일 통조림 한 개를 꺼냈다. 소파로 가지고 돌아와 우적이며 소시지를 씹었다. 복숭아 통조림을 기울여 시원한 즙을 마시고 있을 때 벨 소리가 울렸다.

"누구요?"

"형님, 접니다."

생각했던 대로 윤용근이었다. 천재용은 문고리를 풀었다. 윤용근이 들어오고 나서 천재용은 선뜻 얼굴을 들었다. 그리고 한 발짝 뒤로 물러섰다. 웬 사내가 불쑥 들어섰던 것이다.

"당신, 누구요?"

천재용이 윤용근과 사내를 번갈아 보면서 거칠게 물었다. 윤용근은 비틀거리며 응접실 구석으로 밀려났다. 사내는 훌쩍 응접실로 올라섰다. 구두를 신은 채였다.

낯이 익었다. 다시 사내 한 명이 열린 문으로 들어섰다. 장신에 이목구비가 뚜렷했다. 천재용은 다시 한 걸음 물러섰다.

"이봐, 당신들 누구야?"

직감으로 그들이 경찰이 아니라는 것을 알았다. 문 쪽을 바라보았으나 더 이상 들어오는 기척은 없었다.

"난 유철이 친구다, 이 새끼야."

늦게 들어온 사내가 말했다. 김칠성이었다. 백장용을 데리고 달려온 것이다. 조웅남에게도 연락은 해주었지만 조급한 김에 달려온 것이다.

"뭣이?"

천재용은 씨익 웃었다. 백장용과 김칠성 둘뿐인 것을 알자 저도 모르게 웃음이 나온 것이다.

"야, 용근아, 어떻게 된 거야?"

시선은 김칠성에게 향한 채로 소리쳐 물었다. 구석 자리에 붙어 선 윤용근은 대답하지 않았다.

"어떻게 된 거야, 이 새끼야!"

다시 소리 질러 물었다.

"잡혔어요."

"그래서 몰려온 거냐?"

"우리 둘이다."

김칠성이 다가섰다.

"이 새끼, 칼을 잘 쓴다면서? 그 칼로 내 친구의 등을 쑤셨겠다."

천재용은 조급해졌다. 둘이 왔다지만 불안했고 돈이 궁금했지만 윤용근에게 돈을 어떻게 했는지 물어볼 경황이 없었다.

천재용은 한 걸음 다가섰다. 김칠성이 선뜻 상체를 굽히면서 한 걸음을 내딛는가 했더니 그의 발이 휘익 천재용의 머리를 향해 날았다.

"흥."

코웃음을 치면서 천재용은 왼팔을 들어 발을 막고는 바짝 붙어 섰다. 그의 무릎이 김칠성의 사타구니를 차올리면서 오른쪽 주먹이 옆구리를 쳤다. 김칠성은 옆구리를 얻어맞으면서 왼손을 뻗어 천재용의 머리칼을 움켜쥐었다. 머리가 가까이 있었고 후려치기에는 각도가 어중간했기 때문이었다.

천재용의 눈이 크게 떠졌다. 의외인 모양이었다. 그 순간에도 그의 주먹이 두 번이나 김칠성의 가슴과 배를 쳤다. 김칠성은 왼팔을 밑으로 힘껏 당겼다. 머리가 흔들린 천재용의 자세가 따라서 흔들렸다. 머리를 따라 상체가 왼쪽으로 굽혀지자 김칠성의 무릎이 그의 얼굴을 향해 쳐올려졌다. 천재용이 팔목으로 무릎을 막았으나 무릎은 천재용의 입술을 쳤다. 천재용은 이를 악물고 김칠성의 하반신을 양팔로 껴안았다. 김칠성이 뒤로 넘어졌다. 그 바람에 천재용의 머리를 놓친 김칠성이 몸을 굴려 일어나자 천재용의 발길이 날아왔다. 몸을 돌려 어깨로 그의 발을 받고는 성큼 다가섰다.

툭탁거리면서 부딪치고 맞는 소리만 들릴 뿐 서로 입을 열지 않았다. 김칠성은 눈을 부릅뜨고 입으로 가쁜 숨을 내쉬었다. 천재용도 마찬가지였다. 그는 피투성이가 된 입을 벌려 웃었다. 백장용은 양쪽이 막상막하라고 보았다. 김칠성은 기골이 뛰어난 데다 주먹이 강했다. 통뼈였으므로 한 방으로 끝낼 수도 있었다. 그러나 천재용은 잔재주에 능한 것 같았다. 체격도 컸고 몸동작이 부드러워 보였다. 윤용근은 구석에 주저앉아서 넋을 잃고 그들을 바라보고 있는 중이었다. 다시 김칠성이 휘익 발을 뻗었다. 천재용이 팔을 들어 막았다가 워낙 발길이 셌던 관계로 얼굴을 얻어맞지는 않았으나 몸이 휘청거리면서 한 걸음 옆으로 밀려났다. 김칠성은 그때를 놓치지 않았다. 왼쪽 주먹이 곧장 뻗어나가 천재용의 가슴을 쳤다. 퍽 소리가 들리더니 천재용은 두 발자국 물러섰다.

김칠성이 빙긋 웃었다. 숨이 막히는지 천재용은 입을 쩍 벌렸다. 그리고 두 팔로 주방의 싱크대를 짚었다. 벌린 입이 시뻘겼고 눈을 부릅뜨고 있어서 아주 섬뜩한 얼굴이었다. 천재용이 주방의 싱크대 앞을 한 바퀴 휙 도는가 했더니 그의 손에는 커다란 식칼이 쥐어져 있었다.

김칠성이 이를 악물고 한 걸음 다가갔다. 김칠성이 문에서 몸을 떼었다. 천재용이 한 발짝 다가서면서 식칼을 곧장 내뻗었다. 김칠성이 흠칫하고 상체를 비틀자 천재용의 발길이 날아와 그의 옆구리를 찼다. 옆구리를 얻어맞은 김칠성은 부드득 이를 갈았다. 한 걸음 앞으로 내딛자 천재용의 칼이 좌우로 휘익 그어졌다. 다시 상체를 눕혀 피하면서 발을 들어 그의 배를 차올렸다. 허점이 있었으나 칼 때문에 거리가 너무 멀었다.

발길이 허공을 찼다. 비틀거리던 김칠성이 탁자를 한 손으로 짚었다. 손끝에 무엇이 닿았고 그것이 꽃병인 것을 깨닫자마자 집어 들어 천재용에게 던졌다. 막 달려들려던 천재용은 꽃병을 보았으나 피하지는 못했다. 가슴에 꽃병이 맞았고 어지럽게 물이 튀었다.

그사이 김칠성은 자세를 가다듬고 달려들었다. 천재용이 칼을 뿌리자 아예 팔을 방패 삼아 쳐들고 다가갔다. 옆으로 휘두른 식칼이 김칠성의 팔에 맞아 걸리고 그 순간에 김칠성의 주먹이 천재용의 턱을 쳤다. 천재용은 한 바퀴 돌더니 싱크대에 의지하고 다시 섰다. 그는 김칠성을 노려보면서 이를 갈았다. 김칠성은 왼팔의 주먹을 쥘 수가 없었다. 식칼에 깊숙이 베인 것이다. 백장용이 그것을 주시하고 있었다.

이때 그의 등 뒤의 문이 쿵쿵 울렸다. 누가 두드리는 모양이었다. 천재용과 김칠성도 그 소리를 들었다.

"누구요?"

백장용이 물었고, 그 순간에 천재용이 칼을 겨누고 달려들었다. 김칠성은 비켰으나 천재용의 칼이 그의 옷을 옆으로 길게 찢어놓았다.

"야, 칠성아, 비켜라!"

갑자기 뒤쪽에서 응접실이 떠나갈 듯한 소리가 났다. 이마에 땀이 배어 있던 김칠성이 저도 모르게 빙긋 웃었다. 그는 껑충 뛰어 옆으로 비켜섰다.

천재용은 응접실 안쪽에 서 있는 거한을 보았다. 그의 몸과 얼굴만 보아도 누군지 알았다. 말로만 듣던 조웅남이었다. 천재용은 눈을 부릅뜨고 다시 이를 갈았다. 식칼을 고쳐 쥐었다. 김칠성은 조웅남에게 천재용을 양보하고 벽 쪽으로 물러났다.

"니가 천가 놈이냐?"

조웅남이 물었다.

"그 칼로 유철이를 죽였냐?"

김칠성이 입을 열려다가 말았다. 백장용은 다시 침을 삼켰다. 조웅남과 천재용과의 거리는 3미터 정도였다. 그들 사이에는 기다란 탁자가 하나 놓여 있을 뿐이었다.

조웅남의 얼굴이 씰룩거렸다. 김칠성은 조웅남의 얼굴을 바라보았다.

"이 새끼야, 칼 써봐라."

갑자기 조웅남이 소리치면서 앞에 놓인 탁자를 두 손으로 번쩍 치켜들었다. 넓이가 1미터 정도에 길이가 1미터 50은 되는 육중한 탁자가 조웅남의 머리 위로 치켜 올려졌다. 김칠성과 백장용의 입이 딱 벌어졌다. 천재용이 눈을 흡떠 탁자를 올려다보았다. 자신도 모르게 턱이 내밀어졌다.

"에에이!"

조웅남이 탁자를 치켜들고 달려갔다.

"어, 어."

천재용의 입에서 저도 모르게 소리가 터져 나왔다. 반사적으로 한 팔을 머리 위로 올려 막을 듯한 몸짓을 했다. 좌우로 껑충거리고 피한다고 해도 탁자는 너무 넓고 컸다. 탁자는 그의 머리 위로 가득 펼쳐져 있었다.

쾅!

육중한 탁자가 천재용의 머리와 어깨와 등을 한꺼번에 내려치고는 그를 삼켰다. 한동안 침묵이 흘렀다. 조웅남도, 김칠성도, 백장용도 입을 열지 않았다. 훌쩍거리는 소리에 백장용이 머리를 돌렸다. 윤용근이 벽에 바짝 붙어 앉아 조웅남을 바라보며 울고 있었다.

제4장
마약의 유혹

밤의

대
통
령

차영화는 짧게 숨을 들이마시고는 이내 숨을 멈춘 듯 움직이지 않고 서 있었다. 그녀에게 판매 이야기를 하던 매장 직원이 말을 멈추고 그녀가 바라보고 있는 쪽으로 머리를 돌렸다. 김원국이 다가오고 있었다. 그의 뒤로는 오함마의 험상궂은 얼굴이 보였다. 차영화는 저도 모르게 침을 삼켰다.

"차 사장, 바쁘신가?"

그녀 앞에 선 김원국이 웃으며 물었다.

"아, 아녜요. 전 그냥."

차영화는 당황해서 말을 더듬었다. 그리고 그것을 스스로 의식하자 금방 얼굴이 새빨개졌다. 매장 직원은 몸을 돌렸다.

"그럼 나하고 얘기 좀 할까?"

차영화는 오함마를 힐끗 바라보았다. 무표정한 얼굴로 그녀를 바라보고 서 있는 그가 신경 쓰였다. 잠깐 그의 뒤쪽에 시선을 주었으나 아무도 없었다.

"네, 그럼."

차영화는 앞장을 서서 3층으로 향했다. 김원국은 말없이 그녀의 뒤를 따랐다. 머리를 올려 가볍게 밴드로 묶었으므로 목덜미가 드러나 보였다. 솜털이 나 있었다. 조그마한 점이 있었는데 그것은 처음 보는 것이었다.

사장실에 들어가 자리를 잡고 앉을 때까지 둘은 말이 없었다. 차영화는 한사코 그의 시선과 부딪치지 않으려고 했다. 오함마는 따라 들어오지 않았다.

"장사는 여전히 잘되는가 보지?"

잔잔한 얼굴로 김원국이 물었다. 그는 새삼스러운 듯 방 안을 둘러보았다. 그러다가 시선을 돌려 차영화를 바라보았다.

"왜? 갑자기 찾아와서 놀랐나? 아니면 내가 너무 떠들썩하게 되어서 부끄러운가, 같이 있기가."

"아녜요."

차영화는 머리를 저었다.

"놀랐어요. 너무 갑작스러워서……."

그녀는 김원국이 무혐의로 석방되었다는 소식을 뒤늦게 들었다. 뜻밖이었다. 그리고 조금은 화가 났다. 그는 형을 언도받고 얼마쯤 살아야 되는 것이다. 그래야 자신의 처신도 맞아들어 간 것이 될 것이고, 상황으로 봐도 형을 사는 것이 당연했다.

그러나 몇 달이 지나도록 그에게서는 연락이 없었다. 처음에는 제일섬유 등에게 냉정하게 처리한 일을 꼬투리로 잡고 보복을 하면 어쩌나 하고 무척 불안했었다. 그러다가 시간이 흐르고 아무 일이 없자 차츰 잊게 된 것이었다.

"여전히 매력이 있군."

김원국이 웃는 얼굴로 말했다. 차영화는 무릎을 붙였다.

"이것 봐, 영화."

김원국이 그녀를 불렀다. 시선을 돌려 그를 바라본 차영화의 가슴이 서늘해졌다. 그녀를 바라보는 그의 시선은 처음 보았을 때처럼 싸늘했다.

"난 실망하지 않았어. 왜냐면 난 너를 잘 알고 있기 때문이야. 오히려 너답다고 생각하고 있어. 그러니까 긴장하지 않아도 돼."

"……."

"지나다가 들렀지만 예전처럼 우리와 거래를 해도 이상할 건 하나도 없어. 그리고 내가 다시 구속되면 거래를 끊어도 돼. 아예 계약 조건에 그것을 명기해 두기로 하지."

김원국이 싱그레 웃었다. 차영화는 이제 시선을 피하지는 않았다. 그러나 그를 바라보는 그녀의 시선은 조금씩 흔들렸다.

"내가 영화한테 무엇인가를 기대할 만큼 어리숙한 사람은 아냐. 우린 서로 이용하고 싶었던 거야. 난 네 사업적 재능을, 넌 나의 힘과 보호를 필요로 했지. 그중 하나가 가지고 있던 것이 없어진다면 둘의 관계는 자연히 소멸되는 것이지. 네 육체는 덤이지. 비록 네 몸이지만 너하고 나하고 서로 즐기는 간식 같은 것이었어. 그렇지 않아?"

"……."

"그런데 그 몸뚱이를 근거로 해서 여러 사건들이 많이 생기더군. 우린 그걸 초월한 사람들이지, 아마?"

김원국이 다시 싱긋 웃었다.

"손해 보지 않도록 해줄 테니까 다시 거래를 하지. 어때, 원 사장하고 이야기를 해보겠어?"

차영화는 잠자코 그를 바라보며 앉아 있었다. 그의 말에 틀린 점은 없었다. 그러나 화가 났다. 두려움이 가시자 그의 말 한마디 한마디가 그녀의 자존심을 건드렸다. 아까는 자존심을 생각할 경황이 없었다. 거절할까 하고 문득 생각해 보았다. 그러자 문신을 넣겠다던 괴물이 생각났다. 차영화는 입술을 깨물었다.

"시간이 지나면 사람들은 뒤늦게 후회들을 하지."

김원국이 다시 말했다.

"뒤를 돌아다볼 시간도 없다고 하는 사람들도 있는데, 그건 거짓말이야. 지난 일을 얼렁뚱땅 넘겨 버리려는 핑계지. 어때, 다시 시작하겠어?"

차영화는 이윽고 손해 볼 건 없다고 마음먹었다. 그녀는 머리를 끄덕였다. 제일섬유는 시설도 좋았지만 직원들의 복지도 훌륭해서 일류급 공장이 되어 있었다. 더욱이 지금은 제대로 돌아가는 공장이 드문 때이다.

"그럼 그렇게 전하지."

김원국은 자리에서 일어섰다.

"그리고."

그는 차영화의 머리에서 발까지를 순간적으로 훑어 내렸다.

"오늘 밤에 같이 있을까?"

"싫어요."

김원국은 머리를 끄덕이고 돌아섰다. 문을 열자 지척에 서 있는 오함마의 등이 보였다. 그렇지. 이 녀석도 짜증을 낼 것이다. 앞장서 내려가던 김원국이 저도 모르게 입가에 웃음을 띠었다. 그리고 나름대로 차영화도 같이 있기 싫다는 거절로 기분을 풀었을 것이다. 상처받았다고 느낀 자존심이 그걸로 위안은 되었을 테니까.

"야, 술병 이리 내놔."

조웅남이 손을 내밀며 말했다. 김세덕이 소주병을 들어 그에게 건네자 종이컵에 가득 소주를 따랐다.

"너도 거그 앉어."

턱으로 옆을 가리켜 보였다. 김세덕은 잠자코 그의 옆에 앉았다.

"야, 세덕아."

조웅남이 제법 친근하게 그를 부르자 김세덕은 시선을 돌려 그를 바라보았다. 경계하는 시선이었다.

"나는 말이여, 이 새끼가 부러워 죽겄다."

그는 종이컵에 든 소주를 오유철의 묘에 휙 뿌렸다. 그러고는 다시 종이컵에 술을 채웠다.

"지 각시허고 언지나 같이 있잖여. 안 그러냐?"

"네."

조웅남은 벌컥이며 술을 마셨다. 마시고 난 조웅남이 얼굴을 찡그렸다.

"이건 뒷맛이 좀 달어야 허는디, 그러면 더 잘 팔릴 틴디."

"……."

조웅남이 말없이 손을 내밀자 김세덕이 다시 소주 한 병을 집어 마개를 뜯었다. 조웅남이 가로채듯 병을 받아 들고는 콜라 마시듯이 단숨에 병을 비웠다.

　"옛날에 밥맛이 없을 땐 막걸리에다 밥을 말아 먹었는디, 구수허고 좋더랑게. 너, 그려봤냐?"

　"아뇨."

　"먹어봐. 배부르고, 취허고, 밥 먹고 물 마실 필요도 없고, 좋은 거여."

　"……."

　"근디 소주에다는 밥을 못 말아 먹겄고만. 한번 그리봤으면 좋겄는디. 설탕 가루를 타야능가?"

　조웅남이 다시 손을 내밀어 소주병을 쥐었다.

　"내가 옛날에 동수란 놈이 죽었을 때는 안 그런 것 같은디. 너, 동수 알쟈?"

　"네, 그 형님을 왜 몰라요? 잘 알죠."

　"그 씨발 놈은 레슬링을 했니라. 그놈헌티 잽히기만 허면 끝났지, 끝났어."

　조웅남은 다시 병나발을 불고 빈병을 던졌다.

　"갸가 일본 놈 모가지를 물어뜯어 쥑였다는 얘기했냐?"

　"네."

　아마 20번도 더 했을 것이다. 조웅남은 입을 다물고는 책상다리를 하고 앉아 오유철의 묘를 노려보았다. 바짝 다가앉았기 때문에 허리만 숙이면 묘에 코가 닿을 정도였다.

　"근디 이 자식은 아주 드러운 자식여."

조웅남이 불쑥 말했다. 김세덕이 긴장하여 그를 바라보았다.

"나헌티 유세헐라고 작정을 헌 거여. 야, 세덕아, 생각혀 봐라. 지가 말을 안 허는디 내가 지 각시가 죽어가는 것을 어뜨케 알겠냐? 안 그러냐?"

"그렇죠."

조웅남이 끄덕이고 다시 손을 내밀었다. 술병이 쥐어졌다.

"나한티는 입도 뻥긋 안 혔어. 씨발 놈이 오리발만 내밀었당게. 그리서 제수씨가 죽은 거여. 안 그러냐?"

"……"

조웅남은 술병을 거꾸로 세우고 꿀꺽이며 술을 마셨다.

"잘 죽었지, 씨발 놈. 안 그러면 나한티 맞아 죽었을 팅게."

조웅남은 술병을 내던졌다.

"지 각시하고 편안허게 잘 누워 있고만."

그의 말은 공중에 떠 있는 것 같았다.

조웅남은 부스럭거리더니 호주머니에서 종이 뭉치를 꺼내 들었다. 종이는 겹겹이 싸여 있었다. 조웅남은 거칠게 뭉치를 헤쳤다. 피가 말라붙은 귀 한쪽이 나왔다. 김세덕이 잠자코 그것을 바라보았다. 조웅남은 손으로 묘의 앞부분을 헤쳤다. 조그마한 구덩이가 만들어졌다.

"유철아, 니 원수를 찾았는디 못 쥑였다. 근디 쥑인 것이나 같여. 그리서 귀 한 개 비어 왔응게 니 술안주나 혀라."

묘에 대고 중얼거렸다.

"나를 원망허지 말어, 이 씨발 놈아. 너는 그리도 나보다 행복헌 놈여."

김세덕이 입술을 깨물었다.

"인자 명절 때나 올 꺼여. 긍게 제수씨허고 재미 많이 봐."

조웅남은 힘들게 몸을 일으켰다. 해가 저물어가고 있었다.

*　　　*　　　*

방으로 들어선 홍성철은 주춤 멈춰 섰다. 방 안에 형주량 혼자 있는 것이 아니었다. 화사한 차림새의 젊은 아가씨와 함께 나란히 앉아 있었던 것이다. 형주량이 얼굴을 들어 그를 바라보았으나 표정이 이상했다. 난처한 얼굴이었다. 아가씨의 얼굴도 굳어져 있었다.

홍성철은 잘못 들어왔다고 생각했다. 버릇이 되어서 스스럼없이 형주량의 방으로 들어온 것이 잘못이었다.

"이것 참, 형 형, 실례했군. 밖에 나가서 기다리지."

그는 몸을 돌렸다.

"아냐, 이것 봐, 홍 형. 아무것도 아냐. 이리 와 앉아."

그제야 형주량이 일어서더니 손을 저으며 그에게 말했다.

"아니, 그래두……."

"아, 글쎄, 아니라니까 그러네. 이리 와 앉으라니까."

그는 막무가내였다. 이제는 다가와 붙잡을 것 같았다. 홍성철은 형주량의 앞에 가 앉았다. 아가씨의 정면에 앉은 셈이었다. 아름다운 모습이었다. 아마도 중국 선녀는 이런 모습인가 싶도록 품위가 있는 자태였다. 눈을 내리깔고 탁자를 내려다보고 있으므로 긴 속눈썹이 비 오는 날의 처마처럼 어둡고 촉촉하게 드리워져 있었다. 콧날이 상큼 솟아 있었고 그 밑에 도톰한 입술을 꼭 다물고 있는 것이 화난 것처럼 보였다. 그리고 낯이 익었다.

"아, 저, 소개하지. 우리 형수님이셔."

형주량이 목청을 높여 말했다. 일부러 밝은 분위기로 이끌려고 애를 쓰는 것이 역력하게 드러났다.

"어? 형수님이라니?"

홍성철이 어리둥절해하다가 이내 기억을 되살렸다. 해리슨이 죽기 전날 그의 정부 집에 쳐들어갔을 때 본 여자였다. 리첸이라든가 하는 이름의 여자였으나 그때는 긴장해 있어서 여자에게 신경 쓸 여유가 없었다.

"아아, 기억이 납니다."

홍성철이 말하자 리첸은 눈을 올려 뜨고 그를 바라본 순간 창문이 활짝 열리면서 햇빛이 들어오는 것 같았다.

그녀는 다시 눈을 내리깔았다. 그저 눈만 올려 뜨다 내렸으므로 그녀도 알아봤다는 표시인지 무엇인지 알 수가 없어진 홍성철이 형주량을 바라보았다. 형주량이 두툼한 눈시울을 움직여 열심히 몇 번을 깜짝여 보였다. 그것이 또 잠자코 있으라는 뜻인지 아니면 그냥 얼렁뚱땅 말을 걸어 보라는 표시인지 알 수 없었다. 홍성철은 입을 다물어 버렸다.

"어흠."

형주량이 헛기침을 했으나 누구 하나 상관하지 않았다.

"어쨌든 제가 노력해 보겠습니다. 최선을 다하지요. 네, 믿어주십시오."

홍성철이 그를 바라보았다. 그는 몸을 그녀 쪽으로 숙이고는 열심히 말을 이었다.

"해리슨 형님만큼은 아무래도 못하겠지만, 제가 어쨌든 간에……."

"이분 알아요."

리첸이 홍성철을 가리키며 말했다. 그녀의 옆모습을 바라보고 있던 홍성철은 그녀가 자신을 가리키자 깜짝 놀랐다. 리첸의 표정은 화난 것같이 보였다. 형주량이 우뚝 말을 멈추고 홍성철과 리첸을 번갈아 쳐다보았다.

"뭘, 뭘 말입니까?"

홍성철이 긴장한 얼굴로 물었다.

"우리 그이가 이 사람의 보스인 김원국 씨에게 말했어요. 그때 당신도 있었어요."

"……."

"그이는 나를 행복하게 해주는 것이 즐거움이라고 말했어요. 내가 해달라는 것은 뭐든지 해준다고 했어요."

홍성철도 들었다. 해리슨은 취했었고 홍성철은 김원국이 웃으며 끄덕이던 것을 기억했다. 리첸은 손으로 얼굴을 가렸다. 홍성철의 가슴이 답답해졌다. 손가락 사이로 말이 흘러나왔다.

"그이가 죽고 나자 아무도 찾아오지 않고 방송국에서는 출연도 시켜주지 않아요. 생활비만 사람 시켜서 겨우 보내주면서… 그건 약값도 안 돼요."

홍성철이 상체를 세웠다.

"어디가 아프십니까?"

담배 한 개비가 날아와 홍성철의 얼굴을 때리고 떨어졌다. 머리를 돌리자 형주량이 눈을 부릅떠 보였다. 리첸은 대답하지 않았다. 영문을 알 수 없는 홍성철은 입을 다물었다. 리첸은 얼굴을 들고는 핸드백을 열어 하얀색 손수건을 꺼내 눈 밑을 눌렀다.

"저, 제가 도와드릴 일이 있으면 말씀해 주셨으면 합니다만."

홍성철이 말하자 리첸은 눈물에 젖어 번들거리는 눈으로 시선을 주었다가 내렸다. 시선이 내려지는 순간 홍성철의 심장도 내려앉았다

리첸을 겨우 달래어 돌려보내고 난 형주량은 길게 한숨을 내쉬고 손수건을 꺼내 이마와 콧잔등을 훔쳤다.

"이봐, 형 형, 형수씨를 그렇게 대접하면 어떻게 해?"

홍성철이 나무라듯 물었다.

"모르는 소리 하지 마!"

형주량이 뜻밖에도 화를 벌컥 냈으므로 홍성철이 놀라 눈을 크게 떴다.

"생활비는 충분하단 말이야. 씀씀이가 헤퍼서 그렇지. 장성한 자식 세 명이 있는 우리 집 생활비하고 똑같이 보내고 있어. 한 사람 사는데 말이야."

"……."

"그놈의 마약을 처먹기 때문이야."

"마약? 그럼 아까 약값이라는 게……."

"그렇다니까."

해리슨이 죽고 나자 리첸은 고독감과 소외감을 견뎌내기 힘들었을 것이다. 자신을 여왕처럼 받들던 주변의 사람들은 하루아침에 등을 돌렸다. 당연한 일이었으나 너무 갑작스러운 변화였으므

로 리첸은 당황했고 가까운 곳에 있던 마약을 찾았을 것이다.

"이것 참, 큰일이군."

홍성철이 말했다. 그는 리첸의 얼굴을 떠올려 보았다.

"그러면 안 되는데."

"내가 어떻게 하란 말이야?"

형주량의 얼굴이 일그러졌다.

"어서 형님의 추억을 벗어 던져야지. 그때 생각만 하면 돼? 그때처럼 화려하고, 받들어 모시는 분위기를 못 잊으니까 약을 먹게 되는 거야."

홍성철은 길게 숨만 뱉었다.

빈 타오는 광장을 지나가는 병사들을 바라보았다.

그들은 지휘자의 인솔하에 이열 종대로 질서 있게 행진해 가고 있었다. 임무 교대 시간이 된 것 같았다. 그는 몸을 돌려 책상 앞에 서 있던 깡마른 사내를 바라보았다. 검은 얼굴에 눈의 흰자만 하얗게 드러나 있다.

"그래, 네 생각엔 조진량이란 말이냐?"

"그렇습니다."

"어째서?"

탐 람은 빈 타오를 바라보았다. 조금 전에 홍콩에서 돌아온 그는 홍콩의 조직들을 알아보고 오는 길이었다.

"그쪽이 우리들을 제일 필요로 하고 있습니다. 그리고 그들의 배후에는 중국 세력이 있습니다. 해리슨하고 줄이 닿았던 중국이 이제는 조진량하고 연결된 것 같습니다."

"이봐, 그래도 위천산이나 원량이 등은 형주량한테 공급받기를 원하고 있어. 왜냐하면 그의 구역이 크기 때문이야."

탐 람은 대답하지 않았다.

"형주량이 가만있겠나? 조진량이 공급한 마약을 위천산이가 자신의 구역에서 팔게 놔두겠냔 말이야. 내버려 두지 않을 거다."

"……"

"그건 조진량이 형주량의 세력권 안에 들어가 지분을 빼앗아 가는 것이나 같다. 지금 조진량이는 다급하니까 매달리지만 일단 나에게 마약을 받아 위천산에게 넘기고는 나 몰라라 할 것이 틀림없다."

"……"

"그렇다면 위천산이나 원량은 형주량의 방해로 장사를 하지 못한다. 그럼 손해 보는 건 누구냐? 중간 도매상인 위천산하고 우리 아닌가."

"형주량은 마약 거래에 적극적인 태도를 보이지 않습니다."

"그의 구역이 크다."

"우리에게 거래를 제의해 오지 않고 있습니다."

"자존심 때문이야. 그놈은 해리슨과 동등한 대우를 바라고 있다. 나한테서 말이야."

"……"

"김원국의 조직은 어떠냐? 지금 홍콩에 있는 보스는 홍성철인가?"

"네."

"그놈들은 어때?"

탐 람은 힐끗 빈 타오를 바라보았다.

"잘 아시다시피 우리하고는 거래할 뜻이 없습니다. 그쪽 조직은 헤로인에는 손을 대지 않습니다."

"……."

"그리고 형주량하고는 서로 밀접한 관계입니다. 홍성철과 형주량이 무척 친한 것 같았습니다."

빈 타오는 이맛살을 찌푸렸다.

"조진량이 잔뜩 위축되어 있겠군. 그래, 그러니까 얼른 헤로인을 받아 목돈을 만들고 싶겠지. 세력을 키우려면 돈이 있어야 될 테니까 말이야."

"……."

"알았다. 그럼 내일 나하고 홍콩에 가서 만나보기로 하자. 내 눈으로 보고 거기서 결정하겠다."

탐 람이 절을 하고 방을 나가자 빈 타오는 다시 몸을 돌려 광장을 바라보았다. 이제 홍콩은 각 조직 간의 분쟁이 어느 정도 수습이 되는 중이다. 그동안 어떤 조직이 주도권을 잡는가를 빈 타오는 촉각을 세우고 기다렸다. 결국 해리슨의 조직을 이어받은 것은 김원국의 지원을 받은 형주량이었다. 조진량은 파라마운트에서 쫓겨나 다시 세력을 규합하여 반격했으나 홍성철과 형주량의 세력에 밀려 국경 지대로 쫓겨났던 것이다. 원삼기는 몰락했고 진상주는 더욱 침체되어 겨우 명맥만을 잇고 있었다.

빈 타오는 다시 혀를 찼다. 형주량이 홍성철과 밀접한 관계가 된 것이 어쩐지 마음에 들지 않았다. 해리슨 같으면 이용할 때는 이용하고 차버렸을 것이다. 어쩌면 김원국의 조직이 강했기 때문인지도 몰랐다.

빈 타오는 머리를 끄덕였다. 형주량의 자존심이 강한 것은 알고 있었다. 그러나 그들은 마약 거래를 안 할 수가 없다. 해리슨 시절부터 마약으로 벌어들인 자금을 조직 운영비로 써왔다. 형주량은 기다리고 있을 것이다. 그렇지만 그의 자존심을 약간 긁어주고 초조하게 만들어줄 필요가 있다. 그를 우쭐대게 만들면 이익 될 게 없는 것이다.

벨 소리에 리첸은 잠이 깨었다. 얼굴을 찌푸린 그녀는 벨 소리가 그치고 사람이 돌아가 주기를 간절히 바랐다. 어젯밤 마신 마약의 기운이 떨어져 나가 온몸에 기운이 없다. 손가락 하나 들어올릴 수가 없을 것 같았다. 그리고 세수도 하지 않았고 머리칼도 엉망으로 헝클어져 있었다. 그러나 벨은 다시 울렸다. 눈을 들어 벽에 걸린 시계를 보았다. 오전 11시가 되어가고 있었다.

해리슨이 죽고 나자 모든 것이 일순간에 무너져 버렸다. 그녀의 곁에서 아부하던 방송국 직원과 방송국의 PD들, 클럽의 지배인들, 호텔의 주인들, 카지노의 지배인들, 그들은 하루아침에 표정을 바꾸었다. 그녀가 들르면 겉으로는 웃어 보이나 대하는 태도가 판이해진 것이다. 이제는 의상실에서까지 제때 옷을 끝내주지 않았다. 돈도 떨어졌다. 현주량이 매월 보내 주는 돈은 5일분 마약 값밖에 되지 않았다.

리첸은 해리슨이 죽은 이후 소외감을 견뎌내지 못했다. 여왕처럼 떠받들어지던 옛날과 비교가 되었고 그것이 마약을 상습적으로 복용하게 만들었던 것이다. 예전에는 이러지 않았다. 마약이 집에 가득 있었지만 일이 바빴고 해리슨이 통제를 해주었기 때문이다.

벨이 다시 울리자 리첸은 마지못해 몸을 일으켰다. 다리가 휘청거렸다. 거울을 들여다볼까 하다가 몸을 돌리고 비틀거리며 문으로 다가섰다.

"누구예요?"

짜증 난 목소리로 물었다.

"접니다."

처음 듣는 목소리였다.

"도대체 누구예요?"

"해리슨의 친구 빈 타오입니다."

리첸은 깜짝 놀랐다. 빈 타오를 여러 번 만났기 때문이다. 해리슨이 집으로 초대한 적도 있다. 그녀는 당황해서 잠시 말을 잊었다.

"부인, 빈 타오입니다. 폐가 안 되면 들어가 뵙고 싶습니다만."

"잠깐 기다리세요."

리첸은 서둘러 옷장으로 달려가 가운을 걸치고 얼굴을 다듬었다. 그래도 10분이나 지나고 나서 문을 열었다.

"여전히 아름다우시군요."

빈 타오가 웃으며 들어섰다. 이어서 낯익은 탐 람과 경호원 한 명이 그녀에게 목례를 하고는 뒤를 따라 들어왔다. 그들은 거실의 소파에 앉았다. 빈 타오는 한눈에 리첸이 마약에 중독된 것을 알아차렸다. 그는 표시 나지 않게 집 안을 둘러보았다. 꽃병 위의 꽃은 시들어 늘어졌고 커튼은 한쪽 귀퉁이가 떨어져 나가 축 늘어졌다. 주방에서는 치우지 않은 음식물 냄새가 났다.

"장례식 때 참석하지 못한 인사를 하고 싶었습니다."

빈 타오가 입을 열자 불안한 듯 시선을 주던 그녀가 머리를 끄덕였다.

"그땐 저도 정신이 없었어요."

"요즘 어떠십니까? 해리슨 형이 그렇게 되고 나서 변화가 있는 것 같군요."

빈 타오가 노골적인 시선을 던지며 물었다. 리첸은 입술을 깨물고 대답하지 않았다. 그의 쏘아보는 눈은 모든 것을 알고 있다는 듯 보였다. 그리고 그는 마약 생산업자였다.

"부인, 필요하신 것이 있으면 말씀하세요. 내가 해리슨 형과의 의리를 생각해서 최선을 다해 도와드리겠습니다."

리첸은 침을 삼켰다. 입술은 메말라 갈라졌고 맑았던 눈이 붉게 충혈되어 있었다. 약 기운이 떨어져 초조해지고 불안해지는 증세인 것이다.

빈 타오는 그녀에게 빙그레 웃어 보였다.

"어서 오십시오. 이거 오랜만에 뵙게 됩니다."

조진량의 얼굴이 활짝 펴져 있었다. 빈 타오는 웃으며 그가 내민 손을 잡았다.

"전번에는 실례가 많았습니다. 사람들의 눈을 피해야 할 입장이다 보니까요."

"원, 천만의 말씀을. 우리도 이해하고 있습니다."

그들은 밀실에 자리 잡고 앉았다. 변두리에 있는 조그만 호텔이었다. 이곳은 조진량의 지역이었고 밖은 고청해의 부하들이 철저히 경비하고 있어서 안전했다. 조진량은 빈 타오에게 고청해와 협진을 인사시켰다. 빈 타오도 탐 람과 경호원인 구엔을 그들에게 소개했다.

늦은 밤이었고 그들은 술을 따라 마셨다.

"마약 값이 폭등했더군요."

빈 타오가 혼잣소리처럼 말했다. 조진량이 힐끗 그를 보았으나 입을 열지는 않았다. 그는 빈 타오가 값을 올리든가 아니면 질질 끌어가면서 애를 먹일 것으로 생각하는 눈치였다.

"형주량 씨는 홍성철 씨하고 사이가 좋은 모양이더군요."

"당연하지요. 홍성철 덕분에 파라마운트 빌딩을 되찾게 되었으니까."

조진량이 뱉듯이 말했다.

"김원국은 서울에 있습니까?"

조진량은 빈 타오를 바라보았다. 자꾸만 그쪽 이야기를 꺼내는 그에게 기분이 언짢아진 모양이었다.

"그렇습니다."

빈 타오는 술잔을 내려놓았다.

"조 선생, 마약을 나한테서 가져가면 누구한테 넘기십니까?"

"그야 위천산과 원량입니다."

"미리 말씀은 해보셨습니까?"

"아직 하지 않았습니다. 확실히 빈 선생과 합의 본 것도 아니어서요."

조진량은 불안해졌다. 위천산 등이 거절하지는 않을 것이다. 그들도 목을 빼고 기다리고 있다. 그들이 실력만 있다면야 당장 빈 타오와 접촉해서 마약을 가져올 것이다. 그것이 가격도 훨씬 싸고 편리하기도 할 테니까. 그러나 그들은 지역을 장악하지 못했다. 각 지역에서 마약 장사를 하려면 지역 보스의 허락을 받고 수수료를 떼어주든지 아니면 지금처럼 지역 보스가 나눠 주는 마약으로 장사를 해야 한다. 만일 위천산 등이 빈 타오를 직접 만나려는 눈치가 보이기라도 한다면 지역 보스들의 공격을 받아 이틀을 살아남기 힘들 것이다.

"이번에 3킬로그램을 드리겠소."

빈 타오가 말했다.

"3킬로그램?"

조진량이 상체를 식탁에 바짝 붙이고 물었다. 마약을 넘긴다는 것에 기분은 풀렸으나 수량이 흡족하지 않은 듯 보였다.

"그렇소."

"본래 매월 10킬로그램이 아니었습니까?"

"그렇소. 그렇지만 조 선생이 직접 처음 시작하는 것이니만큼 서로 신중을 기하려고 하는 것입니다."

"……"

"이번에 잘되면 조금씩 물량을 늘려가기로 합시다."

조진량은 혹시 빈 타오가 형주량이나 원삼기에게 마약을 나눠 주지 않았나 하는 의심이 들었다.

"선생, 참고 삼아 말씀드리지만 공급 창구가 일원화되어야지 여럿이되면 가격 문제라든가 판매에 극심한 혼란이 옵니다."

"알고 있어요. 염려하지 마시오."

빈 타오는 무슨 말인지 알겠다는 듯 빙긋 웃었다. 조진량은 그의 뱀 같은 눈이 번쩍이는 것을 보고는 시선을 돌렸다. 그러나 어차피 마약은 손에 쥐었다. 3킬로그램을 위천산과 원량에게 넘길

때 최소한의 이익금이 150만 달러는 될 것이다. 이놈 말대로 이번이 시작이니까.

조진량은 머리를 끄덕였다.

"좋습니다. 돈을 준비하지요. 시간과 장소를 정합시다."

분위기가 조금씩 풀려가고 있었다.

곽도위는 32살로 광동성 출신의 사내였다. 두 눈썹 사이에도 털이 나 있어서 멀리서 보면 이마 밑에 먹으로 한일자를 그려놓은 것같이 보였다. 주먹질에 능했고 봉을 잘 썼다. 그러나 봉이 싸움질을 할 때 모양만 그럴듯하지 별 효과가 없다는 것을 깨닫고는 쇠뭉치로 바꿨다. 짧은 쇠몽둥이에 사슬을 매어 던지거나 내려치면 상대방은 당장에 머리통이나 팔다리가 박살이 났다. 그는 또한 주색잡기에도 능했으므로 알려진 건달이었다.

그는 저녁 9시가 되었을 때 파라마운트 빌딩에서 두 블록 떨어진 식당가 골목에 서 있었다. 지나가는 사람들을 바라보면서 기름 냄새가 풍기는 식당 벽에 등을 기댄 채 누군가를 기다리는 태도였다. 저녁 식사 시간이어서 식당 골목은 혼잡했다. 30대의 사내가 다가오는 것을 본 곽도위는 등을 돌리고 천천히 걸어 식당의 후문을 열고 들어섰다. 문 안쪽에 기대고 섰을 때 그 사내가 들어왔다. 바짝 마른 몸에 양복을 걸친 모습이었다.

"있습니까?"

"응, 돈은?"

곽도위는 의심스러운 표정을 짓고 사내를 보았다.

"여기."

사내는 주머니에서 한 뭉치의 지폐를 꺼내 보였다. 곽도위가 잠자코 주머니에서 종이봉투를 꺼내더니 사내에게 건네주고는 돈을 가로챘다. 그러고는 손가락에 침을 묻혀가면서 돈을 세었다.

사내는 봉투를 열고 하얀 분말이 들어 있는 조그마한 비닐봉지 개수를 세었다. 사내는 그중 한 봉지를 이빨로 찢더니 혀를 가져다 댔다. 이윽고 그는 머리를 끄덕였다. 곽도위도 지폐를 호주머니에 집어넣었다.

"이봐, 서담에게 이야기해. 다른 사람에게는 절대로 발설하면 안 돼. 알겠지?"

끄덕이며 사내는 문을 열고 나갔다.

잠시 후에 곽도위도 밖으로 나왔다. 그는 위천산의 심복으로 마약 소매상이었다. 위천산이 어제 조진량으로부터 2킬로그램의 마약을 받고는 부하인 소매상 조직을 동원하여 판매를 시작한 것이다. 그러나 이곳은 형주량의 지역이므로 조심해야 했다. 아직 형주량은 마약이 빈 타오로부터 조진량에게 넘어간 사실을 모르는 것 같았다. 그러나 며칠 후면 알게 될 것이다. 그리고 그때는 마약이 모두 뿌려지고 난 다음일 것이다.

곽도위는 다시 벽에 등을 기대고 서 있었다. 골목 입구에서 파는 새우튀김 냄새가 진동을 했다. 40대의 여자가 손수레 위에 가스 곤로를 얹어놓고 끓는 기름에 새우를 튀기는 중이었고 그 앞에서 사내 세 명이 새우를 집어 먹고 있는 것이 보였다. 그들은 곽도위의 부하였다.

곽도위는 팔짱을 끼고 콧노래를 불렀다. 그는 위천산으로부터

200그램을 받았다. 그러나 그가 거래하는 양은 300그램이었다. 밀가루와 우유 가루를 적당히 섞어 넣은 것이다. 이것으로 한밑천 잡을 수 있다고 생각하자 기분이 날아갈 듯 상쾌했다. 단숨에 5만 달러가 손에 떨어지는 것이다. 그때 허름한 양복 차림의 사내 둘이 골목으로 들어섰다.

부하 하나가 새우튀김 가게를 빠져나와 그들 앞을 가로막듯 섰다.

"무슨 일이오?"

"아, 나, 이야기를 들었는데, 약을 좀……."

한 사내가 떨리는 목소리로 말했다.

"누구한테?"

"위천산 형이오. 내 고향 사람인데 약을 좀 구해달라니까 여기로 가보라고 해서……."

곽도위는 혀를 찼다. 제 입으로 철저히 비밀로 하라고 해놓고선 고향 사람에게 위치를 알려준 것이 못마땅했던 것이다. 그리고 제가 약을 주든지 말든지 할 것이지 여기까지 그를 보낸 것이 그의 인정머리 없음을 보여주는 것 같았다. 부하는 위천산의 이름이 나오자 주춤하고는 곽도위를 바라보았다.

곽도위는 끄덕이며 식당의 후문을 밀고 들어섰다. 식당 후문 안쪽은 지저분한 쓰레기가 쌓여 있는 빈터였다. 빈터 안쪽의 문을 열면 식당의 주방이 나온다. 사내들 둘이 따라 들어왔다.

"돈은?"

곽도위가 물었다. 사내가 호주머니에서 지폐 뭉치를 꺼내 보였다. 다섯 봉지 값은 되어 보였다. 곽도위는 안주머니에 손을 집어넣었다. 순간 그의 아랫배에 격렬한 충격이 왔다.

"헉."

곽도위가 숨을 짧게 내쉬면서 허리를 굽혔다. 그러나 눈을 부릅뜨고 있었다. 다시 그의 턱에 충격이 왔다. 옆에 선 사내가 그의 턱을 주먹으로 쳐 올린 것이다. 눈에서 수백 개의 불똥이 반짝였다. 그러자 다시 목덜미에 바위가 떨어지는 듯한 느낌이 왔다. 곽도위는 의식을 잃었다. 잠시 후 부하 한 명이 식당 후문을 열고 들어왔다.

"아니?"

그는 엎어져 의식을 잃고 있는 곽도위를 보았다. 그의 윗도리는 젖혀져 있었고 호주머니는 모두 안감이 밖으로 튀어나와 있었다. 행여나 하고 곽도위의 호주머니를 뒤져 보았다. 돈도 마약도 아무것도 없었다.

빈 타오는 머리를 끄덕였다.

"그럼 자네는 농장으로 돌아가 봐. 나도 곧 돌아갈 테니까."

그의 앞에 앉았던 짧은 머리의 사내가 일어섰다. 넓은 얼굴에 광대뼈가 두드러진 얼굴이었고 피부는 검었다.

"그럼 돌아가 보겠습니다. 마침 저녁 비행기가 있습니다."

그는 빈 타오의 마약 농장과 저택을 경호하는 차오 중령이었다. 태국의 육군 중령이었다가 제대하고는 빈 타오의 부하가 된 것이다. 그러나 그는 500명에 가까운 병사들을 거느리고 있었는데 그것도 최신 무기로 무장된 병사였다. 태국 육군도 그들처럼 완벽한 장비를 갖추지 못했다. 차오 중령은 자신의 부대에 대해서 자부심을 가지고 있었다.

차오가 돌아간 후 탐 람이 들어왔다. 그의 표정은 언제나 음울했다. 빈 타오는 그가 웃는 것을 본 적이 없었다.

"보스, 이번에 차오 중령이 가져온 마약은 누구에게 주실 겁니까?"

그가 탁자 위에 놓인 가방을 바라보면서 물었다.

"며칠 기다려 보자."

빈 타오가 생각에 잠긴 얼굴로 말했다.

"내가 던진 미끼에 물고기들이 어떻게 뛰노는지 본 다음에 결정하겠다."

어제 조진량에게 준 3킬로그램의 마약은 오늘쯤이면 두 배쯤 가격이 올라 위천산이나 원량 등의 마약 도매상에게 넘겨졌을 것이다. 그것이 다시 두 배쯤 가격이 올라 소매상들에게 나눠진다. 빠르면 오늘 중 나누어졌을 것이다.

소매상은 또 저희들대로 가격을 두어 배 올리고, 밀가루를 타곤 해서 홍콩 전역에 뿌린다는 것을 빈 타오는 잘 알고 있었다.

오늘내일 중으로 홍콩은 마약 가루로 뒤덮인다. 늦어도 모레쯤이면 횡재한 놈도 생기고 울화를 터뜨리는 놈도 생길 것이다. 마약으로 죽어가는 사람들을 빈 타오는 꿈에도 생각하지 않았다.

마약은 먹으면 황홀한 것이다. 황홀해지고 좋으라고 먹는 것이지, 죽으라고 먹는 것이 아니다. 계속 먹다가 만일 죽는다면 그놈은 극락을 헤매다가 죽는 것이다. 그렇게 죽으면 그보다 더한 행복이 없다. 마약이 떨어져서 죽는다면 그것은 모르는 일이다. 그것까지 상관할 수가 없다. 먹으려면 돈이 있어야 할 것이고, 돈 없으면 먹지 않으면 되지 않는가.

제5장
위험한 정사

밤의
대통령

"커피 한 잔 드릴까요?"

리첸이 다가와서 물었다. 몸에 꼭 끼는 진청색 실내복을 입고 있어서 둥근 어깨와 젖가슴의 윤곽이 드러났다. 긴 드레스는 허리 부분에서부터 터져 있었는데 허벅지의 맨살에 윤기가 흐른다.

"좋습니다. 주십시오."

홍성철은 자신의 목소리가 갈라져 있는 것을 들었으므로 침을 모아 삼켰다.

리첸은 드레스를 살랑이며 주방으로 걸어갔다. 방 안의 공기가 흔들리면서 향내가 맡아졌다. 홍성철은 슬쩍 안주머니에 든 봉투를 만져 보았다. 김원국이 보내준 거금 10만 달러가 들어 있었다. 형주량과 함께 있을 때 리첸이 찾아와 하고 간 이야기를 김원국에게 보고했던 것이다. 형주량에게 들었던 이야기도 했다. 잠자코 듣고 있던 김원국이 며칠이 지난 오늘 아침 돈을 보내왔던 것이다.

—생활비에 보태 쓰라고 해라. 다른 이야기는 할 것 없다.

김원국은 그렇게만 말했다.

"그렇지만 형님, 형주량 말로는 마약 사 먹을 거라고 합니다. 밑빠진 독에 물 붓기라고 하는데요."

김원국은 대답하지 않았지만 홍성철은 은근히 기뻤다. 형주량의 사무실에서 리첸을 보고 난 후부터 자주 그녀의 얼굴이 떠올랐던 것이다.

리첸이 커피 주전자와 잔을 쟁반 위에 담아 들고 다가왔다. 홍성철은 물끄러미 그녀를 바라보았다. 한강상사 이전부터 여자들을 보아왔으나 이렇듯 매혹적인 여자는 처음이었다. 이국적인 분위기가 가미되었다손 치더라도 그녀는 보호해 주고 싶은 남자의 본능과 잔인하게 짓누르고 싶은 성적 충동과 그녀의 몸 안에 들어가 잠기고 싶은 모든 감정을 일으키게 하는 여자였다.

그녀는 홍성철의 앞에 와 잔에 커피를 따랐다. 가늘고 긴 손가락을 본 순간 홍성철은 어금니를 물었다.

"그런데 웬일이세요?"

리첸이 얼굴을 들고 물었는데 두 볼이 상기되어 있다. 눈이 조금 충혈된 것 같았지만 물기를 띠어서 반짝였다. 붉은 입술 사이로 하얀 치아가 조금 드러났다.

"네?"

되물었던 홍성철이 안주머니에서 봉투를 꺼내 탁자에 올려놓았다.

"형님께서 보내주신 겁니다. 생활비로 쓰시랍니다."

리첸은 봉투를 내려다보았다.

"김원국 형님 말씀인가요?"

"네."

리첸은 봉투를 집어 들고 안에 든 수표를 꺼내 보았다. 무의식
중인지 한쪽 다리를 들어 다른 다리 위에 걸치자 허벅지가 통째
로 드러났다. 터진 드레스 사이로 드러난 맨다리가 홍성철의 시
야에 가득 펼쳐졌다. 리첸은 수표를 탁자 위에 내려놓았다.

"고맙다고 전해주세요."

그 순간 리첸이 홍성철의 시선을 잡았다. 습기 띤 눈빛이 강해
졌고 두 볼이 달아올라 눈자위까지 붉게 물들어 있었다. 입을 조
금 벌린 리첸이 가늘게 한숨을 내쉬고는 소파에 등을 기댔다. 그
녀의 시선에 빨려든 것처럼 홍성철이 벌떡 일어섰다.

"저, 가겠습니다."

또다시 메마른 소리가 났다. 리첸은 대답하지 않았고 홍성철
도 그녀를 내려다본 채 움직이지 않았다. 반발하듯이 홍성철은
불쑥 그녀에게 한 걸음 다가섰다. 리첸이 눈을 크게 떴지만 움직
이지 않았다. 홍성철은 다시 한 걸음 다가서 허리를 숙여 그녀를
번쩍 안아 들었다. 리첸은 한 손으로 그의 목을 껴안았다. 홍성
철이 입술을 갖다 대자 그녀는 그의 입술을 빨았다. 그렇게 안고
선 채 한동안 입맞춤이 계속되었다.

"저기, 침실은 저쪽이에요."

리첸이 허덕이며 말했으므로 홍성철을 발을 떼었다. 침대에 그

녀를 눕히자 그녀는 반듯이 누운 채로 움직이지 않았다. 홍성철이 그녀의 옷을 서둘러 벗기는 바람에 단추가 뜯겨져 나갔다. 리첸은 이제 브래지어와 팬티 차림이 되었다.

옷을 벗어 던진 홍성철이 브래지어를 벗겨내자 리첸의 입에서 가는 신음이 뱉겨졌다. 팬티가 벗겨졌을 때 석고로 만든 조각처럼 희고 매끄러운 몸뚱이가 침대에 반듯이 눕혀졌다. 그녀는 두 다리를 모으고 두 팔을 허리에 갖다 붙인 채 누워 있었다.

홍성철은 잠시 그녀를 내려다보았다. 리첸은 가늘게 눈을 뜨고 천장을 바라보는 것 같았다. 그러나 반쯤 벌려진 입에서 거칠게 몰아쉬는 숨소리가 들렸다. 홍성철은 그녀의 몸 위에 오르고는 거칠게 다리를 벌렸다.

"아아아."

리첸이 커다랗게 신음 소리를 냈으므로 흠칫 놀란 홍성철이 움직임을 멈췄다. 이윽고 다시 그녀의 허벅지 안쪽에 손을 대었더니 리첸이 하반신을 비틀었다. 그녀의 은밀한 곳에 손을 대자 그곳은 이미 흠뻑 젖어 있었다. 리첸은 온몸을 부들부들 떨면서 아랫배를 심하게 요동쳤다. 그러나 아직도 두 주먹을 움켜쥔 채 허리에 붙이고 있었다. 눈을 부릅뜨고 천장을 바라보고 있었으나 초점이 멀다. 벌린 입에서는 끊임없는 신음 소리가 울려 나왔다.

홍성철은 그녀의 깊은 곳에 자신을 집어넣었다. 그녀의 하반신이 거칠게 요동치면서 홍성철의 몸을 받는다. 리첸은 조율이 잘 된 악기로 되돌아가는 중이다.

＊　　　　＊　　　　＊

방 안에 들어선 빈 타오는 주위를 둘러보았다.

"오랜만에 이 방에 들어왔네."

소파에 앉은 그는 가죽을 가볍게 두드렸다.

"형 선생이 뒤를 이어서 다행입니다."

형주량은 얼굴에 웃음을 띠고 있었으나 마음이 편치는 않았다. 그는 빈 타오가 조진량에게 마약을 공급해 준 것을 알고 있었다. 해리슨의 뒤를 이은 것은 자신인데 빈 타오는 자신을 무시한 것이다.

"오늘 내가 온 것은 예전의 그 사업 때문입니다."

빈 타오가 정색하고 말했다.

"어떻습니까? 나는 형 선생이 제의해 오시기를 기다리고 있었는데요."

"조진량이는 먼저 제의하던가요?"

빈 타오는 빙그레 웃었다.

"그렇습니다."

"나를 조진량이와 같이 생각하고 있습니까?"

"그렇지는 않소, 형 선생."

빈 타오가 담뱃갑에서 담배를 꺼내 들었다.

"그럼 조진량에게 마약을 공급해 준 이유는 뭡니까?"

형주량이 빈 타오를 쏘아보았다.

"시장 조사를 하기 위해서요."

빈 타오는 시선을 피하지 않았다.

"시장 조사?"

"그렇소. 그리고 이제 시장 조사는 끝났습니다."

빈 타오가 흰 이를 드러내 보이며 웃었다.

"조진량은 시장을 장악할 수 없다는 것이 증명되었어요."

"……"

"이제는 그가 나에게 마약을 받아 간다 해도 위천산 같은 도매상들이 그에게서 마약을 구입하지 않을 겁니다. 지난번 같은 사고가 생기면 안 되니까요."

형주량은 그를 바라본 채 입을 열지 않았다.

"잘 아시겠지만, 이쪽 구역에서 위천산의 직계 부하 하나가 마약 거래를 하다가 마약을 강탈당했습니다. 위천산은 조진량에게 항의를 했지만 조진량은 속수무책인 것 같고."

"……"

"책임질 수도 없으면서 마약을 받았으니 이것은 조진량의 잘못이지요. 이제 나는 조진량의 한계를 알았습니다."

"……"

"계약을 하십시다. 조건은 전에 해리슨 선생과 하던 그대로 해드리겠습니다."

형주량은 머리를 끄덕였다. 빈 타오가 힐끗 그를 바라보았으나 형주량의 표정은 변화가 없었다.

빈 타오가 사무실을 나가자 기다렸다는 듯이 도찬위가 들어섰다. 온몸이 둥글둥글한 사내로 형주량과 20년 가깝게 지내온 심복이었다.

"계약은 끝내셨습니까?"

형주량이 머리를 끄덕이자 그는 싱긋 웃었다.

"그럼 약을 받으면 지난번 곽도위에게게서 뺏은 것과 함께 위천산에게 넘기면 되겠군요."

"……."

"위천산이, 그놈은 저한테 뺏긴 약을 다시 돈 주고 사가는 셈이 되겠습니다."

도찬위는 기분이 좋아 보였다.

"빈 타오, 그놈도 조진량이에게 약을 넘기면 어떻다는 것을 깨달았겠지요. 이쪽저쪽에다 다리를 걸치려고 했던 놈입니다."

형주량은 가볍게 머리만 끄덕였다.

빈 타오는 아편을 조금 넣은 수제 담배를 입에 물더니 불을 붙이고는 길게 한 모금 빨았다. 금방 머리가 맑아지고 기분이 상쾌해졌으므로 눈을 가늘게 뜨고 앞에 서 있는 탐 람을 바라보았다.

"형주량하고는 계약이 끝났지만 아직 마음이 놓이지 않는 점이 있어."

탐 람은 잠자코 그의 말을 기다렸다.

"홍성철의 반응이야. 그놈에겐 아직 우리가 접근하려고 하지도 않았지만 그놈도 마찬가지야. 그의 구역에서 위천산이 거래할 때 그놈이 어떻게 나올지 알 수가 없다."

"형주량이 알아서 보호해 주지 않겠습니까?"

"글쎄."

다시 연기를 빨아들인 빈 타오는 잠시 생각에 잠겨 있다가 말을 이었다.

"김원국이 마약 거래를 금지시킨 이상 홍성철이가 거래를 할
리는 없지."

"……."

"홍성철이를 감시해라. 지금 상황에서 제일 불안한 놈이 그놈
이야."

"알겠습니다만, 설마 그놈이 어떻게 하겠습니까? 형주량이 하
는 일을 방해하지는 않을 것 같습니다."

빈 타오는 잠시 그를 바라보더니 말했다.

"그 반대로도 생각할 수 있지. 홍성철이 일하는 데 형주량이는
상관하지도 못할 거야. 형주량이 주도권을 잡는 데 그의 도움이
컸으니까 말이야."

"알겠습니다."

탐 람이 몸을 돌렸다.

"참."

빈 타오의 말에 탐 람이 멈춰 섰다.

"리첸의 마약이 떨어질 때가 되지 않았나?"

탐 람이 웃는 것처럼 보였다. 검은 눈은 조금도 흔들리지 않았
으나 하얀 치아만 보이는 웃음이었다.

"세게 먹었다면 어제쯤 마약이 떨어졌을 겁니다."

"흠."

빈 타오는 담배를 재떨이에 버렸다.

"이번엔 조금만 주도록 해야겠군."

무슨 말인지 이해가 간 듯 탐 람은 머리를 끄덕이고 방을 나갔다.

온몸이 날아갈 것같이 가벼워진 빈 타오는 자리에서 일어섰다. 거울에 비친 자신의 몸이 보였다. 짧게 깎은 머리는 반백이 되었다. 그러나 검은 눈은 힘 있게 광채를 내면서 움직였다. 우뚝 솟은 콧날에 이목구비가 반듯한 얼굴이었다. 깊고 검은 눈이 다소 차갑게 보였으나 그는 만족한 듯 거울을 보고 웃었다. 형주량에게 5킬로그램의 마약을 팔았다. 그리고 다음 달부터는 형주량에게만 매월 10킬로그램씩 공급할 예정이었다.

조진량도 할 말이 없을 것이다. 그가 불평을 한다면 매월 그에게 1킬로그램 정도만 공급해 줄 예정이었다. 그 이상은 무리였다.

소파에 돌아와 생각에 잠겨 있던 빈 타오는 전화기를 끌어당겼다. 수화기를 들고 다이얼을 눌렀다.

─네, 오리엔트호텔입니다.

교환의 목소리가 들렸다.

"홍성철 씨를 바꿔주시오."

─잠깐 기다리세요.

빈 타오는 약간 긴장이 되었다.

─여보세요.

무뚝뚝한 남자가 전화를 받았다.

"홍성철 씨를 부탁합니다."

─실례지만 누구십니까?

그는 홍성철의 부하인 모양이었다.

"난 빈 타오라고 합니다."

─잠깐 기다리세요.

잠시 후에 굵은 목소리가 흘러나왔다.

―홍성철입니다.

"난 빈 타오라고 합니다. 이거 전화로 먼저 실례합니다."

빈 타오가 정중히 말했다.

―아, 빈 선생. 말씀은 많이 들었습니다.

홍성철도 예의를 갖췄다.

"찾아뵙고 인사를 나눠야 하겠습니다만, 잘 아시다시피 제 일이 좀 신경이 쓰이는 일이어서요."

빈 타오의 말에는 웃음기가 띠어 있었다.

―그러시겠지요. 이해합니다.

"어제는 형 선생을 만나 이야기를 끝냈습니다. 그리고 나니까 홍 선생에게 아무 말씀을 드리지 않는 것도 무례한 것 같아서 말입니다."

―……

"원래 제 물건은 홍콩과는 인연이 깊지요. 너무 역사가 오래되어서 홍 선생께서는 잘 이해하지 못하실 겁니다. 하긴 홍콩도 아편 때문에 영국령이 되었지만 말입니다."

홍성철은 대답하지 않았다.

"홍 선생께서 괜찮으시면 제가 얼마쯤 공급해 드리겠습니다. 홍 선생은 그것을 도매상에 넘기면 되니까요. 홍 선생께선 선생의 구역에서 그들이 장사를 하도록 내버려 두시기만 하면 되지요."

―알고 있습니다.

그의 말소리는 딱딱했다.

"어떻습니까? 고려해 보시겠습니까?"

―호의는 고맙지만 거절합니다.

"허어, 저런."

빈 타오는 빙긋 웃었다. 예상하고 있었던 것이다.

"홍 선생, 마약은 어쨌든 홍 선생의 구역으로 들어오게 됩니다. 그럴 바에는 홍 선생이 직접 관리하셔서 이득을 챙기는 게 낫지 않겠습니까?"

―들어오기 힘들 겁니다.

빈 타오의 얼굴에 웃음기가 가셨다.

"홍 선생, 이건 호의로 드리는 말씀입니다. 만일 홍 선생 구역으로 물건이 흘러들어 왔다고 생각해 보세요. 두 분 우의를 봐서 방법이 없지 않겠습니까?"

―그건 그때 봐서 할 일입니다.

"비가 내리는데 그쪽은 비를 맞지 않는다고 생각하시는 건 아니겠지요?"

홍성철은 대답하지 않았다.

"고려해 주십시오. 저는 언제라도 기다리겠습니다."

―어쨌든 고맙습니다.

빈 타오는 수화기를 내려놓았다. 그가 마약 거래를 하지 않을 것은 분명해졌다. 확인이 된 것이다. 그러나 이제 그는 형주량이 거래를 시작한 이상 대놓고 반발하지는 못한다. 그렇게 된다면 형주량과의 관계가 불편해지고 말 것이다. 그리고 형주량의 구역에서 마약이 흘러들어 온다든가, 형주량이 보호해 줄 책임이 있는 마약 소매상들이 그의 구역에서 거래를 할 때 그들에게 손을 댄다면 형주량에게 도전하는 셈이 된다.

빈 타오는 의자에 편안하게 앉았다. 바보 같은 놈이라는 생각이 들었다. 저 혼자 우산을 쓰고 있는 것이다.

*   *   *

베란다의 유리문은 반쯤 열려 있었으므로 바닷바람이 몰려 들어와 커튼을 커다랗게 부풀렸다. 탁자 위에 놓인 종이 몇 장이 바람에 날려 응접실 바닥에 떨어졌다. 홍성철은 일어나 베란다의 문을 닫았다. 바깥에서 들려오던 소음이 그치자 주방에서 달그락거리는 소리가 들렸다. 소파에 깊숙하게 앉아 홍성철은 술잔을 고쳐 쥐었다.

리첸이 쟁반에 얼음 통과 안주를 담아 들고 다가왔다. 그녀는 어깨가 드러난 분홍색 나이트가운 차림이었다. 얇은 가운 밑으로 그녀의 맨몸이 드러나 보였다. 리첸은 쟁반을 탁자 위에 놓고 그의 옆에 앉았다.

"어제는 왜 안 왔어요?"

맑은 소리로 물었다. 홍성철은 팔을 뻗어 리첸의 부드러운 허리를 안았다.

"바쁜 일이 있었어."

"무슨 일?"

"회사 일이야."

그의 품에 안겨 있던 리첸이 얼굴을 들었다.

"이젠 혼자 있기 싫어요. 여기서 회사로 출근할 수도 있지 않아요? 여기서 같이 살아요."

홍성철은 그녀를 내려다본 채 대답하지 않았다.

"여보, 부탁이에요."

리첸은 시선을 떼지 않았다. 홍성철은 그녀의 이마 위에 내려온 몇 올의 머리카락을 쓸어 올렸다.

"혼자 있기가 무서워요."

홍성철은 머리를 끄덕였다.

"그래, 나도 같이 있고 싶어."

리첸의 얼굴이 환해졌다.

"하지만 첸, 이젠 약을 먹지 말아야 돼. 무슨 말인지 알겠어?"

리첸의 눈이 크게 떠졌다. 그녀는 몸을 떼고 소파에 등을 기댔다.

"알고 있었어요?"

눈을 깜박이며 조그맣게 물었다.

"처음부터 알고 있었어."

"……."

"그리고 너를 처음 본 순간부터 좋아했었고……."

리첸은 시선을 내렸다.

"약을 끊도록 해봐. 내가 도와줄 테니까. 어때, 할 수 있겠지?"

"네, 조금씩만."

리첸의 얼굴이 붉어졌다.

"조금도 안 돼."

"……."

"나는 있는 그대로의 리첸이 좋아. 그리고 약으로 더 좋아질 것도 없어. 첸, 내가 무슨 말 하는지 알고 있지?"

"알아요."

리첸이 겨우 대답했다.

"그럼 집 안에 있는 약은 내가 모두 버리겠어. 그래도 되지?"

리첸은 대답하지 않았다. 홍성철이 손에 쥔 술잔을 내려다보면서 무언가를 생각하는 눈치였다. 이윽고 그녀가 얼굴을 들었다.

"저어, 전에는, 그이가 계실 때는요……."

홍성철은 잠자코 다음 말을 기다렸다.

"이렇게 많이 먹지는 않았어요. 그이가 조금씩만 주었어요. 그리고 저는 바빴기 때문에 약을 먹지 않아도 견딜 수 있었어요."

"……."

"지금은 하루 종일 집에 있어요. 밖으로 나가면 저한테 억지로 아는 체하는 사람들을 보기가 싫어요."

홍성철이 이맛살을 찌푸렸다.

"억지로라니? 누가 억지로 첸에게 아는 체를 해?"

"동정하는 거예요. 방송국에서도, 무대에서도 모두 쫓겨난 절 비웃는지도 몰라요."

"……."

"그런 사람들 만나기도 싫어요."

"이봐, 첸."

"당신이 옆에 있어 주면 좋아요. 그래요, 약도 끊을게요. 노력해 보겠어요. 그러니까 당신이 지켜줘야 해요."

"그래, 내가 옆에 있어 줄게."

홍성철은 그녀의 팔을 잡아 끌어당겼다.

"당신은 아름다운 여자야."

리첸은 그의 가슴에 얼굴을 묻었다. 가슴이 두근거리면서 입안이 메말라 왔다. 약을 먹을 시간이었다.

"당신의 아름다움이 당신을 평범하게 살지 못하게 하는지도 몰라."

리첸은 홍성철의 가슴속에서 이를 악물었다.

"내가 도와줄 테니까. 방송국에도 한번 다리를 놓아볼게."

"……"

"그러니까 첸도 이를 악물고 참아야 돼. 알았어?"

리첸은 머리를 끄덕였다. 그녀는 얼굴을 떼고 몸을 일으켰다. 홍성철은 그녀의 이마에 조그맣게 땀방울이 배어 있는 것을 보았다.

"왜?"

"화장실에……"

리첸은 방으로 들어가 경대 서랍을 열었다. 납작한 유리병 안에 흰색 분말이 반쯤 채워져 있었다. 그녀는 서둘러 옆에 놓인 조그마한 스푼으로 분말을 반 스푼쯤 종이 위에 쏟아놓았다. 종이를 접어 들고 화장실에 들어간 리첸은 컵을 꺼내 분말을 털어 넣었다. 수도꼭지를 틀어 잔에 물을 반쯤 채운 그녀는 단숨에 들이마셨다.

가슴에 한 손을 얹고 그녀는 숨을 헐떡였다. 거울을 들여다보았다. 그러자 차츰 온몸에 따스한 기운이 뻗쳐 왔다.

거울 속의 그녀의 얼굴이 부드러워지면서 이윽고 얼굴에 웃음이 피어올랐다. 두 눈이 반짝였다. 응접실에서 기다리고 있는 홍성철을 생각하자 온몸에 전류가 흘러 지나는 것처럼 짜릿한 충동이 스쳤다. 그녀는 길게 한숨을 내쉬었다. 행복했다.

＊   ＊   ＊

시장 입구를 빠져나오던 곽도위는 행인들 사이에서 서담을 발견했다. 그는 곽도위를 알아보지 못한 모양으로 바쁜 듯 사람들을 헤쳐 가고 있었다. 주위를 둘러본 곽도위는 서담을 뒤따르기 시작했다.

위천산이 두려운 곽도위는 집을 뛰쳐나와 방황하고 있었다. 아직 위천산이 자신을 찾고 있다는 말은 듣지 못했으나 내버려 둘 사람이 아니었다. 빼앗긴 마약 대금을 물어내지 못할 것을 알고 있으니만치 홧김에 목숨이라도 가져갈 사람이었다. 그래서 홍콩의 변두리를 돌아다니며 동가식서가숙으로 지내왔던 것이다.

서담은 로타리를 돌아 번화가로 들어서고 있었다. 곧장 내려가면 오리엔트호텔이 나온다. 밤 9시가 넘었으나 인도에는 사람들이 가득했다. 사람들에게 부딪히면서 서담을 따라가던 곽도위의 마음속에 어떤 생각이 조금씩 굳어지고 있었다. 시장 앞에서 서담을 발견했을 때 그는 다가가서 돈이나 몇 푼 빌리려고 했다. 서담은 마약 판매책이었다. 그의 호주머니에는 마약과 함께 항상 몇만 달러가 들어 있는 것이다.

서담은 오리엔트호텔 근처의 중국 음식점 앞에 섰다. 곽도위도 멀찍이 멈춰 서서 그를 바라보았다. 오래된 중국 음식점은 2층으로 올라가는 계단이 있었고 손님이 많지 않아 한산한 곳이었다. 낡은 간판은 붉은 글자가 거의 지워져 있어서 잘 보이지도 않았다. 나무 계단은 직각으로 꺾여서 2층으로 올라가기 때문에 계단을 몇 개 오르면 한길 쪽에서나 음식점 쪽에서나 보이지 않는 사각 지역이 있다. 마약 거래자의 예민한 장소 분별력으로 곽도위는 서담이 그곳을 판매 장소로 사용하는 것을 알아차렸다.

사내 한 명이 서담에게 다가왔다. 후줄근한 차림새의 사내였다. 서담과는 거래가 있는 모양으로, 서담이 그를 보자 몸을 돌려 음식점으로 들어섰다. 사내가 따라 들어가는 것이 보였다. 곽도위는 사람들을 헤치고 음식점 쪽으로 서둘러 걸었다. 음식점 앞에 서서 주위를 둘러보았다. 오리엔트호텔 근처였으니 한국의 홍성철 구역이었다. 한국 놈들이 무지막지하다는 이야기는 들었으므로 긴장이 되었다. 분주히 오가는 사람들이 있을 뿐 그를 눈여겨보는 자는 없었다.

사내가 계단을 내려와 그의 옆을 지났다. 곽도위는 재빨리 입구로 들어섰다. 계단이 우측에 있었으므로 서너 개의 계단을 오르자 위에서 내려오는 서담과 마주쳤다.

"아!"

서담이 놀란 듯 입을 벌렸다.

"아니, 이게 누구야? 서담 아닌가?"

곽도위도 놀란 얼굴로 다가섰다.

"아니, 곽 형 아니오? 여기는 웬일로?"

그는 당황한 듯 아래쪽을 바라보았다. 그는 곽도위가 위천산의 마약을 판매하다가 강탈당한 후에 쫓겨나다시피 된 것을 알고 있는 것이다. 곽도위도 그의 표정을 보고는 알아차렸다.

"아, 식사를 하려고."

곽도위는 그를 스쳐 지나갈 듯 옆으로 비켜서면서 주먹으로 그의 명치끝을 찍었다.

"윽."

금방 얼굴이 새하얘진 서담이 가슴을 움켜쥐었다. 오른손으로 그의 목을 감으면서 곽도위는 서너 계단 위의 평평한 부분까지 그를 끌어올렸다. 힐끗 2층을 올려다보았더니 계단만 비스듬히 보일 뿐이었다.

서담은 숨이 막히는지 눈알을 굴리면서 발버둥을 쳤고 두 손으로 곽도위의 팔을 움켜쥐고 있었다. 곽도위는 왼손으로 가슴 속에 있는 쇠뭉치를 꺼내 들었다. 그의 목을 조인 팔을 풀어 슬쩍 공간을 만든 다음 쇠뭉치로 그의 머리를 쳤다. 둔탁한 소리가 들렸다. 곽도위는 다시 한 번 내려쳤다. 서담은 엎어진 채 사지를 떨었다.

곽도위는 재빨리 그의 호주머니를 뒤졌다. 예상했던 대로 한 다발의 돈뭉치가 바지 주머니에서 나왔다. 양복 주머니에도 두 뭉치가 더 있었다. 가슴 안의 호주머니에 조그마한 비닐봉지에 넣은 마약이 한 묶음 보였다. 곽도위는 주머니에 분주히 쑤셔 넣었다. 그리고 계단을 뛰어 내려가 음식점을 나왔다. 좌우를 둘러본 곽도위는 행인들 사이에 섞여 그들과 걸음을 맞췄다.

"뭐야?"

홍성철이 이맛살을 찌푸리고 장갑수를 돌아보았다.

"죽었단 말이야?"

"예."

장갑수가 다가왔다. 홍성철은 돌아서서 그를 기다렸다.

"형님, 그 새끼가 마약을 팔고 다니는 놈이랍니다."

"죽은 놈이?"

"예."

홍성철은 로비 가까이에 있는 의자에 앉았다. 장갑수가 앞자리에 앉았다.

"그럼 마약을 팔다가 살해되었단 말이냐?"

"그런 모양입니다. 지금 경찰이 좌악 깔려 있으니까요."

"……."

"골치 아픈데요, 형님?"

"우리가 왜?"

홍성철이 버럭 성을 냈다.

"우리 소행으로 알 것 아닙니까."

"누가? 어떤 놈이?"

장갑수는 대답하지 않았다.

"이봐, 우리 애들이 한 짓은 아니지?"

홍성철이 짜증 난 말투로 물었다.

"참, 형님도. 우리 애들이 무슨."

기가 막힌다는 듯 장갑수가 입을 벌린 채 그를 바라보았다.

"그럼 됐어."

홍성철이 자리에서 일어섰다.

"어디 가시려구요?"

"갈 데가 있어."

장갑수가 따라 일어섰다.

"호텔로 돌아오실 겁니까?"

"아니, 자고 올 거야."

홍성철은 바쁜 듯 로비를 빠져나갔다. 그의 뒷모습을 바라보던 장갑수는 길게 한숨을 쉬었다. 홍성철이 리첸에게 가는 것을 알고 있는 것이다. 홍성철이 리첸의 집에서 출퇴근한 지도 이제 사흘이 넘었다. 상관할 일은 아니었지만 장갑수는 왠지 꺼림칙했다.

그는 몸을 돌려 사무실로 향했다. 부하들을 모아놓고 상의를 해볼 작정이었다.

"보나마나 홍성철의 소행입니다. 그렇지 않습니까? 그의 구역에서 일어난 일이란 말입니다. 그의 부하들이 저지른 일이오."

위천산이 말했다. 형주량이 잠자코 있었으므로 그는 몸을 돌려 빈 타오를 바라보았다. 한마디 거들어 달라는 표정이었다.

"저는 형 선생과 홍성철이 타협이 된 줄 알았습니다. 저희 소매상들도 그렇게 믿고 안심했던 겁니다."

"흥."

빈 타오가 갑자기 코웃음을 치자 형주량과 위천산이 그를 바라보았다. 그러나 빈 타오는 시치미를 떼고 그들과 시선을 마주치지 않았다.

"홍 형은 그의 조직에서 한 일이 아니라고 했소."

형주량이 말했다.

"그 말을 믿습니까?"

위천산은 기가 막힌다는 얼굴을 했다.

"나는 믿어."

"……."

"홍성철은 그런 사소한 일로 거짓말을 할 사람이 아니오."

위천산이 다시 빈 타오를 바라보았으나 이내 시선을 돌렸다.

"홍 선생 측의 부하들도 모두 놀라고 화를 내고 있다고 합니다. 떠돌이 놈들의 소행이 틀림없소."

위천산은 입을 다물었다.

"내가 홍 선생과 다시 상의를 해보겠소. 앞으로는 그런 일이 없을 거요."

형주량은 위천산에게 그런 이야기를 하는 것이 언짢아 보였다. 예전 같으면 이런 일도 없었지만 위천산이 이렇게 항의하지도 못했다. 그것이 기분 나쁜 모양이었다.

위천산이 돌아가고 난 후 빈 타오가 입을 열었다.

"지난번 내가 홍성철에게 전화를 했었소."

형주량이 머리를 들었다. 놀라는 기색이었다.

"빈 선생이? 홍성철에게 말이오?"

"그렇소."

"……."

"마약 거래를 어떻게 생각하느냐고 물었소. 아니, 정직하게 말하지요. 마약 거래를 하지 않겠느냐고 물었던 거요."

"……."

"한마디로 거절합디다. 대단히 불쾌한 것 같았소."

형주량은 그를 쏘아보았으나 입을 열지 않았다.

"답답한 사람이라는 생각이 들었습니다. 자기 구역에는 발을 붙일 수 없다고 하더군요."

"……."

"위천산이 있을 때는 말할 수 없었습니다. 그렇지만 형 선생에게는 참고 삼아 말씀드리는 거요."

"그렇지만 마약을 강탈하고 살인까지 저지를 사람들이 아니오."

"나도 그렇게 생각합니다. 그렇지만 묵인해 주는 방법도 있겠지요. 직접 손을 쓰지 않고 다른 사람을 시켜서 하든지 말입니다."

형주량은 대답하지 않았다. 빈 타오는 자리에서 일어섰다.

"어쨌든 이것은 홍성철 측이 의심받을 일 같소. 다른 조직들은 다 하고 있는데 그 혼자만 거래를 금지시킨 마당에 이런 일이 그의 구역에서 생기니까 말이오. 나라도 위천산처럼 화를 낼 거요."

빈 타오가 자리에서 일어서며 말했다.

"경계해야 될 겁니다."

형주량은 빈 타오의 말에 대답하지 않았다. 빈 타오를 전송하고 난 형주량은 도찬위와 함께 방으로 돌아왔다.

"네 생각엔 어느 놈의 소행인 것 같으냐?"

형주량이 짜증스럽게 물었다.

"떠돌이의 짓이 분명합니다. 그렇지만 살인을 한 걸 보면 제 얼굴이 알려질까 봐서 그런 것 같습니다."

"음, 경찰도 그렇게 생각하는 모양이야."

"그렇지만 저쪽 오리엔트호텔 쪽은 아닌 것 같습니다."

"응? 왜?"

"아무리 그래도 자신들의 근거지 옆에서 그럴 리가 없습니다."

"그렇지."

"제 생각엔 어느 놈이 홍 선생에게 덮어씌우려고 한 것 같은데요."

"누가?"

"많이 있지 않습니까? 우리가 제휴한 것을 배 아파 하는 놈들이 말입니다. 조진량이, 원삼기……."

"……."

"제가 사람을 오리엔트 쪽에다 보내봤더니 그쪽도 비상이 걸렸더군요. 거기 장 선생이 길길이 뛰고 있다더군요. 어느 놈인지 잡아내겠다구요."

형주량은 무거웠던 가슴이 어느 정도 풀렸다. 머리를 끄덕였다.

"그렇지만 원삼기는 아닐 거다."

그가 웃으며 말했다. 원삼기는 거의 세력을 잃고 부둣가에 처박혀 있었다. 조진량에게도 철저히 소외당해 버린 것이다.

"지난번에 조진량이 마약을 공급받았을 때도 이런 일이 있었지 않습니까?"

형주량이 도찬위의 얼굴을 바라보았다. 무언가 생각해 낼 듯한 표정이 되었다.

"그때 조진량이 위천산에게 단단히 항의를 받았다고 합니다."

"그렇겠지."

"그리고 빈 타오도 조진량이 믿기지 않으니까 우릴 찾아왔구요."

"……."

"조진량이 배가 아플 겁니다."

도찬위는 조진량의 짓으로 생각하는 듯했다. 형주량도 차라리 그가 했기를 바랐다. 그러면 속 시원히 화풀이도 할 수 있고 결말을 볼 수 있었다. 형주량은 갑자기 혀를 찼다. 빈 타오의 말이 생각났던 것이다. 홍성철이 몇 킬로그램이라도 마약을 공급받았다면 이런 의심도 하지 않을 것이고 자신의 머리도 안 아플 것이다.

조진량은 검정색 가죽 가방을 서랍에서 꺼내 협진에게 건네주었다.

"곽도위를 찾아서 그놈에게 팔아라. 그놈은 지금 위천산에게 추궁당할까 두려워서 피해 다니고 있다고 들었다. 그놈에게 넘기면 값도 훨씬 많이 받을 수 있을 거다."

"얼마로 받습니까?"

가방을 받은 협진이 물었다.

"내가 위천산에게는 1킬로그램에 150만 달러로 넘겼다. 위천산을 거치지 않으니까 200만 달러는 받아야겠지? 위가 놈은 300을 받을지도 모른다."

"알았습니다."

"고청해를 조심해라."

고개를 끄덕인 협진은 가방을 들고 방을 나섰다. 조진량은 고청해가 사사건건 중국 정부에 보고하는 것을 알고 있었다. 형주량에게 쫓겨 국경 근처로 도망쳐 온 조진량은 전부터 안면이 있었던 중국 정부의 관리에게 도움을 청했었다.

중국 측에서는 형주량이 김원국과 손을 잡았다는 것에 놀란 것 같았다. 그들은 해리슨이 김원국을 몰아내려고 했던 것도 알고 있었다. 그들은 형주량이 김원국 조직과 손을 잡고 중국 측에 등을 돌렸다는 조진량의 말에 고청해와 10여 명의 부하들을 선뜻 지원해 준 것이다. 그 덕분에 다시 조그맣게 기반을 잡았으나 조진량은 고청해라는 감시자를 부하로 데리고 있지 않으면 안 되었다. 상전을 모시고 있는 셈이었다.

조진량은 그들에게서 벗어날 생각이었다. 이번에 마약 1킬로그램을 처분하고 자금을 더욱 축적해서 협진을 중심으로 한 친위 세력을 강화할 생각이었다. 그리고 중국 세력을 몰아내고 명실공히 보스로 자리 잡고 싶었던 것이다.

협진은 가방을 차 안에 던져 넣고 차에 올랐다. 시동을 걸고 막 브레이크에서 발을 떼는데 유리창에 사람이 다가섰다.

"이봐, 어디 가는 거야?"

사무실 앞이었으나 협진은 깜짝 놀라 얼굴을 돌렸다. 경찰에게 걸리면 꼼짝없이 징역 5년은 살아야 되는 것이다. 고청해가 그를 바라보고 있었다.

"시내 나가려고 하는 거야. 넌 벌써 일이 끝난 거야?"

고청해는 업체를 돌아보겠다고 나간 지 한 시간도 되지 않았다. 그는 요즘 들어 협진과 조진량이 함께 있는 것을 경계하고 있었다. 그리고 어떻게든 그들의 자리에 끼어들려고 하는 것이다. 협진은 거칠게 차를 스타트시켰다.

홍콩 섬이 바라보이는 떠들썩한 음식점 안으로 들어서자 협진은 북적이는 사람들에게 이리저리 밀렸다. 서 있기도 힘들 정도였다. 안쪽에는 여유가 있는 것 같은데 손님들은 입구에만 몰려 있는 것 같았다. 은근히 짜증이 나서 사람들을 거칠게 헤치며 안으로 들어가는데 누군가 어깨를 두드렸다.

"협 선생, 이쪽으로 오시오."

곽도위였다. 그와는 안면이 두어 번 있었다. 곽도위가 그를 안내한 곳은 음식점 후문 옆의 썰렁한 곳이었다. 그곳은 바다 옆이기는 하나 쓰레기장이 지척에 있었으므로 손님들이 다가오지 않았다.

"왜 날 찾는 거요?"

주위를 두리번거리면서 곽도위가 물었는데 불안한 듯 시선은 잠시도 한곳에 머물러 있지 않았다.

"음, 상의할 일이 있어서. 그런데 자넬 만나기가 이렇게 어려워서야 어디……."

협진이 짜증스럽게 말했다. 이틀 동안 헤매어 겨우 연락이 닿았던 것이다. 그것도 여러 차례 확인을 거치고 나서 만나게 되었다.

"잘 아시잖소. 내가 떠돌아다니는 신세가 되었다는 걸 말이오."

짜증 난 듯이 볼을 부풀려 보이며 곽도위가 심드렁하게 말했다.

"그런데 무슨 일이오?"

"마약을 팔아주게."

"네?"

곽도위의 눈이 크게 떠졌다.

"내가 마약을?"

"왜? 그건 자네 전문 아닌가?"

"아, 물론 그렇지만……."

위천산에게 매여 있지 않은 곽도위의 현재 상황이 협진에게는 더 좋은 것이다.

"그럼 마약을 팔아주게. 자네하고 나하고만 아는 걸로 하고 말이야."

"협 선생하고 나하고만요?"

"그래."

잠시 협진을 바라보던 곽도위가 물었다.

"얼마나 됩니까?"

"자네, 돈은 얼마나 있나?"

"돈이라니요?"

"물건을 그냥 가져가면 안 돼. 현금하고 직접 교환이야. 난 자네가 같은 실수를 두 번 하는 것을 보고 싶지 않아."

"……."

"100그램씩 가져가게. 자네 주머니 사정을 생각해서 말이야."

"얼마씩 주시렵니까?"

곽도위는 눈이 번쩍였다. 어쨌든 받기만 하면 두 배 장사였다.

"100그램에 얼마씩 계산했나? 위천산이 말이야."

"20만 달러인가……?"

"25만 달러겠지."

"그건 올랐을 때요. 지금은 내렸소."

"25만 달러씩 내고 가져가게."

곽도위는 협진을 노려보았다.

"22만 달러 내겠소."

"그럼 23만 달러로 하지. 마지막이야."

곽도위는 혀를 찼다.

"자넨 100그램을 150그램으로 만들 걸세. 이것은 위천산이를 거치지도 않은 것이라 100퍼센트야."

"좋소. 그럼 언제부터요?"

"오늘 저녁부터 하지. 어때, 돈은 준비되겠나?"

"해보겠소."

협진은 음식점을 다시 빠져나왔다. 조진량은 200만 달러를 말했으나 흥정은 230만 달러가 되었다. 30만 달러는 그의 몫이 되는 것이다.

북경에 있는 어머니와 형님에게 5만 달러쯤 보내드려야겠다고 생각했다.

제6장

조웅남

밤의
대통령

창문을 열어놓아서 커튼이 가볍게 흔들리고 있었다. 3월 초순의 따스한 날씨였다. 신문을 읽던 김원국은 문득 아래쪽 광고란에 시선을 주었다. 변호사 개업 광고가 눈에 띄었다. 김중오 검사가 변호사로 개업을 했다는 광고였다. 총선이 끝나고 옷을 벗은 모양이었다. 고인호 의원은 4선이 되었다.

신문을 내려놓은 김원국은 열려진 창가로 다가갔다. 호수가 내려다보였다. 한낮의 쨍쨍한 햇볕을 받은 호수의 표면이 하얗게 빛났다. 서너 명의 낚시꾼이 호숫가에 앉아 있었고 건너편 산 그림자 속에 조그마한 배 한 척이 떠 있었다. 어디선가 개 짖는 소리가 들렸다.

홍콩이 시끄러워지고 있었다. 마약 때문이었다. 한동안 잠잠하던 조직들이 마약 때문에 꿈틀거리고 있는 것이다. 태국의 빈 타오가 그동안 홍콩의 정세를 관망하면서 누가 주도권을 잡게 되느냐를 주시해 온 것 같았다. 조진량에게 마약을 조금 주어서 상황을 떠본 다음 본격적으로 형주량에게 넘긴 것이다. 홍성철에게도 제의를 했다고 하지만 거절당할 줄 알면서 다시 한 번 확인을 한 것 같다.

어젯밤 장갑수의 보고는 심상치 않았다. 마약 거래업자가 오리엔트 근처에서 살해당했다면 형주량이 불편해할 것이다. 김원국은 반짝이는 호수를 내려다본 채 이맛살을 찌푸렸다. 아래쪽에서 떠들썩한 말소리가 들렸다. 곽 씨 집 근처였다. 창문이 호수 쪽으로 나 있어서 말소리만 들렸다. 조웅남이었다. 오함마와 같이 올라오는 모양이었다.

"웬일이냐? 연락도 없이."

아침에 잠깐 쉬러 내려왔으므로 난데없이 찾아온 그가 궁금했다. 어제도 만났던 것이다. 조웅남이 소파에 앉아 주위를 두리번거렸으므로 김원국은 잠자코 기다렸다.

"형님, 나 홍콩 보내주쇼."

조웅남이 불쑥 말했다.

"왜?"

"여그는 답답혀서 그려요."

"안 돼."

"왜 그려요?"

조웅남의 얼굴이 뚱해졌다.

"너는 서울에 있어야 돼. 만철이가 나가야 될 거다."

"나허고 바꿉시다."

김원국은 이맛살을 찌푸렸다.

"나야 영어를 못 헝게로 통역을 쓰면 되겠지, 머."

"……."

"좌우당간에 내보내 주쇼."

"안 돼."

김원국의 말소리가 강하게 울렸으므로 오함마가 놀라 얼굴을 들었다.

"넌 일을 귀찮아 하고 책임지기를 싫어하는 놈이야."

낮은 음성으로 김원국이 말했으나 오함마에게는 섬뜩하게 들렸다.

"여기서도 할 일이 많은데 굳이 홍콩으로 간다는 것이 책임지기 싫어서 도망치려는 것으로 보인다."

"……."

"지금도 제일상사에는 널 믿고 의지하는 동생들과 직원들이 있는데 무슨 일 때문인지 답답하다고 떠난다는 것은 비겁한 짓이야."

조웅남이 눈을 부릅떠 김원국을 바라보았다. 김원국은 그것을 무시한 채 말을 이었다.

"우선 여기서 네 회사 일부터 책임지고 맡아라. 옛날 일을 교훈 삼아서……."

김원국은 조웅남이 허탈한 마음으로 방황하는 것을 알고 있었다. 관리에도 자신감을 잃고 이제는 사는 것에도 재미를 잃어버린 것처럼 보였다.

"나 아니더라도 애들이 잘 헐 턴디, 뭐. 언지는 내가 했간디?"

조웅남이 중얼거렸다.

"이런 무식한 놈 같으니."

김원국이 버럭 역정을 내었다.

"그렇게 이야기를 해도 못 알아듣는단 말이냐, 못난 자식아?"

조웅남은 이를 악물고 김원국을 노려보았다. 오함마는 조마조마해졌으나 선뜻 입을 열고 말을 꺼낼 수가 없었다.

"내 말 잘 새겨들어."

김원국이 다시 말하자 조웅남은 시선을 돌렸다.

"불쑥거리지 말고 네 주변을 정리해라. 하나하나 매듭을 짓고 나가란 말이야. 이젠 너도 네 자신뿐만이 아니라 네 주변도 책임을 져야 할 때가 되었다. 잘 생각하고 처리해라."

입을 다문 김원국은 시선을 돌렸다. 그가 다시 입을 열 것 같지 않았으므로 오함마는 조웅남의 다리를 건드렸다. 조웅남이 머리를 들어 오함마를 노려보다가 몸을 일으켰다. 김원국은 시선을 옮기지 않았다.

장민애는 가방에 셔츠와 바지를 추려 넣었다. 어머니가 옆에 앉아 지켜보고 있어서 약간 거북했다. 어머니에게는 시골의 친구 집에 다녀온다고 말했으나 어머니는 알아차리고 있을지도 모른다.

"엄마, 그럼 갔다 올게."

가방을 들고 일어서자 어머니는 장민애의 팔을 잡아 다시 앉혔다. 어머니의 표정을 본 장민애는 긴장했다. 그녀는 정색을 하고 장민애를 바라보았다.

"민애야, 엄마한테 솔직히 말해. 너, 김 사장 만나러 가는 거지?"

장민애는 눈을 깜박이며 선뜻 대답하지 않았다.

"너 이제 졸업도 했겠다, 직장엘 다니든지 아니면 결혼을 하든지 해야 할 것 아냐? 너, 무슨 생각 하고 있니?"

여러 번 듣는 소리였으므로 장민애는 얼굴을 찡그렸다.

"그리고 그 김 사장하고는 어떻게 할 참이야? 무슨 계획이 있다면 왜 엄마 아빠한테 이야기해 주지도 않니?"

"이야기할 거야."

참다못해 장민애가 입을 열었다.

"무슨 얘기? 너, 그 사람하고 결혼하려고 그러니? 그 사람이 그러자구 그래?"

"……."

"알아보니까 독신이긴 하더라마는 나이 차이가 10년이 넘어서… 하긴 그것도 요즘엔 드문 일도 아니지만."

어머니는 장민애에게 바짝 다가앉았다.

"그래, 이야기는 되었어?"

"아니, 아직."

어머니의 이맛살이 찌푸려졌다.

"그럼?"

"엄만 그게 뭐가 그렇게 급해? 그리고 뭣 때문에 그것에 매달려야 돼?"

"아니, 애 좀 봐."

어머니가 놀란 듯 말소리를 높였다.

"그럼 네 나이에 그런 생각 없이 남자를 만난단 말이냐? 그리고 김 사장도 그렇지. 설마 너, 그냥 만나고 헤어지고 요즘 애들이 그러는 것같이 그런 사이는 아니겠지?"

"그럼 엄만 그 사람 괜찮아?"

장민애가 떠보듯이 물었다.

"나두 알아보았다. 김 사장 소문도 들어보았고. 난 너희들이 결혼하겠다고 한다면 반대하지 않으련다. 전에 신문이나 방송에서 하도 떠들어서 아직도 그 일 생각하면 가슴이 뛰지만은 그것도 잘못된 것이라고 해결되었고, 남자는 폭이 넓어야 된다."

장민애는 가슴이 두근거렸다. 어머니에게서 직접 이런 이야기를 듣고 나자 저도 모르게 긴장이 된 것이다. 그와의 결합을 생각하지 않은 것은 아니었다. 언제나 같이 있고 싶다는 바람은 곧 결혼해서 같이 산다는 것을 의미할 것이다. 그러나 김원국은 아직한 번도 그것에 대한 언질을 주지 않았다.

"고마워, 엄마."

장민애는 가방을 들고 일어섰다. 어머니는 더 할 이야기가 있는 것처럼 보였으나 다시 잡지는 않았다.

시외버스는 장민애를 내려놓고 요란한 소리를 내며 사라졌다. 길 건너편을 바라본 장민애가 활짝 웃었다. 산장으로 들어가는 길목에 김원국이 서 있었던 것이다. 부드러운 봄바람이 불고 있어서 길가의 잡초들이 그의 주변에서 흔들리고 있었다. 장민애는 길을 뛰어 건넜다.

"혼자 기다렸어요?"

그의 팔에 매달리며 물었다. 끄덕이며 김원국은 그녀의 가방을 받아 쥐었다.

"함마 아저씨는?"

"집으로 보냈어."

"그럼 거기까지 걸어요?"

김원국은 그녀의 차림새를 훑어보았다. 크림색 재킷과 스커트의 정장 차림이었고 구두를 신고 있었다.

"바지와 셔츠는 가방에 있는데 운동화는 산장에 있단 말이에요."

"가져왔어."

김원국은 길가의 커다란 시멘트 표시판 밑을 손가락으로 가리켰다. 그녀의 운동화가 가지런히 놓여 있었다.

"날씨가 좋아서, 널 마중 나오다가 걸어야겠다는 생각이 들어서 말이야. 언젠가 네가 걸어왔다고 했었지. 생각하면서 걷는 게 좋았다고… 그때가 겨울이었지?"

혼잣말처럼 말하는 김원국의 옆에서 그녀는 운동화로 바꿔 신었다. 오후의 따스한 햇살이 내리쬐었고 얼굴을 가끔씩 스치는 바람은 시원했다. 이제 막 땅이 겨울에서 깨어나는 때여서 마른 풀잎 사이에서 흙냄새도 났다. 장민애는 가벼운 발걸음으로 산길을 걸었다. 20리나 되었지만 그쯤은 아무것도 아니었다.

＊　　　　＊　　　　＊

거래처를 다녀온 조웅남이 회사 현관으로 들어서면서 마침 밖으로 나오는 서너 명의 직원들과 마주쳤다. 그들은 인사를 하면서 비켜섰으므로 지나치려던 조웅남이 갑자기 멈춰 섰다.

"너는 얼굴이 왜 그 모양여?"

한 직원을 가리키며 물었다. 한눈에도 병색이 완연한 얼굴이었다. 누렇게 뜬 얼굴에 눈동자도 힘이 풀려 있었다. 살이 빠진 얼굴에 광대뼈가 두드러졌다. 갑자기 지적을 당한 직원은 당황해서 어쩔 줄을 몰랐다. 머리를 숙였다가 다시 얼굴을 들었는데 눈가가 붉게 충혈되어 있었다.

"왜 그려?"

다시 묻자 곁에 있던 직원이 다가섰다.

"간이 나쁩답니다. 그래서 며칠 치료받고 나왔습니다만, 아직도 완쾌되지는 않은 것 같습니다."

당사자는 조웅남을 바라보며 입을 다물고 있었는데 30살 정도의 마른 체격의 직원이다. 낯이 익은 직원이었으나 이름은 기억나지 않았다.

"그려?"

확인하듯 묻자 그는 침을 삼키며 머리를 끄덕였다.

"예."

"니 이름이 뭐여?"

"심상섭입니다."

"간이 어뜨케 나뻐?"

"간염이라고 합니다."

주변의 직원들이 긴장한 얼굴로 조웅남을 바라보고 있었다.

"근디 왜 회사 나오냐?"

조웅남이 묻자 그는 눈을 껌벅이며 입을 열지 않았다.

"치료를 혀얄 꺼 아녀? 얼굴을 봉게로 좋지 않은디 말여."

곁에 섰던 직원이 다시 나섰다.

"입원했다가 퇴원했는데 다시 치료를 해야 할 것 같습니다."

"너, 날 따러와."

조웅남은 심상섭에게 이르고는 사무실로 들어섰다. 사장실에 들어가 옷을 벗어 옷걸이에 걸었을 때 주춤거리며 심상섭이 들어와 책상 앞에 섰다.

"거그 앉어."

조웅남이 앞자리를 가리키며 말했다.

"느그덜, 어디 아프면 어뜨케 허냐? 의료보험으로 병원 댕기냐?"

"의료보험증은 있습니다."

소파에 똑바로 앉은 심상섭이 말했다. 긴장해서 몸이 나무토막처럼 굳어져 있다. 비쩍 마른 얼굴에 두 눈만 빨갛게 보였다.

"그러고?"

"예?"

"그러고 끝이여?"

무슨 영문인지 모르는 심상섭이 매달리는 듯한 눈빛으로 조웅남을 바라보았다.

"의료보험증이 있어도 돈이 많이 들잖여. 약값도 그렇고, 입원헐 때도 돈을 내야 헐 거 아녀. 수술헐 때도 말여."

"…예."

심상섭은 불안한 듯 보였다.

"그리서 어뜨케 했나?"

"예?"

"돈을 어뜨케 냈어?"

"예, 빌리기도 하고……."

"알겠다."

조웅남을 말을 끊었다. 심상섭은 눈을 내리깔고 탁자를 바라보았다. 조웅남은 인터폰을 눌렀다.

—예, 사장님.

"얼릉 들어와 봐."

박동민이 들어섰다. 그는 이형구와 함께 내부 관리를 맡고 있었다. 그는 궁금한 듯 조웅남과 심상섭을 번갈아 바라보며 섰다.

"너도 거그 앉어."

"예."

"거시기, 야들 어디 아플 때 회사에서 혀주는 것이 뭐냐?"

박동민이 조웅남을 바라보면서 잠시 생각하는 듯하다가 대답했다.

"의료보험에 들었으니까요. 그러고는 가끔 회사에서 내줄 경우가 있지요. 무슨 일이 생겼을 때 말입니다."

무슨 일이 났을 때 특별한 지시가 있으면 치료비가 나간다는 이야기였다.

"앞으로는 말여, 야들 돈 한 푼도 안 나가게 혀."

박동민은 이해가 안 가는 듯 이맛살을 모으고 그를 바라보았다.

"무식헌 놈이 못 알어듣는고만? 여그 야가 지금 간이 나쁘다는디 말여, 입원을 혀서 수슬을 허고 몇 달 드러누어야 헌다고 허먼 말여, 의료보험 말고도 돈이 많이 들 거여. 안 그려?"

"그렇죠. 많이 들 겁니다."

"그걸 회사에서 다 내주란 말여."

"예? 예……."

박동민은 어리둥절했다.

"그것을 법으로 맹글어 놔. 오늘부터 실시여. 알았냐?"

"예, 형님."

조웅남은 심상섭을 바라보았다.

"너는 긍게 지금부터 보따리 싸갖고 병원으로 가."

"예."

"그런데 형님."

박동민이 얼굴을 들었다.

"가족들은 어떻게 할까요?"

"가족이 뭐여?"

"의료보험증에 가족들이 있습니다. 같이 들어가 있어요. 예를 들어서 부인이라든가 애들 말입니다."

"무식헌 놈 같으니."

조웅남이 혀를 찼다.

"그 치료비도 회사에서 전액 부담하는 것으로 합니까?"

"그걸 말이라고 혀, 이 자식아?"

박동민과 심상섭이 나간 후에 조웅남은 장부를 뒤적거렸다. 요즘 며칠 동안은 꼼꼼하게 장부를 쳐다보는 셈이었다. 지난달에 제일실업에서 돈을 빌려간 것을 갚지 않았다. 장부에는 이번 달에 입금 예정이라고 적혀 있었다. 전화벨이 울렸다. 수화기를 들자 마침 강만철이었다.

─점심시간이 다 됐는데 너, 나하고 점심이나 같이하자.

강만철이 대뜸 말했다. 시계를 보았더니 12시 10분 전이었다.

"왜?"

조웅남이 시큰둥하게 물었다.

─왜는 왜야, 이 자식아. 밥 먹는 데도 이유가 있냐?

"……."

─12시 30분까지 북경관으로 나와.

북경관은 전통 중국 요릿집으로 강만철들과 자주 가는 곳이었다. 강만철과 식사를 같이한 지도 꽤 오래된 것 같았다. 조웅남은 수화기를 내려놓고 윗도리를 집어 들었다. 사장실을 나섰을 때 박동민이 따라 나왔다. 그의 눈이 반짝이고 있었다.

"형님, 애들이 좋아합니다."

박동민이 사무실 문을 열어주며 말했다.

"그런데 형님, 여기 제일상사만 그렇게 합니까?"

조웅남은 머리를 돌려 그를 바라보았다.

"왜?"

"제일실업은 어떻게 합니까? 거기서도 여기가 그렇게 한 줄 알면 자기들도 똑같이 해달라고 할 텐데요."

"그런디?"

"제일실업은 만철 형님이 사장으로 계시지 않습니까. 제일실업이 그러면 제일유통도 그럴 것이고… 이건 아무래도 큰형님한테 말씀을 드려야……."

"이런 씨발 놈."

조웅남이 얼굴을 일그러뜨렸다.

"내싸둬. 다 내가 알아서 헐 팅게. 제일실업도 내가 알아서 헐 거여. 걱정헐 거 없응게 그대로 혀. 알았냐?"

"예, 형님."

"그러고 내가 경험이 많아서 그러는디, 병원에서 선금 달라고 허는디가 많어. 그것도 다 내주도록 혀."

"예."

박동민이 돌아서서 사무실로 들어갔다.

"흥."

갑자기 조웅남은 코웃음을 쳤다.

"내가 동생들 생각 안 헌다고 어떤 놈이 그랬는지 모르겠네."

식당 입구에 들어서자 낯익은 지배인이 서둘러 다가왔다. 점심 시간이어서 식당 안은 손님들로 가득 차 있다.

"어서 오십시오."

그는 활짝 웃는 얼굴로 반겼다.

"강 사장님은 벌써 오셨습니다. 저기 안쪽 방에 계십니다."

조웅남은 그의 뒤를 따랐다. 넓은 홀의 끝 쪽에 여러 개의 방이 있었는데 지배인이 끝쪽 방의 문을 열었다.

"여깁니다. 들어가시지요."

조웅남이 안으로 들어서자 강만철이 웃으며 한 손을 들었다. 그의 앞에 김경지가 앉아 있었다. 김경지가 몸을 일으켰다.

"야, 인사나 해라, 이 자식아."

강만철이 떠들썩하게 말했다.

"안녕하셨어요?"

김경지의 얼굴이 붉어져 있다.

"어."

그러고는 조웅남은 강만철을 돌아보았다.

"너, 어뜨케 된 거여?"

강만철은 피식 웃었다.

"어떻게 되기는 이 자식아. 내가 가서 모시고 나온 거다."

다시 자리에 앉은 김경지가 식탁 위에 놓인 유리잔 끝 부분을 손가락으로 문지르기 시작했다. 옅은 하늘색 블라우스 차림이 산뜻했다. 갑자기 가슴이 울렁거리면서 목이 메었으므로 조웅남은 눈만 껌벅이며 앉아 있었다.

"자아, 그럼."

강만철이 자리에서 일어섰다.

"다음에 또 뵙겠습니다."

그는 김경지에게 머리를 숙여 보였다. 당황한 김경지가 입을 벌렸지만 말이 나오지는 않았다.

"난 간다. 잘해 봐라."

강만철은 몸을 돌려 방을 나갔다. 그의 뒷모습을 보던 김경지가 얼굴을 돌렸을 때 조웅남과 시선을 마주쳤다.

"잘 나간 거여."

조웅남이 입을 열었다.

"그리고 오래간만에 봉게로 좋고만그려. 안 그려?"

그녀의 흔들리던 눈동자가 안정되어 갔고 얼굴도 평온해졌다. 물컵의 밑 부분을 비벼대던 손놀림도 멈췄다. 강만철이 지시했는지 방에는 아무도 얼씬대지 않았다.

"우리 형님이 있는디."

조웅남이 입을 열었다.

"생기기는 그렇게 안 생겼는디 아주 성질이 지랄 같은 놈이여."

그는 헛기침을 했다. 김경지는 잠자코 그의 얼굴을 바라보았다. 그가 가끔씩 밑도 끝도 없는 이야기를 늘어놓는 버릇이 있다는 것을 알고 있는 것이다. 듣는 사람들의 이해와는 관계없이 그저 들어주는 사람이 있다는 것만으로도 이야기를 할 수 있는 모양이었다. 김경지는 그런 이야기를 듣는 것이 또한 좋았다. 아무 상관도 없는 이야기지만 그의 따뜻한 가슴을 보는 것 같아서 즐거웠던 것이다.

"그래서 내가 홍콩을 갈라고 형님한티 홍콩을 가야겠다고 혔는디."

김경지는 물컵을 들어 한 모금 마셨다.

"말리도만."

"왜요?"

김경지가 물었다.

"여그서 헐 일이 많다는 거여."

"아니, 홍콩을 왜 가시려구 했는데요?"

조웅남이 혀를 찼다.

"가만있어. 내가 이야기헐 팅게."

"죄송해요."

김경지는 식탁 위를 바라보았다. 물컵이나 그릇들이 모두 고급이었다. 식탁보도 자수를 한 것이었다. 조그맣게 사기로 만든 오리는 젓가락 받침대로 사용되고 있었다.

　"그래서 회사로 들어와서 생각혀 봉게로 형님 말이 맞는 것 같여."

　"……."

　"그래서 홍콩은 안 가기로 혔어. 여그 애들도 내가 봐줘야 헌단 말여."

　아직 홍콩에 가려고 했던 이유는 듣지 못했다. 홍콩에 사업체가 있다고 들었으므로 김경지는 그를 바라보면서 다음 말을 기다렸다. 조웅남은 그동안 얼굴이 야윈 것 같았다. 언제나 광채를 띠고 있던 눈빛이 평온해져 있었고 두툼한 입술은 굳게 다물려 있었다. 볼도 홀쭉해진 것 같다.

　"허무혔어."

　뱉는 것 같은 조웅남의 말에 김경지가 머리를 들었다. 조웅남이 그녀의 목걸이를 노려보았다. 저도 모르게 목걸이를 손으로 가리려던 김경지가 손을 내렸다.

　"헐 일도 없는 것 같었어. 그래서 홍콩 갈라고 혔던 거여."

　"……."

　"오늘은 왜 나온 거여?"

　조웅남의 물음에 김경지는 긴장했다. 그러나 그의 얼굴은 화난 것 같지 않았다.

　"강 사장님이 찾아오셨어요. 얼마 전에요. 그리고 오늘은 전화해 주셨구요."

"그 자식이 왜?"

"모두 말씀해 주셨어요. 저두 말씀드렸구요."

조웅남이 이맛살을 찌푸렸다.

"뭘 그 새끼한티 야기했어?"

"……."

"어떤 걸 야기했난 말여."

김경지는 그의 얼굴을 보면서 눈을 깜박였다.

"아녜요, 그런 것."

"뭣이 아녀?"

"그런 얘기 아니라니까요."

"무슨 얘기가 아녀?"

조웅남이 김경지를 노려본 채 끈질기게 물었다.

"전 좋아하고 있다고 말했어요."

"……."

"그리고 웅남 씨도 저를 좋아하고 계신 것 같다고 말했어요."

"음."

조웅남이 헛기침을 했다.

"그리고 기다리고 있다고도 말씀드렸어요."

"……."

"말씀하셨지요? 절더러 잘 생각해 보라구 하셨잖아요. 그래서 많이 생각했어요."

"……."

"당신은 바보예요."

조웅남이 눈을 껌벅였다.

"여자의 마음을 너무 몰라요."

조웅남이 입을 벌렸으나 김경지의 말에 가로막혔다.

"홍콩으로 도망치려고 했어요? 비겁해요."

"시끄러!"

조웅남의 목소리가 쩌렁 울렸다. 김경지가 깜짝 놀라 입을 다물었다. 부릅뜬 눈으로 조웅남이 그녀를 바라보았다. 금방이라도 물어뜯을 듯한 얼굴이었다. 김경지는 입술을 깨물면서 그를 바라보았다. 그러자 얼굴이 달아올랐다. 잠시 침묵이 흘렀다.

"니 말이 맞어."

조웅남이 불쑥 말했다. 김경지는 그에게서 시선을 떼지 않았다.

"니 말이 형님 말허고 똑같어서 화가 난 거여."

"……."

"그려. 나는 또 챙피당헐까 봐서 겁났어. 그리고 너한티는 도대치 어뜨케 혀야 될지를 몰르겄단 말여."

"……."

"그저 딴 년, 음, 딴 여자 같으면 그냥 붙잡고 입을 맞출 턴디……."

그러자 김칠성의 말이 생각났고 기분이 나빠졌다. 그는 이맛살을 찌푸리고 그를 바라보고 있는 김경지를 노려보았다.

"솔직허게 말혀서 니가 보고 싶었어. 그런디 생각허면 골치 아퍼서 홍콩이나 갈라고 혔어."

조웅남은 식탁에 세워진 붉은색 수건을 들어 얼굴을 문질렀다. 수건이 뻣뻣했다. 김경지는 자리에서 일어섰다. 그녀는 식탁을 돌아 조응남에게로 다가왔다. 조응남은 눈을 크게 뜨고 그녀를 바라보았다. 김경지는 조응남의 옆에 와 섰다. 그러고는 조응남의 무릎 위에 비껴 앉았다. 두 팔로 조응남의 목을 껴안고 입술을 갖다 댔다. 조응남은 눈을 크게 뜬 채 다가온 그녀의 눈을 보았고 부딪친 입술의 촉감을 느꼈다. 식탁 위에 놓인 한 손이 식탁보를 움켜쥐어 그릇이 흔들렸다.

김경지는 이내 조응남의 무릎 위에서 몸을 일으켰다. 그녀는 몸을 돌려 자리에 돌아와 앉았다. 아무 일도 없었던 듯한 표정이었다.

"배고파요. 뭘 좀 시켜 주세요."

김경지가 말했다. 그 말에 깜짝 놀란 듯 조응남이 주위를 두리번거렸다.

창문을 열어놓았어도 바람은 들어오지 않았다. 창가의 나뭇잎들은 흔들렸으나 이쪽 빌딩은 통풍이 안 되는 모양이었다. 원명구와 최갑태가 방으로 들어왔다. 모두 두툼한 서류와 노트를 끼고 있었다. 그들이 자리에 앉자 김원국이 강만철을 돌아보았다. 강만철이 자리를 고쳐 앉더니 입을 열었다.

"이번에 인사 문제하고 여러 가지 결정 사항이 있어서 모이시라고 한 겁니다."

조응남은 그저 뚱한 표정으로 앉아 있었으나 원명구와 최갑태는 긴장하고 있었다.

"우선 백화점은 최갑태 실장이 맡아서 관리하는 것으로 결정되었습니다."

최갑태의 얼굴이 붉어졌다.

"그리고 공장은 원 사장께서 그대로 관리하시도록 합니다."

원명구는 머리를 끄덕였다. 공장은 제2 공장까지 설립이 되어 있는 것이다.

"그리고 제일실업하고 제일상사는 통합해서 제일상사로 하고 조웅남 사장이 관리합니다."

"……"

"저하고 홍성철 사장은 이곳 제일유통 본부 일과 홍콩 일을 교대로 해야 할 것 같습니다."

현재의 제일유통 사장은 강만철이나 홍성철과 교대로 홍콩 일을 본다는 이야기였다.

"그리고 복지 문제인데."

강만철은 힐끗 조웅남을 바라보았다.

"이번에 제일상사에서 실시한 의료 복지 계획을 전 회사에서 실시하기로 했습니다. 자금이 상당히 지출될 것이지만 조 사장의 강력한 제의가 있었고……"

강만철은 얼굴에 웃음을 띠었다.

"그리고 형님의 전폭적인 지원을 받았습니다."

최갑태는 그런 제도는 대한민국에서 아직 시기상조라고 반대했었다. 원명구는 좋기는 대단히 좋고 직원들에게도 크게 사기나 의욕에 도움이 될 것을 알면서도 수지 문제로 망설이는 입장이었다. 강만철은 사안에 따라 처리하자는 의견이었다. 그러나 김원국이 조웅남의 계획을 밀어주었다. 모든 비용이 회사 부담이 된 것이다.

"허어, 조 사장님 덕분에 우리 공장 직원들은 지금 난리요, 난리."

원명구가 웃으며 입을 열었다.

"왜요?"

강만철이 궁금한 듯 물었다.

"의료보험 카드를 갱신한다고 법석이란 말입니다. 시골에 있는 부모들, 형제들을 모두 포함시키려고 야단이요."

김원국이 싱긋 웃었다.

"우리도 마찬가집니다."

최갑태가 이맛살을 찌푸리며 말했다.

"그것이 수지에 큰 영향을 줄 겁니다. 상당한 금액이 됩니다."

김원국이 머리를 끄덕였다.

"그렇지만 밀고 나가봅시다, 최 사장."

"예, 물론이지요."

회사원을 위한 일인데 불평이 있을 수가 없다. 그렇지만 경영을 맡고 나서 적자가 나면 면목이 없는 것이다.

"저희들은 이번 달부터 영화상사 일은 하지 않기로 결정했습니다."

원명구가 불쑥 말했다.

"왜요?"

유통의 책임자인 강만철이 물었다.

"수량도 적고, 대금 결재도 시원치 않아요. 그렇잖아도 홍콩의 오더가 밀려 있어요. 아, 우리 백화점에 물건을 먼저 대야 할 것 아닙니까."

최갑태가 싱긋 웃었다. 알고 있는 눈치였다.

"이젠 우리 공장이 제품 꼼꼼하게 만든다고 소문이 나서 오더는 걱정 없습니다. 아무리 불황이라도 제품 잘 만드는 공장은 끄떡없는 법이에요."

"영화상사가 화가 났겠군."

강만철이 말했다.

"엊그제는 차 사장이 찾아왔더군요. 오죽했으면 찾아왔겠습니까? 당장에 물릴 데가 없으니까 애가 탄 거지요."

"그렇게 공장이 없나?"

혼잣소리처럼 김원국이 물었다.

"공장이야 많습니다. 그렇지만 고급 품목을 전문적으로 생산해 내는 공장들은 적은 편이지요. 남대문이나 청개천 등에 많아야 열대여섯 개 정도로 영세 업체로 운영이 됩니다. 우리처럼 시설이나 인원, 기술에다가 복지까지 갖춰진 고급 제품 공장은 거의 없지요."

원명구는 자신만만해 보였다. 전에 그가 직물 공장을 운영할 때는 시설의 노후와 인건비 상승으로 부도를 맞고 말았다. 이제 그의 꿈대로 이루어지는 것 같았다.

"잘됐군."

강만철이 문득 말했다.

"차 사장, 그 사람. 우리가 문제가 있을 때 칼을 내려친 사람 아뇨? 덕분에 그때 원 사장이 손해를 많이 보았지요?"

"보다마다요. 원단 준비 다 해놓고 오더를 빼버려서 난 넋이 나갔습니다. 전화도 받지 않더라구요. 견본도 다 만들어놓았는데……."

"이만 끝내지."

김원국이 말하며 일어섰다. 원명구가 입을 다물자 강만철이 그를 바라보고 웃었다. 눈치를 챈 원명구가 얼른 시선을 돌렸다.

며칠 후에 제일유통의 사무실에 앉아 있던 김원국은 차영화의 방문을 받았다. 한 시간쯤 전에 그녀에게서 갑자기 전화가 왔던 것이다.

직원의 안내를 받아 들어선 차영화의 얼굴은 굳어져 있었다. 살색 정장 차림이었는데, 춥게 보였다.

"갑자기 웬일이야?"

2개월쯤 전에 그녀를 매장에서 만난 후로 처음인 것이다.

"회사 일로 들렀어요."

자리에 앉으며 그녀가 말했다.

"그럼 최 사장을 부를까?"

유통의 일로 왔다면 최갑태를 부르는 게 나을 것 같았다. 홍성철 대신 유통 전체를 임시로 맡고 있는 강만철은 외출 중이었다.

"아뇨, 직접 말씀드릴 것이 있어요."

그녀는 시선을 한곳에 두지 않았다.

"무슨 일이야? 자금 때문인가?"

차영화가 퍼뜩 시선을 들어 김원국을 바라보았다. 며칠 전에 원명구로부터 영화상사가 자금난을 겪고 있다는 이야기를 들었다. 임가공비를 현금으로 지급하기로 약속해 놓고 어음을 주겠다고 해서 서로 다투는 모양이었다. 원명구는 현금을 가져오지 않으면 제품을 내줄 수 없다고 했다는 것이다.

"내가 며칠 전에 원 사장에게서 이야기를 들은 것 같은데, 그것 때문인가?"

"……."

"순이익을 십 수억 원씩 올리던 회사 아니야? 임가공비 몇천만 원을 주지 못할 처지는 아닌 것 같은데."

"이젠 어려워요."

차영화가 겨우 입을 열었다. 그러고는 다시 시선을 내렸다. 김 원국은 혀를 찼다.

"이봐, 영화답지 않게 왜 이러는 거야? 찾아왔으면 할 말은 해 야 할 것 아냐."

"지금 사정이 나빠요."

"그래서?"

"임가공비 현금 지급이 어려워요."

"……."

"어음으로 받아주세요. 그리고……."

김원국은 잠자코 그녀를 바라보았다.

"저희들 재고가 많이 남았어요. 브랜드가 있는 건데… 여긴 홍 콩에 백화점이 세 군데나 있다고 하던데, 그쪽으로 팔아봤으면 해 서요."

얼굴이 빨개진 차영화가 시선을 들어 그를 바라보았다. 필사적 인 시선이었다.

"묻겠는데."

김원국이 정색을 했다.

"무슨 생각을 하고 이런 이야길 부탁하러 왔지?"

차영화가 눈을 깜박였다.

"우린 서로 이용할 땐 이용하자고 했지? 그것은 무리한 요구 아닌가?"

차영화는 입을 꽉 다물었다. 그러나 시선은 내리지 않았다.

"내가 왜 그런 부담을 져야 하지? 상장회사 어음도 아닌 어음 쪽지를 받아야 하고, 영화상사의 재고를 처분해 줄 책임이 있어?"

"……"

"그래서 묻는 거야. 무슨 생각을 했어?"

"잔인해요."

"당연한 거야. 착각하면 안 돼."

"……"

"참고로 이야기하는데, 전번에 그런 일이 없었어도 난 마찬가지로 지금 같은 대답을 했어."

"시원하시겠어요."

김원국이 차영화를 바라보았다. 싸늘한 눈빛에 차영화는 머리를 돌리고 입술을 깨물었다.

"한 달에 어음이 5억쯤 돌아오더군."

김원국이 그녀의 가슴 언저리에 시선을 주면서 말했다.

"4월에는 7억쯤 돌아오는 것 같던데, 요즘 매출이 평균 5억이라며?"

차영화가 자리에서 일어섰다.

"가겠어요. 그리고 쓸데없는 걱정 말아요."

"앉아."

차영화는 망설이며 서 있었다.

"앉아."

차영화는 다시 앉았다.

"그리고 재고가 10억 가까이 되고. 그렇지?"

"……"

"경쟁 업체가 근처에 너무 많이 생겨서 그렇다고 하더군. 그리고 고가품에 대한 손님들의 기호도 식어갔고……"

"……"

"그렇지만 판매 전략이라든가 고객 관리는 훌륭해. 단지 최고급이랍시고 대상을 한정시킨 것이 문제지만……"

"……"

"이건 나도 이곳저곳에서 자문도 받고 연구를 하고 하는 이야기야. 영화가 들으면 금방 끄덕일 만한 전문가들에게도 듣고 공부했어."

차영화는 무릎 위에 두 손을 짚고 그를 바라보았다.

"여름 제품만 추려서 홍콩으로 보내보자구. 가격은 반값으로 가져갈 테니까. 재고는 35퍼센트면 좋은 가격인데, 브랜드가 있으니까 더 쳐주는 거야."

차영화는 입을 딱 벌렸다.

"안 돼요. 그건 말도 안 돼요."

"그것도 외상으로 가져갈 테니까 3개월 후에 재고 값을 지불하도록 하지. 그래, 제품은 어음 놓고 찾아가. 그것도 3개월 어음이면 좋겠군."

"그렇게는 못 해요."

"우리도 어음 끊어줄 테니까, 3개월짜리로. 사채시장에 가면 바로 할인이 될 거야. 우린 신용이 좋으니까 2부 5리면 돼. 그렇게 해서 자금을 막아봐."

"지독하군요."

차영화가 김원국을 노려보았다.

"아까 내가 물었지? 무슨 생각하고 왔느냐고. 어때, 내가 제의한 선과 맞았나? 아니면 그 이상인가?"

김원국이 무표정한 얼굴로 물었다.

"거의 비슷해요."

한참 만에 차영화가 대답했다.

"그것 잘됐군."

김원국이 머리를 끄덕였다. 홍콩의 백화점에 물량이 부족했다. 어제 홍성철의 연락을 받은 유통의 최갑태와 원 사장과 협의를 했었다. 최갑태는 영화상사의 재고를 구입하자고 했던 것이다. 영화상사가 판매 부진으로 재고가 많다는 것을 그들은 잘 알고 있었다.

"이제 거래는 끝났어."

김원국이 차영화를 바라보았다. 차영화는 자리에서 일어섰으나 자신도 모르게 얼굴이 달아올랐다. 김원국은 그녀가 아무 말이라도 기다리고 있는 것을 알았으나 입을 열지 않았다. 잠자코 그녀를 바라보고만 있었다.

*　　　　*　　　　*

지하철역 근처의 조그마한 커피숍에 앉아 있던 김칠성은 다시 시계를 들여다보았다. 7시 20분이었다. 이맛살을 찌푸리면서 그는 자리에서 일어섰다. 통로를 걸어 카운터로 다가서는데 한세라가 입구에 들어섰다. 그녀는 김칠성을 바라보더니 아랫입술을 깨물면서 다가왔다.

"20분도 못 기다려요?"

"시끄러."

김칠성이 나직하게 말하면서 눈을 부라렸다.

"그럼 그 기다려 줄 놈 찾아봐. 어서."

한세라가 다시 아랫입술을 깨물더니 카운터 앞쪽에 우두커니 서서 그를 바라보았다. 순간 김칠성의 가슴이 철렁 내려앉았다. 그는 서둘러 그녀의 팔을 잡아끌고는 가까운 빈자리에 앉혔다. 그러고는 소리 죽여 한숨을 내쉬었다.

한세라가 눈을 깜박이며 그를 바라보았다. 김칠성이 힐끗 그녀의 눈치를 살폈다.

"러시아워라 지하철을 네 번이나 놓쳤어요."

"……."

"택시를 타려고 올라왔다가 택시는 잡을 수도 없었어요."

"……."

"그래서 다시 지하철을 타고 왔어요."

"밥 먹으러 가자."

김칠성이 말하면서 일어섰다.

"널 보면 언제나 배가 고파."

한세라가 웃으며 따라 일어섰다.

"왜?"

"그걸 내가 어떻게 알아? 널 보기만 하면 목이 마르고 배가 고픈 것이 무슨 조화 속인지 모르겠다."

"목도 마르단 말이에요? 배만 고픈 게 아니라?"

계단을 오르면서 한세라가 물었다. 그의 팔에 매달리듯 팔짱을 끼었다.

"까불지 마. 한번 부딪쳐 보면 알게 되겠지."

"뭘 부딪쳐요?"

하다가 한세라는 홱 팔을 빼냈다. 두어 걸음 맨몸으로 걷던 김칠성이 발을 멈추고 뒤를 돌아보았다. 오가는 사람들에게 부딪히면서 한세라가 그를 바라보고 서 있었다.

"야, 밀수꾼. 너 오늘 계속 신경 쓰게 만들 거야?"

그의 목소리가 컸으므로 지나가는 사람들이 그들을 돌아보았다.

"깡패 자식!"

한세라가 맞받아 소리쳤다. 김칠성은 입맛을 다셨다. 그러자 갑자기 콧구멍이 벌름거렸으므로 입술을 힘주어 다물고 눈살을 찌푸렸다.

"빨리 와."

"안 가."

그녀는 움직이지 않았다. 김칠성의 얼굴이 굳어지자 한세라가 재빨리 다가왔다. 김칠성이 몸을 돌려 걷다가 그녀를 바라보았다.

"너 언젠가 한번 나한테 혼날 줄 알아. 이젠 아주 대놓고 덤벼들고 있어."

"밀수꾼이 뭐예요?"

그녀는 아직 화가 덜 풀린 듯 얼굴이 굳어져 있었다. 반걸음쯤 옆으로 떨어져 걸었다.

"그럼 보따리 사업가라고 하지. 그리고 내가 깡패라고? 그건 또 어째서 그래?"

"하는 짓이 그래."

"이게 또 반말이야."

한세라가 갑자기 김칠성의 팔짱을 끼었다. 놀란 듯 그녀를 바라보던 김칠성이 입을 벌리고 머리를 돌렸다.

"나, 내일 홍콩에 가요."

아구찜을 먹으면서 한세라가 말했다. 땀을 흘리면서 매운 아구찜을 먹던 김칠성이 건성으로 머리를 끄덕였다.

"이번에는 일주일 정도 있을 것 같아요. 부탁받은 것이 많아요."

김칠성은 소주잔을 들고 한 모금에 삼켰다. 그가 잔을 내려놓자 한세라가 빈 잔에 술을 채웠다.

"이제 몇 번만 다니고 그만둘까 봐요. 나처럼 다니는 사람들이 많아졌어요. 그리고 이젠 집에서 쉬어야겠어요."

김칠성은 휴지를 집어 들고 입가를 닦았다. 아구찜은 매웠으나 맛이 있었다. 온몸에서 열이 났고 소주로 입가심을 하자 입안이 개운했다. 한세라가 말을 멈추고 그를 바라보았다. 거무스름한 피부에 윤기가 났고 짙은 흑색 눈동자가 그를 바라본 채 움직이지 않았다. 곧은 콧날 밑의 약간 얇은 입술은 꼭 다물려져 있다. 그녀와 대여섯 번 만나왔지만 이야기를 하는 것은 주로 한세라였다. 그는 묵묵히 그녀의 이야기를 들으면서 밥을 먹고 나면 헤어졌다. 이제까지 그녀의 손목을 잡아본 적도 없었다. 김칠성은 시계를 보았다. 8시 20분이었다.

"가자."

김칠성이 자리에서 일어섰다. 아구찜 집을 나오자 김칠성은 근처의 주차장에 세워둔 차를 끌고 왔다. 기다리던 한세라가 옆자리에 탔다.

"전철 타고 가는 게 빨라요."

한세라가 말했으나 김칠성은 대답하지 않았다.

한세라의 집 앞에 도착하자 김칠성이 따라 내렸다.

한세라가 아파트의 현관 앞에서 몸을 돌리고 김칠성을 보았다.

"그럼⋯⋯."

"같이 가. 부모님을 만나고 싶으니까."

한세라가 놀란 듯 눈을 치켜떴을 때 김칠성이 어깨를 부풀리고 말했다.

"널 내 각시로 달라고 할 작정이야."

김칠성이 성큼 그녀의 옆을 지나 현관으로 들어섰다. 쫓아온 한세라가 그의 팔을 잡았다. 그러고는 입을 열고 무엇인가 말하려다가 다시 닫았다.

김칠성은 엘리베이터의 단추를 눌렀다. 맨 꼭대기에 있던 엘리베이터가 아주 천천히 내려왔다.

"난 결심했어."

깜박이는 엘리베이터 전광판 숫자를 보면서 김칠성이 말했다.

"아구찜 먹을 때도 결심했고, 니가 나한테 깡패라고 소리칠

때도 결심했고, 니가 다방에서 날 쳐다보고 있을 때도 결심했고……."

엘리베이터가 멈추고 문이 열렸다. 김칠성이 성큼 엘리베이터 안으로 들어서자 한세라도 따라 들어왔다. 김칠성은 닫힘 스위치를 눌렀다. 문은 닫혔으나 김칠성은 그녀가 몇 층에 살고 있는지는 몰랐다.

"아니, 비행기를 같이 탔을 때부터였는지 몰라. 아니, 그 전인가?"

"……."

"어쨌든 너는 내 각시가 되어야겠어. 성질이 다소 지랄 같은 데가 있지만 그것은 데리고 살면서 고쳐야 할 것이고."

한세라의 손가락 한 개가 쭈욱 뻗어나갔다. 옛날 사람들이 보면 신통력을 썼다고 할 것이다. 여자 손가락 하나의 힘으로 두 사람을 실은 엘리베이터가 올라가기 시작했다. 김칠성은 정신이 없어서 그녀가 몇 층을 눌렀는지도 봐두지 않았다. 측량할 수 없는 여자여서 마음을 놓지 못한 때문이기도 했지만 어쨌든 같이 올라가고 같이 내릴 것은 틀림없기 때문이었다.

제7장

함정

밤의 대통령

리첸은 그릇을 씻다가 문득 손을 멈췄다. 손끝이 떨리고 있었다. 가슴이 두근거리는 소리가 들리는 것 같았고 갑자기 구역질이 났다. 눈앞이 노랗게 변하더니 주방이 빙글빙글 돌았다.

리첸은 쪼그리고 앉았다. 그러자 온몸이 부들부들 떨렸다. 갈증이 일어났으나 냉장고에까지 다가가기도 싫었다. 그녀는 무릎 사이에 얼굴을 집어넣었다. 홍성철의 얼굴이 떠올랐다. 그가 어서 와서 자신을 붙잡아주어야 했다. 때리든지 어젯밤처럼 침대에 묶어두든지 해줘야 했다.

눈물이 흘러내렸다. 홍성철이 약속을 해주었다. 마약만 끊는다면 방송국에 틀림없이 나가게 해주겠다는 것이다. 그리고 그는 그럴 능력도 있었다. 리첸은 두 팔로 다리를 부둥켜안았다. 아직 온몸이 떨리고 있었으나 그녀는 그렇게라도 하지 않으면 두 다리가 자신의 의지와는 상관없이 움직일까 봐 두려운 것처럼 보였다.

그가 조금만 더 일찍 왔으면 하는 생각이 떠올랐다. 그녀가 외로움과 절망감에 사로잡혀 있을 때 홍성철이 조금 더 일찍 찾아와 주었어야 했다. 그러면 마약을 먹지 않아도 되었을 것이다.

이제 머리가 빠개질 듯 아파왔다. 나흘 동안 마약을 먹지 않은 탓이었다. 홍성철은 집 안에 있던 마약을 모두 화장실에 쏟아 버렸다.

리첸은 비틀거리며 몸을 일으켰다. 이를 악물고 냉장고를 열었다. 떨리는 손으로 물병을 집어 들었다가 바닥에 떨어뜨렸다. 병이 깨지면서 주방 바닥에 물이 깔렸다.

리첸은 온몸을 떨면서 그것을 내려다보았다. 다시 눈물이 흘러내렸다. 온몸의 피부에 벌레들이 달려들어 기어가는 것 같았으므로 리첸은 비명을 질렀다. 자신의 목소리를 듣자 머리끝이 쭈뼛거릴 정도로 무서워졌다. 다른 사람의 목소리 같았다.

리첸은 엎어질 듯이 응접실로 다가가 소파에 쪼그리고 앉았다. 전화기가 앞에 놓여 있었다. 그녀는 전화기를 들고 다이얼을 눌렀다. 신호가 떨어졌다.

"여보세요."

온몸을 떨면서 리첸이 말했다.

―누구십니까?

낯선 남자의 목소리였다.

"홍성철 씨를 바꿔주세요."

리첸이 필사적으로 말했다. 이마에서 땀이 배어 나왔다.

—지금 자리에 안 계십니다. 어디시라고 전해 드릴까요?

"리첸입니다. 언제 돌아오세요?"

—그건 잘 모르겠습니다. 오시면 연락드리도록 하겠습니다.

리첸은 전화기를 내려놓았다. 눈앞이 흐릿했지만 시계가 11시
를 가리키고 있는 게 보였다.

리첸은 다시 전화기를 집어 들었다.

탐 람은 리첸을 보는 즉시 그녀가 약 기운이 떨어져 반광란 상
태에 있는 것을 알았다. 전화 목소리를 듣고 짐작했었다. 그는 입
가에 웃음을 띠고 집 안으로 들어섰다.

"부인, 갑자기 전화를 주시고 무슨 일이십니까?"

집 안을 둘러보고 난 탐 람은 소파에 앉아 물었다. 온몸을 떨
면서 그녀는 그의 앞에 앉았다. 두 눈이 번들거리고 있었다.

"약 때문입니까?"

리첸이 겨우 머리만 끄덕였다.

"내가 충분히 드렸을 텐데. 두 사람 몫으로 말이오."

"버렸어요."

리첸이 꺼질 듯한 소리로 대답했다.

"제발, 조금만 주세요. 죽겠어요."

"누가 버렸습니까?"

리첸은 머리를 저었다. 그러고는 갑자기 두 손으로 머리칼을
움켜쥐었다.

"아아, 살려줘요. 제발 살려줘요."

그녀의 얼굴에서 땀이 흘러내렸고 간간이 이가 마주치는 소리

가 들렸다. 탐 람은 냉정한 얼굴로 그녀를 바라본 채 움직이지 않았다. 그는 이런 광태를 숱하게 보아왔다. 이보다 더한 상황도 겪었다. 칼로 자신의 몸을 난자질하는 사람도 있었다. 마약을 마시지 못하는 고통에 비하면 그런 것은 아무것도 아니었다.

"부인, 누가 버렸소?"

"그이가……."

"홍성철이오?"

리첸은 쓰러질 듯 탐 람에게 다가와 방바닥에 무릎을 꿇었다. 그의 두 다리를 부둥켜안았다.

"제발 살려줘요. 약을 조금만. 어서요."

"홍성철과 같이 마시라고 주었는데 그것까지 이야기했단 말이오?"

탐 람이 그녀를 내려다보면서 물었다.

"아니에요. 그런 말은 안 했어요. 제발."

그녀의 눈에서 눈물이 흘러내렸다.

"옷을 벗어요."

탐 람이 차분한 음성으로 말했다. 리첸이 눈물과 땀이 범벅이 된 얼굴을 들었다. 아직도 이가 마주치고 있었다.

"옷을 벗어요. 아무것도 남기지 말고."

눈을 부릅뜬 리첸이 일어섰다. 온몸을 떨며 서 있던 리첸은 두 손을 가슴 언저리에 댔다. 탐 람은 그녀를 쏘아보았다.

"벗어요. 약을 드리겠소."

그 소리에 리첸은 흠칫 놀란 듯 탐 람을 바라보았다. 그녀의 손가락이 앞가슴의 단추에 닿았다. 긴 나이트가운이었다. 이윽고 그녀는 단추를 풀어 내렸다. 몇 개의 단추가 떨어져 나갔으나 나이트가운은 그녀의 발밑에 흘러내렸다. 브래지어와 팬티 차림이 되었다. 매끈한 피부와 부드러운 곡선의 몸이 바로 눈앞에 세워져 있었다. 배꼽 언저리의 배가 가쁘게 오르내리고 있었다.

탐 람은 저도 모르게 침을 삼켰다. 호주머니에서 조그마한 봉투를 꺼내 손에 쥐었다. 리첸의 눈이 번쩍였다.

"자, 모두 벗어요."

리첸은 서둘러 브래지어를 풀어 던지고 팬티를 끌어내렸다. 알맞게 솟은 젖가슴과 그녀의 깊은 계곡이 보였다. 무성한 계곡은 두 다리 사이에서 신비스러운 곳을 감추고 있었다.

탐 람은 일어서서 자신의 옷을 모두 벗었다. 리첸은 온몸을 떨면서 기다렸다. 약을 기다리고 있었으나 탐 람이 자신에게 닥쳐오리라는 것도 잘 알았다. 탐 람의 남성이 발기해 있었다. 그는 유리잔을 찾아 백색 가루를 쏟아 넣고 물을 섞었다. 그녀에게 내밀자 리첸은 빼앗듯이 유리잔을 들고 한 모금 삼켰다. 숨을 헐떡이며 그녀는 잠시 그대로 서 있었다.

그녀는 탐 람의 손길이 서 있는 자신의 깊고 뜨거운 곳을 더듬는 것을 느꼈다. 그러자 온몸이 따뜻해지고 평화로워졌다. 자신도 모르게 입가에 웃음이 떠올랐다. 티 한 점 없이 머리가 맑아지더니 탐 람의 손길이 지나는 부분에 경련이 일어났다. 애타게 그의 다음 손길을 기다렸다. 그녀의 그곳은 이미 뜨거운 것으로 가득 채워지고 허벅지를 타고 물이 넘쳐흘렀다.

"아아."

탄성을 올리며 리첸은 탐 람의 목을 껴안았다. 탐 람은 그녀를 번쩍 안아 들고 소파에 눕혔다. 그가 그녀 위에 자리 잡고 깊숙이 진입하자 그녀는 자지러질 듯한 비명을 질렀다. 눈을 크게 뜬 그녀는 두 다리를 한껏 허공으로 추켜올렸다. 그리고 그녀는 또 한 사람의 얼굴을 보았다. 어깨 위에 비디오카메라를 맨 사내였다. 그는 그녀의 얼굴을 겨냥하고 있었다.

"아."

자신도 모르게 소리친 그녀는 탐 람이 세차게 돌입하자 다시 비명을 질렀다. 잠깐 눈을 감았다가 떠보자 카메라는 여전히 그녀를 겨누고 있었다.

"아아."

그녀는 찢어질 듯한 비명을 질렀다. 무섭도록 잔인하고 진한 쾌감이 불타오르고 있었다. 약 기운뿐만이 아니었다. 노출된 연기를 하고 있다는 스릴감이 다시 추가된 것이다.

그녀는 다시 발끝을 허공으로 추켜올리며 두 손으로 탐 람의 등을 할퀴었다. 시선은 카메라 렌즈를 향했고 감았던 눈을 떠 그것을 볼 때마다 쾌감이 점증하고 있었다. 그녀는 카메라를 노려본 채 환희의 비명을 질러대었다.

*　　　　*　　　　*

초저녁이었으므로 거리는 차량과 사람들로 혼잡했다. 로터리를 우회전하자 그곳은 바닷가의 막힌 부분이어서인지 차량의 왕래가 거의 없었다. 고청해는 길가에 차를 붙였다. 협진의 차는 50미터쯤 앞쪽에 막 주차하는 참이었다. 그는 잠자코 차 안에서 기다렸다. 협진이 종이봉투를 들고 차에서 내렸다. 슈퍼마켓에서 나눠 주는 봉투였다.

협진은 좌우를 살피더니 이쪽을 바라보았다. 고청해는 숨을 죽였다. 그의 앞에는 몇 대의 차가 주차되어 있어서 발각되지는 않을 것이다. 협진은 몸을 돌리고 우측에서 간판의 네온이 반짝이는 음식점을 향해 걸었다. 고청해는 차 안에 앉아서 기다렸다.

며칠 동안 협진이 사무실을 빠져나가는 시간이 같았다. 뭔가 숨기는 것 같았고 그와 마주치지 않으려는 느낌이 들었다. 오늘 그를 미행해 온 것이다.

고청해는 지나치는 사람들을 바라보다가 차에서 내렸다. 음식점으로 들어가는 사람들이 많았다. 그는 서너 명의 사내들 뒤를 따라 들어가다가 입구 옆의 화장실로 꺾어지는 통로로 들어섰다. 화장실로 들어가는 통로와 식당 사이에는 대나무 발로 된 칸막이가 설치되어 있었다. 고청해는 사람들을 의식하면서 발 사이로 식당을 살폈다.

한참 만에 고청해는 후문 쪽 구석 자리에 앉아 있는 협진을 찾아냈다. 그는 건장한 사내와 마주 앉아 있었다. 둘은 이마를 맞대고 열심히 대화를 나누는 중이었다.

식탁 위에는 엽차 잔만 놓여 있었는데 사내는 처음 보는 사내였지만 생김새로 봐서 평범한 사람은 아닌 것 같았다. 눈썹이 길게 뻗쳐 있는 것이 꽤 멀리 떨어진 고청해에게도 보였다.

고청해는 협진이 들고 온 종이봉투를 식탁 위에 올려놓는 것을 보았다. 잠시 그들을 바라보던 그는 몸을 돌려 식당을 빠져나왔다. 식당은 소란스러웠고 들락거리는 사람들이 많았으므로 비밀리에 만나기도 좋겠지만 그것을 감시하기에도 어렵지 않았다. 다시 차 안으로 돌아가 20분쯤 기다렸을 때 협진이 식당을 나왔다. 그는 아무것도 들고 있지 않았다. 고청해는 의자에 깊숙이 몸을 묻었다. 협진은 차에 올라 유턴을 한 다음 뒤쪽의 번잡한 차도로 끼어들더니 곧 보이지 않았다. 고청해는 상체를 세우고 일자 눈썹의 사내를 기다렸다.

빈 타오는 위천산의 저택에 들어서서 주위를 둘러보았다. 아래층은 널찍한 홀이었다. 홀 건너편 오른쪽에 2층으로 올라가는 계단이 보였다. 붉은 카펫이 깔려 있는 계단이었다. 홀은 대리석으로 만들어져 있어서 발소리가 울렸다.

"자, 이쪽으로."

위천산이 계단 옆에 있는 육중한 참나무 문을 열었다. 그곳은 커다란 응접실이었다. 앞쪽은 바다를 바라볼 수 있도록 이음새가 없는 커다란 유리로 덮여 있었다. 그들은 응접실 소파에 앉았다. 위천산과 여귀철이 바깥쪽에 앉고 빈 타오는 상석에 앉았다. 차오는 위천산과 마주 앉았다.

"집이 훌륭하군."

위천산이 빈 타오의 칭찬에 미소를 지었다. 흑갈색의 눈이 삼각형을 이루듯 한쪽이 찌그러진 눈시울 속에서 반짝 빛났다.

"공을 좀 들였습니다. 가구 하나하나에도 신경을 썼지요."

위천산은 빈 타오가 예고 없이 방문해 왔지만 들뜬 모양이었다. 이제까지 조진량이나 형주량 등을 통해서 빈 타오의 마약을 공급받았던 것이다. 날씬한 몸매의 하녀가 쟁반에 커피 잔을 담아 들고 왔다. 그녀는 가느다란 손가락을 수줍은 듯 움직여 모두들 앞에 커피 잔을 내려놓았다.

"중국 여자들은 미인들이 많아."

빈 타오가 리첸을 떠올리며 말했다.

"예, 인구가 많으니까요. 이 애도 본토에서 사온 애입니다."

위천산이 그녀를 가리키며 말했다. 그의 눈이 빈 타오를 지그시 응시하고 있는 것이 다음 말을 기다리는 것 같다. 빈 타오는 굳은 표정으로 서 있는 여자를 훑어보았다. 20살도 안 돼 보였다. 알맞게 도톰한 입술과 오뚝 솟은 콧날이 예뻤다.

빈 타오가 웃으며 시선을 돌리자 위천산이 손을 저어 여자를 보냈다.

"어때요? 내가 보낸 김원국의 정보는 요긴하게 쓰고 있소?"

커피 잔을 들면서 빈 타오가 물었다.

"요긴합니다. 아직 쓰지는 않고 있습니다만, 저희들에게 도움이 될 겁니다."

"한국은 큰 시장이오. 이곳 홍콩보다 몇 배나 더 커요."

"알고 있습니다."

"문제는 경찰도 경찰이지만 김원국인데······."

빈 타오가 위천산을 바라보았다.

"그놈만 협조해 주면 한국을 거저먹는 것이나 다름없어요."

"그렇지요."

그걸 모르는 것이 아니었다. 하지만 이곳 홍콩에서부터 김원국의 구역에는 마약 소매상들이 들어가기를 꺼렸다.

서담이 살해된 이후로 아무 문제가 없을 것이라고 했는데도 소매상이나 판매책들은 다른 조직의 구역에서 거래하려고 했다. 홍콩에서도 그런데 서울은 말할 것도 못 된다. 위천산은 이번에 모험을 하는 셈이었다. 그리고 현재까지는 일이 잘 풀려 나가고 있었다.

"그래서 내가 찾아온 거요."

위천산이 눈을 치켜뜨자 이마에 주름이 잡히고 세모꼴 눈이 네모꼴이 되었다.

"앞으로 한국에 공급할 마약을 내가 위 형에게 직접 드리겠소."

"아, 그렇게 해주시겠습니까?"

위천산의 얼굴이 활짝 펴졌다. 여귀철도 싱글거리며 웃음을 띠었다. 그렇게 된다면 조진량이나 형주량처럼 막대한 차액이 남는 것이다.

더욱이 위천산은 실제 도매상이므로 형주량 등보다도 두 배 정도의 이윤을 보게 된다.

"새 시장을 개척하는데 내가 그런 협조를 안 하면 누가 하겠소?"

빈 타오도 얼굴에 웃음을 띠었다.

"요컨대 한국 시장은 위 형이 나하고 같이 시작하는 거요. 한국에서 일본으로 마약이 흘러가도 좋고, 일본에서 한국으로 흘러가도 상관없소."

"일본은 하와이나 남미에서 들여오는 것이 많아서요."

빈 타오는 머리를 끄덕였다.

"하와이의 일본 조직이 본토로 넘겨온다고 이야기를 들었소.

그렇지만 한국은 아직 닫혀진 보물 창고나 다름없는 곳이지."

"그렇지요."

빈 타오는 말없이 앉아 있는 차오 중령을 가리켰다.

"필요하면 이 사람의 부하들을 써도 좋소. 우린 군대를 가지고 있어요."

"그건 알고 있습니다."

빈 타오가 자리에서 일어섰다.

"난 그 말을 하러 온 거요."

"이거 영광입니다. 이렇게 직접 찾아오셔서 그런 제의를 해주시다니……"

위천산이 다시 한 번 확인을 받고 싶은 듯 따라 일어서며 말했다. 고개를 끄덕이며 빈 타오는 응접실을 나왔다.

곽도위는 변두리에 위치한 소란스러운 술집에 앉아 있었다. 자욱한 담배 연기와 싸우는 것처럼 소리치며 이야기하는 취객들로 술집은 어수선했다. 맥주 한 병을 시켜놓고 곽도위는 주변에 신경을 쓰지 않는 듯 우두커니 앉아 있었다.

"늦었습니다."

사내 한 명이 다가와 그의 앞에 털썩 앉았다.

"이봐, 30분이나 늦었어."

곽도위가 짜증을 냈다.

"내가 한가한 사람인 줄 알아?"

"곽 형이야 지금 홍콩에서 제일 바쁜 사람 아닙니까?"

27, 8살쯤 되어 보이는 사내는 붉은색 러닝셔츠에 진 바지를 입

었다. 튀어나온 팔의 근육과 단단한 가슴이 역도 선수처럼 보였다.

"어때, 준비됐어?"

"예, 가져왔어요."

사내가 바지 호주머니를 손바닥으로 두들겼다.

"설마 여기서 거래하자는 건 아니겠지요? 하긴 여기도 상관없겠지만……."

"쓸데없는 소리 말아. 나하구 밖으로 나가자구."

곽도위가 말하며 일어섰다. 사내가 주위를 둘러보고는 뒤를 따랐다. 사내는 곽도위가 거래하는 마약 판매책의 하나인 진위였다. 조직에 속해 있지는 않았지만 변두리에서는 제법 알려진 주먹이었다. 곽도위는 여분으로 남긴 마약을 진위에게 처분하여 부수입을 올리곤 했다. 그들은 술집을 나와 이미 문을 닫아걸고 간판의 불빛만 비추고 있는 상점들을 지났다.

12시가 지났으므로 거리엔 인적이 드물었다. 곽도위는 쓰레기가 어지럽게 깔린 골목 안으로 들어섰다. 고양이 한 마리가 쓰레기 더미에서 나와 어슬렁거리며 그들 옆을 지났다. 눈동자가 하얗게 빛나고 있었다. 곽도위는 멈춰 서서 가슴 안에서 종이봉투를 꺼냈다. 진위가 봉투를 조심스럽게 받아 들고 안에서 비닐 주머니를 꺼내 손가락 위에 올려놓았다. 그는 잔뜩 긴장하고 있었다.

"100그램이야. 정확해."

진위는 봉투를 바로 세우더니 뚜껑을 열었다. 물리는 뚜껑이었으므로 소리 없이 열렸다. 그는 손가락을 집어넣어 흰색 가루를 찍었다. 혀에 가져다 댄 진위는 잠시 곽도위를 바라보고 나서 말했다.

"괜찮군."

곽도위가 끄덕이며 웃었다.

"네가 이걸 잘 처리하면 계속 공급해 줄 수도 있어. 그럼 너는 부자가 되는 거야."

진위는 호주머니에서 한 뭉치의 지폐를 꺼내 곽도위에게 내밀었다. 어두웠으므로 곽도위는 길 쪽으로 두어 걸음 나가서 지폐를 살펴보았다. 몇 장을 헤아려 보고 나서 호주머니에 집어넣었다.

"곽 형, 내일도 가져올 수 있습니까?"

진위가 마약을 호주머니에 넣고 물었다.

"물론이지. 네가 약속만 지킨다면."

"도대체 어디서 그렇게 가져옵니까? 설마 위천산은 아니겠고."

그도 곽도위가 위천산에게서 추방당했다는 사실을 알고 있었다.

"위천산보다 한 계단 높은 사람이야. 그까짓 녀석에게 받지 않아도 날 알아주는 사람이 있단 말이야."

"그럼 보스들에게서 직접 받소?"

"그런 셈이지. 하지만 비밀이야."

"알겠소."

싼값으로 마약을 받을 욕심에 진위는 머리를 끄덕였다. 예전에는 사정을 해도 겨우 10그램을 받는 것이 고작이었다. 그것도 가격이 훨씬 높았었다.

"그럼 내일 여기서 다시 봅시다. 내일은 200그램을 가져올 수 있소?"

지금까지 협진에게서 300그램을 받아 처리했는데 100그램씩 현금을 주고 가져왔던 것이다. 오늘 진위에게 넘긴 금액을 합하면 내일은 200그램을 받아올 수도 있었다. 이제는 그럴 능력이 생긴 것이다. 그는 협진에게 100그램에 20만 달러를 주고 받아와 30만 달러에 넘기고 있는 것이다.

진위와 헤어진 곽도위는 서둘러 텅 빈 거리를 걸었다. 도로의 건너편에 차를 세워둔 것이다. 교차로에서 잠깐 멈춘 곽도위는 뒤를 돌아보았다. 두 명의 사내가 그를 향해 걸어오고 있었다. 인적이 없었고 사내들은 곽도위를 응시한 채 다가왔다.

곽도위는 몸을 돌려 도로를 가로질러 뛰었다. 달려오던 승용차 한 대가 요란하게 브레이크를 밟으며 그를 비켜 지났다. 곽도위는 길가에 주차시킨 차를 향해 달려갔다. 갑자기 앞쪽에서 두 명의 사내가 달려들었다. 그의 차 주변에서 기다리고 있었던 것 같았다. 앞장선 사내가 막 곽도위의 몸에 손을 대려는 순간 곽도위의 발길이 그의 배를 걷어찼다. 사내가 휘청이며 한 걸음 물러서다가 뒤에서 달려들던 다른 사내를 가로막는 자세가 되었다.

곽도위는 품에 손을 넣어 사슬이 달린 쇠뭉치를 내들었다. 이 근처의 사내들은 아니었다. 두어 번 허공에서 쇠뭉치를 흔들어보던 곽도위는 차와 차 사이의 공간을 빠져 앞으로 나오려던 다른 사내의 머리를 향해 쇠뭉치를 날렸다. 사내는 머리를 숙여 쇠뭉치를 피했다.

배를 차였던 사내가 몸을 뒹굴더니 곽도위의 좌측으로 바짝 달려들었다. 그들은 도로의 바깥 부근에서 싸우고 있었으나 두 어 대의 차량들이 그들을 스쳐 지나갈 뿐 주변에는 인적이 없었다. 곽도위의 쇠뭉치가 땅바닥에 떨어져 둔탁한 소리를 냈다.

곽도위는 사슬을 힘껏 옆으로 휘저었다. 뱀처럼 꿈틀거리며 사슬이 좌측에 선 사내의 발을 감았다. 곽도위가 사슬을 쳐들며 당기자 사내의 발이 허공에 떴다.

사내 하나가 몸을 띄우더니 발끝이 날아왔다. 몸을 틀어 발길을 피하려던 곽도위는 등을 파고드는 섬뜩한 충격에 입을 쩍 벌렸다. 도로를 건너온 사내들 중의 하나가 그의 등을 찌른 것이다. 곽도위는 휘청 앞으로 몸을 숙이다가 앞에 선 사내에게 턱을 걸어차였다. 두 팔을 벌리며 곽도위는 차의 보닛 위에 엎어졌다. 손에 든 사슬과 쇠뭉치는 이미 땅바닥에 떨어져 있었다. 등에 꽂힌 칼날이 빠져나갔다.

"윽."

곽도위는 신음 소리를 내며 한 바퀴 몸을 굴려 보닛에서 땅바닥으로 굴러떨어졌다. 그 순간에 곽도위는 한 손을 주머니에 넣어 잭나이프를 꺼내 쥐었다. 사내 한 명이 넘어져 있는 그를 바라보면서 성큼 다가왔다. 머리 쪽에 한 명, 발 쪽에 세 명이었다. 좌우에는 차들이 세워져 있었으므로 사내들은 위아래로 몰려 있었다. 한 사내가 곽도위의 다리 사이에 한 발을 집어넣고는 허리를 굽혔다. 두 팔을 뻗어 곽도위의 멱살을 잡아 일으켜 세우려는 듯했다. 순간 곽도위의 손에 쥔 칼에서 철컥 칼날이 세워졌고 그것이 사내의 배를 깊숙이 찔렀다.

"어윽."

둔한 비명 소리가 밤거리에 울렸다. 곽도위는 칼을 잡아 뽑고는 몸을 돌려 칼날을 옆으로 뿌렸다. 막 머리 쪽에서 덮쳐 오려던 사내가 주춤하면서 몸을 틀었으나 거리가 너무 가까웠다. 엉겁결에 한 팔을 들어 올려 칼날을 막았으므로 칼을 든 곽도위의 손에 둔한 충격이 왔다. 베어진 팔을 다른 손으로 움켜쥔 채 사내가 옆으로 비켜서는 사이로 곽도위는 몸을 날렸다. 뒤에서 뛰어오는 발소리가 났으나 한 명뿐이었다.

이를 악문 곽도위는 있는 힘을 다하여 달렸다. 기침이 나오려고 했다. 기침을 하면 피가 쏟아져 나올 것이다. 등이 깊게 찔려 감각이 없었다. 피가 흘러내려 허리띠를 적시고 있었다. 얼마 지나지 않아 다리에 힘이 풀릴 것이다. 그 전에 멀리 뛰어야 한다.

뒤에서 쫓던 사내는 곽도위의 달려가는 자세에 기가 죽었을지도 모른다. 그리고 곽도위의 속도가 빠르기도 했다. 사내는 단념한 듯 멈춰 서더니 동료들에게로 뛰어 돌아갔다.

곽도위는 헐떡이며 거리의 모퉁이에서 멈췄다. 입에서 피가 흘러내렸다. 폐를 찔린 모양이었다. 새벽 1시가 넘어 있었다.

협진은 짜증 난 얼굴로 침대에서 몸을 일으켰다. 전화벨이 울려대고 있었다. 마누라가 부스럭거리다가 돌아누웠다. 응접실에 나가 전화기를 집어 들었다.

"여보세요."

―협 선생?

상대방은 숨을 헐떡였다.

"그렇소. 누구요?"

협진은 전화기를 고쳐 쥐었다. 잠이 달아나 버렸다.

—나, 곽도위요. 난 지금 습격을 당했소. 칼에 찔렸소.

"누구한테서 말이오?"

—모르겠소. 위천산이 보낸 놈들 같소. 나를 기다리고 있었어요. 모두 네 놈이었는데… 나는 심합니다.

그는 심하게 기침을 하더니 전화를 끊었다. 협진은 한동안 우두커니 앉아 있었다.

조진량의 얼굴은 굳어져 있었다. 앞에 앉은 협진의 얼굴을 바라보며 한동안 입을 열지 않았다.

"네 생각에 위천산이 곽도위를 해친 것 같으냐?"

이윽고 조진량이 입을 열었다. 잠옷 바람이었으므로 그의 마른 어깨와 팔다리가 드러나 보였다.

"그건 잘 모르겠습니다. 저에게 전화를 걸었을 때 칼을 맞았다고 하더군요. 위천산이 보낸 놈들 같다고 했습니다."

"위천산이라고 했단 말이지?"

"네."

조진량은 이맛살을 모은 채 잠시 생각에 잠겼다.

"우리가 곽도위와 연결된 것을 위천산이 알고 있단 말인가?"

"……"

"그래서 그놈이 곽도위를 친 것인가?"

협진은 대답하지 않았다.

"할 수 없다. 당분간 마약 판매는 보류하자. 고청해나 중국 측에서는 모르고 있겠지?"

"그들은 모를 겁니다."

"고청해, 그놈이 업소들의 상납금을 횡령하고 있어. 안하무인이야. 용납할 수 없다."

협진도 알고 있었으므로 잠자코 있었다. 그는 자리에서 일어섰다.

텅 빈 도로를 달려가는 협진은 불안해졌다. 위천산은 자신과 조진량이 관련되어 있는 것을 알고 있을 것이다. 그를 거치지 않고 곽도위와 직거래를 한 것은 그의 영역을 침범한 것이 되었다. 더욱이 곽도위는 그의 조직에서 추방당한 사내인 것이다. 이제는 위천산과도 칼을 마주 대게 된 것이다.

곽도위는 한동안 골목 안쪽의 땅바닥에 앉아 있었다. 의식이 점점 흐려왔다. 눈시울이 무거워졌고 등의 고통보다도 잠이 왔다. 그리고 갈 곳이 생각나지 않았고 몸을 움직이기도 싫었다. 허리가 끈적거렸고 하반신도 축축이 젖어갔다. 등에서 흘러내린 피가 배어가는 것이다.

놈들의 얼굴 하나하나를 아까부터 생각해 보았으나 그를 기다려서 칠 정도의 원한을 가진 자는 위천산밖에 없었다. 곽도위는 이를 부드득 갈았다. 위천산의 끈질기고 잔인한 성격을 잘 아는 곽도위였다. 그 외에는 형주량도, 조진량도, 홍성철도 아니었다. 그들은 모두 위천산과 맥이 통하고 있으나 자신을 처치할 이유가 없었다.

곽도위는 감기려던 눈을 떴다. 홍성철만은 위천산과 거래가 없다. 그의 조직만이 마약과는 담을 쌓고 지내는 유일한 조직이라는 것이 생각난 것이다. 곽도위는 두 팔을 땅에 짚고 상체를 비틀면서 자리에서 일어섰다. 이대로 죽을 수는 없었다. 복수를 하든지 하다못해 위천산의 조직을 마지막까지 뒤흔들고 죽어야겠다는 생각을 한 것이다. 강인한 체력을 가지고 있던 곽도위는 이를 악물고 다리에 힘을 주었다. 상체가 흔들거렸으나 곧 똑바로 섰다. 아직도 주변은 어둠에 싸여 있었다. 그는 비틀거렸으나 이내 바른 걸음으로 차도로 나왔다.

두어 대의 차를 보내고 택시를 잡았다.

"오리엔트호텔."

그렇게 말하고 눈을 부릅뜨며 의자에 앉아 상체를 똑바로 세웠다. 운전사가 피투성이가 된 그의 몸을 보고 깜짝 놀랐으나 그의 시선을 받자 잠자코 차를 몰았다.

장갑수는 서둘러 옷을 입고 아래층의 사무실로 들어섰다. 둘러섰던 부하들이 장갑수를 보더니 비켜섰다.

"밑도 끝도 없이 홍성철 형님을 찾습니다."

부하 하나가 말했다. 사내의 온몸은 피투성이였다. 방바닥에 앉아 있었으나 눈을 부릅뜨고 장갑수를 올려다보았다. 얼굴은 창백했는데 이마에서 땀이 흘러내리고 있었다. 사내의 등 뒤로 돌아간 부하가 임시로 등에 붕대를 감아주는 중이었다.

"홍 두목이십니까?"

사내가 일어날 듯 몸을 꿈틀대며 물었다. 말을 하는 동안에 입에서 피가 흘러나왔다.

"난 장갑수라고 한다. 나에게 말해도 된다."

장갑수가 말했다.

"예, 말씀 많이 들었습니다. 저는 곽도위라고 합니다. 위천산의 마약 공급책이었습니다."

일어나려고 버둥거렸으므로 장갑수는 그의 어깨를 눌러 다시 앉혔다.

"누구에게 찔렸나?"

그의 앞에 의자를 가져다 놓고 앉아 장갑수가 물었다.

"위천산입니다. 그의 부하들에게 당했습니다."

"왜?"

"그를 배신했다는 것입니다. 마약을 강탈당해 손해를 입었다는 이유입니다. 그리고 그의 허락 없이 거래를 했다는 겁니다."

의사가 들어왔다. 그는 곽도위를 보더니 혀를 찼다.

"우선 치료부터 해야겠습니다."

장갑수는 끄덕이며 자리에서 일어섰다.

"어쨌든 치료해라. 무슨 일인지는 자세히 모르지만 네가 여기 온 이상 우리가 보호해 주마."

곽도위가 눈물을 주르르 쏟았다.

"은혜는 잊지 않겠습니다."

"이봐요, 입 다물어요!"

다가선 의사가 소리쳐 꾸짖었다.

*　　　　*　　　　*

메리디안호텔의 유리창이 오후의 햇살을 받고 반짝였다.

10층 베란다에 나와 앉은 남녀의 모습에 빌 패트릭은 정신을 빼앗기고 있었다. 그의 사무실에서는 마음만 먹으면 망원경으로 객실을 훔쳐볼 수 있을 정도로 호텔과 가까웠다. 남녀는 베란다에 놓인 탁자를 앞에 두고 이야기를 하는 중이다. 여자가 웃었다.

머리를 쳐들고 이쪽을 바라보고 웃었으므로 입에 45구경 총알을 쏘아 넣은 것처럼 커다란 구멍이 드러났다.

빌은 입맛을 다시고 의자를 뒤로 돌렸다. 그러자 제임스 매클레인이 사무실로 들어왔다. 제임스는 빌의 보좌관이었다. 홍콩의 CIA 극동 본부에 6년이나 근무하고 있으므로 1년 전에 책임자로 부임한 빌 패트릭보다는 홍콩 사정에 밝았다.

"빌, 지난번에 습격을 받았던 곽이라는 위천산의 부하 기억하시죠?"

재킷을 벗어 옷걸이에 걸면서 제임스가 물었다.

"응, 왜?"

빌은 책상 위에 두 발을 걸친 채였다. 회색빛 눈으로 그를 바라보면서 다음 말을 기다렸다.

"그놈이 또 습격을 받았습니다."

"호, 그놈이 또 습격을 받아? 누구한테?"

"그건 잘 모르겠어요. 그놈이 지금 오리엔트호텔의 홍성철이한테 피신해 있습니다."

"홍성철에게라……."

빌은 한동안 제임스를 바라보았다.

"마약 거래를 하지 않는 홍성철에게로 도망쳤단 말이지?"

"그리고 등을 칼로 찔렀습니다."

"위천산이 그랬을까? 그놈은 위천산에게서 추방당했잖아?"

"글쎄요. 그건 아직 모릅니다. 정보원들을 이쪽저쪽에 보냈으니까 알게 되겠지요."

빌은 책상에서 다리를 내려놓았다.

"이봐, 제임스. 빈 타오는 아직도 움직이지 않아?"

제임스가 머리를 끄덕이자 빌은 입속으로 욕설을 지껄였다.

"이 기회에 김원국 측에서 빈 타오나 건드려 주었으면 좋겠는데."

혼잣말처럼 빌이 중얼거리자 제임스가 피식 웃었다.

"아직 시기상조입니다. 빈 타오는 멀찍이 물러나 있어서 싸움이 붙으면 위천산하고 붙을 겁니다."

"⋯⋯."

"위천산은 빈 타오의 지원을 받고 있어요."

빌은 혀를 차고는 머리를 돌렸다. 본부에서 마약의 공급 루트를 차단하라는 압력이 여러 번 오고 있었다. 구체적인 지시는 내려오지 않았으나 홍콩을 거쳐 미국으로 흘러드는 마약이 증가되고 있었다. 그것이 어떤 경로로 들어가게 되는지는 아직 모른다.

홍콩의 마약 조직 보스인 위천산과 태국인 마약 제조업자인 빈 타오가 주동이 되어 있는 것은 확실했다. 전에는 콜롬비아 등의 남미산 마약이 미국으로 넘어왔으나 정부에서 마약과의 전쟁을 선포하고 난 후부터는 물량이 현격히 줄어들었다. 지리적으로 가까워 공급이 용이한 반면에 일단 마약의 수출국이라는 낙인이 찍히면 철저한 경제봉쇄와 무력 개입도 불사하는 미국 정부의 전략이 맞아떨어진 것이다. 그 대신 동남아로부터의 마약 공급이 늘었다. 정부의 마약에 대한 긴장감이 약했고 국민들은 생활 수단으로 마약을 재배했기 때문에 다른 생활 수단을 마련해 주지 못하는 정부 측에서는 방관할 수밖에 없었다.

빌은 마약이 홍콩을 거쳐 본토로 들어가는 것을 방지해야 했다. 빌은 갈색의 부스스한 머리를 손으로 쓸어 올렸다.

"어쨌든 곽이라는 놈이 홍성철의 품 안으로 뛰어든 것이 불씨가 될 것 같은 생각이 드는군."

빌의 말에 제임스도 머리를 끄덕였다.

"동양 속담에 품 안에 뛰어든 새는 잡지 않는다는 말이 있어요."

"이봐, 우리 미국에도 있어. 이건 우리 고향 속담이지만 누워 있는 여자에겐 가지 않는다네."

피식 웃던 제임스가 문득 잊었다는 듯이 그를 바라보았다.

"정보원 창의 이야기로는 위천산이 한국과 거래를 시작한답니다."

"한국으로?"

빌이 긴장한 듯 주름 잡힌 눈을 치켜떴다.

"네, 마약을 가져가는 모양입니다."

"어떻게? 누가?"

제임스는 머리를 저었다.

"원체 교묘하니까요. 그것까지 밝혀내진 못합니다. 위천산 혼자만 알고 진행하는 것 같습니다만 모르지요. 혹 여귀철이도 알고 있을지……."

빌은 입맛을 다셨다. 위천산은 기업가였다. 그는 드러난 전과도 없는 외형으로는 번듯한 사업가였다. 몇 번이나 경찰 측에 압력을 넣었으나 홍콩의 경찰은 증거도 없었지만 CIA의 간섭을 싫어했다. 태국 정부는 말할 것도 없었다. 빌이 넘겨준 빈 타오에 관한 정보가 거꾸로 빈 타오에게 흘러가는 형편이었다.

빌은 답답한 듯 의자를 돌렸다. 이제 호텔 베란다의 남녀는 보이지 않았다.

제8장
보따리 사업가

밤의
대통령

입국장의 자동문이 열리더니 수레 위에 가득 가방들을 올려놓은 한세라가 나오고 있었다.

"저 빌어먹을 보따리 사업가."

김칠성은 자신도 모르게 투덜거렸다. 한세라는 자신을 찾는 모양인지 통로의 한가운데다 수레를 세우고는 주위를 두리번거렸다. 어쩔 수 없이 김칠성은 기둥 뒤에서 나왔다.

한세라가 그를 바라보고 활짝 웃었다. 마주 웃어주면 영화처럼 달려와서 안길 조짐이 보였으므로 잔뜩 이맛살을 찌푸린 채 다가갔다. 김칠성은 수레의 손잡이를 잡았다. 그러자 한세라가 그의 팔짱을 끼었다. 양쪽에서 수백 명의 관람객이 관람하고 있었으므로 김칠성은 얼굴 전체에 개미가 기어가는 것 같았다.

"오늘도 형님이 날 보내주셨어요."

한세라가 들뜬 목소리로 말했다. 그녀가 탑승 비행 편을 홍콩에서 연락해 주어서 김칠성이 미리 선배에게 부탁해 놓은 것이다.

"술 한잔 사야 한대요."

김칠성은 그녀를 흘겨보았다. 술값은 한세라가 내야 할 것이다.

"언니."

옆쪽에서 부르는 소리가 들렸다. 사람들을 헤치고 한세라의 동생인 한세영이 달려왔다.

"안녕하세요, 형부?"

그녀가 밝은 목청으로 인사를 했다.

"응."

김칠성은 그녀의 뒤쪽을 바라보았으나 또 하나의 여동생은 보이지 않았다. 딸만 셋이 있는 집이었다.

"엄마가요, 공항에 나오셨으면 형부 모시고 오랬어요. 같이 저녁 먹자구요."

김칠성은 수레를 미느라 정신이 없었다. 짐이 너무 많아서 자꾸만 가방이 미끄러졌다. 그의 뒤를 따라오는 한세라와 세영은 이야기를 하느라고 정신이 없다. 은근히 짜증이 난 김칠성은 수레를 공항 현관에 세웠다.

"여기서 기다리고 있어. 내가 차 가지고 올 테니까."

한세라가 머리를 끄덕이면서 웃음 띤 얼굴로 그를 바라보았다. 몸을 돌려 주차장으로 걷던 김칠성의 가슴도 어느덧 따스해졌다.

저녁 식사를 마치고 한세라의 아파트를 나왔을 때는 밤 10시가 넘어 있었다. 아버지가 일찍 돌아가셔서 여자만 넷이 사는 집이었다. 그래서 그런지 김칠성은 그 집에 앉아 있으면 으스스했다. 집 안의 장식이 하나같이 오밀조밀했고 색깔들도 그랬다. 여자 귀신들이 남자의 정기를 다 빼먹고 난 다음에 뼈만 남은 사내를 버린다는 옛날이야기가 생각날 정도였다.

그녀의 온 가족이 무뚝뚝하지만 믿음직한 김칠성을 좋아해서 김칠성은 자칫하면 시간 가는 줄 모르고 있을 때가 많았다. 한세라와는 처음 집을 찾아간 날 결혼 승낙을 받아놓았으니 이젠 결혼식만 남아 있는 것이다. 아파트 현관까지 한세라가 따라 나왔다.

"들어가 봐."

현관에 서서 김칠성이 말했다. 한세라는 현관의 전등 밑에 서서 그를 바라보았다.

"저기요."

몸을 돌린 김칠성을 그녀가 불러 세웠다.

"나… 따라가면 안 돼요?"

한세라는 아랫입술을 깨물면서 그를 바라보고 서 있었다. 김칠성이 혀를 차자 한세라의 얼굴이 굳어졌다. 그녀의 눈은 크게 떠졌고 불의의 충격을 대비하려는 듯 그를 노려보았다.

"빨리 나와."

김칠성이 말했다. 한세라는 눈을 깜박이며 서 있었다.

"뭐 해?"

한세라는 깡충 뛰어 그의 팔을 잡았다. 현관의 등불 밑을 벗어

나자 주변은 어두웠고 그것은 서로에게 다행이었다.

김칠성은 샤워를 하고 난 다음에 화장실에 있는 가운을 걸쳐
입었다. 밖으로 나오자 한세라가 소파 위에 그대로 앉아 있는 것
이 보였다. 김칠성은 피식 웃었다. 한세라가 얼굴을 들고 그를 바
라보았다.

"샤워하지 않을 거야?"

"왜요?"

갈라진 목소리로 그녀가 물었다. 그러고는 침을 삼켰다.

"알았어."

김칠성은 무엇을 알았다는 건지 애매하게 대답하고는 그녀에
게 다가섰다. 한세라가 긴장하여 엉덩이를 움직여 물러앉았다. 김
칠성은 그녀의 겨드랑이에 손을 집어넣고 번쩍 일으켜 세웠다. 그
러고는 가슴에 가득 안았다. 그녀의 얼굴이 금방 붉게 달아올랐
다. 김칠성은 부드럽게 그녀의 귓불에 입술을 가져다 댔다. 한세
라는 김칠성의 가슴에 얼굴을 묻었다. 가슴이 쿵쿵 뛰었고 그의
가슴에 부딪혀 그에게까지 울리는 것 같았다.

김칠성은 그녀의 턱을 추켜올렸다. 한세라는 그와 시선이 마주
치자 똑바로 마주 볼 수가 없었다. 그의 얼굴이 다가오자 그녀는
눈을 감았다. 김칠성의 입술이 부딪혀 왔다. 그것은 살짝 건드리
는 것 같은 느낌이었으나 전신에 전기가 흘러 지나는 듯 짜릿한
충격이 전해졌다. 자신도 모르게 한세라는 늘어져 있던 두 손을
올려 그의 소매를 쥐었다. 다시 입술에 부드러운 촉감이 닿았는
데 조금 전보다는 약간 힘이 가해진 느낌이 들었다. 한세라는 참

을 수 없어 입을 벌렸다. 그 순간 지금까지 억눌러 왔던 숨소리가 크게 터지면서 가쁜 숨이 뱉어졌다.

김칠성의 입술이 잠시 떨어지더니 이제 그녀의 감긴 눈에 살짝 부딪혔다. 그의 호흡 소리가 들렸고 따스한 입김이 한세라의 얼굴에 부딪혀 흩어졌다. 그의 입술이 이번에는 코 위에 잠시 머물더니 기다리는 듯 입술을 벌리고 있는 한세라의 젖은 입술 위에 멈췄다. 그 순간 김칠성이 거칠게 입술을 빨자 한세라는 자신도 모르게 그의 등을 부둥켜안았다.

어느덧 그녀의 혀는 김칠성의 입안으로 빨려들어가 있다. 이윽고 입술이 떨어지더니 김칠성은 그녀를 번쩍 안아 들었다. 한세라는 눈을 감은 채 그의 목에 두 팔을 감았다. 온몸이 둥둥 떠다니는 느낌이 든다.

"세라."

김칠성이 처음으로 이름을 부르자 그녀가 눈을 떴다. 김칠성은 조심스럽게 그녀를 침대 위에 눕혔다.

"부끄러울 것 없어."

그의 목소리는 부드러웠다. 사람이 달라진 듯 그는 조심스러웠다. 그는 정성 들여 한세라의 껍질을 벗겨 나갔다. 한세라는 눈을 뜨고는 견뎌낼 수가 없었다.

"불을, 불을 꺼줘요."

침대 위에서 온몸을 굳히면서 한세라가 말했다. 천장 위의 밝은 형광등 불빛에 눈이 부셔 견딜 수 없다는 듯이 그녀는 다시 눈을 감았다.

이제 그녀는 종이 한 장 덮지 않은 알몸이 되었다. 김칠성은 잠시 그녀를 내려다보았다. 눈을 뜬 그녀와 시선이 마주쳤고 놀란 듯 한세라는 다시 눈을 감았다. 김칠성의 몸이 그녀에게 다가오자 한세라는 두 손으로 자신의 가슴을 감쌌다. 그는 조금씩 그녀의 몸을 덥혀가기 시작했다. 입술과 혀로, 그리고 그의 손가락이 그녀의 온몸을 더듬어갔고 이윽고 그녀는 긴장과 경계를 풀고 그를 맞아들일 준비가 되어갔다.

가쁜 호흡 소리가 방 안을 가득 메웠고 이제 한세라는 그의 어깨를 잡아당겼다. 두 다리를 꼬았다가 김칠성의 다리를 휘감고 입에서 쉿소리를 냈다. 김칠성은 그녀의 몸 위에 체중을 실었다.

한세라는 입안에 갈증을 느끼고 침을 끌어모아 삼켰다. 그의 목을 껴안고 가쁘게 숨을 뱉었을 때 그녀의 깊은 곳이 갑자기 가득 차 왔다. 그것이 처음에는 엄청난 고통인 것 같았지만 곧 뜨거운 기쁨으로 변했다.

최정호 사장은 시계를 들여다보고는 자리에서 일어섰다. 사무실을 나서자 공장에서 들려오는 미싱 소리가 고막을 울렸다. 세 줄로 놓여 있는 미싱 앞에서는 완구 제품을 만드는 생산직 사원들이 작업에 열중하고 있다. 공장의 바닥과 벽 쪽에는 곰, 토끼 모양의 완성품 인형들이 산더미처럼 쌓여 있었다. 그가 미싱 사이의 좁은 통로를 걷자 재단대 옆에 서 있던 공장장이 서둘러 다가왔다.

"나가시게요?"

그의 머리칼에 털 뭉치가 끼어 있었으나 최정호는 모른 척했다.

"응, 왜?"

"부속을 사와야겠어요. 안감이 20야드쯤 모자랍니다."

"알았어. 경리과 미스 조한테 돈 달래서 사오도록 해."

이맛살을 찌푸리며 최정호는 공장을 나왔다. 언제나 부속이 모자란다고 하니 짜증이 났다. 부자재 업체와 짜고 적게 들여오는지도 모른다. 그렇다고 몇백 야드나 되는 안감들을 풀어서 길이를 재볼 수도 없는 노릇이었다.

최정호는 공장 앞에 세워진 그랜저의 문을 열고 차에 올랐다. 기다리고 있던 기사가 미끄러지듯 차를 움직였다.

"시간이 조금 늦었다. 빨리 가자."

시계를 들여다본 최정호가 말하자 기사는 속력을 냈다.

"서울호텔입니까?"

"응."

11시에 만나기로 했으니 40분이면 도착할 것이다. 10시 20분이니까 차가 막히지만 않으면 정시에 도착할 수도 있을 것 같았다.

호텔의 지하 커피숍에 들어선 최정호는 잠시 주위를 두리번거렸다. 처음 만나는 사람이었다.

이윽고 그의 눈에 구석에 앉아 있는 여자가 눈에 띄었다. 멀리서 보아도 눈에 띄는 미인이었다. 그녀가 전화로 말해준 대로 흰색의 반소매 재킷을 입고 있었다. 그녀도 이쪽을 바라보고 있는 중이었다. 최정호는 사람들을 헤치고 그녀에게 다가갔다.

"실례합니다. 한세라 씨 맞습니까?"

"네, 배 사장님이세요?"

그녀가 흰 이를 드러내 보이며 반가운 듯 물었다.

"네, 반갑습니다."

최정호는 그녀의 앞자리에 앉았다. 그리고는 한세라를 찬찬히 바라보았다. 한세라는 시선을 돌렸다. 흰 살결에 어딘지 모르게 기분 나쁜 분위기를 풍기는 40대 사내였다. 옷차림이나 장신구가 모두 고급이었으나 그녀를 바라보는 끈끈한 시선이 싫었다. 한세라는 탁자 밑에서 커다란 백을 집어 탁자 위에 올려놓았다.

"부피가 커서 가져오느라고 힘들었어요. 확인해 보세요."

끄덕이며 최정호는 가방의 지퍼를 열었다. 가방 안에는 곰과 사자와 펭귄 인형이 들어 있었다. 커다란 인형이었으므로 펭귄의 머리가 사자의 다리 사이에 처박혀 구겨져 있었다.

"됐습니다."

최정호는 만족한 듯 머리를 끄덕였다. 가방의 지퍼를 잠근 최정호는 양복 주머니에서 흰 봉투를 꺼내 한세라에게 내밀었다.

"확인하시지요."

한세라는 봉투 속을 들여다보았다. 수표가 한 장 들어 있었다.

"됐어요. 그럼."

한세라는 자리에서 일어섰다.

"아, 잠깐만."

최정호가 손을 들고 그녀를 불렀다. 한세라가 다시 자리에 앉았다.

"다음엔 언제 가실 예정입니까?"

"제가 요즘 제 개인 일로 바빠요. 그래서 언제가 될지 아직 모르겠어요."

최정호는 머리를 끄덕였다.

"그럼 할 수 없지요. 급한 일이 있으면 연락이나 드리겠습니다."

한세라는 자리에서 일어나 커피숍을 나왔다. 그녀의 뒷모습을 바라보던 최정호는 주위를 둘러보았다. 커피숍 입구에 앉아 있는 기사가 눈에 띄었다. 그와 시선이 마주치자 기사가 머리를 끄덕여 보였다.

*　　　　　*　　　　　*

4월 중순이어서 열린 창문으로 들어오는 바람에 흙냄새가 맡아졌다. 땅이 풀리고 있는 것 같다. 김원국은 제일유통 사무실에 앉아 창밖을 바라보았다. 창틀에 나뭇가지가 걸쳐져 있었고 파란 잎이 보였다. 강만철과 김칠성이 들어왔다. 그들은 잠자코 그의 앞으로 다가와 자리에 앉았다.

"홍콩이 어수선하다."

그들에게 몸을 돌리며 김원국이 말했다. 그는 30분쯤 전에 장갑수의 전화를 받았던 것이다.

"겉으로는 평온한 것 같지만 안으로는 마약 때문에 썩어가고 있어."

"우린 관계가 없지 않습니까?"

강만철이 묻자 김원국은 입맛을 다시고는 이맛살을 찌푸렸다.

"성철이가 리첸하고 같이 살고 있는 모양이야."

"리첸 말입니까?"

강만철의 표정이 굳어졌다. 그는 한국 식당인 아리랑에서 상처를 입었을 때 이형구와 같이 병원으로 갔기 때문에 해리슨의 집에 가지는 못했다. 그렇지만 그녀에 대한 말은 들었던 것이다.

"굉장한 미인이라던데……."

"마약 중독이야."

"네?"

강만철은 김원국의 얼굴을 보았으나 그는 시선을 피했다.

"갑수 이야기로는 성철이도 그런 증상이 보인다는데 난 도무지 이해가 안 간단 말야."

"아니, 형님. 무슨 말씀을… 성철이가요?"

강만철이 눈을 치켜떴다.

"그래, 갑수가 빈말을 할 리가 없다. 그놈도 나한테 직접 전화하는 것을 망설였던 모양이야."

"……."

"정말 알 수가 없어. 성철이 그놈은 냉정한 놈인데."

"제가 가보지요. 지금 당장 떠나겠습니다."

강만철이 상체를 세우며 말했다.

"너는 안 돼."

"아니, 왜요?"

"네가 가면 성철이는 말할 것도 없고, 무슨 모략이 있다면 상대 편에서도 긴장하게 돼. 오히려 역효과가 날지도 모른다."

"아니, 그럼."

김원국이 김칠성을 돌아보았다.

"칠성아, 네가 가 봐."

"예."

김칠성이 머리를 끄덕였다.

"오리엔트로 들어가지 말아라."

"알았습니다."

"갑수한테만 연락하고 다른 곳에서 묵도록 해라. 그리고 성철이하고 그 주변을 살펴봐."

"예."

"성철이가 마약에 중독될 놈이 아니야. 갑수 말로는 성철이는 퇴근만 하면 리첸의 집에 들어가서 나오지를 않는다는데, 아무리 리첸이 중독되었더라도 성철이까지 그렇다는 건 이해할 수 없어."

강만철은 생각에 잠긴 듯 김원국을 바라본 채 입을 열지 않았다.

"당분간 이 일은 비밀로 하고 너는 갑수에게 연락하고 바로 출발해라."

김칠성이 자리에서 일어섰다.

"형님, 정말 중독입니까?"

김칠성이 방을 나가자 강만철이 믿기지 않는 듯 다시 물었다. 김원국은 머리를 끄덕였다.

"오후 5시가 넘으면 안절부절못한다는구나. 손끝을 떨고 땀을 흘린다고 해. 언젠가 갑수가 성철이 방에 들어갔더니 오후 6시쯤 되었을 땐데, 방구석에 쪼그리고 앉아 있더라는 거야. 이를 악물고 말이다."

"……."

"갑수는 모른 척하고 나왔다는데, 그래서 참다못해 나에게 전화를 한 거다."

"제가 갑수를 잘 압니다. 전에 홍콩에서 데리고 있었어요. 확실한 놈입니다. 이건 정말 비극이군요. 우리는 마약에 손을 안 댄다고 자부하고 있었는데, 성철이가⋯⋯."

그러다가 강만철은 머리를 저었다.

"그럴 리가 없습니다."

"칠성이가 가서 알아보겠지."

김원국이 가라앉은 목소리로 말했다.

오함마는 하나둘씩 교실을 빠져나오는 아이들을 유심히 바라보았다. 수업이 끝났으므로 이제 곧 아이들이 쏟아져 나올 것이다. 모두가 고만고만한 애들이만치 자칫하다가는 지난번처럼 놓쳐 버리는 수가 있었다. 조미란은 2학년이었으나 몇 반인지는 몰랐다. 오늘 만나면 꼭 물어볼 작정이었다. 갑자기 떠들썩한 소리가 들리더니 아이들이 한꺼번에 쏟아져 나왔다.

오함마는 혀를 찼다. 수백 명이 이렇게 쏟아져 나오는 데야 찾아낼 재주가 없었던 것이다. 그것도 조미란이가 1학년 때인 작년 가을에 한 번 보았을 따름이었다.

오함마가 서 있는 정문으로 아이들이 떼 지어 지났다. 그는 머리를 숙여 두루두루 살폈으나 이제는 모두 그 얼굴이 그 얼굴 같아서 어렴풋이 남아 있던 조미란의 얼굴도 기억에서 지워지려고 했다.

"조미란! 조미란이 어디 있니?"

오함마가 다가오는 아이들에게 소리쳤다. 그리고는 갑자기 얼굴을 붉혔다. 아이들이 겁이 난 듯 그의 곁을 멀찍이 비켜 지나고 있었다.

"빌어먹을."

수백 명의 아이들을 멀거니 바라보면서 오함마는 허탈해졌다. 아이들을 데리러 온 몇 명의 어머니들이 자식을 용케도 찾아내어 몰고 가는 것이 보였다. 하지만 그들은 아침에도 보고 어젯밤에도 본 사이인 것이다.

선생님이 한 떼의 아이들을 몰고 나왔다. 노란색 가방들을 메고 노랗게 입어서 병아리 떼들 같았다.

"아저씨."

갑자기 밑에서 부르는 소리에 오함마가 깜짝 놀라 머리를 숙였다. 조미란이가 그를 올려다보고 있었다.

"아저씨!"

"어, 너, 미란이 맞지? 조미란이."

"응, 아저씨는 하마 아저씨지?"

"어이구, 그래, 이 자식아."

오함마는 아이를 번쩍 안아 높이 쳐들었다가 내려놓았다. 조미란의 입이 활짝 벌어졌다가 닫혔다.

"아저씨, 왜 왔어?"

오함마가 손을 잡고 정문을 나섰을 때 조미란이 물었다. 머리를 두 갈래로 묶고 빨강색 셔츠에 검정색 치마를 입은 조미란은 무척 귀여웠다.

"미란이 과자 사주려고."

"또 엄마하고 싸우려고?"

오함마는 입을 벌리고 웃었다.

"내가 언제 싸워?"

"아저씨가 오면 엄마가 신경질 내잖아. 아저씨 만났다면 엄마한테 혼난단 말야. 할머니한테도 혼나."

"……"

"그때도 혼났어."

오함마의 얼굴이 벌게졌다. 눈을 부릅떴으나 아이와 시선이 마주치자 얼른 돌렸다. 조미란의 아파트는 길만 건너면 되었다.

"미란아, 슈퍼에서 맛있는 것 사줄게. 가자."

오함마가 아파트 입구에 있는 슈퍼마켓을 손으로 가리켰다. 미란이가 잠자코 있는 것이 뭘 갖고 싶은 모양이었다. 오함마가 손을 잡아끌자 껑충거리며 따라왔다.

"아저씨, 나 인형 사줘."

"그래."

"커다란 인형이야."

"그래, 사 줄게."

미란이는 갖고 싶었던 금발 머리 인형을 품에 안았다. 제과점에서 과자를 사주면서 오함마는 시계를 보았다. 건너편 학교에서는 아직도 학생들이 나오고 있었으므로 집에 있는 할머니는 아직 걱정하지 않을 것이다.

조미란의 어머니인 민희정은 카페 '체스터'의 마담이었다. 그녀를 안 지는 10년이 되었으나 오함마는 아직 한 번도 그녀의 손목조차 잡은 적이 없었다.

한 달에 한 번이나 두 달에 한 번쯤 그녀가 있는 곳을 찾아가 술 한잔을 마신 다음 돌아오는 것이 전부였다. 그사이에 민희정은 조민술이라는 건달을 만나 살림을 차리는가 했더니 조미란이 태어난 지 몇 개월 후에 조민술은 종적을 감췄다.

1년쯤 지나 미란이가 젖을 뗄 때쯤 되었을 때 민희정은 다른 사내를 만나 살림을 차렸다. 그러나 그것도 1년이 못 가서 헤어져 버렸다. 그동안에도 오함마는 민희정의 곁을 맴돈 셈이었다. 한 달에 한 번쯤 들러서 같이 사는 남자 자랑하는 것을 들어주었고, 헤어지고 나서 절망에 빠져 울부짖는 하소연도 끝까지 들었다.

미란이가 유치원 다닐 때 부모가 참석해야 한다는 야유회에 민 희정 대신 나가준 적도 있었다. 아기 때부터 봐온 탓인지 그도 미 란이가 귀여웠고 애착이 갔다. 그러다가 요즘들어서 차츰 민희정 이 오함마를 대하는 태도가 달라졌다. 가끔 체스터로 아이에게 줄 선물을 사 가지고 가면 짜증을 냈다. 오함마는 짐작하는 바가 있었으므로 언제부터인가 선물을 사가지고 가지 않았다. 그리고 3개월쯤 발을 끊었던 것이다.

"미란아, 집에 엄마 혼자 있니?"

오함마가 미란이에게 조심스럽게 물었다. 주스를 마시던 아이 가 눈을 깜짝이며 오함마를 바라보았다. 의자 위에서 두 발을 대 롱거리며 흔들고 있었다.

"아니, 집에 할머니 있어. 엄마는 회사 나갔어."

"응, 그래, 아저씨는 없니?"

"응, 아저씨는 없어."

"저, 뭐냐, 자고 가는 아저씨도 없어?"

"응."

"빵 더 먹을래?"

"배불러."

"엄마하고 할머니한테 아저씨 만났다고 말하지 마. 알았지?"

오함마는 자리에서 일어섰다. 미란이를 의자에서 안아 일으켜서 땅바닥에 내려놓았다.

"참, 너 2학년 몇 반이야?"

"3반."

"그럼 나중에 아저씨가 또 와서 네가 좋아하는 것 사 줄게."

"자전거 사줘."

"알았다."

아이는 인형을 가슴에 안고 아파트로 들어갔다.

다음 날 밤에 오함마는 체스터에 들어섰다. 홀에는 손님들이 서너 팀 보였다. 낯익은 웨이터가 그를 방으로 안내했다. 웨이터가 나간 지 한참이 지나도 민희정은 얼굴을 내보이지 않았다. 오함마가 들어올 적에 홀 안에서 손님과 앉아 있던 그녀는 오함마를 보았을 것이다. 웨이터가 들어와서 양주와 안주를 탁자 위에 벌려 놓고 나갔다. 오함마는 잔에 양주를 따라 홀짝이며 마셨다.

가슴이 푸근해졌다. 양주 한 병을 다 먹도록 민희정은 나타나지 않았다. 심사가 틀어지거나 필요가 없을 때는 아는 척도 하지 않는 민희정의 성격을 알고 있는지라 오함마는 상관하지 않았다. 오함마는 일어서서 방을 나왔다. 카운터에서 계산을 하자 지배인이 다가와 머리를 숙였다.

"형님, 죄송합니다."

"뭘?"

오함마는 웃어 보이며 그의 어깨를 툭 치고는 계단을 올랐다. 주차장 쪽으로 걷고 있는 오함마의 뒤에서 경적이 울렸다. 길가로 비켜선 오함마의 눈에 차 안에 앉아 있는 남녀가 보였다. 조수석에 앉은 것은 민희정이었다.

"아까 그 자식, 체스터에서 나온 놈 같던데. 민 마담 손님 아냐?"

핸들을 잡고 길을 헤쳐 가면서 박태운이 물었다.

"그런가 봐요."

박태운은 민희정의 시큰둥한 대답에 싱긋 웃었다.

"그놈도 자네한테 침 흘리고 있는 것 아녀?"

민희정은 대답하지 않았다.

"그나저나 민 마담이 따라 나오겠다니, 내가 어젯밤 개꿈을 안 꿨구먼."

박태운은 신바람이 난 듯 큰길로 들어서자 차의 속력을 높였다.

"자아, 어디로 모실까?"

민희정은 잠자코 앞을 바라보았다. 어젯밤 미란이에게서 오함마가 학교에 찾아와 인형 사 주고 과자 사 준 이야기를 모조리 들었다. 그리고 자고 가는 아저씨가 있느냐고 묻던 것까지 들었던 것이다. 민희정은 박태운을 돌아보았다.

잘생긴 남자였다. 디자인 학원을 경영하고 있는 그는 모델과 배우들의 프로모터이기도 했다. 그는 주변에 수많은 여자들이 있으면서도 몇 달 전부터 민희정에게 치근거렸다. 노골적인 교섭이었다. 차라리 속이 뻔한 걸 가지고 분위기를 어설프게 잡는 것보다 그런 식의 제의가 마음이 편하긴 했다. 그러나 아까 오함마가 들어서기 전까지 민희정은 박태운에게 몸을 줄 생각은 하지 않던 것이다.

차는 박태운의 단골인 듯싶은 변두리의 조그마한 호텔 앞에서 멈췄다. 달려 나온 보이에게 키를 던져 준 박태운이 앞장을 섰다. 열쇠를 받아 든 박태운은 거침없이 그녀를 이끌었다.

"이봐, 맥주 한 잔 마셔. 쭉 들이켜."

샤워를 하고 나온 민희정에게 박태운이 맥주잔을 내밀었다.

"시원할 거야."

가운의 옷깃을 여민 민희정은 잔을 받아 들었다. 젖은 머리가 어깨 밑으로 흘러내렸고 두 볼은 빨갛게 달아올라 있었다. 짙은 속눈썹 밑의 검은 눈이 물기를 머금어 불빛에 반짝였다.

박태운은 감탄하듯 그녀를 바라보았다. 도저히 서른이 넘은 나이에 여덟 살짜리 딸이 있는 여자로 보이지 않았다. 스물을 조금 넘긴 막 피어나는 여자였다. 그리고 그녀의 몸은 익을 대로 익어 있을 것이라고 생각하자 박태운은 침을 삼켰다. 민희정은 갈증이 났던지 단숨에 맥주잔을 비웠다. 잔을 내려놓으며 그녀는 얼굴을 찡그렸다.

"맥주 맛이 이상해요."

"그래?"

박태운은 싱긋 웃으며 그녀의 빈 잔에 남아 있는 맥주를 따랐다. 그러고는 꿀꺽이며 들이켰다.

"이제 좋아질 거야."

손등으로 입가를 닦으며 그가 말했다. 민희정은 눈을 깜박이며 그를 바라보았다. 가슴이 답답해져 왔다. 그러고는 온몸에 찌릿찌릿한 충격이 왔다. 자신도 모르는 사이에 두 다리가 꼬이고는 숨이 가빠졌다.

"아아, 왜?"

박태운이 자리에서 일어섰다. 그는 옷걸이로 가더니 바지에서 혁대를 주욱 뽑아 들었다.

"벗어."

박태운이 말했다. 그는 두 다리를 버티고 선 채 한 손으로 혁대를 말아 쥐고 있었다.

오함마는 다시 한 번 아파트의 벨을 눌렀지만 안에서는 대답이 없다. 5분이 넘도록 벨을 누르고 있었다. 시계를 보자 아침 10시 30분이었다. 미란이가 학교에서 돌아오려면 아직 시간이 있었다. 그동안 집을 비운 모양이었다. 돌아서려다가 다시 벨을 누르자 안에서 인기척이 났다.

"누구세요?"

민희정의 목소리였다. 오함마는 저도 모르게 화가 벌컥 났다.

"나야."

안에서는 다시 대답이 없었다.

"이봐, 문 열어봐."

"돌아가요."

쌀쌀한 대답이 돌아왔다.

"문 열어봐."

"돌아가요! 정말 귀찮게 왜 이러는 거야?"

민희정이 문에다 대고 앙칼지게 소리쳤다. 오함마는 주춤 얼굴을 굳혔다.

어젯밤 체스터에 들렀다가 그녀가 몸이 아파 사흘째 못 나오고 있다는 이야기를 듣고 찾아온 것이었다. 그날 밤 어느 사내와 같이 나간 후로 몸이 아팠던 모양이었다.

"귀찮아?"

오함마가 문에 대고 말했다. 갑자기 누군가가 오함마의 목덜미를 잡아당겼다.

"네 이놈, 잘 만났다."

민희정의 어머니였다. 그녀는 아우성을 치면서 오함마의 멱살을 잡고 매달렸다.

"이놈, 너 죽고 나 죽자. 네가 이놈아, 우리 희정이한테 무슨 원한이 있다고! 이놈아! 이놈아!"

그러자 문이 열렸다. 문 안에서 손이 뻗어 나와 밖의 어머니를 잡았으나 그녀는 아우성을 치면서 오함마에게 매달려 있는 통에 떼어낼 수 없었다. 옆쪽의 아파트 문들이 한꺼번에 열렸다.

"들어와요!"

민희정의 날카로운 목소리가 어머니의 새된 아우성 속에서 똑똑하게 들렸다. 오함마는 그녀를 목에 달고 아파트로 들어섰다. 민희정의 얼굴을 본 오함마는 입술을 깨물었다. 눈 한쪽은 시퍼렇게 멍이 들었고 볼과 입술에 걸쳐 두어 개의 채찍 자국이 선명했다. 입술은 터져서 부어 있었다.

어머니는 사정을 알고 나자 소파에 앉아 찔끔거리고 있었으나 사람 잘못 봐서 미안하다는 사과는 하지 않았다. 남자 놈들은 모두 그렇고 그런 놈으로 보는 모양이다.

"그나저나 어머니는 너무하쇼. 내가 이랬다고 믿었단 말요?"

오함마가 눈을 부라리며 투덜거렸다.

"에이고, 저년이 말을 안 하는데 어떻게 해. 에이고, 그리고 자네가 며칠 전에 미란이 만나고 갔다는 소리도 듣고··· 그리고 저년이 자네가 했냐니까 대답도 안 하길래······."

오함마는 민희정을 바라보았다. 수건으로 얼굴을 가린 채 그녀는 잠자코 앉아 있었다.

"너, 나 좀 따라와."

오함마는 벌떡 일어서서 민희정의 팔을 쥐었다. 방문을 열고 들어가 안에서 문을 걸어 잠갔다.

"어떻게 된 일이야?"

"······."

오함마는 코웃음을 쳤다.

"보자 보자 하니까 점점 더럽게 빠져 들어가는군그래."

"······."

"변태한테 걸렸는지, 네가 바랐는지는 모르지만 그날 밤 그놈 같은데."

민희정은 수건으로 얼굴을 감싼 채 방구석에 쪼그리고 앉아 입을 열지 않았다.

"미란이를 생각해, 이년아."

민희정이 수건 속에서 얼굴을 흠칫한 것 같았다. 이제까지 10

년 가까운 세월 동안 오함마가 그녀에게 욕을 한 것은 처음이었던 것이다. 이제까지 오함마는 한 번도 그녀에게 언성을 높인 적이 없었다. 세 마디 이상 말을 한 적도 없었다. 다른 여자나 다른 사람들 앞에 서면 제법 말발을 세웠으나 민희정 앞에 오면 그저 그녀의 얼굴을 바라보고, 그녀의 이야기를 듣고 지냈던 것이다.

"너는 내 첫사랑이야."

오함마가 다시 입을 열었다.

"니가 살림 차릴 때마다 내 가슴이 찢어진 것을 네년은 모를 거다."

"……."

"그리고 니가 니 남자 자랑할 때도 그랬어."

"……."

"니 살림이 깨졌다고 날보고 울 적에도 마찬가지야."

"……."

"그래서 너 대신 미란이한테 정을 쏟고 싶었던 거야. 너를 닮은 미란이를 보고……."

"……."

"네년은 10년 동안 날 이용해 먹었지만 나는 네년을 잊지 못해서 니 몸뚱이의 상처 정도가 아니라 만신창이야, 이년아."

"……."

"차라리 이런 짓까지 할 바에는 죽어라. 내가 미란이를 키울 테니까. 너는 살 가치가 없는 년이야."

오함마는 자리에서 일어섰다. 그녀의 말소리도 이젠 듣기 싫었으므로 방문을 열고 나왔다. 어머니가 놀라 일어섰다.

"어머니, 안녕히 계세요. 나 이제 다시는 이 집에 안 옵니다. 그런데……."

오함마가 주춤거렸다.

"저, 내가 전에 미란이한테 자전거를 사 준다고 약속했어요. 나가서 자전거를 보낼 테니까 받아두세요."

"아니, 이 사람아."

어머니가 손을 저으며 일어섰다. 민희정은 방 안에서 꼼짝 않고 있는 모양이었다. 오함마는 문을 닫고 밖으로 나왔다.

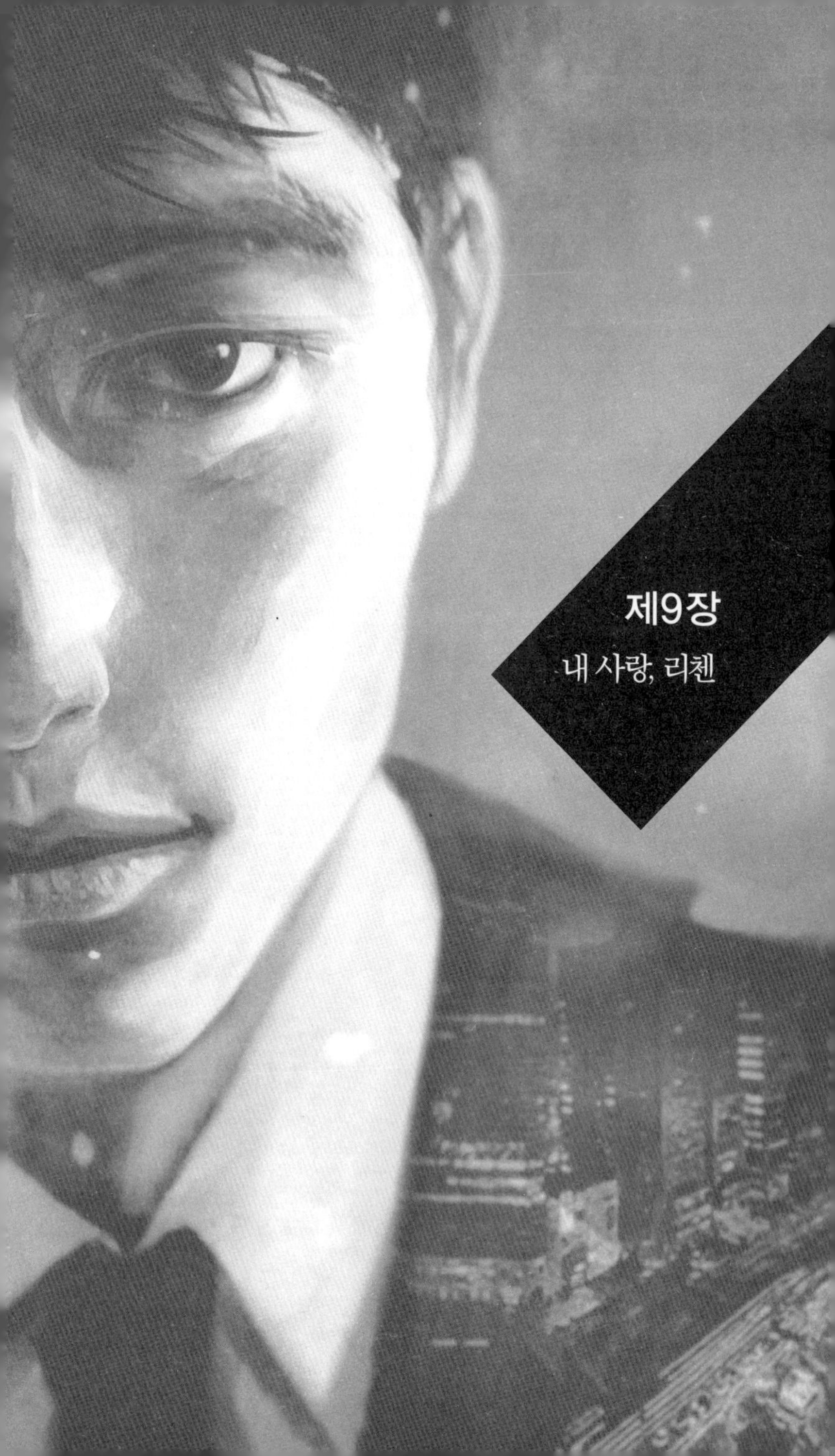

제9장

내 사랑, 리첸

밤의
대통령

"야, 빨리 가자."

홍성철이 재촉했다. 입안이 바짝 마르고 갈증이 났다. 초조해진 홍성철은 차창 밖을 바라보았으나 바깥의 아무것도 눈에 들어오지 않았다. 온몸에 한기가 몰려왔다.

"야, 히터를 틀어."

조우열이 머리를 돌려 그를 보았다.

"히터 말씀입니까? 에어컨이 아니구요?"

6월 중순이었다.

"그래, 인마!"

홍성철이 버럭 소리를 질렀다. 조우열은 창문을 올리고 히터를 틀었다.

홍성철은 이를 악물었다. 리첸의 얼굴이 떠올랐다. 그녀의 옷는 모습이, 그녀의 손가락이, 그리고 앙증맞은 발가락이, 그녀의 온몸이 눈앞에 어른거렸다. 머리가 금방 터져 나갈 것 같았다. 악문 이빨 사이로 신음 소리가 배어 나왔다.

조우열이 힐끗 백미러로 홍성철을 바라보았다. 잠깐 악물었던 이의 힘을 풀자 으드득 하고 이빨이 부딪쳤다. 관자놀이가 쑤셔 왔다. 마약 기운이 떨어진 것이다. 언제부터였는지는 몰랐다. 하늘로 떠오르는 것 같던 황홀한 기분이 오랫동안 지속되었을 때 혹시 마약을 먹은 것이 아닌가 생각했었지만 그것은 순간이었다.

그 약 기운에 젖어 리첸과 나누는 정사는 그야말로 천국이었다. 그 기분에서 깨어나 리첸을 다그쳐 보았으나 리첸은 머리를 저었다. 그리고 강하게 다그치지 못한 것이 홍성철의 잘못이기도 했다. 너무 진했던 그녀와의 순간들이 기억났고, 그것은 그에게 리첸을 추궁할 기세를 잃게 했던 것이다.

약은 분명히 홍성철 자신의 손으로 버렸다. 그녀가 어디엔가 남겨두었든지 구입할 수도 있었을 것이다. 마약에 중독되어 버린 것이다.

홍성철은 울음을 삼켰다. 김원국의 얼굴이 떠오르자 그는 벌떡 상체를 일으켜 세웠다. 조우열의 뒷머리를 노려보았다. 돌아가자고 말을 하고 싶었으나 입에서 말이 떨어지지 않았다. 이제는 마약을 먹지 않으면 견딜 수가 없었다. 리첸의 집에 간다는 것은 곧 마약을 먹는다는 것이 되었다. 그녀가 건네주는 술잔에도, 물컵에도 그 어디엔가에 마약이 넣어져 있는 것을 홍성철은 알고 있었다. 리첸은 마약 이야기는 하지 않았다. 그러나 홍성철은 그녀가 건네주는 술잔과 물컵을 거절하지 않았다. 서로 마약 이야기만 하지 않을 뿐이지 이제는 리첸에게 찾아가면 마약을 먹는 것이 당연한 일처럼 되어 있었다.

홍성철은 그동안 몇 번이고 리첸의 집에 가지 않으려고 시도했었다. 그러나 하루를 넘기지 못했다. 그는 꾸물거리는 조우열을 죽이고 싶었다. 도착했다면 이런 고민을 하지 않아도 되었다.

리첸은 들어서는 홍성철을 보고 깜짝 놀랐다.

"어마, 당신……."

"빨리 한 잔 줘."

홍성철의 얼굴은 무섭게 일그러져 있었다. 얼굴에서 땀이 흘러내렸다. 리첸이 방 안으로 달려 들어갔다. 서랍에서 조그맣게 접은 종이를 풀어 유리잔에 털어 넣었다. 몸을 돌린 리첸 앞에 홍성철이 서 있었다.

그는 부릅뜬 눈으로 리첸을 바라보았다.

"약은 어디서 난 거야?"

그의 목소리는 갈라져 있었다.

"샀어요."

리첸은 그의 눈치를 살피면서 말했다. 그녀가 위스키를 유리잔에 조금 따르자 백색의 가루는 녹아들었다.

리첸은 그에게 잔을 내밀었다. 얼떨결에 잔을 받아 들었으나 홍성철은 약을 마시지 않았다. 몸을 떨면서 그는 유리잔과 리첸을 번갈아 바라보았다.

"도대체 왜?"

"당신을 잡아두려구요."

"그렇게 하지 않아도 나는……."

"마셔요. 어서요. 약은 얼마든지 있어요. 걱정하실 필요가 없어요."

홍성철은 다시 유리잔을 내려다보았다. 자신도 모르는 사이에 손에 힘을 주어서 유리잔이 손 안에서 부서졌다. 갈색 위스키에 섞여 피가 흘러내렸다. 홍성철은 흘러내리는 피를 내려다보았다. 리첸과 마약은 함께 있었다. 두 가지를 갖든지 모두 잃어버리든지 해야 했던 것이다.

리첸이 수건을 가져와 그의 손을 닦아주었다. 두려운 듯이 그를 힐끗거리면서 손의 피를 닦았다.

"아아, 리첸, 네가 왜?"

리첸은 서랍을 열고 다시 약봉지를 꺼내 들었다.

"네가 왜 나에게……?"

리첸은 잔을 들어 홍성철의 입술에 가져다 댔다.

"그렇게 하지 않았어도 나는……."

홍성철은 한 모금에 술과 마약을 삼켰다.

탐 람은 집 안으로 들어가자마자 리첸을 지나 침대 머리맡에 장식품으로 놓여진 라디오를 집어 들었다. 라디오의 뒷부분을 열고 조그마한 녹음기를 꺼냈다. 녹음기의 테이프를 갈아 끼우면서 뒤에 서 있는 리첸을 돌아보았다.

"이야기할 적에 라디오 스위치 켰지?"

리첸이 머리를 끄덕였다.

"물론 어제는 김원국의 서울 조직에 대해서 물어보았겠지?"

"네."

리첸은 그의 뒷모습을 노려보았다.

"오늘은 보스들의 성격이나 개인적인 것을 물어보도록 해."

"……."

탐 람이 몸을 일으켰다.

"이봐, 왜 대답이 없어?"

"알겠어요."

"시원치 않으면, 알아서 해."

탐 람이 호주머니에 넣은 테이프를 두들겨 보이면서 말했다. 몸을 돌려 걷던 탐 람이 다시 몸을 돌렸다. 리첸이 그를 바라보고 있었으므로 탐 람이 빙그레 웃었다.

"참, 내가 잊을 뻔했군."

그는 주머니에서 흰색의 조그마한 봉지 두 개를 꺼내 탁자 위에 놓았다.

"하루분이야. 너하고 홍성철이 몫으로. 두 사람 약을 대기가 힘들군그래."

리첸이 다가와 봉지를 집어 들었다.

"오늘은 시간이 없군."

탐 람이 시계를 보면서 말했다.

"기억해 둬. 약도 약이지만 네 요란한 필름도 우리가 가지고 있다는 걸 말이야. 그것을 홍콩 바닥에 뿌리면 어떻게 될지 생각해 보란 말이야."

탐 람이 아파트를 나섰지만 리첸은 한동안 그 자리에 서 있었다. 자신도 모르게 눈물이 볼을 타고 흘러내렸다.

탐 람은 빈 타오가 기다리고 있는 호텔로 돌아와 보고했다.

"홍성철은 완전히 중독되었습니다. 그놈에게 마약의 공급을 끊으면 미쳐 버릴 겁니다."

탐 람이 말하자 빈 타오가 싱긋 웃었다.

"그도 리첸이 자신을 중독시킨 것을 알고 있겠지?"

"네, 하지만 그것을 알았을 때는 이미 늦었지요. 리첸에 대한 분노보다는 마약에 대한 갈망이 크니까요. 그렇게 되지 않았다면 마약 판매상이 이 세상에서 한 사람도 살아남기 힘들 겁니다."

"그렇군."

"리첸은 타고난 배우입니다. 들어보시지요."

탐 람은 주머니에서 테이프를 꺼내 책상 위의 녹음기에 끼웠다. 스위치를 누르자 곧 말소리가 흘러나왔다.

—빨리. 빨리요, 여보.

리첸의 코가 막힌 듯한 말소리에 이어서 홍성철의 허덕이는 숨소리가 들렸다. 그들은 묵묵히 녹음기를 바라보고 앉아 있었다.

빈 타오는 손을 내밀어 스위치를 껐다.

"이놈은 이틀에 한 번씩 먹나?"

"네, 그렇지만 지금은 이틀을 견디지 못합니다. 하루 반나절 정도가 됐습니다. 오래지 않아 하루 한 봉지씩 먹어야 견딜 겁니다."

"흥."

빈 타오는 잠시 녹음기를 바라보았다.

"마약 공급을 끊으면 홍성철이부터 죽게 되겠군. 마약 거래를 하지 않겠다던 조직의 우두머리부터 말이야."

"리첸도 마찬가지죠. 그년은 이미 깊게 중독되어 있습니다. 식사도 거의 하지 않고 약으로 살고 있습니다."

빈 타오는 탐 람을 바라보던 시선을 돌렸다. 그런 이야기에 신경을 쓸 필요가 없다는 표정이다.

"어쨌든 리첸을 이용해서 홍성철의 조직을 더 알아봐야 할 테니까 당장 폐인이 되게는 하지 마라. 약도 하루나 이틀분만 주도록 해."

"알았습니다."

탐 람은 그렇다면 리첸을 만날 기회가 더 많아지게 된다.

"그나저나 서담을 살해한 것은 어느 놈이야?"

빈 타오가 혼잣말처럼 중얼거렸다.

홍성철이 리첸에게 한 말을 들었으므로 범인은 그들 조직이 아니라는 것을 알았다. 마약을 먹고 나면 숨긴다든가 거짓말을 하지 못한다는 것을 그는 잘 알고 있었다.

"형주량이나 위천산, 홍성철의 조직에서까지 모두 그놈을 찾고 있습니다만, 아직……."

탐 람의 말에 빈 타오는 머리를 들었다. 웃는 얼굴이었다.

"잠잠하던 홍콩이 내가 나타나고 난 후부터 사건의 연속이군 그래."

"이거 정말 고맙습니다. 그럼 제가 여귀철이를 보내겠습니다."

위천산이 말하면서 수화기를 내려놓았다. 그는 몸을 돌려 여귀철을 바라보며 웃었다.

"재미있는 일이 일어났다. 홍성철이가 마약에 중독되었다."

"홍성철이 말입니까?"

여귀철이 놀란 듯 다가앉았다.

"그래, 리첸과 함께 중독되었다는군. 리첸이 빈 타오의 꼭두각시가 된 모양이야. 그래서 홍성철이를 중독시킨 것 같아."

"흥."

여귀철이 코웃음을 쳤다.

"그놈은 두 가지에 중독되었군요. 리첸하고 약에 말입니다. 헤어나지 못하겠습니다."

"그년이 요물이다."

위천산도 즐거운지 맞장구를 쳤다.

"홍성철이를 꼬여 제 집에 드나들게 하더니 약을 먹인 걸 좀 봐라."

"빈 타오가 시켰겠지요. 감질나게 약을 주면서 말입니다."

위천산은 머리를 끄덕였다.

"빈 타오가 무서운 놈이야. 기회가 있으면 놓치지 않아. 뱀 같은 녀석이야."

"……."

"참, 내가 잊었다. 너, 탐 람에게 가서 테이프를 받아 오거라. 김원국의 조직이나 사업체, 조직원들에 대한 신상을 홍성철이 입으로 말한 것을 녹음한 것이 있다는군. 그것을 편집해 두고는 우리에게 빌려주겠다니 가서 가져오너라."

여귀철이 입을 쩍 벌렸다.

"그렇게까지."

위천산이 껄껄 웃었다.

"그보다 더한 것도 하는 걸 보지 못했단 말이냐? 놀라운 일이 아니야."

"그거 괜히 긁어 부스럼 만들지 않겠습니까? 저쪽은 잠자코 있는데 우리가 이러다가 저쪽에서 알면……."

"쓸데없는 소리."

위천산이 혀를 찼다. 윤기 없는 누런 피부에서 두 눈만이 번쩍였다.

"김원국 일당은 우리에게 적대감을 가지고 있어. 그리고 한국에 마약이 들어가려면 제일 먼저 부딪쳐야 할 놈이 그놈이야. 그놈만 우리와 손을 잡았다면 한국에는 벌써 마약이 좌악 깔렸을 거다. 그놈이 없어져야 돼."

위천산의 얼굴이 굳어졌다.

"더욱이 곽도위 그놈까지 김원국이 품 안에 들어가 있다. 그 죽일 놈을 살려둔 것이 실수였다. 그놈이 마약을 뺏기고 손해를 입혔을 때 없애야 했는데 이제 홍성철이 품으로 들어갔으니 우리에게 어떤 방해를 할지도 모른다."

"그놈이 다시 거래를 하다가 습격을 당한 모양이던데요."

"떠돌이에게 당했겠지."

여귀철이 머리를 끄덕였다.

"어쨌든 일이 잘 풀려 나가고 있다. 홍성철이 저렇게 되었으니 우리가 그놈의 약점을 잡은 것이고, 빈 타오 덕분에 그쪽 정보도 얻을 수 있고 말이야. 더욱이 한국에 약이 순조롭게 들어간 걸 보니까 잘될 징조다."

"이번의 운반책은 잘 잡은 겁니다."

여귀철도 만족한 듯 말했다.

"앞으로도 더 써먹을 수가 있겠어요."

위천산은 머리를 끄덕이며 의자에 깊숙이 등을 묻었다. 여귀철도 자리에서 일어섰다.

리첸은 홍성철의 시선을 의식하자 그를 향해 웃어 보였다. 두 볼이 발그레했고 하얀 치아가 윤기 있는 입술 사이로 잠깐 보였다.

"첸, 우리 병원에 가서 치료를 받도록 하자."

홍성철의 말에 리첸은 깜짝 놀라며 그를 바라보았다.

"우리, 이러면 안 돼. 마약에 중독된 거야. 알고 있어?"

리첸은 대답하지 않았다. 실크로 된 가운이 아직도 탄력 있는 몸의 곡선을 드러내고 있다. 슬리퍼를 신지 않은 맨발을 불안한 듯 꼼지락거렸다.

"나에게도 잘못이 있어. 내가 일찍 서둘러야 했다."

"……."

"나도 참아내지 못했어. 리첸, 내 말 듣고 있어?"

리첸이 머리를 끄덕였다.

"그럼 내일 나하고 병원에 가는 거지?"

"네."

리첸은 자리에서 일어나 홍성철의 손을 잡아 일으켜 세웠다. 그녀의 얼굴은 빨갛게 달아올라 있었다. 홍성철도 주저하지 않았다. 그녀를 번쩍 안아 든 홍성철은 방으로 향했다.

여운을 즐기듯이 리첸은 가벼운 신음 소리를 냈다. 이윽고 그

너는 몸을 돌려 홍성철을 바라보았다. 홍성철은 천장을 바라보고 누워 있었다.

"이야기해 줘요."

그의 품에 안기며 리첸이 말했다.

"무슨 이야기?"

"김원국 씨 성격이나 다른 사람들 이야기. 아무것이나 좋아요."

"그게 재미있어?"

"당신 이야기 듣는 게 좋아요."

"형님의 무슨 이야기?"

"그 사람의 가정생활이나 성격이나……"

"형님은 가족이 없어. 혼자야."

"……"

리첸은 라디오의 스위치를 컸다. 가슴이 두근거렸으나 다른 생각은 나지 않았다. 탐 람의 말이 떠올랐을 뿐이다. 약이 내일부터 끊긴다면 죽을 것이다. 아니, 죽는 것보다 더한 고통을 겪게 될 것이다. 그리고 탐 람은 자신의 정사 장면이 찍힌 사진과 필름을 그의 말대로 퍼뜨려 버릴 것이다. 리첸은 홍성철이 그것을 본다고 생각하자 온몸이 떨렸다. 홍성철은 리첸을 안고 이야기를 시작했다.

탐 람은 아파트를 나와 주차장으로 들어섰다. 점심시간이 지난 아파트의 주차장은 한산했다. 뜨거운 햇빛이 쏟아지고 있었으므로 탐 람은 서둘러 차로 향했다.

오늘 조금 늦은 것은 리첸과 한바탕 정사를 즐기고 나왔기 때문이다. 리첸은 거부할 듯하다가 약을 먹자 오히려 쌔근거리며 다가와 안겼다.

탐 람의 승용차 옆에 흰색 일제 승용차가 세워져 있었다. 거꾸로 세워져 있었고 주인인 듯한 사내가 열쇠가 맞지 않는지 열쇠 구멍에 키를 꽂으며 투덜대고 있었다. 사내가 문짝을 쿵쿵 두들겼다. 탐 람은 쓴웃음을 지으면서 그의 옆으로 다가가 자신의 차에 키를 꽂았다. 갑자기 누군가 뒤에서 탐 람의 어깨를 두드렸다. 탐 람이 머리를 돌렸다. 그러자 그의 얼굴 한복판에 주먹이 찍히듯 떨어지면서 탐 람의 눈알이 튀어나왔다. 코는 흔적도 없이 뭉개지고 헤어진 살점 사이로 피가 뿜어져 나왔다.

곽도위와 장갑수가 다가왔다. 곽도위는 탐 람과 김칠성을 번갈아 바라보았다. 놀란 듯 입을 벌리고 있었다. 주먹 한 방에 죽인 것 같았다. 그들은 서둘러 탐 람의 차 뒷좌석에 그를 실었다. 곽도위와 장갑수가 탐 람의 차를 몰고 아파트를 빠져나갔다.

김칠성은 좌우를 살펴본 다음 차 안에 들어가 시동을 걸었다. 빈 타오의 부하인 탐 람이 리첸의 집에 드나드는 것은 리첸이 빈 타오의 정보원일 가능성이 많다는 얘기였다. 그리고 더 이상은 생각하기 싫었다. 큰형님이 해결할 것이다.

*　　　　*　　　　*

오후 2시쯤 되었을 때 호텔의 복도가 시끄러워졌다. 그러고는 소리가 가까워지더니 문이 열렸다. 홍성철과 장갑수가 책상에 앉아 있다가 벌떡 일어섰다. 강만철이 들어선 것이다.

"아니, 너……."

홍성철이 입을 벌리고 더듬거렸다.

"놀랐니?"

그는 홍성철에게 다가와 손을 내밀었다.

"야, 이 자식, 말랐다. 고생 많이 한 모양인데 이젠 나한테 맡기고 쉬어."

강만철이 떠들썩하게 말하면서 앉았다. 홍성철은 웃음을 띤 채 잠자코 있었다. 강만철이 갑자기 도착했으므로 공항에 마중 나가지도 못한 것이다.

"그나저나 예고도 없이 오면 어떻게 합니까?"

장갑수가 이맛살을 찌푸리며 말했다.

"형님은 안녕하시냐?"

홍성철이 생각난 듯 물었다.

"응, 곧 오실 거야. 너두 빨리 서울로 돌아가고 싶지?"

강만철이 딴전을 피우고 있었다.

"서울의 유통 일이 많아. 유통은 네가 시작했으니까 네가 꾸려가야지."

"응."

강만철은 홍성철을 바라보다가 시선을 돌렸다. 일부러 떠들썩하게 이야기를 이끌어가 봐도 홍성철의 정신 나간 듯한 얼굴을 보면 가슴이 내려앉았다. 그가 생각했던 것보다 심각했던 것이다. 강만철이 잠자코 앉아 있자 장갑수가 몸을 일으켰다.

"전 일이 있어서 나가보겠습니다."

홍성철은 장갑수가 나간 문 쪽을 바라보다가 입을 열었다.

"만철아, 나 마약에 중독됐어."

그의 목소리가 떨렸다.

"리첸과 함께 있었는데… 난 그 여자를……."

"알고 있다."

강만철이 가라앉은 목소리로 말했다.

"그래서 내가 서둘러 온 거야. 넌 걱정하지 마라. 치료하면 나을 거다."

홍성철이 이를 악물었다.

"동생들에게, 형님한테 면목이 없다."

"……."

"참을 수가 없어."

강만철이 힐끗 그를 올려다보았으나 곧 시선을 돌렸다.

"넌 내가 리첸을 얼마나 사랑하는지 모를 거다."

"……."

"태어나고 나서 그렇게, 그렇게 내 마음을 뺏어간 여자가 없었어."

홍성철은 이마의 땀을 닦았다.

"리첸도 나를 사랑한다."

강만철은 자리에서 일어섰다.

"성철아, 이를 악물고 견디어 봐. 오늘내일 중으로 형님이 오실 거다."

홍성철은 눈을 부릅뜨고 그를 바라보았다. 아직도 할 말이 더 있는 것 같았으나 강만철은 듣기가 괴로웠다. 강만철은 방을 나왔다.

리첸은 전화기를 내려놓았다. 홍성철은 전화를 받지 않았다. 온몸에 기운이 빠져 일어날 기력도 없었다. 탐 람이 오늘까지 이틀째 오지 않은 것이다. 홍성철도 어젯밤에 오지 않았다. 갑자기 모든 것이 떠나 버린 것같이 무서운 고독감과 함께 약을 마시지 못하는 고통이 다가오고 있었다. 리첸은 전화기를 들었다. 초조하게 기다리자 신호가 갔다.

—여보세요.

형주량의 목소리가 들렸다.

"저, 리첸이에요. 안녕하셨어요?"

—아, 네, 그동안 별고 없으십니까?

그는 놀란 것 같았다.

"바쁘시죠?"

—네, 약간요. 그런데 웬일이십니까?

"저, 홍 사장 말씀이에요. 연락이 안 되는데⋯ 저, 부탁드릴 것이 있어서⋯⋯."

—저런, 모르셨습니까?

형주량이 말했다.

"네?"

—홍 사장은 이제 서울로 돌아갑니다. 강 사장이라고 저번에 있었던 사람이 홍 사장 대신으로 왔습니다.

"서울에요? 그럼 서울로 갔어요?"

리첸이 다급하게 물었다.

—아니, 아직 홍콩에 있습니다. 그렇지만 곧 떠날 겁니다.

리첸은 어떻게 전화를 끊었는지 기억나지 않았다. 우두커니 벽을 바라보고 앉아 있었다. 아무런 생각도 나지 않았으나 가슴이 끝없이 깊은 바닥으로 떨어져 내리고 있었다.

빈 타오는 방 안을 서성대던 발길을 멈추고 차오 중령을 바라보았다.

"차오, 네 생각엔 누구의 소행인 것 같으냐?"

"홍성철입니다."

차오가 거침없이 대답했다.

"리첸의 집을 드나드는 탐 람을 발견한 거겠죠. 그래서 자신의 행동이 녹음되고 마약을 먹고 추태를 부린 것이 드러날까 봐서……."

빈 타오는 차오를 내려다보면서 대답하지 않았다. 그럴 확률이 가장 높았다.

탐 람은 바닷속에서 차와 함께 건져 올려졌지만 리첸의 집에서 나와 돌아오다가 살해된 것이 틀림없었다.

"정말 사건이 끊이지 않는군."

빈 타오가 혼잣소리처럼 중얼거렸다.

"처음엔 마약 판매책으로 있던 놈이 강탈당하고, 그다음엔 소매상이 살해당하더니 이번엔 탐 람마저……."

그러다가 빈 타오는 혀를 찼다.

"홍성철이 대신 강만철이가 왔다구?"

"네, 어제 도착했습니다. 홍성철은 서울로 돌아갈 것이라고 소문이 났습니다."

"서울로 돌아가?"

빈 타오는 소파에 앉았다.

"리첸에게 마약을 준 것이 언제야?"

"애들 말을 들으니까 탐 람이 이틀분을 가져갔답니다. 그러니까 오늘부터는 약이 끊긴 셈이 됩니다."

"이젠 공급해 주지 마라."

"그렇지 않아도 그럴 생각입니다."

빈 타오는 싱긋 웃었다.

"이제 강만철이 왔으니 홍성철은 쓸모가 없군. 그동안 적지 않게 정보는 빼왔으니까."

"……"

"그리고 위천산에게도 연락을 해서 소매상들에게 리첸에게는 약을 팔지 말라고 하란 말이야."

차오는 자리에서 일어나 방을 나갔다. 빈 타오는 의자에 등을 기대고 편히 앉았다. 이제 리첸의 이용 가치는 없어졌다. 그녀에게 약을 줄 필요도 없었고 죽어주는 것이 도움이 되었다. 약을 끊으면 죽을 것이다. 마약을 먹지 못한 중독자들의 고통이 어떤 것인가를 빈 타오는 보아왔다. 차라리 죽는 것보다 못한 더럽고 추한 모습들이었다.

맨 정신일 때 자신의 그런 모습을 비디오로 찍어 보여준다면 미쳐 버릴 것이다.

한국 놈들이 오고 나서 말썽이었다. 홍성철을 폐인으로 만들자 다시 강만철이라는 거물이 왔다. 그놈을 제거해 버린다면 아마 또 다른 보스가 올 것이다.

빈 타오는 일어나 창가로 가서 아래를 내려다보았다. 창밖의 차도와 인도를 오가는 차량들과 사람들이 보였다. 문득 김원국을 제거하면 어떨까 하고 생각해 보았다. 그렇게 생각하자 결론은 간단하였으나 가슴이 답답했다.

홍성철은 강만철을 노려보다가 이윽고 얼굴을 돌렸다. 어제부터 약을 마시지 못한 몸이 떨리고 있었다. 강만철이 와 있는 바람에 버티고 있는 것이다.

"참아봐. 중독이 되면 의지가 약해지고 사고가 짧아진다고 한다. 그렇지만 넌 견뎌낼 거야."

강만철이 말했다. 그는 홍성철의 손가락이 떨리는 것을 보았다.

"못 참겠어."

홍성철은 눈물을 흘렸다. 얼굴의 근육이 부들거리며 떨렸다.

"만철아."

홍성철이 눈물로 범벅이 된 얼굴을 들었다.

"이번 한 번만 마시고 끊자. 날 내보내 줘."

"참아, 이 새끼야."

강만철의 얼굴이 일그러졌다.

"그걸 못 참는다면 차라리 죽어 없어져 버려, 이 새끼야."

"만철아, 그럼 리첸에게라도 가게 해줘. 첸 옆에 있겠다."

"안 돼."

"네가 이번 한 번만 눈감아주면 다음엔 네 말대로……."

"개새끼."

강만철이 뱉듯이 말했다. 홍성철이 눈을 부릅떴다. 핏발 선 눈을 번들거리며 그에게로 다가앉았다.

"이 새끼야, 첸 옆에만이라도 있겠다는 거야. 약을 마시지 않고 그녀 옆에만 있겠다는데 그것도 안 된단 말이냐?"

"……."

홍성철은 떨리는 손으로 얼굴의 땀을 닦았다. 강만철이 그를 바라보았다.

"넌 리첸하고 같이 있으면서 회사 기밀을 모두 털어놓았어."

홍성철의 얼굴이 굳어졌다.

"리첸이 네 말을 녹음해서 빈 타오에게 넘겼다."

"……."

"사업체 현황하고 간부들의 신상 명세까지도 말이다."

"그럴 리가 없다. 리첸이 그럴 리가 없어."

홍성철이 정신 나간 얼굴로 중얼거렸다.

"넌 나하고 리첸을 떼어놓으려고 거짓말을 하는 거야. 이 개새끼."

홍성철이 벌떡 일어섰다. 놀란 강만철이 따라 일어났다.

"나하고 리첸은 네가 생각하는 그런 더러운 관계가 아니야, 이 새끼야!"

홍성철의 입가에 거품이 고였다.

"리첸은 빈 타오의 지시를 받았다. 그래, 아마 마약으로 유혹을 당했을 거다."

강만철이 차분하게 말했다.

"그래, 널 사랑하는지도 모른다. 마약의 고통 때문에 너에게서 정보를 빼내었지만……."

홍성철은 얼굴의 땀을 소매로 씻었다.

"그럴 리가 없다. 만철아, 그럴 리가 없다."

그의 목소리는 가라앉아 갔다. 강만철은 입술을 깨물었다. 빈 타오를 향한 증오심이 끓어올랐다. 홍성철은 한꺼번에 두 가지의 고통을 짊어지고 있었다. 마약이 끊어져 닥쳐 온 고통과 배신감이었다.

강만철은 그에게 자극을 줘서 정신을 차리게 하려고 했었다. 그러나 그가 이토록 충격을 받을지는 몰랐던 것이다. 강만철은 자신의 발등을 도끼로 내려치고 싶을 정도로 후회하고 있었다.

제10장

청혼

밤의
대통령

사무실을 나오던 김원국은 입구에서 차영화와 마주쳤다. 직원과 함께 들어오던 그녀는 그를 보자 주춤거리며 발을 멈췄다. 그녀에게 머리를 끄덕여 보인 김원국은 그녀의 곁을 지났다.

　계단을 내려가는데 뒤에서 따라오는 발소리가 들렸다. 차영화였다. 그를 바라보면서 다가오고 있었으므로 김원국은 멈춰 서서 기다렸다.

　"원 사장이 사무실에서 기다리는 것 같던데."

　그가 말하자 그녀는 머리를 저었다.

　"직원하고 이야기하면 돼요."

　"……."

　"나가시는 거죠? 같이 가요."

　"어딜?"

차영화는 그를 올려다보았다. 말없이 바라보는 그녀의 눈동자에 자신의 얼굴이 박혀 있었다.

"이것 봐, 무슨 일이 있는 거야?"

계단을 내려오면서 김원국이 물었다.

"없어요."

"그럼 돌아가. 난 일이 있어."

차영화가 멈춰 섰다. 그는 잠시 그녀를 바라보았다.

"사반나호텔에서 6시에 만나."

김원국은 몸을 돌렸다. 현관 앞에서 이형구가 팔짱을 끼고 서 있다가 차 쪽으로 달려갔다. 김원국이 머리를 돌려 뒤를 바라보았으나 차영화는 보이지 않았다. 만난 것도 뜻밖이었지만 그녀가 그런 식의 태도를 보이는 것도 의외였다.

그녀를 호텔로 나오라고 언뜻 이야기를 하였으나 그녀가 나올지도, 그리고 자신이 나갈지도 알 수 없었다. 김원국은 다가온 차에 올랐다.

6시 정각에 김원국은 사반나호텔 현관에 도착했다. 따라 내린 이형구에게 말했다.

"9시에 이리 오너라."

이형구는 머리를 끄덕였다. 현관문을 밀고 로비로 들어서서 좌우를 둘러보았다. 지배인이 달려왔다.

"형님, 어서 오십시오."

그는 허리를 굽혔다. 차영화는 보이지 않았다. 로비에도 안쪽의 커피숍에도 없었다. 김원국이 몸을 돌리자 2층으로 올라가는 계단 위에 서 있는 차영화가 눈에 띄었다.

꼼짝 않고 서서 그를 바라보고 있었다. 흰색 바탕에 어지러운 나염 무늬가 있는 헐렁한 치마에 재킷 차림이었다. 김원국이 다가가자 말없이 계단을 내려와 그의 앞에 섰다. 김원국이 손을 들자 지배인이 재빨리 다가왔다.

"방 열쇠를 가져와."

"네, 형님."

차영화는 표정 없는 얼굴로 옆쪽에 서서 외면하고 있다. 지배인이 열쇠를 가져와 김원국의 주머니에 살짝 넣었다.

"910호입니다, 형님."

그가 속삭이듯 말했다.

방으로 들어오자 김원국은 윗도리를 벗어 소파 위에 던졌다. 그러고는 냉장고 위의 선반에서 양주 한 병을 꺼내 잔에 따르고 얼음을 넣었다.

"어때? 얼음을 탈까, 아니면 그냥 마실래?"

"그냥 주세요."

소파에 앉은 차영화가 말했다. 김원국은 진홍색 액체가 삼분의 일쯤 든 유리잔을 그녀에게 건네주었다. 그녀는 잔을 받자 단숨에 들이켰다. 그리고 잠시 가슴에 손을 얹고 움직이지 않았다.

"한 잔 더?"

그녀가 머리를 끄덕였다. 병을 들고 간 김원국은 그녀가 내민 잔에 다시 삼분의 일쯤 위스키를 따랐다. 그녀는 이제 잔을 들고 술을 들여다보았다. 김원국은 잔에 든 얼음을 흔들어 녹이면서 냉장고에 기대고 선 채 그녀를 바라보았다. 욕정이 일었으나 충분히 절제할 수도 있었다. 그렇다고 차영화를 괴롭히려는 의도도 없었다.

그녀가 계단에 서서 바라보고 있는 것을 본 순간 필요 없는 절차와 시간 때우는 것 같은 말을 생략해 버리기로 마음먹었던 것이다. 욕정을 발산하는 데 말과 예의는 필요 없었다. 짐승처럼 부딪치고 헤어지면 되는 것이다.

김원국은 잔을 들어 위스키를 조금씩 마셨다. 차영화가 다시 한 번에 술을 삼켰다. 드러난 목의 곡선이 고왔다. 그녀는 입을 벌리고 알코올의 독한 기운을 뱉어내려는 듯 헐떡거렸다.

"이제 그만 마셔."

김원국이 말했다. 차영화가 얼굴을 번쩍 들어 그를 바라보았으나 입을 열지는 않았다.

"기름칠은 그만하면 됐어."

김원국은 와이셔츠를 벗어 소파 위에 걸쳤다. 러닝셔츠 바람이 되었으나 다시 그것도 벗어 던졌다. 차영화가 그를 바라보고 있었다. 김원국은 그녀 앞으로 다가가 두 팔을 잡아 일으켜 세웠다. 차영화는 힘이 빠진 듯 겨우 따라 일어섰다. 입에선 방금 마신 달콤한 술 냄새가 났다. 차영화는 재킷을 벗었다. 치마를 끌어내리고 브래지어를 풀었다.

김원국은 그녀 앞에 서서 드러나는 그녀의 몸을 바라보았다. 브래지어가 발밑으로 떨어지고 풍만한 가슴이 드러났다. 팬티를 끄집어 내리자 짙은 숲이 보였다. 김원국은 그녀의 상반신을 끌어 안았다. 차영화는 하체를 거세게 밀착시키면서 두 팔로 그의 목을 감았다. 벌린 입에서 가쁜 숨소리가 들렸다.

김원국은 그녀를 번쩍 안아 침대 위에 던져 놓았다. 침대가 출렁이고 그녀의 팔다리가 같이 흔들리다가 멈췄다. 김원국은 그녀를 거칠게 몰아붙였다. 그가 거칠게 부딪칠수록 차영화는 순종하는 고양이가 되었다가 잠시 멈추면 표범처럼 앙칼지게 대들었다. 이윽고 그녀의 팔과 다리에 힘이 풀리면서 그의 몸에서 떨어져 나갔다. 그녀는 온몸을 내던진 채로 눈을 감고 가쁜 숨을 몰아쉬었다.

김원국은 그녀의 몸 위에서 상체를 일으켜 세웠다. 차영화가 눈을 떴다. 김원국의 시선과 마주치자 그녀는 외면했다. 쓴웃음을 지은 김원국은 몸을 돌려 욕실로 향했다.

가운을 걸친 김원국은 소파에 앉아 전화기를 집어 들었다. 버튼을 누르자 곧 신호가 갔다.

—여보세요.

강만철이 전화를 받았다.

"응, 나다. 어떠냐?"

—성철이가 심각합니다.

김원국은 침대에 누워 있는 차영화를 힐끗 바라보았다.

"어느 정도야?"

—지금 방에 가둬놓고 있습니다.

"……"

—칠성이를 만났습니다. 칠성이는 곽도위하고 같이 용궁호텔에 있습니다.

"알고 있다."

─말씀하신 대로 칠성이하고 공식적으로는 접촉하지 않고 있어요. 그리고 빈 타오가 태국에서 차오 중령이라는 자신의 경호대장을 불러왔습니다.

"……"

─탐 람이 살해되고 나서 빈 타오나 위천산이 긴장하고 있어요. 칠성이 말을 들으니까 자주 만나는 모양입니다.

"성철이는 어느 정도야?"

강만철은 잠시 입을 열지 않았다.

"얼마나 심각해?"

김원국이 다그치듯 물었다. 차영화가 눈을 뜨고 그를 바라보았다.

─성철이는 방에 묶어놨습니다. 제가 묶어달라고 해서요.

"성철이가 그렇게 된 것 누가 알고 있어?"

─몇 명밖에 모릅니다만 그건 모르지요. 소문이 어떻게 퍼졌는지.

김원국은 이맛살을 찌푸렸다.

"그리고 리첸도 병원에 수용시켜."

─네?

강만철이 의외라는 듯 물었다.

─리첸도 말입니까?

"그래, 같이 입원시켜라."

─형님, 그년은 빈 타오의 첩자였습니다. 그리고 성철이를……

"여러 소리 말고, 지금 당장."

―알았습니다.

"조만간 내가 가겠다. 다시 연락하겠다."

전화기를 내려놓은 김원국은 잠시 우두커니 앉아 있었다. 어떻게 해서 홍성철이 리첸과 깊은 관계에 빠지고 마약에 중독되었는지 알 수 없었다. 그러나 그녀가 홍성철을 중독시키고 정보를 빼내 빈 타오에게 넘긴 것은 사실이었다.

"여기서 주무실 거예요?"

차영화가 물었다. 시트로 벗은 몸을 가린 채 그를 바라보고 누워 있었다. 김원국은 그녀의 얼굴을 바라보았다. 화장이 지워진 얼굴은 나른한 피로와 포만감에 젖어 평온해 보였다.

"아아, 좋았어요."

차영화가 두 다리를 시트 밑으로 쭈욱 뻗으면서 말했다. 시트 밖으로 두 발이 빠져나왔고 발가락 끝이 잔뜩 안쪽으로 굽혀졌다.

"이젠 당신의 얼굴만 봐도 온몸이 짜릿해요."

"닥쳐."

김원국의 나직한 말에 차영화가 얼굴을 굳혔다.

"쓸데없는 말 하지 마라."

"……."

"난 하지도 않았어."

차영화는 눈을 깜박였다. 그러고는 곧 얼굴이 붉게 상기되었다. 김원국은 자리에서 일어나 옷장 문을 열었다. 가운을 벗고 셔츠를 꺼내 걸쳤다.

"오늘은 네가 나한테 지고 있는 부담을 털어주는 자리였다. 안 그래?"

"……."

"그래서 넌 나에게 주었고 나는 받았어. 그럼 됐어."

그는 바지를 입었다.

"그러니까 입 닥치고 있어."

김원국은 재킷을 집어 들고 그녀를 내려다보았다. 빨개졌던 얼굴이 하얗게 굳어진 채 차영화가 김원국을 올려다보았다. 김원국은 몸을 돌렸다.

*　　　　*　　　　*

"돈은 가져왔지?"

박태운이 묻자 고상배가 머리를 끄덕였다.

"이봐, 쪼갤 때 조심해야 되는 것 알고 있지? 절대로 얼굴 드러내지 말란 말이야."

고상배가 혀를 찼다.

"누굴 어린애로 보슈? 그러다가 신세 조진 놈이 한둘이 아닌데. 내가 드러내 놓고 이 짓 할 것 같소?"

30대 후반으로 보이는 고상배의 눈살이 찌푸려졌다.

인기 가수인 이훈의 매니저인 그는 박태운의 중간 공급책이었다.

"나는 형님밖에 모르지만 나한테서 가져가는 놈들은 날 알지도 못해. 형님이 누구에게 받은지도 모르고 말이요."

"알 필요도 없지. 너하고 나 사이는 특별한 관계지만 말이야……."

고상배는 호주머니에서 봉투를 꺼내 박태운에게 내밀었다.

"결국 잡히게 되면 형님 선에서 끝나게 되겠군요."

봉투에서 꺼낸 수표를 세어보던 박태운이 코웃음을 쳤다.

"네가 나를 분다는 이야긴데, 그땐 내가 잡히더라도 네 가족이 위험할 거다."

박태운은 서랍에서 조그마한 가방을 꺼내 탁자 위에 놓았다.

"이번에 우리 조직이 철저하게 보강된 것을 알고 있겠지? 나도 내 윗선이 누군지 몰라. 또 그 위는 말할 것도 없고. 그건 알 필요도 없는 거야."

"그럼 형님은 물건 어떻게 받소?"

"전화 연락이 와서 바꿔치기하는 거지."

"형님이 물건 주는 건 나 하나밖에 없지요?"

박태운은 인상을 썼다. 그와는 연예인 사업 관계로 10년이 넘게 형님 동생 하는 사이로 지내왔기 때문에 그를 못 믿는다면 세상에 믿을 사람은 한 사람도 없었다.

"그런 말 못 하는 줄 알고 있잖아? 내가 네 공급자들을 물어보지 않고 알려고 하지 않는 것처럼 말이야."

"알았소. 난 갑니다."

고상배가 가방을 집어 들고 일어섰다.

"어쨌든 한밑천 잡으면 되니까. 안 그렇소?"

고상배가 방을 나가자 박태운은 수표를 호주머니에 집어넣었다. 시계를 들여다본 그는 전화기를 들고 버튼을 눌렀다. 신호가 가자 기다렸다는 듯이 여자가 전화를 받았다.

—여보세요?

"아, 김 여사세요? 난 박 사장입니다."

—네, 박 사장님.

"준비되셨지요?"

—네.

"그럼 저녁 7시 정각에 다시 연락을 드리지요."

—네.

박태운은 그녀가 30대의 여자라는 것밖에 알지 못했다. 그녀가 받는 전화도 집의 전화가 아닌 것은 분명했다. 그녀가 일주일에 한 번씩 연락처를 바꿔 미리 알려주므로 어느 땐 다방이 되었다가 어느 땐 식당에서 전화를 기다리기도 했던 것이다. 그녀가 박태운의 신원을 모르고 있는 것은 말할 것도 없다. 오직 고상배와 서로 알고 있을 뿐이었다.

박태운은 책상에 앉아 길게 기지개를 켰다. 바깥 사무실에서 전화벨이 울리는 소리와 직원들의 말소리가 들렸다. 여자들의 웃음소리도 들렸다. 디자인 학원을 운영하고 있을 뿐만 아니라 방송국에 출연하려는 가수나 신인 배우들을 위한 로비 사업도 겸하고 있었으므로 그의 회사는 여자들로 득실거렸다.

박태운은 문득 민희정 생각이 났다. 그날 새벽에 호텔에서 집으로 데려다준 이후로 소식을 끊었었다. 박태운의 얼굴에 웃음이 떠올랐고 두 눈이 번들거렸다. 40이 넘은 나이로 이제까지 수많은 여자들을 겪어왔지만 그날 밤처럼 강렬한 쾌락을 맛본 적도 드물었다. 물론 마약을 서로 먹은 탓도 있었을 것이다. 그녀는 얻어맞으면서도 절정에 올라 울부짖었다. 가슴속에서 거부감이 치밀어 올라 본능과 싸우면서 쾌락에 허물어져 가는 그런 모습을 보면 말할 수 없는 쾌감을 느끼는 것이다.

박태운은 벽에 걸린 달력을 바라보았다. 그날 밤 이후로 벌써 일주일이 지났으니 이제 민희정의 상처도 아물었을 것이다. 그는 그녀가 수치심 때문에 입을 열지 못하리라는 것을 경험으로 알고 있었다. 그리고 그 일을 두어 번만 더 계속하면 이제 그녀가 먼저 그렇게 해주기를 원한다는 것도 알고 있었다.

민희정은 거울을 보면서 맨 얼굴을 손바닥으로 쓸었다. 눈 밑에 약간 거뭇한 자국이 보였지만 상처의 흔적은 거의 지워졌다. 입술은 딱지가 떨어져 새살이 돋아나 있었다.

일주일이 넘는 동안 그녀는 방 안에만 틀어박혀 나가지 않았다.

텔레비전도 켜지 않고 그저 우두커니 벽을 바라보다가 침대에 웅크리고 누웠다. 가게에서 종업원들이 문병을 와도 얼굴을 내보이지 않았다. 어머니가 울면서 푸념을 하는 통에 하루에 한 끼 정도 밥을 먹는 시늉을 했다. 입을 꼭 닫고 말도 하지 않고 전화도 받지 않았다. 미란이가 방에 들어와 조잘대면 할 수 없이 몇 마디 말 상대는 해주었다. 무기력해지고 만사가 귀찮았다. 하는 일이라고는 하루에 서너 번씩 문을 열어주는 일밖에 없었다.

벨 소리가 들리자 응접실에서 어머니가 나서는 기척이 들렸다. 그러고는 미란이의 밝은 목소리가 아파트를 가득 채웠다.

"저런, 또 넘어졌어? 저 옷 좀 봐."

어머니가 일부러 수선을 떤다.

"안 넘어졌어. 꽃밭으로 들어가서 그런 거야."

미란이는 요즘 신바람이 나 있었다. 학교에서 돌아오기만 하면 자전거를 끌고 나갔다. 노란색의 예쁜 자전거였다. 처음엔 걱정이 된 어머니가 쫓아 나갔으나 따라다니는 것에 지쳤는지 이제는 내버려둔다.

어제부터 미란이는 보조 바퀴를 떼고 달리게 되었다. 방문이 열리고 미란이가 들어왔다.

"엄마, 나 학교 운동장에서 자전거 탈게."

빨강색 바지의 무릎과 엉덩이에 흙이 잔뜩 묻어 있었다.

"저런, 저 흙 좀 봐."

민희정이 얼굴을 찡그렸다.

"엄마, 친구들이 밖에서 기다린단 말이야. 운동장에 갈 테야."

미란이의 몸과 옷에서 싱싱한 바깥 냄새가 풍겼다.

체스터에 출근한 민희정은 일주일 동안 자기가 나오지 않았는데도 종업원들이 나름대로 가게를 꾸려간 것에 안심이 되었다. 주방장까지 포함해서 일곱 명의 단출한 식구였다.

저녁 8시가 되어 손님들이 들어서기 시작하자 민희정의 가슴이 갑자기 두근거렸다. 알 수 없는 설렘이었다. 자신도 모르게 손님들이 들어서는 기척이 나면 문 쪽에 시선을 주었다. 9시가 넘자 홀에는 여러 팀의 손님들이 모여 소란스러웠다.

이쪽저쪽으로 바쁘게 움직이던 민희정은 화장실로 들어섰다. 화장실에는 아무도 없었으므로 그녀는 벽에 걸린 거울을 우두커니 바라보았다. 그리고 오함마를 떠올렸다. 이제까지 한사코 지우려고 했던 그 희미했던 것이 오함마의 영상인 것을 알았다. 자신도 모르게 출입구를 바라본 것도, 기를 쓰고 체스터에 나온 것도 그럴 것이다. 그녀는 오랫동안 화장실 벽에 기댄 채 서 있었다.

"어마, 언니."

화장실에 들어온 미스 현이 눈을 동그랗게 떴다.

"언니, 전화가 왔었어요. 한참 찾아다녔는데. 두 번이나 왔어요."

민희정은 침을 삼켰다. 홀로 돌아간 그녀는 손님들의 시중을 들면서 카운터를 돌아보았다. 30분쯤 지났을 때 카운터의 미스 리가 그녀를 바라보았다. 한 손에 전화기를 들고 있었다. 민희정은 테이블 사이를 지나 그녀에게 다가갔다.

"여보세요?"

―여어, 민 마담? 나야, 박태운이야.

민희정은 전화기를 내려놓았다. 두근거리던 가슴의 박동이 갑자기 멈추고는 숨이 막혔다. 다시 벨이 울리자 미스 리가 전화기를 들었다. 그러고는 민희정을 바라보았다. 민희정은 테이블 사이로 걸어 들어갔다. 손님들에게 웃음을 지어 보이면서 다시 화장실로 들어섰다.

제일유통 사무실에 앉아 있던 오함마는 시계를 보았다. 밤 10시가 넘어 있었다. 홍성철과 강민철이 모두 홍콩에 있었으므로 유통의 본부 일을 대신 맡고 있었다.

오함마는 자리에서 일어나 재킷을 집어 들었다. 사무실에는 두어 명의 직원이 남아 있을 뿐이었다. 밖으로 나오자 후텁지근한 밤공기가 그의 몸을 감쌌다. 곧 비가 내릴 것 같은 날씨였다. 어두운 주차장에 그의 검정색 차가 세워져 있는 것이 보였다.

오함마가 다가가자 차 앞쪽의 어두운 그늘에서 사람의 그림자가 보였다. 민희정이었다. 그녀는 다가오는 오함마를 바라보고 서 있었다.

"웬일이야?"

그녀는 대답하지 않았다.

"왜, 가게에 건달들이 들락거려?"

오함마는 열쇠를 돌려 문을 열었다. 차에 시동을 걸자 민희정이 옆 좌석의 문을 열고 올라앉았다.

"이젠 네가 해결해. 내려."

갑자기 민희정은 오함마의 한쪽 팔을 부둥켜안고 울음을 터뜨렸다. 얼굴을 그의 어깨에 묻고는 서럽게 흐느껴 울었다. 놀란 오함마는 앞을 바라본 채로 움직이지 않았다. 그러자 이런 일이 한두 번이 아니라는 생각을 떠올렸다. 아마 열 번도 넘을 것이다. 미란이 아비 되는 놈이 전세금까지 빼내어 도망쳤을 때도 이랬고, 미란이가 아팠을 때도 이랬다. 다른 놈하고 살 적에 얻어맞았다면서 이렇게 붙들고 울었고, 또 그놈하고 헤어졌을 때도 이랬었다.

오함마는 이를 악물었다. 이젠 이런 진절머리 나고 병신 같은 짓은 그만두어야 한다고 생각했다.

"왜 그래?"

오함마의 입에서 불쑥 그렇게 말이 나왔다. 그러자 울화통이 터졌다

"왜 그러냔 말야!"

그가 버럭 고함을 지르자 민희정은 딸꾹질을 하면서 겨우 울음을 멈췄다.

"우리 집에 가요."

그녀는 휴지를 찾는 듯 두리번거렸다. 오함마가 손수건을 건네주자 눈물을 닦고는 코를 풀었다.

"뭐 하러?"

민희정이 다시 딸꾹질을 했다.

"나하구 살어."

오함마는 이맛살을 찌푸렸다. 실감도 나지 않았고 집으로 밥먹으러 가자는 소리처럼 들렸다.

"당신이 없다고 생각하니까 나 못 살 것 같았어요."

민희정이 다시 딸꾹질을 했다.

"집에 가요."

"……."

"응?"

오함마는 브레이크를 풀었다.

"아니, 웬일이냐?"

어머니가 놀란 듯 눈을 크게 떴다. 그녀는 민희정이 일주일 만에 가게에 나가자 조금 마음이 놓였다가 오함마를 데리고 들어서자 놀라는 것 같았다.

"자낸 안 온다고 하구선……."

어머니가 오함마를 바라보았다. 소파에 앉은 오함마는 머리를 붉었다.

"어쨌거나 자네 덕분에 우리 미란이가 얼마나 좋아하는지. 맨날 옷을 버리고 온다네."

"미란이는 잡니까?"

"응, 12시가 넘었으니 자야지. 이젠 제 엄마를 기다리지도 않아."

방에서 옷을 갈아입고 나온 민희정이 오함마 옆에 앉았다.

"엄마, 나 함마 씨하고 살게요."

"살어?"

어머니의 눈이 휘둥그레졌다. 그녀는 민희정과 오함마를 번갈아 바라보았다. 살림 차리는 것은 몇 번 겪어봤기 때문에 신기할 것도 없으나 오함마와 함께 산다는 것이 놀라운 모양이었다.

"자네, 그게 정말인가?"

"예, 살림이 아니라 결혼을 할랍니다."

"결혼?"

어머니가 입을 벌렸다.

"그럼 식을 올린단 말인가?"

"그래야죠."

민희정은 잠자코 있었다. 결혼식 이야기는 아직 오함마와 하지도 않았던 것이다. 민희정의 가슴이 뛰었다. 그러고는 얼굴이 달아올랐다. 이제까지 그녀는 결혼식을 올려본 적이 없었다.

"암, 당연히 식을 올려야지. 그래야 쓰는 거야."

어머니가 만족한 듯 머리를 끄덕였다.

"앞으로 어머니 잘 모실랍니다."

오함마의 말에 어머니의 눈에 금방 눈물이 고였다.

"에이고, 둘이 잘살면 고만이지. 나야 늙었으니 얼른 죽으면 잊어먹을 것이고, 우리 미란이가 첫째로 좋아하겠구먼. 자네를 그렇게 따르니까 말이네."

어머니가 손끝으로 눈가를 닦았다.

"저년이 역마살이 끼었는지, 얼굴값을 하려고 그러는지 남자들을 노리개로 삼듯이 하더니만."

그러다가 잠시 말을 멈춘 그녀는 오함마가 속속들이 사정을 알고 있다는 것을 다시 한 번 깨우쳤다.

"이제야 자네하고 살게 되었구먼. 내가 몇 년 전에도 몇 번 이야기를 했더니만 들은 척도 안 하던 년이."

"엄마, 이제 그만."

민희정이 자리에서 일어섰다. 그러고는 주춤거렸다.

"전 이제 가볼랍니다."

오함마가 일어섰다.

"이 사람아, 자고 가게. 희정이가 나하고 같이 자면 되지. 늦었으니 자고 가게."

"아뇨, 차 타면 금방입니다."

"자고 가요."

민희정이 말했다.

"당신이 우리 집에서 처음 잠을 자는 남자예요."

오함마가 머리를 돌려 그녀를 바라보았다. 그녀는 몸을 돌려 방으로 들어갔다. 이부자리를 펼 모양이었다.

"저년이 일주일 동안 말도 않고 있었다네. 나는 죽으려고 작정을 했는가 하고 겁이 났었어."

어머니가 말했다. 소파에 엉거주춤 다시 앉은 오함마는 그녀를 바라보았다.

"그러더니 자네를 만날라고 옷 입고 나간 모양이구먼. 작심한 모양여."

"……."

"그래도 자네가 오지랖이 넓은 사내여. 내가 사람을 잘 보지. 인제 저년도 임자를 만난 거네. 암."

어머니는 흥이 난 것처럼 보였다.

"이부자리 다 폈어요."

민희정이 다가와 그의 어깨를 흔들었다.

"자리끼도 가져다 놓거라."

어머니가 말했다.

＊　　　　＊　　　　＊

전화벨이 울리고 있었다.

최정호는 책상으로 다가가 서둘러 전화기를 집어 들었다.

"여보세요."

ㅡ아, 최 사장입니까?

위천산이었다.

"예, 접니다. 위 사장이시죠?"

ㅡ그곳은 어떻습니까? 공급은 잘됩니까?

위천산이 대뜸 물었다.

"문제없어요. 그리고 돈을 받으셨지요?"

―예, 받았습니다.

마약 대금으로 200만 달러를 보냈다. 한국에서 현금을 보내거나 가지고 나갈 수가 없으므로 스위스에 예금된 돈을 보낸 것이다.

3년 전부터 최정호는 마약 대금을 스위스 은행의 구좌에서 지급하고 있었다. 그것이 안전했다. 그는 외국인 거래선과 100만 달러의 제품 수출 계약을 맺으면 그들에게 50만 달러로 신용장을 열고 나머지 50만 달러는 스위스 은행에 입금시켜 주도록 요청했다. 그들은 100만 달러 값어치의 물품이 들어오고 돈을 지불하는 것은 마찬가지이므로 그렇게 해주었다.

그들에게 꺼림칙한 것은 없었다. 다만 한국의 생산업자인 최정호의 공장이 반값에 물품을 수출하는 것이 되어서 지독한 적자에 허덕였지만 그것은 생색을 내듯 최정호가 자금을 대면 되었다.

―난 최 사장만 믿습니다.

위천산이 웃음 띤 목소리로 말했다.

―우린 크게 기대를 걸고 있어요.

"공급만 제대로 되면 문제가 없어요."

―내가 그것 때문에 전화를 했는데.

위천산이 말했다.

―최 사장이 그 여자의 스케줄을 조정해 주시오. 다음 주면 어떻습니까? 우린 이번 주말까지 준비가 끝납니다.

"다음 주요?"

최정호는 달력을 보고 나서 말했다.

"그럼 다음 주 월요일, 그러니까 29일에 다음 달 물량을 받기로 합시다."

―좋아요. 그럼 대금 지급은 이번과 같습니까?

"네, 그런데 여자의 스케줄에 차질이 있을지 모르겠습니다. 내가 곧 만나겠지만, 만나고 나서 다시 정확한 스케줄과 계획을 이야기하도록 합시다."

최정호의 말에 위천산이 긴장한 듯 목소리가 딱딱해졌다.

―무슨 문제가 있습니까?

"아니, 아직은. 다만 날짜가 어떨지 몰라서 말이오."

최정호는 시계를 들여다보았다. 지금 당장 한세라에게 전화를 해야겠다고 생각했다.

―그럼 기다리겠소.

위천산은 전화를 끊었다.

최정호는 다시 달력을 바라보았다. 오늘이 26일이니까, 29일이면 사흘밖에 남지 않았다. 그동안 한세라와 한 번도 접촉해 보지 않았으므로 미리 준비를 시켜야 했다. 최정호는 수첩을 꺼내 전화번호를 확인한 다음 수화기를 들었다.

· 그의 얼굴에 웃음이 떠올랐다. 그녀를 만난 것은 우연이었다. 그녀는 대담했고 요령이 좋았다. 경험이 많기 때문일 것이다. 그리고 제일 중요한 것은 그녀가 자신이 무엇을 운반하고 있다는 것을 모른다는 것이다. 그녀의 당당한 표정을 보면 아무리 사냥개 같은 마약 단속반도 입맛을 다시고 돌아섰다. 신호가 가자 여자가 수화기를 들었다.

"한세라 씨 계십니까?"

최정호가 정중하게 물었다.

한세라가 커피숍에 들어서자 기다리고 있던 최정호가 손을 들어 보였다.

"어, 미스 한. 그동안 더 아름다워지셨습니다."

최정호가 온 얼굴에 웃음을 띠면서 말했다. 한세라가 생긋 웃었다. 하얀 치아가 드러났고 최정호는 이 여자는 공치사가 아니라 실제로도 매력이 있다고 느꼈다. 탄력 있는 피부와 늘씬한 몸매가 돋보였고 그를 바라보는 시선이 당당했다.

"요즘 바쁘십니까?"

최정호가 지나가는 말처럼 물었다.

그는 지난번에 그녀가 개인적인 일로 바쁘다고 했던 것이 내내 마음에 걸렸다. 그리고 다음 스케줄은 언제가 될지 알 수 없다고 말했었다. 그는 이번에는 사례금을 두 배라도 올려줄 작정이었다. 그녀 같은 보따리 밀수꾼은 한두 사람이 아니었지만 세관원들과도 서로 안면이 있는 사람은 많지 않았다. 큰돈이 없어서 자질구레한 화장품이나 옷가지들, 소형 전자 제품들을 들여와 차액을 남기는 잔챙이 장사꾼이어서 세관원들은 가끔씩 그냥 내보내 주기도 했다. 그리고 검사도 대충 넘어가는 형편이었다.

"네, 그저 그래요. 그런데 무슨 일이세요?"

한세라는 아직 앞에 앉은 배 사장이란 사람이 무엇을 하는 사람인지도 몰랐다. 그의 전화번호도, 이름도 알지 못하는 것이다. 지난번 홍콩을 가기 전에 전자상가에 있는 김 씨가 그를 소개시켜 주었고, 그의 부탁으로 홍콩에서 전해주는 장난감을 가져와 사례금을 받은 것뿐이었다.

"저, 이번에 홍콩에서 뭘 가져올 것이 있어서 그러는데, 가실 계획이 있다면 그때 가져오셨으면 해서요."

"또 장난감이에요?"

한세라가 웃으며 물었다.

"아니, 이번엔 친구가 저에게 주는 선물입니다. 그놈이 보낸다 길래 언뜻 미스 한 생각이 나서 아예 미스 한에게 부탁할까 해서요."

"전 아직 준비가 덜 됐는데……."

"준비라니요?"

최정호가 상체를 기울이며 물었다. 준비가 덜 됐다면 갈 준비는 하고 있는 것이다.

"아직 돈 준비가 덜 됐어요."

"이번에 제가 사례금을 두 배 드리지요. 내가 갔으면 좋겠는데 내가 한 시간도 자리를 비울 수 없는 몸이라."

"두 배요?"

한세라가 눈을 크게 떴다. 지난번에 50만 원을 받은 것이다. 그저 물건을 가져다주기만 하는데 100만 원이면 그 돈으로 비행기 값하고 호텔 비용에 관광 요금까지 해도 되었다.

"무슨 물건인데요?"

한세라가 긴장한 얼굴로 물었다.

"하하. 긴장하시는데, 내 아들에게 줄 모터 비행기예요. 거, 보셨잖습니까? 모형 비행기가 날아다니는 것 말입니다. 지상에서 운전을 하구 말이에요."

한세라가 머리를 끄덕였다.

"한국에선 그걸 만들지 못해요. 그거 독일젠데 아들놈이 어찌나 성화를 해대는지 제 친구가 겨우 준비했답니다."

"그럼 다녀올게요."

최정호는 만족한 듯 머리를 끄덕였다.

"그럼 제가 돈을 미리 드리죠. 아까 돈이 부족하시다고 들어서 그냥 넘어갈 수가 없군요."

최정호는 지갑에서 수표를 꺼내 한세라에게 내밀었다.

"다음 주 월요일에 출발하시면 됩니다. 어느 호텔에 묵으실 예정이죠?"

한세라는 눈을 깜박이며 그를 바라보았다. 그녀는 이제 김칠성의 말대로 보따리 사업은 그만둘 생각이었다. 김칠성은 지금 홍콩에 있었다. 그녀는 최정호의 제의를 듣자 불현듯 그에게 달려가고 싶었다. 갑자기 그의 앞에 나타나 그가 놀라는 것을 보고, 그리고 함께 있고 싶었던 것이다. 최정호는 적절한 시기를 잡은 셈이었다.

"용궁호텔에 묵을 거예요."

한세라는 탁자 위에 놓인 수표를 집어 들고 일어섰다. 용궁호텔에는 지금 김칠성이 묵고 있었다.

*   *   *

장민애가 환하게 웃으며 사무실로 들어섰다. 손에는 활짝 핀 꽃이 든 바구니가 들려 있었다.

"지나다가 들렀어요."

"일부러 와도 돼. 그 꽃, 예쁘구나."

"예쁘죠? 사무실이 삭막한 것 같아서요."

장민애는 탁자 위에 꽃바구니를 올려놓았다. 김원국은 바구니에 담긴 꽃을 이리저리 옮겨놓으면서 모양을 내는 장민애를 물끄러미 바라보았다. 그녀의 손가락과 열중한 옆모습이 머릿속에 사진처럼 박혀 나갔다.

"됐어요?"

장민애가 머리를 들었다.

"응? 응, 됐다."

처음과 별로 다른 것도 없어 보였다.

"무슨 생각 해요?"

김원국은 눈을 깜박이며 생각을 만들어 보려다가 시계를 보았다. 오후 6시가 넘어 있었다.

"나가서 저녁 먹자."

"바쁘지 않아요?"

김원국은 웃으면서 자리에서 일어섰다.

차는 강남대로를 달리다가 오른쪽으로 꺾어져 올림픽 대로로 들어섰다. 좌측에서 달려오는 차를 백미러로 살펴보던 김원국은 2차선으로 들어서자 속력을 냈다.

장민애는 라디오의 스위치를 켰다가 잠시 후에 눌러 꺼버렸다. 엔진의 소음도 들리지 않았으므로 차 안은 정적에 싸였다. 김원국은 장민애의 시선이 얼굴에 와 닿는 것을 느꼈으나 잠자코 앞을 바라보았다. 빨강색 스포츠카가 3차선에서 맹렬히 달려 앞으로 나가다가 앞차에 막혀 속력을 줄였다. 그들은 스포츠카를 스쳐 지났다.

"난 아버지의 얼굴도 모른다."

장민애가 퍼뜩 얼굴을 돌려 그를 바라보았으나 김원국은 차분한 표정으로 말을 이었다.

"기억도 없고 사진도 없어. 내가 한 살 때라니까 낳자마자 돌아가신 모양이야. 바쁘셨던 모양이지?"

그러면서 싱긋 웃었다.

"어머니는 내가 다섯 살 때 도망친 것 같아. 할머니 말로는 일본으로 돈 벌러 갔다는데 편지 한 장 없고, 돈 벌어서 보내준 것도 없으니까 도망친 것이지, 뭐."

"……."

"괜히 신파조로 이야기하는 게 아냐. 장민애 씨, 잘 들어."

앞을 바라본 채 김원국의 말투가 차가워졌다.

"잘 들어요."

놀란 장민애가 대답했다.

"할머니도 내가 어렸을 때 돌아가신 것 알고 있지?"

"응."

"중학교 때 돌아가셨는데 그땐 좀 울었던 것 같아. 갑자기 혼자 있게 되니까 무섭고 쓸쓸하고 그러더라니까. 혼자 빈집에 앉아 며칠 동안 있다 보니까 선생님이 찾아오더군."

"……."

"그래서 난 다시 학교에 다녔고, 이렇게 되었는데."

김원국은 앞을 가로막고 천천히 달리는 차를 향해 클랙슨을 울렸다.

"온전한 가정환경에서 자라지를 못했지. 따뜻한 것을 언제나 꿈꾸고 있지만 그런 경험이 없다 보니까, 그리고 그것이 올 것 같지도 않으니까 난 저항하게 되었어."

"……"

"기다리다가 주어지지 않았을 때 느낄 배신감이나 절망감이 두려웠던 거야. 그래서 처음부터 잘랐어. 거부하고, 저항한 거야."

"알아요."

"아는 체하지 마."

김원국이 입맛을 다셨으나 장민애는 기분 나쁜 것 같지는 않았다.

"그것이 문제야."

김원국이 앞을 바라보며 말했다.

"나는 거부하고, 반발하다가 나중에는 절제와 자기 단련을 하게 되었어. 정신적으로나 육체적으로 단련을 통해 나를 단단하게 만들어갔어."

"……"

"너를 행복하게 해주고 싶어."

"난 행복해요."

장민애는 그의 손 위에 자신의 손을 올려놓았다.

"내가 풀어드릴게요. 따뜻하게 해줄게요."

김원국이 머리를 돌려 그녀를 향해 웃어 보였다.

"넌 참 아름답다."

"알아요."

"영리하고 매력도 있어."

"들었어요."

"내가 꿈꾸던 여자다."

장민애가 그를 바라보았다.

"나하고 결혼해 주겠니?"

"응."

"내 마누라가 될 거냐?"

"네."

"내가 겪어보지 못한 가정을 네가 한번 만들어줄래? 나하고?"

"응."

"내 자식들의 어머니가 될래?"

"네."

"도망치지도 않고?"

"응."

"그럼 나도 오래 살 테다."

차는 어느덧 톨게이트에 들어섰다. 장민애는 어디 가느냐고 묻지 않았고 알려고 하지도 않았다. 김원국 또한 수십 곳의 목적지가 있었으나 망설이지 않았다. 그저 가는 곳이 목적지였다. 둘이 함께 가기 때문이었다.

제11장

실마리를 잡다

밤의 대통령

공항에는 강만철이 나와 있었다. 이형구만을 데리고 홍콩에 도착한 김원국은 곧장 호텔로 향했다.

"성철이는 차도가 있니?"

창밖을 내다보던 김원국이 물었다.

"아직. 시간이 좀 걸린다고 합니다."

강만철의 표정엔 그늘이 져 있었다.

"리첸은?"

"마찬가집니다."

"같은 수용소에 있는 거냐?"

"수용소는 같지만 남자, 여자를 따로 수용하고 있어서요."

김원국은 강만철을 돌아보았다.

"수용소로 가자."

"형님, 거긴 면회 금지로 되어 있어요."

"만나 보겠다."

김원국의 말은 낮았으나 단호했다.

차는 방향을 바꿔 병원으로 향했다. 병원으로 가는 동안 김원국은 입을 열지 않았다.

수용소는 감옥과 같은 구조였다. 무장한 경비원들이 현관을 지키고 있었다. 복도 좌우에 병실이 늘어서 있었으나 엄중한 잠금장치가 채워져 있어서 병실이 아니라 감옥이었다. 강만철은 수용소 원장을 어떻게 설득하였는지 두 명의 경비원이 앞장을 서서 그들을 안내했다. 경비원은 복도 끝에 있는 방 앞에서 걸음을 멈췄다.

"여깁니다."

경비원이 열쇠로 자물쇠를 열었다. 문이 열리자 방에서 퀴퀴한 냄새가 풍겼다. 침대 위에 홍성철이 누워 있었다. 침대 옆 공간에는 변기와 세면대가 놓여 있을 뿐이었다. 방 안은 어두웠고 누워 있는 홍성철의 머리 쪽 벽에는 낡은 그리스도의 초상화가 붙어 있었다. 김원국은 홍성철에게 다가가 섰다. 강만철이 따라와 옆에 섰고 이형구는 따라 들어오지 않았다.

"성철아."

김원국이 불렀으나 홍성철은 눈을 감은 채 뜨지 않았다. 머리는 흐트러졌고 얼굴엔 텁수룩한 수염이 자라 있었다. 두 팔과 다리가 두꺼운 밴드로 침대에 묶여 있어서 몸을 움직일 수도 없을 것이다.

"성철아."

김원국이 그의 손을 더듬어 쥐면서 다시 불렀다. 강만철도 이곳엔 처음 들어와 본 모양으로 홍성철의 초췌한 모습을 보고는 눈을 껌벅이고 있었다.

"성철아, 내가 왔다."

그의 손을 흔들어보면서 김원국이 불렀으나 홍성철은 눈을 뜨지도 움직이지도 않았다.

"형님, 자는가 봅니다."

강만철이 말했다.

"형님, 가시죠. 다음에 다시 옵시다."

그러자 홍성철이 김원국의 손을 움켜쥐었다. 눈은 그대로 감은 채였다. 그의 얼굴을 바라보던 김원국이 강만철에게 말했다.

"너는 밖에 나가 있거라."

강만철이 의아한 듯 그를 바라보다가 몸을 돌려 방을 나갔다.

"성철아."

홍성철의 감긴 눈에서 눈물이 흘러내렸다. 그는 눈을 떴다.

"형님."

"이놈아."

김원국이 아랫입술을 깨물었다.

"형님."

홍성철이 흑흑거리며 울음을 삼켰다.

"형님, 면목 없습니다."

온 얼굴을 일그러뜨리며 그가 말했다.

"어서 낫기나 해라."

"정말 형님께 부끄럽습니다."

김원국은 수건을 꺼내 그의 얼굴을 닦아주었다.

"형님."

홍성철이 커다랗게 뚫린 눈으로 그를 바라보며 불렀다.

"형님께 부탁이 있습니다."

"말해라."

"리첸을 구해주십시오."

그의 눈에 핏발이 서 있는 것이 보였다.

"리첸은 아무 잘못이 없습니다. 시키는 대로 했을 뿐입니다."

"……."

"빈 타오가 탐 람을 시켜서 협박을 했을 겁니다."

홍성철은 이를 악물었다. 얼굴에 경련이 일어났고 이를 가는 소리가 섬뜩하게 들렸다.

"형님."

그는 온몸을 떨면서 김원국을 불렀다. 눈동자는 이제 김원국을 떠나 천장을 노려보고 있었다.

"저는, 저는 나중에 처벌하시더라도 제발 리첸은, 리첸은 구해 주십시오… 낫게 해주세요. 그리고… 그리고 방송국에 출연을 시 켜주세요… 방송국에, 제가 약속했습니다, 형님."

"알았다. 낫게 해주고 방송국에 출연시켜 주도록 하겠다."

홍성철은 이를 악물고 얼굴에 웃음을 띠는 것처럼 보였다. 경 비원이 들어왔다.

"발작이 시작됩니다. 나가세요."

그는 김원국의 등을 밀었다. 김원국은 방을 나왔다. 강만철과 이형구는 김원국의 얼굴을 보고는 입을 열지 않았다.

녹음테이프는 이제 공회전을 하고 있었다. 김칠성이 녹음기의 스위치를 눌러 껐다. 한동안 방 안은 침묵에 싸여 있었다.

"빈 타오는 우리가 탐 람을 처리한 걸 알고 있을 것이다."

김원국이 입을 열었다.

"차오라는 빈 타오의 경호대장이 태국에서 와 있습니다."

김칠성이 말했다.

"인원도 30명 정도 데리고 왔습니다. 겉으로는 관광객같이 꾸몄지만 군인 냄새가 나는 놈들입니다."

"……."

"빈 타오의 농장은 태국 북부에 있고, 거기엔 정규 군대보다 장비가 좋은 500명 정도의 부대가 상주하고 있습니다. 태국 군부와 정계에 끈이 많아서 함부로 하지를 못한다고 합니다."

"감시는 계속하고 있지?"

"네."

"그쪽도 우리를 감시하고 있을 거다."

"여기올 때 조심은 했습니다."

김원국은 강만철을 돌아보았다.

"지금 겉으로는 모두 보이는 것 같다. 탐 람, 위천산, 빈 타오, 그리고 성철이와 리첸. 그렇지만 물속은 알 수가 없어. 어떤 놈이 어떻게 엉켜 있는지 모른다."

"모두 마약 때문입니다."

김원국은 피곤한 듯 의자에 등을 기대고 앉았다.

"내일부터 사업체를 돌아보겠다. 지금은 흑자를 내고 있지만 그것 가지고는 안 된다."

"형님, 아까 테이프를 들으셨다시피."

김칠성이 김원국을 바라보았다.

"빈 타오가 우리 측 정보를 얼마나 빼냈는지 모릅니다. 성철 형님에게 무슨 이야기를 했는지 물어보면 안 될까요?"

탐 람의 호주머니에서 나온 테이프였다. 리첸이 묻고 홍성철이 대답하는 내용이었는데, 리첸은 빈 타오의 지시를 받았는지 요점만을 묻고 있었다. 김칠성은 김원국이 테이프에 대해서 이야기를 꺼내지 않자 초조했다.

"안 된다."

김원국이 차갑게 말했다.

"필요 없다."

강만철이 머리를 숙였다. 이윽고 김칠성도 시선을 돌렸다.

위천산은 창밖의 바다를 내려다보았다. 남색의 바다 위에 수백 척의 배가 떠 있었다. 거대한 유조선 사이로 흰 항적을 그으면서 조그마한 여객선과 화물선이 지나갔다. 하늘에는 구름 한 점 떠 있지 않았다.

"김원국은 지금 오리엔트에 묵고 있습니다. 오늘도 사업체들을 돌아볼 것 같습니다."

여귀철이 말했다. 위천산은 몸을 돌렸다.

"그럼 사업체를 돌아보려고 온 것이군."

"물론이죠."

여귀철이 얼굴에 웃음을 띠었다.

"그놈이 그럼 다른 볼일이 있겠습니까? 강만철과 함께 어제도 백화점에 가 있었습니다."

"어쨌든 신경이 쓰이는 놈이야."

위천산은 다시 바다로 시선을 돌렸다. 응접실의 바다 쪽으로 향한 부분은 유리벽으로 만들어 놓아서 발아래로 바다가 한눈에 보였다. 밖에는 뜨거운 햇살이 쏟아져 내리고 있었으나 방 안은 에어컨 바람으로 서늘했다.

"서울에서 여자가 오늘 저녁에 도착합니다."

여귀철이 위천산의 등에 대고 말했다.

"알고 있어. 그 장난감 비행기는 준비했겠지?"

"네, 보스가 한번 보십시오. 감쪽같습니다. 비행기의 몸체를 모두 다시 만들었습니다."

위천산은 희끗희끗한 머리를 한 손으로 쓸어 올렸다.

"이봐, 탐 람은 김원국 일당이 처치한 거야. 알고 있지?"

여귀철은 잠자코 그의 등을 바라보았다.

"빈 타오는 그런 이야기를 우리에게 하지 않았지만 홍성철을 중독시킨 것에 대한 보복을 한 거야."

"……"

"그놈들이 작년에 해리슨과 전쟁을 벌였을 때를 생각해 봐. 그놈들에게 정면 승부를 걸면 안 돼."

"……"

"약점을 쑤셔야 돼. 김원국이나 강만철, 보스들의 약점을 잡아 부숴야 된단 말이야."

"보스, 그놈들하고 우리는 아직 부딪치지 않았습니다."

위천산은 다시 몸을 돌렸다.

"오리엔트에 곽도위가 보이지 않는다면서? 그놈이 도대체 어디 있는 거야?"

"눈에 띄지 않을 뿐이지요. 제까짓 게 어디 가겠습니까?"

위천산이 혀를 찼다.

"김원국이가 그놈을 쥐고 있다는 건 우리의 약점을 쥐고 있는 것이나 같아. 그놈을 빨리 없애 버려."

"애들에게 지시했습니다."

위천산은 여귀철을 바라보던 시선을 돌렸다. 형주량이나 조진 량 등은 마약 거래를 하므로 이젠 상부상조하는 입장이 되었다. 그러나 김원국의 조직은 그에게 눈엣가시였다. 그것은 빈 타오에 게도 마찬가지일 것이다.

*　　　*　　　*

"빌, 빈 타오가 신변 경호를 강화하고 있습니다."

제임스 맥클레인이 사무실에 들어서면서 말했다. 그러는 그의 표정은 밝았다. 그는 이마의 땀을 손수건으로 닦으며 자리에 앉았다.

"김원국이 홍콩에 왔기 때문인가?"

"그렇겠죠. 긴장할 수밖에요. 홍성철을 저 지경으로 만들었으 니 혹시나 보복하지 않을까 경계하는 겁니다."

"빈 타오가 요즘은 홍콩에 자주 오는군. 이번 달에도 두 번이 나 왔잖아."

제임스가 머리를 끄덕였다.

"약을 가지고 오는 겁니다. 홍콩뿐만이 아니라 다른 곳으로도 빼내는 것 같아요."

빌은 책상 위에 팔꿈치를 올려놓았다. 한쪽에 쌓인 텔렉스 뭉치를 잡아당겨 몇 장을 훑어보다가 짜증 난 듯 밀어놓았다.

"방콕에선 뭘 하는 거야? 조지, 그 녀석은 마사지 하우스에서 그 짓이나 하고 있는 거야, 뭐야? 빈 타오가 떠났다고 전문이나 한 장 보낼 바에야 다시 돌아오라고 해."

제임스가 힐끗 빌을 바라보았다.

"빌, 잘 아시지 않습니까? 빈 타오는 세관을 거치지도 않습니다. 출국이나 입국할 땐 VIP 전용 출구로 군 장교들의 호위를 받고 나갑니다."

"……."

"차라리 마침 빈 타오하고 김원국이 홍콩에서 마주친 지금 둘이 서로 치도록 공작을 하는 것이 어떻습니까?"

빌이 제임스를 바라보았다. 회색 눈동자가 생각에 잠긴 듯 한동안 움직이지 않았다.

"그리고 우리들은 배후에서 김원국을 응원하고 말입니다."

"좋은 생각이야."

빌의 말에 제임스가 의자를 당겨 앉았다.

"만들어볼까요?"

빌은 머리를 저었다.

"김원국이 불리해."

"아니, 왜요?"

"아까 경찰에 다녀온 리의 이야기를 들었는데 경찰이 김원국을 잔뜩 경계하고 있어."

"……."

"작년의 사건들 때문이야. 해리슨은 부하에게 사살되어서 조직이 형주량에게로 넘어갔지만 김원국도 기반을 단단히 굳혀 버렸거든. 아니꼽게 생각하는 친구들이 있는 모양이야. 만일 싸움이 일어난다면 경찰 측에서는 김원국 측부터 봉쇄할 것이 뻔해."

"우리가 경찰에 압력을 넣으면 안 될까요?"

빌은 머리를 저었다.

"위에서야 끄덕여 주겠지만 실무급 간부 놈들이 말을 들어줄까?"

제임스도 사정을 훤히 알고 있었다.

"어쨌든 조금 더 기다려 보자구."

빌이 넥타이를 아래로 잡아당겨 와이셔츠 칼라를 느슨하게 하면서 말했다.

"양쪽을 관찰해 가면 기회가 올지도 모르니까."

제임스는 잠자코 그를 바라보았다.

"우리 손을 더럽히지 않고 더러운 놈들을 없앨 기회가 올지도 모르지."

＊　　　　＊　　　　＊

"누구요?"

문 앞에 다가간 김칠성이 물었다.

"룸서비스입니다."

여자 목소리였다. 문을 열자 한세라가 서 있었다.

"아니?"

깜짝 놀란 김칠성이 입을 벌렸다. 재빨리 방에 들어온 그녀는 방 안을 살펴보더니 껑충 뛰어 김칠성의 목에 매달렸다.

"이것 봐, 어떻게 된 거야?"

그녀를 목에 매달고 소파로 다가가면서 김칠성이 물었다. 한세라는 대꾸하지 않고 입술을 뾰족하게 내밀었다. 도장을 찍듯 쪽하고 입을 맞춘 김칠성은 그녀를 소파에 내려놓았다.

"어떻게 왔어?"

"비행기 타고."

"까불지 말구."

김칠성이 눈을 부라렸다.

"혼자 와서 딴 여자하고 같이 있는가 했는데 마음이 놓이는데?"

방 안을 둘러보며 한세라가 혼잣말을 했다.

"말 안 해?"

이제는 김칠성이 얼굴을 굳혔다. 한세라가 그에게 눈을 흘기면서 마지못한 듯 입을 열었다.

"사업."

"보따리 사업?"

"응."

"이제 안 한다고 했잖아?"

"안 해."

"그럼 뭐야?"

"보고 싶어서."

머리가 혼란스러워진 김칠성이 다시 눈살을 찌푸렸다. 한세라는 김칠성의 무릎 위에 올라앉아 그의 목을 두 팔로 안았다.

"내가 와서 싫어요?"

뚫어져라 쳐다보는 그녀의 시선을 배겨내지 못한 김칠성이 그녀의 허리를 안았다.

"갑자기 와서 놀라서 그래. 그리고 우리 일이 조금 심각해. 지금은 너하고 한가하게 보낼 시간이 없어서 그러는 거야."

"걱정 마요. 나두 방 따로 잡아놨으니까."

"그럼 보따리 사업인가?"

"응, 갑자기 누가 뭘 가져다달라고 부탁을 해서요. 사례비도 많이 준다고 하길래 당신도 볼 겸 온 거예요."

"그래? 어쨌든 반갑구면."

"이제사?"

한세라는 이맛살을 모았다.

"내가 귀찮은 모양이죠? 속 들여다보여."

"아니, 그게 아니라."

"나는 조금 더 멋있는 장면을 생각했는데. 이를테면 말이죠."

한세라는 눈을 깜박였다.

"그래, 네 목소리를 듣고 내가 활짝 문을 열고… 응, 그렇지. 네가 달려 들어오고, 내가 껴안고, 입을 맞추고, 사랑한다는 말이 왔다 갔다 하고."

언젠가 본 영화에서 나온 장면이었다.

"그것도 생각해 봤고……."

한세라가 머리를 끄덕이고 다시 시선을 건너편 벽에 주었다.

"또 있어?"

"응."

"그렇지. 문이 활짝 열리고, 둘이 말없이 와락 껴안고, 여자가 울고, 남자는 안 울고, 말은 한마디도 안 하고 그런 것."

"응."

그러나 한세라의 표정은 그것도 양에 차지 않는 것 같았다. 김칠성의 목을 껴안은 채 그의 얼굴을 들여다보면서 눈을 깜박거렸다.

"좋다, 해보자."

김칠성은 한세라를 번쩍 들어 일으켜 세웠다.

"네가 벨을 누르면 내가 누구요, 할 테니까 룸서비스요, 하지 말고 저예요, 하라구. 그럼 내가 오! 세라! 하고 문을 활짝 열 테니 넌 두 팔을 벌리고 달려 들어와. 그럼 내가 안을 테니까. 알았지?"

"응."

김칠성은 한세라의 등을 밀어 문밖으로 내보내고 문을 닫았다. 벨이 울렸다.

"누구요?"

김칠성이 물었다.

"저예요."

한세라가 다소곳이 대답했다.

"오! 세라!"

김칠성이 소리치면서 문을 열고는 문 앞에 엎드렸다. 두 팔을 벌리고 뛰어들던 한세라가 김칠성에게 걸려 방바닥에 나자빠졌다. 김칠성이 몸을 일으키고는 엎어져 있는 한세라를 내려다보았다.

"만나자마자 엎어지는 것은 동서고금에도 없고 드라마에도 없어."

정색을 하고 김칠성이 말하자 한세라는 누운 채 눈을 깜박이며 그를 올려다보았다. 그러고는 두 팔을 벌렸다.

한세라는 시계를 보았다. 아침 10시가 되어 있었다.

그녀는 슬리퍼를 벗고 구두로 바꿔 신었다. 배 사장의 친구가 올 시간이었다. 일어나 옷매무새를 살폈다. 온몸이 나른하고 아랫부분에 기분 좋은 통증이 남아 있었다. 얼굴이 달아오른 한세라는 두 손으로 볼을 감쌌다. 거울에 비친 자신의 얼굴이 보였다. 행복한 여자의 얼굴이 이런가? 벨 소리가 울렸다.

"누구세요?"

문 앞으로 다가간 한세라가 물었다.

"배 사장 친구입니다."

9시에 전화가 왔으므로 그녀는 문을 열었다. 커다란 모형 비행기 상자를 들고 있는 사내가 보였다. 40대 초반의 사내였다. 길게 자란 머리를 뒤로 넘겼고, 검붉은 얼굴에는 기름기가 흘렀다. 검은 눈썹 밑의 큰 눈을 껌벅이며 그녀에게 웃어 보였다.

"안녕하십니까? 저는 동이라고 합니다."

중국인이었다.

"들어오세요."

그는 서슴없이 방 안으로 들어서더니 상자를 탁자 위에 내려놓고 소파에 앉았다.

"이건가요?"

한세라가 기다란 상자를 들어보면서 물었다. 비행기의 그림과 영어와 독일어로 된 설명서가 앞뒷면에 인쇄되어 있었다. 무거웠다. 10킬로그램은 되어 보였다.

"무겁네요."

"예, 기계 부속이 들어 있어서 그럽니다. 모형 비행기지만 진짜 비행기 못지않게 날아가는 겁니다."

넓이와 높이는 20센티미터 정도였으나 길이는 1미터가 넘어 보였다.

"알았어요."

한세라는 끄덕이며 사내를 바라보았다. 꽤 무겁겠지만 비행기에 싣고 가면 되었다.

"그럼 몇 시에 출발하십니까? 내가 배 사장에게 연락을 해주려고 합니다."

"오늘 저녁이나 될 것 같아요. 늦으면 내일 아침이라든지. 제가 여기서 일이 좀 있거든요."

사내가 머리를 끄덕였다.

"비행기 표는 예약하셨습니까?"

"아뇨, 아직."

"요즘은 한국행 비행기 표 구하기가 힘듭니다. 관광객들이 많아서."

"네, 알고 있어요."

"제 친구가 여행사에 있는데, 오늘 저녁 비행기로 예약해 드리지요."

잠시 생각하던 한세라는 머리를 끄덕였다. 이번에는 화장품 삼사십 세트와 카메라 몇 대로 끝내야 할 것 같았다.

"그럼 그렇게 해주시면 고맙겠어요."

사내가 사람 좋은 얼굴에 웃음을 띠었다.

"원, 천만에요. 제가 12시쯤 전화를 드리겠습니다."

사내는 자리에서 일어섰다.

"그럼 안녕히 계십시오."

그는 웃어 보이면서 방을 나갔다.

한세라는 방 안으로 들어와 수첩을 펴 들고 전화기를 끌어당겼다. 거래선에게 전화를 해야 했다. 서로 이런 일에 익숙해 있어서 한세라가 품목과 수량을 알려주면 보기 좋게 포장해서 가져다주었다. 옷가지 같은 것이야 직접 가서 골라야 하지만 화장품이나 전자 제품은 전화로 말해줘도 되었다.

곽도위와 백장용이 들어섰다. 곽도위가 눈을 부릅뜨고 그를 바라보는 바람에 김칠성이 긴장하며 물었다.

"무슨 일이 있는 거냐?"

그들은 앞자리에 앉았다.

"두목님, 여귀철이를 보았습니다."

곽도위가 말했다.

"여귀철이?"

"네, 위천산의 심복인 여귀철이 말입니다."

"그놈이 이 호텔을 다녀갔답니다."

백장용이 말을 거들었다.

"이 호텔에? 언제?"

김칠성의 얼굴이 긴장으로 굳어졌다.

"조금 전에 떠났습니다. 커다란 상자를 들고 와서 308호실에 두고 갔습니다."

"뭐라구? 308호실?"

"네, 제가 보스 방으로 올라가다가 그놈을 보고는 뒤를 따라가 확인을 했습니다."

"……."

"지금도 밖에는 세 놈이 건너편 길가의 차 안에 앉아 있습니다. 그놈들이 이쪽을 감시하는 것 같습니다. 어쩌면 우리가 발각된 건지도 모르겠습니다."

"308호실이 분명해?"

김칠성의 말소리는 가라앉아 있었으나 두 눈이 번들거렸다.

"네, 분명합니다. 거기에다 커다란 상자를 두고 갔는데 아무래도 일행이 방 안에 있는 것 같습니다. 투숙자 명단은 여자로 되어 있었습니다만."

"곽도위 말로는 상자에 총기류가 들어 있는 것 같다고 하더군요."

백장용이 말했다.

"호텔 안에는 이상이 없나?"

"네, 안에서는 그놈들이 보이지 않는답니다."

김칠성은 자리에서 일어섰다.

308호실의 벨을 누르자 안에서 인기척이 났다. 곽도위와 백장용이 재빨리 문 양쪽에 붙어서는 것을 그는 멀거니 바라보았다.

"누구세요?"

"나야."

김칠성의 대답에 백장용이 눈을 치켜떴다. 한세라가 문을 열고 활짝 웃다가 김칠성의 표정을 보고는 웃음이 사그라졌다. 김칠성은 그녀를 밀치고 들어섰다.

두 사람이 방으로 따라 들어왔다.

"웬일이에요?"

그녀가 놀라며 물었으나 김칠성은 탁자 위에 놓인 커다란 상자를 바라보고 서 있었다. 곽도위가 문을 닫고 문가를 지켜 섰다.

"너, 이거 들고 온 놈하고는 어떤 관계야?"

김칠성이 선 채로 물었다. 그의 목소리는 나지막했으나 두 눈이 그녀를 무섭게 쏘아보고 있었다.

"아이, 정말 왜 이러시는 거예요?"

놀라움이 조금 가시자 한세라가 짜증스럽게 물었다. 백장용이 김칠성을 바라보았다. 그는 김칠성과 여자가 아는 사이인 것에 놀라 어리둥절해하고 있었다.

"말 안 해? 이거 들고 온 놈하고 어떤 사이냔 말이야."

김칠성이 물으며 그녀에게 다가섰다.

"어떤 사이라뇨? 참, 기가 막혀."

김칠성의 손바닥이 날아가 한세라의 뺨을 쳤다. 한세라는 넘어지면서 침대에 몸을 부딪히고 주저앉았다. 두 손으로 볼을 감싸고는 커다랗게 치켜뜬 눈으로 그를 올려다보았다.

"이 더러운 년, 나를 속였겠다."

김칠성의 얼굴이 충혈되었다. 이를 악물고 그는 한세라의 멱살을 잡아 일으켜 세웠다. 놀란 한세라가 가늘게 비명을 지르더니 얼굴을 찡그리고 울음을 터뜨렸다. 겁에 질린 울음소리가 났다.

"말 안 해?"

김칠성이 주먹을 쳐들었다. 한세라가 그것을 보더니 흐느껴 우는 소리를 높였다.

"형님."

백장용이 부르는 소리에 김칠성이 머리를 돌렸다. 백장용은 상자에서 기다란 비행기 몸체를 꺼내는 중이었다.

"이거, 모형 비행기인데요. 꽤 무겁군요."

곽도위가 다가와 비행기를 들여다보았다. 한세라는 김칠성의 팔에 멱살이 잡혀 있었으나 그들의 행동을 볼 수 있었다. 숨이 막혔으므로 김칠성의 손을 두 손으로 쥐었다. 김칠성이 그것을 느꼈는지 머리를 돌려 그녀의 손을 내려다보았다. 그는 한세라를 침대 위로 밀어 던졌다. 엉덩방아를 찧고 침대 위에 주저앉은 한세라는 눈물에 범벅이 된 얼굴로 그들을 바라보았다.

곽도위는 비행기를 두 손으로 들어 보더니 탁자 위에 내려놓았다. 미끈한 몸체가 놓였고 날개와 부속은 따로 접혀져 있었다. 곽도위는 손끝으로 몸통의 알루미늄 판을 두드려 보았다. 그리고는 머리를 들어 김칠성을 바라보았다.

"마약입니다. 마약을 운반하는 겁니다."

백장용이 머리를 끄덕였다. 김칠성은 팔짱을 낀 채 비행기를 내려다보고 서 있었다.

"아니에요!"

한세라가 소리쳤다.

"그럴 리가 없어요. 저는 단지 심부름을 하는 거예요. 이 비행기를 서울에다 가져다주면 돼요."

김칠성이 머리를 돌려 그녀를 바라보았다. 한세라는 온몸에 차디찬 바람이 부딪혀 오는 것 같았다.

"칠성 씨, 저는 아무것도 몰랐어요."

한세라는 목이 메었다. 다시 눈물이 볼을 타고 흘러내렸다.

"이년을 감시해라."

김칠성이 백장용에게 말했다. 곽도위는 방바닥에 주저앉아 비행기의 나사를 주머니칼로 비틀어 풀고 있었다.

"두목님, 틀림없습니다. 아마 5킬로그램은 될 것 같습니다."

김칠성은 몸을 돌려 문 쪽으로 걸었다.

"칠성 씨"

한세라의 울먹이는 목소리에 김칠성이 몸을 돌렸다. 움켜쥔 두 주먹을 입술에 가져다 댄 한세라가 그를 바라보고 있었다. 김칠성은 문을 열고 밖으로 나왔다.

김원국과 통화를 마치고 난 김칠성은 308호실에 들어섰다. 탁자 위에는 펼쳐 놓은 신문지 위에 백색 가루가 가득 쌓여 있었다. 곽도위가 비행기 몸체를 거꾸로 세우고 흔들었다. 남아 있던 가루가 신문지 위에 쏟아져 내렸다. 한세라는 침대 위에 그대로 앉아 있었다. 넋을 잃은 듯이 탁자 위의 마약을 바라보면서 시선을 들지 않았다.

"형님, 이분은 전혀 모르시고 있었던 것 같습니다."

백장용이 한세라 앞에 앉아 있다가 일어서며 말했다.

"서울의 배 사장인가 하는 놈의 부탁을 받고 오신 것 같습니다."

그는 김칠성과 한세라의 관계를 짐작했는지 말투에 신경을 쓰고 있었다.

"지난번에도 배 사장이라는 놈에게 물건을 전달해 주었답니다."

김칠성은 소파에 앉았다.

"곽도위, 마약만 빼고 원상태로 다시 조립해 놓아라."

곽도위에게 말했다.

"그리고 형님, 12시에 전화가 오기로 돼 있답니다. 오늘 저녁 비행기 예약을 해주기로 했다는데요."

백장용이 말을 이었다.

"집에 돌아가면 배 사장이 전화해 와서 만난답니다. 이쪽에서는 그놈의 연락처를 모른다는군요."

김칠성이 길게 한숨을 내쉬었다. 그 소리에 곽도위가 머리를 들고 그를 바라보다가 다시 비행기 재조립에 몰두했다. 한세라가 부석부석해진 얼굴로 김칠성을 바라보았다. 그러자 전화벨이 울렸다. 모두 머리를 돌려 전화기를 바라보았다.

"받어. 눈치채지 않도록 해."

김칠성이 그녀에게 말했다. 한세라가 침대에서 몸을 일으켜 전화기를 집어 들었다.

"네."

그녀는 눈을 깜박이며 김칠성을 바라보았다.

"알았습니다."

그녀는 전화기를 내려놓았다.

"저녁 6시 출발 싱가포르 에어라인이래요. 좌석 예약되었다구요."

백장용을 바라보며 말했다. 백장용이 난처한 듯 김칠성을 바라보았다. 그는 그녀의 시선을 굴절시켜 김칠성에게로 옮기려고 하는 것 같았다. 그녀의 시선은 옮겨 오지 않았고 김칠성의 시선도 마찬가지였다. 한동안 방 안에서는 곽도위가 부스럭거리는 소리만 들렸다. 모두들 입을 열지 않았다.

이윽고 곽도위가 비행기를 원상태로 해놓고 일어섰다. 백장용은 탁자 위에 쌓인 마약을 조심스럽게 신문지로 감싸고 비닐 가방에 넣었다.

그들은 가방을 들고 방을 나갔다.

김칠성은 머리를 돌려 한세라를 바라보았다. 침대 머리맡에 놓인 조그마한 전자시계에 시선을 준 채 한세라는 움직이지 않았다. 뺨의 한쪽이 빨갛게 물들어 있는 것은 아까 김칠성에게 얻어맞은 자국이었다.

"넌 혼이 더 나야 돼."

김칠성이 입을 열었다.

"겁도 없이 부탁을 받고 덜렁덜렁 마약을 들고 다녀? 그게 얼마나 무서운 일인 줄 알아?"

"……."

"너, 우리가 여기 들어온 놈을 발견하지 못했으면 어떻게 됐을 것 같아?"

"……."

"너는 마약 운반책으로 걸려들어 10년쯤 형무소 생활을 해야 돼."

한세라가 얼굴을 들어 김칠성을 바라보았다. 김칠성이 기대한 겁이 난 표정이 아니었다. 입술을 삐죽 내밀고 눈에서는 다시 눈물이 떨어져 내릴 것처럼 보였다.

"지금 홍콩이 마약 때문에 얼마나 시끄러운 줄 알아? 사람이 죽어가고 칼부림이 일어나고 있단 말이야."

"그런데 왜 때려."

그러고는 한세라가 눈물을 떨어뜨렸다. 시트를 잡아당겨 얼굴을 닦으려다가 시트가 엉덩이에 깔려 나오지 않았으므로 베개를 들어 얼굴을 가렸다.

"왜 때려, 날, 왜 무섭게……."

베개에 얼굴을 파묻고는 울음 섞인 목소리로 소리쳤다. 어깨가 들먹거렸다.

"이거 정말 어떻게 된 계집애야?"

김칠성의 얼굴이 찌푸려졌다.

"지금 온통 난리 속에서 마약을 운반하려다가 우리가 미리 막아주었으니 망정이지……."

"말로 할 수도 있었잖아!"

"이런 쌍년이."

김칠성이 벌떡 일어서자 한세라의 울음소리가 뚝 그쳤다. 한세라가 베개 속에서 슬그머니 얼굴을 들었다. 이제는 겁이 난 표정으로 그를 올려다보았다.

"네가 실제 마약 운반책이었다면 널 죽였을 거야."

김칠성의 말이 잇새로 흘러나왔다. 한세라는 저도 모르게 침을 삼켰다.

"그리고 나도 죽었을 거다."

"……"

"너는 내가 아까 얼마나 놀라고 분했는지 몰라, 이년아."

"……"

"그런데도 한 대 맞았다고… 어이구, 내가 어쩌다가."

김칠성은 주먹으로 가슴을 쿵 소리가 나게 쳤다. 김칠성이 몸을 돌리자 한세라가 베개를 내던지고 달려와 그의 등을 껴안았다.

"잘못했어."

김칠성은 입맛을 다셨다. 이제는 이런 일이 여러 번 있었기 때문에 놀라지도 않았다. 뒤에서 잡는 것이 처음은 아니었다.

전화기를 내려놓은 김원국은 몸을 돌려 앉았다.

"함마에게 연락해서 미스 한이라는 아가씨를 철저히 경호하게 해라."

강만철이 머리를 끄덕였다.

"형님도 안면이 있는 아가씨라면서요?"

"응, 내가 칠성이에게 중매를 섰던 여자다."

"예?"

"그건 알 것 없다. 어쨌든 그 장난감에 마약이 없는 것을 알면 놈들이 미스 한을 가만두지 않을 거다. 위험하단 말이야."

"하지만 수사기관에 알려주기로 했잖습니까. 놈들을 현장에서 잡아버리면 안 될까요?"

강만철의 말에 김원국이 머리를 저었다.

"임 수사관 이야기로는 미스 한하고 같이 있는 놈을 덮쳐서 잡는다고 하더라도 현장에 마약이 없으니까 헛일이라는 거야. 그렇다고 그 장난감에 마약을 넣어 보낼 수도 없잖아. 그래서 그의 말로는 미스 한이 만나는 놈을 미행해서 뿌리를 잡겠다는 거야."

"그동안이 위험하군요."

"그래, 놈들이 어떻게 깔려 있는지도 모르고, 그동안 놈들이 미스 한을 잡아챌 시간은 있는 셈이다."

"함마하고 웅남이한테까지 연락해 놓겠습니다."

"마약이 한국으로 들어오고 있다."

김원국이 혼잣소리로 말했다.

"그저 홍수에 물이 넘쳐흐르는 것 같은 생각이 든다."

"형님, 우리는 나라에서 상을 주어야 됩니다."

강만철이 불쑥 말했다.

"나라에서 할 일을 우리가 다 하고 있어요."

"상 받으려고 하는 일이 아냐."

김원국이 쓸쓸하게 웃었다.

"정의나 명분이 없는 조직은 죽는다."

"……."

"제아무리 강하고 단단하게 보이는 조직이라도 그것들이 없으면 하루아침에 무너진다. 해리슨도 그렇고, 조진량도 그랬다. 가네무라, 이철주 모두 마찬가지야."

강만철은 잠자코 그를 바라보았다.

"우리 조직은 내가 없어도 너나 웅남이 등이 얼마든지 꾸려 나간다. 동생들도 따르고 말이다. 왜냐하면 애들의 가슴속에는 정의나 명예에 대한 자부심이 배어 있기 때문이다. 우리가 하는 일은 옳은 일이라는 믿음이 있을 거야. 그러면 우리 조직은 든든해."

"……."

"보스는 자기희생이 필요해. 조직을 위해서 자신을 희생할 수 있어야 한다. 나는 아직도 부족하다."

"참, 형님도……."

강만철이 어이없다는 듯 웃었다.

"어디까지 하시려구요? 어지간히 해두십시오. 자꾸 그러면 저희들이 거북합니다."

김원국은 보일 듯 말 듯 머리를 끄덕여 보였다.

─형님, 비행기가 출발했습니다.

전화기를 통해서 여귀철의 목소리가 흘러나왔다. 공항에서 하는 전화였다.

─여기서는 일을 끝냈습니다.

그의 말소리는 홀가분했다.

"알았다.

위천산은 전화기를 내려놓고 시계를 바라보았다. 최정호에게 알려주어야 했다. 그는 다시 전화기를 들고 다이얼을 눌렀다. 신호가 가자 기다리고 있던 최정호가 바로 전화를 받았다.

"최 사장이오?"

―예.

"지금 출발했습니다."

―알았습니다.

"그런데 최 사장."

위천산이 그를 불렀다.

―예.

"그쪽 김원국의 조직에 중국인이 있는가를 알아보시오. 뭐, 별일은 아니지만 내가 데리고 있던 놈인데 이름은 곽도위라고 합니다. 그놈은 눈썹이 일자로 되어 있어서 찾아내기는 쉬울 겁니다."

―왜요? 도대체 무슨 말입니까?

최정호의 목소리에 긴장감이 배어 있었다.

"별일은 아니지만, 혹시 그놈이 한국으로 가지 않았나 해서요. 나를 배신한 놈입니다. 내가 그놈 사진을 팩시밀리로 보낼 테니까 찾거든 없애주시오. 최 사장이나 나한테 이로운 짓 할 놈이 아닙니다."

―알았습니다.

꺼림칙한 듯 최 사장이 대답을 흐렸다.

"그리고 물건 받으시면 바로 스위스에 연락 주시는 걸 잊지 마시고."

―아, 그거야.

위천산은 전화기를 내려놓았다. 물건이 떠났으니 이제 한숨은 돌렸으나 당장에 부딪혀 올 것이 공황 세관이었다. 그러나 그것도 그 한국 여자가 문제없이 빠져나가리라고 믿었다. 최정호의 이야기를 들으니 그 여자는 미인인 데다, 전과도 없고 보따리 장사를 하면서 두 동생의 학비와 생활비를 버는 성실한 가장이었다.

위천산은 문득 김원국이가 홍콩에 와 있어서 다행이라는 생각이 들었다. 그놈은 홍성철이 마약에 중독되자 불안한 김에 달려와 사업체를 점검했다. 그놈이 한국에 있었다면 꺼림칙했을 것이다.

위천산은 의자에 깊숙이 몸을 파묻고 앉아 어두워진 바다를 바라보았다. 바다 위에 떠 있는 배에는 벌써 등불들이 켜져 있었다.

제12장
납치

밤의
대통령

한세라는 세관원 앞에 짐을 내려놓고 우두커니 서 있었다. 세관원은 비행기 상자를 들어보더니 서슴없이 안에 든 비행기를 꺼냈다. 한세라의 가슴이 내려앉았다. 그는 비행기의 무게를 재보았다.

"어이구, 제수씨. 이거 웬일이시오?"

뒤에서 밝은 목소리가 들렸다. 백찬세 세관원이었다.

"안녕하셨어요?"

한세라가 인사를 하자 그는 이맛살을 찌푸렸다.

"이젠 날 찾지도 않고? 나한테 술 안 사 주려고 그러는 모양인데."

"아니에요."

검사하던 세관원이 그들을 보면서 비행기를 상자 속에 담았다.

"오늘은 비행기를 사러 가셨소?"

한세라의 짐은 옷 가방 하나와 비행기 상자뿐이었다. 마약 소동에 다른 일은 집어치운 것이다.

"네, 누가 갑자기 부탁을 해서요."

"자, 됐습니다."

검사하던 세관원이 말했다.

"칠성이한테 안부 전해주시오."

백찬세가 몇 걸음 따라 나오며 말했다. 그에게 머리를 숙여 보이고 한세라는 수레를 끌고 대합실로 나왔다. 아무에게도 연락을 하지 않았으므로 집안 식구들도 모르고 있을 것이다.

택시 정류장으로 나와 한세라는 늘어선 사람들 틈에 끼었다. 여름밤의 끈적끈적한 습기가 피부에 내려앉아 기분이 언짢아졌다. 한참을 기다려서야 그녀의 차례가 되었다. 한세라는 트렁크에 비행기를 싣고 뒷좌석에 올라앉았다.

"잠실요."

그러고는 뒷좌석에 등을 기대고 눈을 감았다. 온몸이 바닥으로 내려앉는 것 같았다. 집 앞에 도착하자 시계는 새벽 2시를 가리키고 있었다.

한세라는 요금을 치르고 택시에서 내렸다. 인적이 없는 아파트를 바라보자 겁이 덜컥 났다. 예전에는 한 번도 이런 적이 없었다. 어두운 화단과 놀이터를 지나면서 다리를 떨었다. 앞쪽에 경비실의 불빛이 보였다. 대부분의 아파트는 불을 끈 상태라 주변은 어두웠다.

"여보세요."

"어머나!"

뒤에서 부르는 소리에 한세라는 저도 모르게 놀라 소리쳤다. 겨우 머리를 돌리자 두 남자가 다가서는 게 보였다. 한세라는 온몸을 굳히고 그들을 바라보았다.

"수고하셨습니다, 미스 한."

앞장선 사내가 다가서며 말했다. 흰 이가 어둠 속에서 보였다. 배 사장이었다.

"아들놈이 하도 조르길래… 오늘 도착하신다는 연락을 받고 막 일을 마치고 보니까 공항 나갈 시간이 넘었지 뭡니까? 그래서 댁 앞에서 기다리는 게 나을 것 같다고 생각했어요."

그의 시선은 줄곧 한세라가 끈으로 묶어 들고 있는 비행기 상자에 머물러 있었다. 한세라는 비행기를 내밀었다.

"수고하셨습니다."

최정호가 조심스럽게 비행기를 건네받았다. 그는 비행기를 뒤쪽에 서 있는 사내에게 넘겨주었다.

"이거 피곤하실 텐데, 인사는 나중에 하고 이만 실례하겠습니다."

"네, 그럼 안녕히."

한세라가 겨우 입을 열어 말했다. 최정호는 사내와 함께 어둠 속으로 사라졌다. 한세라는 길게 한숨을 내쉬었다. 그러다가 다시 덜컥 겁이 났다. 비행기의 몸통 속은 비어 있는 것이다. 그들은 그것을 바로 알아낼 것이다. 한세라는 서둘러 주차장을 지나 아파트의 현관으로 들어섰다.

임영철 수사관은 앞을 응시한 채 2차선으로 들어섰다.

"도대체 저 자식은 어디로 가는 거야? 빙빙 돌고 있는 것 아냐?"

옆자리의 현종일 수사관이 이맛살을 찌푸리며 말했다. 50미터쯤 앞의 차는 잠실에서 테헤란로로 나왔다가 거기서 우회전해서 논현동으로 빠지는 것 같다가 다시 좌회전해서 강남대로로 들어서더니 곧장 한남대교 쪽으로 올라가고 있었다.

"저 새끼가 눈치챈 거 아냐?"

현종일이 다시 투덜거렸고 뒷좌석에 탄 다른 두 명의 수사관도 머리를 앞쪽으로 내밀고 앞차를 바라보았다. 앞에서 달리던 차는 한남대교를 곧장 건너더니 고가도로의 우측 길로 들어섰다. 고가도로 밑에서 좌측 깜빡이를 켜고 서행하고 있었다. 한남동으로 들어갈 모양이었다.

임영철은 서서히 차를 몰아 그쪽으로 다가섰다. 고가 밑에서 좌회전을 하므로 고가도로의 끝 부분에서 밑 길로 들어오면 잠시 좌측이 보이지 않는다. 임영철은 눈을 깜박이며 얼굴을 핸들 위로 내밀어 앞을 바라보았다. 앞에 택시 두어 대와 승용차만 한 대가 보일 뿐 검정색 승용차는 보이지 않았다.

"어어!"

현종일이 앞을 바라보며 소리쳤다.

"샜다!"

현종일이 소리쳤다.

"유턴! 유턴!"

뒷자리의 수사관이 임영철의 어깨를 치면서 외쳤다. 임영철은 고가의 기둥을 들이받을 듯하면서 차를 유턴시켰다.

잔뜩 액셀러레이터를 밟아 한남대교 쪽으로 달려 올라갔으나 검정색 승용차는 보이지 않았다.

새벽 4시였다.

전화벨이 울리고 있었다. 한세라는 방 안에서 벨 소리를 들으면서 움직이지 않았다. 건넌방 문이 열리더니 어머니가 나오는 기척이 들렸다.

"여보세요?"

어머니가 전화를 받았다. 한세라는 침대 위에 걸터앉아 아랫입술을 깨물었다.

"세라야, 자니?"

어머니가 방문을 두드렸다. 한세라는 방문을 열고 나갔다.

"웬 남자가 급하다는구나."

어머니의 말소리를 들으면서 한세라는 떨리는 손으로 전화기를 들었다.

"여보세요."

—한세라 씨?

배 사장의 목소리였다.

"네."

—약은 어디다 두었어?

그가 가볍게 물었다. 감기약을 어디다 치웠냐고 묻는 것 같았다.

"네?"

—약을 어디다 숨겼냔 말이야.

그의 목소리가 굵게 울려 나왔다.

"난 몰라요. 무슨 약인데요?"

한세라가 안간힘을 쓰듯이 말했다. 김칠성이 가르쳐 준 대로 하는 것이다.

—시미치 뗄 거야? 네가 수사관들에게 정보를 주고 우리를 미행시킨 것을 모르고 있는 줄 알아?

"난……."

한세라는 무서워서 입이 떨어지지 않았다.

—그래, 우리가 호락호락 놈들에게 잡힐 것 같나? 너는 무사할 것 같아? 네 가족이 살아남을 것 같으냐? 어디다 숨겼어? 이야기해.

"난 몰라요, 정말……."

—오냐, 좋다. 네 어미와 동생들이 죽어 자빠진 꼴을 보게 될 거다. 하나씩 하나씩 토막을 내서 죽여주마.

한세라는 덜덜 떨며 전화기를 내려놓았다. 그러고는 전화의 코드를 잡아 뺐다.

"무슨 일이냐?"

어머니가 잠이 깬 얼굴로 한세라를 바라보았다. 한세라는 온몸을 떨면서 소파에 앉아 있었다. 멍한 시선을 들어 어머니를 바라보았다.

"세라야, 어디 아프냐?"

당황한 어머니가 다가와 그녀의 이마에 손을 가져다 댔다. 어머니의 손을 뿌리치고 한세라는 물러앉았다. 김칠성의 얼굴이 떠올랐다. 그리고 그가 죽이고 싶도록 미웠다.

한숨도 자지 못한 채 한세라는 침대 위에서 뒤척거렸다. 김칠성의 말로는 그의 부하들이 식구들을 보호할 것이니까 걱정할 것 없다고 했다. 그러나 그는 이렇게 전화가 올 것이라고는 이야기해 주지 않았다. 전화기의 코드는 빼놓았으나 이제 다시 걱정이 생겼다.

김칠성이 전화할지도 모르는 것이다. 한세라는 응접실로 나가 전화기를 바라보았다. 코드를 손에 쥐고 망설였다.

시간은 아침 7시가 되어 있었다. 그러자 초인종이 울렸다. 한세라는 질겁을 하면서 현관문을 바라보았다. 다시 초인종이 울렸다.

"누구세요?"

한세라가 떨리는 목소리로 물었다.

"문 좀 여쇼."

굵은 목소리가 났다. 아파트의 복도가 울리는 것 같았다.

"누구신데요?"

어머니가 방에서 나왔고 세영이와 세희가 잠옷 바람으로 저희들 방에서 나왔다.

"나, 칠성이 형님이요."

목소리가 다시 울렸다. 한세라는 문 앞으로 다가갔다. 김칠성에게 어제 들었다. 조웅남이라고 하는 형님이 보호해 줄 것이라고 했던 것이다.

"저, 성함이 어떻게 되시는데요?"

"아따! 지기미."

사내가 버럭 화를 냈다. 아파트가 쩌렁 울리는 것 같아서 한세라의 가슴이 내려앉았다. 어머니와 동생들은 불안한 듯 그녀를 바라보았다.

"나, 조웅남여!"

그가 다시 소리를 지르자 한세라는 더 이상 견딜 수가 없었다. 그리고 형님이 맞긴 맞는 것 같았다. 이중 자물쇠를 풀고 한세라는 문을 열었다.

"악!"

한세라가 한 손으로 입을 막고 한 걸음 뒤로 물러섰다. 현관문을 가득 메우고 선 무시무시한 사내가 그녀를 노려보았다. 한세라가 놀라자 뒤쪽에 앉았던 두 동생들도 숨을 들이켰다.

"도대치 전화가 어뜨케 된 거여?"

그러면서 사내는 서슴없이 신발을 벗고 집 안으로 들어섰고 그의 뒤를 따라 대여섯 명의 사내가 따라 들어왔다.

"아이고, 어머니시구면요."

조웅남이 어머니를 보더니 말했다. 어머니는 입을 벌린 채 응접실 구석에 서 있었다.

"어머니, 지가 칠성이 형님 되는 사람이오. 절 할 팅게 절 받으쇼."

"아이고, 아니."

어머니가 선 채로 한 손을 저었으나 얼굴은 아직 정신을 수습하지 못한 것 같았다. 조웅남은 응접실 바닥에 쿵 하면서 무릎을 꿇고는 이마를 바닥에 부딪혔다. 어머니가 허리를 굽히려다가 두 손을 휘저으며 한세라를 바라보았다. 어쩔 줄 모르는 얼굴이었다.

"야들은 모두 지 동생들입니다. 칠성이 동생도 됩니다."

"저, 앉으세요."

한세라가 소파를 가리키며 말했다. 세영이와 세희는 어느 틈에 방으로 도망쳐 들어갔다. 모두들 자리에 앉았다. 소파에 앉은 것은 조웅남과 한세라, 그리고 어머니였고 나머지 사내들은 응접실 바닥에 앉거나 서 있거나 했다.

"내가 한 시간 전에 칠성이한티 전화를 받었는디."

조웅남이 입을 열었다.

"홍콩 간 이야기는 다 들었응게 말헐 필요 없고, 전화가 안 된 게로 칠성이가 애간장이 타는 모양이여."

"제가 코드를 빼놓았어요."

"왜 그렁 거여?"

"그 사람한테서 전화가 왔었어요. 그래서 무서워서……."

"허허, 참 답답허고먼. 이해를 헐 수 없당게. 전화는 소리여, 소리. 라디오 듣는 것허고 똑같단 말여. 라디오에서 누가 칼 들고 뛰어나오는 것 봤어? 내 참. 전화로 머라고 허먼 노래나 한 곡조 뽑아주는 거여."

그러다가 말을 멈추고 눈을 껌벅거렸다. 본론을 생각하는 모양이었다. 그러다가 주변에 몰려 있는 사내들을 바라보았다.

"그리서 여그 식구가 몇이요?"

"저까지 넷이에요."

"누가 핵교 댕기는가?"

"네. 고3이에요, 막내 동생이."

"그러고?"

"제 밑에 동생은 직장에 다니구요."

"그러고 제수씨하고 어머니는 집에 있는 거여?"

"네."

"그러면 둘씩 둘씩 여섯이면 되겠다. 안 그러냐?"

조웅남이 서 있는 사내에게 말했다.

"예, 그렇게 나누겠습니다."

사내는 다른 사내들을 모아놓고 둘씩 패를 가르기 시작했다.

"동생들 보디가드여."

조웅남이 한세라에게 말하며 히죽 웃었다.

"인자 그런 전화 오면 노래나 한 곡조 뽑아주란 말여."

툭툭 말을 뱉는 조웅남의 이야기를 들으면서 한세라의 가슴은 차분히 가라앉았다. 이보다 더 무서운 사내를 본 적이 없다. 그런데 이 사내가 바로 우리 편인 것이다.

"근디 어머니. 제수씨가 참말로 미인인디요. 내 거시기도 이쁘기는 하지만."

조웅남의 말에 한세라가 얼굴을 붉혔다. 이젠 그런 말에 얼굴을 붉힐 여유가 생긴 것이다. 아직도 어머니는 눈만 깜박이며 앉아 있었다.

최정호는 이를 부드득 갈았다. 공장장이 방으로 들어섰다가 최정호가 손을 내젓자 밖으로 나갔다. 그는 전화기를 집어 들었다. 다이얼을 누르자 신호가 갔다.

―여보세요?

"아, 위 선생입니까? 나, 최정호요."

―어떻게 되었습니까?

위천산이 다급하게 물었다.

"뭐가 어떻게 된단 말입니까? 다 끝났습니다."

―아니, 어떻게.

"그년은 김원국 조직과 한통속이었어요. 그년이 사는 아파트엔 김원국이 부하들이 좌악 깔렸습니다. 조웅남이나 오함마 같은 보스들도 아파트를 들락거리고 있어요. 그년을 습격할 바에는 차라리 경찰서 유치장으로 쳐들어가는 게 낫겠소."

―아니, 뭐요?

위천산이 놀란 듯 목소리를 높였다.

―그 여자가, 그년이 김원국 조직원이라구요?

"아, 그렇다니까요."

최정호가 짜증스럽게 말했다.

"도대체 홍콩에서 어떻게 했길래……"

―여보쇼, 최 사장.

위천산이 소리쳤다.

―지금 눈이 뒤집힌 건 나요. 최 사장은 손해 본 것이 없지 않소? 그리고 그 여자를 소개한 것도 당신 아니었소?

"마약은 홍콩에서 빼돌렸단 말입니다. 그리고 나도 이번에 마약이 도착하지 않으면 신용이 크게 떨어져요."

위천산의 씨근거리는 숨소리가 전화기를 타고 흘러나왔다.

―분명합니까?

"내 참. 내 눈으로 보았습니다."

최정호가 딱하다는 듯 말했다.

—알았소.

위천산은 전화를 끊었다. 최정호는 팔꿈치를 책상 위에 세우고 주먹을 쥐었다. 분통이 터졌으나 김원국의 조직에 도전할 수는 없었다. 한두 사람 가지고 될 일도 아니었다. 그리고 그들은 지금 경찰과 손을 잡고 있는 것이다.

*   *   *

아침을 먹고 있는데 전화벨이 울렸다. 어머니가 전화를 받더니 장민애를 돌아보았다.

"민애야, 전화 받아라. 김 사장 심부름이란다."

수저를 놓고 장민애가 달려가다가 어머니와 부딪쳤다.

"에이구, 저런."

어머니가 혀를 찼으나 곧 웃는 얼굴이 되었다.

—장민애 씨신가요?

젊은 사내의 목소리가 들렸다.

"네, 그런데 누구세요?"

처음 듣는 목소리였으므로 장민애가 물었다.

—네, 저는 이동균이라고 김원국 사장님의 심부름을 온 사람입니다.

"네에……"

—제가 그쪽으로 갈까 하는데, 잠깐 나오실 수 있겠습니까?

"이쪽으로요?"

―네, 전해 드릴 것이 있어서요. 지금이 8시 30분이니까 9시까지 가겠습니다.

"그럼 9시에 아파트 앞에서 기다리겠어요. 우리 아파트 아세요?"

―그게, 자세히……

장민애는 그에게 위치를 가르쳐 주고는 전화기를 내려놓았다.

"누구냐?"

어머니가 반찬을 집으면서 물었다.

"그이 심부름 왔대요. 뭘 가져왔다구요."

"어제 전화 왔었잖니."

"응."

장민애는 밥을 떠 입에 넣었다.

"요즘은 예식장 예약하기도 힘들어."

어머니가 문득 말했다.

"그런 걱정 안 해도 돼, 엄마."

"왜?"

"우리 아저씨 하나가 그러는데, 아침에 결혼하려고 맘만 먹으면 점심때 예식장을 통째로 빌려주겠대."

조웅남의 말이었다. 무슨 수단을 쓸지는 알 수 없었으나 그의 말은 믿음성이 있어 보였던 것이다.

"에이구, 쯧쯧."

장민애에게인지, 점심때 예식장을 빌려준다는 사람에게인지는 모르지만 어머니는 혀를 찼다.

아파트 앞에 서 있는 장민애 앞에 승용차 한 대가 와서 멈췄다. 운전사는 장민애를 빤히 쳐다보고 있었고 뒷좌석에서 사내한 명이 내렸다.

"장민애 씨세요?"

모두 처음 보는 사내들이었다. 웃는 얼굴로 사내가 다가와 머리를 숙였다.

"제, 제가 그런데요."

"홍콩에서 피아노를 싣고 왔습니다. 짐이 어찌나 무거운지 가서 확인을 해주셔야겠습니다. 타시죠."

"어디에 있는데요?"

갑자기 웬 피아노일까 머리를 갸웃하였으나 김원국의 성격으로 뭘 보낸다고 생색을 낼 사람도 아니었다.

"바로 길 건너에 있는데 받는 분이 서명을 하셔야… 짐이 많아서요."

장민애는 문을 열고 기다리는 사내를 힐끗 보고는 차에 올랐다.

12시가 되자 어머니는 불안해졌다. 나간 지 세 시간이 지나도록 장민애는 연락이 없었다. 외출 차림도 아니었고 바지에 티셔츠 차림이었다. 그러다가 밖에서 친구나 만나는가 보다 하고 애써 마음을 가라앉혔다.

오후 3시가 되자 어머니는 전화기를 집어 들었다. 전화번호를 찾아냈다. 요즘 며칠간 장민애가 찾아간 제일상사에 걸어보려고 생각한 것이다. 신호가 가자 곧 교환이 나왔다.

—제일상사입니다.

어머니는 당황했다. 그러고 보니 아무도 아는 사람이 없었다.

"저어… 사장님 좀 바꿔주세요."

사장이 누군지도 몰랐으나 사장실에 들르는 것 같았다. 교환이 혹시 누구냐고 물으면 어쩌나 조마조마했다.

—잠깐만 기다리세요.

그러더니 곧 굵은 사내의 목소리가 나왔다.

—여보시오.

"저, 사장님이세요?"

—예, 그런디요. 아줌니는 누구쇼?

정나미가 떨어지는 말소리였다.

"저, 제가 장민애 애미 되는데요⋯⋯."

—아이고, 어머니.

어머니는 깜짝 놀라 전화기를 귀에서 떼었다. 혹시 잘못 알아들었는가 싶었다.

—아이고, 어머니께서 이게 웬일이시당가요? 형수씨, 아니 미스 장은 지금 집에 있는가요?

어머니는 조응남의 수선에서 정신을 차렸다.

"저, 우리 민애가 아침 9시에 나갔는데요, 웬 전화를 받구요. 지금까지 아무 연락이 없어서요. 혹시나 하고⋯⋯."

—예? 무슨 전화디요?

저쪽에서 다시 버럭 소리를 질렀다.

어머니가 자초지종을 말해주자 조웅남은 바로 연락드리겠다면서 전화기를 내려놓았다. 그러고는 다시 전화기를 집어 들었다. 신호가 가고 있어도 전화를 받지 않자 조웅남은 자리에서 일어섰다.

―여보세요.

오함마가 전화를 받았다.

"야, 이 씨발 놈아, 빨리 좀 받어."

―웬일이오, 형님?

오함마가 졸지에 욕을 먹고는 짜증스레 물었다.

"너 혹시 형수씨헌티 물건 보냈냐? 아니면 형님이 보냈능가? 형수씨가 9시에 물건 보낸 것 받는다고 나갔다는디. 전화가 왔다는디 말여, 어머니한티서 전화가 오는디, 어떤 남자놈한티서……."

―가만, 가만, 형님, 천천히 말해보쇼.

"씨발 놈아, 어뜨케 천천히 허란 말여? 긍게 너도 몰르능구먼. 어허!"

―형님, 다시 말해보란 말요!

오함마가 고함을 쳤으므로 조웅남이 침을 삼켰다.

"어떤 놈한티서 전화가 왔다여. 형님이 물건을 보냈는디 갖고 왔다고 말여. 그래서 나갔는디 소식이 없다여."

―언제요?

"아침 9시여."

―큰형님한테는 연락해 봤어요?

"안 혔어."

―내가 해볼게요.

그러고서 전화가 끊어졌다. 전화기를 내려놓은 조웅남이 그렇다면 나도 해보겠다고 전화기를 끌어당겼다. 전화기를 들고 번호를 눌렀다. 직통전화였으므로 신호가 가고 나자 강만철이 전화를 받았다.

—여보세요?

"만철이냐? 나다."

—어, 웅남이. 웬일이냐?

"야, 형님이 형수씨한티 물건 보냈냐?"

강만철은 어리둥절한 채 물었다.

—물건을 보내다니? 무슨 물건?

"그걸 씨발 놈아, 내가 알먼 머허러 전화허겠어? 보냈디야, 안 보냈디야?"

—이 자식은 정말, 잠깐 기다려라. 형님이 지금 함마 전화받고 계시니까.

잠시 후에 김원국이 전화를 받았다.

—웅남이냐?

오함마의 이야기를 들었는지 그의 목소리가 가라앉아 있었다.

"형님, 거시기."

—함마한테서 들었다. 나는 물건 보낸 일 없다. 어떤 놈들의 소행이다.

"누군디요?"

조웅남의 목소리가 떨렸다. 김원국은 대답하지 않았다.

*　　　　*　　　　*

　새벽 2시가 넘었으나 오함마는 집에 들어오지 않았다. 민희정은 시계가 2시를 치자 조바심이 나서 견딜 수가 없었다. 전화기를 뚫어지게 바라보다가 건넛방으로 들어갔다.

"엄마."

　자고 있던 어머니가 놀라 눈을 떴다. 시골에 있는 아버지에게 다녀온 어머니는 피곤해 보였다.

"왜 그러냐?"

"나, 밖에 나가 있을게. 그이한테서 전화 오면 나 밖에서 기다리고 있다고 말해줘요."

"지금?"

　어머니는 벽에 걸린 시계를 보았다.

"이 시간에?"

"응."

　민희정은 얇은 잠바만을 걸치고 밖으로 나섰다. 어머니는 아무 소리 하지 않고 따라 나오더니 안에서 문을 잠갔다. 않던 짓을 하는 민희정이 놀라운 모양이었다.

　민희정은 계단을 걸어 내려와 아파트의 현관에 나와 섰다. 현관 앞의 경비 등에 안개처럼 하루살이들이 부옇게 몰려 있었다. 벌레들이 부딪쳐 왔으므로 민희정은 주차장 앞의 돌 받침대에 걸터앉았다.

　오함마와 같이 생활한 지 열흘이 되어가고 있었다. 두 번이나 살림을 차리고 살아보았지만 민희정은 이렇게 행복한 적이 없었다. 첫째로 집안이 평화로웠다. 그리고 든든한 것이다. 어머니와 미란이가 그렇게 좋아할 수가 없었다.

될 수 있는 한 오함마는 일찍 퇴근하여 미란이와 놀아주었다. 12시가 다 되어서 민희정이 가게에서 퇴근해 오면 미란이는 오함마의 품에 안겨 잠이 들어 있었다. 며칠 전에는 둘의 자는 모습을 바라보면서 눈물을 흘렸다. 10년 동안이나 자신을 기다려 준 남자였다. 그동안 그의 가슴을 그토록 아프게 한 보상을 하고 싶었으나 지금도 그에게서 모든 것을 받고 있는 것이다.

아파트의 입구에 차가 들어서고 있었다. 차는 곧장 민희정 앞으로 다가왔다. 민희정이 자리에서 일어서자 차는 앞에서 멈췄다. 라이트가 꺼지고 엔진 소리가 멈추더니 오함마가 내렸다. 민희정이 웃으며 다가갔으나 오함마의 얼굴은 굳어 있었다.

"왜요? 무슨 일 있어요?"

예민한 민희정이 그의 팔을 끼면서 물었다. 오함마는 머리를 저었다.

"여보, 무슨 일이에요?"

그의 팔에 매달리듯 걸으면서 민희정이 다시 물었다.

"걱정 있으면 저한테 얘기해요."

오함마는 대답하지 않았다. 아파트의 현관으로 들어가자 오함마는 엘리베이터 앞에 섰다. 집은 3층이었으므로 계단으로 올라가도 되었으나 그는 엘리베이터 앞에 우두커니 서 있었다.

"아이, 여보."

민희정이 그의 팔을 흔들었다. 그녀의 얼굴도 긴장되어 있었다.

"내 책임이야."

오함마가 문득 말했다. 그는 이를 힘주어 물고 있었다.

"내가 책임져야 돼."

"뭘요?"

민희정이 문득 두려움을 느끼며 물었다. 엘리베이터가 멈추고 문이 열렸다. 그들이 들어가자 문이 닫혔다.

"그놈의 마약 때문에."

단추를 누르려던 민희정이 힐끗 그를 바라보았다. 그러다가 그녀는 힘주어 단추를 눌렀다.

"그놈의 자식들."

"……."

"그놈의 마약쟁이들이 형수씨를 납치했어."

엘리베이터가 멈췄다. 집으로 들어온 오함마는 소파에 앉았다. 옷을 벗을 생각도 하지 않았다.

"여보, 저에게 얘기해 줘요. 제가 도움이 될지도 몰라요."

민희정이 그의 옆에 다가와 앉으며 말했다. 그녀의 머릿속에 그날 밤의 잔인한 장면이 떠올랐다. 지옥에 떨어진 듯한 고통과 쾌락의 순간들이었다. 박태운이 혁대를 두르고, 자신이 매달리는 모습이 보였다. 민희정은 얼굴을 붉히며 이를 악물었다. 이제까지 오함마와 잠자리를 같이하면서 그에게 몸을 보이지 않았다. 아직도 그녀의 몸에는 박태운에게 얻어맞은 상처 자국이 가시지 않았다. 그놈은 마약쟁이였고 자신에게도 마약을 먹인 것이다.

"여보, 내가 알 것 같아요."

민희정이 오함마의 팔을 잡고 흔들었다. 오함마가 마약쟁이를 처벌한다면 이 계제에 그놈을 없애야 했다. 오함마의 일과는 상관

없을지라도 그놈을 오함마의 손아귀에 자연스럽게 쥐어 주고 싶었던 것이다.

다음 날 아침, 박태운이 회사에 출근하자 회사의 현관 앞에서 그를 기다리는 사내들이 있었다.

"좀 갑시다."

한 사내가 박태운의 신원을 확인하자 어깨를 떠밀며 말했다.

"이봐요, 왜 이러는 거요?"

박태운이 눈을 부릅뜨며 소리쳤다. 그에겐 든든한 배경이 있었다.

"당신들, 영장 내놔봐."

그러자 갑자기 창자가 토막토막 끊어지는 듯한 고통에 그는 허리를 숙이고 아침에 먹은 것을 현관에 게웠다.

"한 번만 주둥이를 더 놀렸다가는 아예 창자를 꺼내 버릴 테다."

머리 위에서 사내의 소리가 들렸다. 출근하던 직원들이 서너 명 주변에 멈춰 서 있었으나 그들은 감히 다가오지도 못했다.

"우린 이놈을 연행해 가는 거요."

사내가 주변 사람들에게 말했다. 그들은 현관 앞으로 다가온 승용차 안에 박태운을 던지듯 밀어 넣었다.

빈 타오는 차오와 함께 차에서 내렸다. 현관 앞에서 위천산이 기다리고 있었다. 아직 새벽 6시밖에 되지 않았으므로 아침 안개가 주변을 자욱하게 뒤덮고 있었다.

"빈 선생, 새벽부터 귀찮게 해서 죄송합니다."

위천산이 정중히 허리를 숙였다.

"아니, 괜찮소. 중요한 일이라길래……."

위천산이 안내하는 대로 응접실로 따라가면서 빈 타오는 내심 불쾌했다. 아무리 급하더라도 새벽부터 집에 와달라고 하는 것은 아랫사람에게나 하는 일이다.

빈 타오는 소파에 털썩 주저앉았다. 차오가 그의 옆에 앉아 눈살을 찌푸리고 위천산을 바라보았다.

"그래, 무슨 일이오?"

빈 타오가 물었다.

"어제 한국에서 김원국의 약혼자를 납치했습니다."

위천산의 말에 빈 타오가 상체를 바로 세웠다.

"이틀 전에 한국으로 마약 5킬로그램을 보냈는데 중간에서 김원국 일당이 가로채 버렸습니다."

"허어."

빈 타오와 차오는 서로 얼굴을 마주 보았다.

"한국 여자를 운반책으로 고용했는데 알고 보니까 그년이 김원국 일당이었습니다."

빈 타오는 놀란 듯 머리를 들었으나 입을 열지는 않았다.

"그년의 집은 김원국 일당들이 밤낮으로 지키고 있어서 가까이 갈 수가 없었어요."

"……."

"그래서 난 부하를 보내서 김원국이의 여자를 납치했습니다. 흥정을 해야지요."

"그래, 그 여자는 지금 어디에 있소?"

"배에 실려서 황해 바다 위에 있습니다. 홍콩으로 오고 있어요."

"……."

위천산은 빈 타오의 얼굴을 찬찬히 바라보았다. 어쨌든 이것은 자신의 실책이었다. 운반책을 잘못 쓴 것이다.

빈 타오로서는 마약 대금을 받았으므로 손해 볼 것은 없었다. 그러나 자신의 능력을 의심하면 마약 공급을 주저하게 될지도 모른다. 위천산은 털어놓고 협력을 구할 생각이었다. 빈 타오도 김원국을 눈엣가시로 생각하고 있는 것을 알고 있었다. 더욱이 탐람이 살해된 것에 대한 원한도 있었다. 김원국 측은 홍성철이 마약에 중독되고 리첸을 이용하여 정보를 빼내간 원한도 있다.

겉으로 나타난 것은 거대한 두 개의 조직인 빈 타오와 김원국의 갈등이었다. 위천산은 김원국과 대항하면서 빈 타오의 지원을 받고 싶었다.

"그래서 어떡할 작정이오?"

한동안 말이 없던 빈 타오가 물었다.

"여자를 맡아주십시오. 홍콩은 바닥이 너무 좁습니다. 빈 선생이 여자를 맡아주시면 제가 마음을 놓고 그놈과 협상할 수 있겠습니다."

빈 타오는 차오를 돌아보았으나 차오는 표정의 변화가 없었다.

"좋소, 맡아드리겠소. 그렇지만 어디에서 그 여자를 나에게 인도할 작정이오?"

"그 배는 홍콩 국적선입니다. 나흘 후면 홍콩 앞바다에 도착하니까 공해상 아무 곳에서라도 상관없습니다."

"그럼 우리도 배를 준비해야겠군."

차오를 바라보면서 빈 타오가 말했다.

호텔로 돌아오는 차 안에서 빈 타오는 한동안 입을 열지 않았다. 차가 시내로 들어서자 아침 출근길의 차량에 막혀 주춤거렸다.

"차오, 서둘러서 빠른 배를 출항시켜라."

빈 타오가 입을 열었다.

"그리고 배끼리 연락을 해서 타이완 해협에서라도 인수해 바로 태국으로 싣고 오도록 해라."

차오가 머리를 끄덕였다.

"그리고 우리는 오늘 모두 태국으로 돌아간다."

"그래야 됩니다."

차오가 입을 열었다.

"여기는 불안합니다."

빈 타오는 차창 밖으로 시선을 주었다.

"김원국이 위천산의 짓인 줄 알 텐데 가만있을 리가 없다. 위천산한테는 미안하지만 하는 수 없지."

"저는 아까 보스가 홍콩에 남아 위천산을 돕겠다고 하실 것 같아서 조마조마했었습니다."

빈 타오는 싱긋 웃었다.

"그건 위천산이 흥정을 잘못한 것이다. 처음에 같이 김원국과 싸우자고 말을 꺼냈으면 내가 곤란했을 거다. 그런데 위천산은 여자를 맡아달라는 부탁을 먼저 꺼낸 거야. 난 얼른 그 부탁을 들어주고 홍콩을 떠나면 되는 거다. 여긴 마음이 놓이지가 않아."

빈 타오는 호주머니에서 마약이 든 담배를 꺼내 입에 물었다.

"아까 위천산의 손을 잡으면서 이게 이 사람 손을 마지막으로 잡는 것이 아닌가 하는 생각이 들더군."

"위험할 겁니다."

차오의 말에 빈 타오는 잠자코 있었다. 차는 길이 뚫렸는지 다시 속력을 냈다.

"위천산은 위험한 짓을 했어."

빈 타오가 혼잣소리처럼 말했다.

"여자를 인질로 잡고 홍정을 한다고 하지만 이미 엎질러진 물이야. 김원국에게서 당장에 무엇인가 얻어내겠지만 얼마 지나고 나서는 보복을 당하게 된다."

"……."

"여자를 살려 보내도 나중에 보복을 당할 것이 틀림없고, 죽여도 마찬가지야. 어차피 둘 중 하나는 없어질 거야."

"……."

"어떻게 될지 몰라 재미있군."

"우리는 여자를 데리고 태국에 들어가 있으면 됩니다. 김원국은 제 약혼자를 우리가 데리고 간 줄 알면 절망하겠군요."

빈 타오가 싱긋 웃었다.

천장에 달린 하얀 전등이 흔들리고 있었다. 장민애는 잠시 전

등을 바라보고 누워 있다가 상체를 일으켜 세웠다.

낯선 방이었다. 방은 끊임없이 흔들렸고 엔진 소리가 귀에 들렸다. 방 안에는 나무 침대가 하나 놓여 있을 뿐이었고 앞쪽에 어린아이 머리만 한 둥근 유리창이 보였다.

머리가 어지러웠으나 그녀는 침대에서 마룻바닥에 두 발을 내려놓았다. 비틀거리며 창문으로 다가가 창밖을 내다보았다. 바다가 보였다. 장민애의 가슴이 내려앉았다. 집 앞에서 차에 탔을 때 사내들이 얼굴에 덮어씌웠던 마취제의 냄새가 아직도 얼굴에 배어 있었다.

납치되어 배를 타고 실려 가는 것이다. 장민애는 와락 옆쪽에 붙은 문으로 달려들었다. 문의 손잡이를 움켜잡고 돌려보았으나 문은 움직이지 않았다 주먹을 쥐고 문을 두드렸다.

"여보세요! 여보세요!"

소리를 치면서 다시 두드렸다. 열 번쯤 두드렸으나 밖에서는 아무런 기척이 없었다. 그러자 장민애는 공포감에 사로잡혔다. 몸을 돌려 구석에 놓인 침대로 돌아가 문을 바라보고 앉았다. 이제는 누군가가 문을 열고 들어올까 봐 겁이 났다. 가슴이 세차게 두근거려 장민애는 두 손을 가슴 위에 얹고 문을 바라보았다. 배는 끊임없이 흔들리고 있었다.

인신매매단 생각이 났다. 배를 타고 어디로 팔려가는 것이 아닐까 하는 생각이 들자 눈물이 흘러내렸다. 장민애는 두 손으로 얼굴을 가렸다. 김원국의 얼굴이 떠올랐다. 그가 홍콩에 있다고 생각하자 다시 가슴이 아득하게 깊은 곳으로 떨어져 내리는 것 같았다. 그는 너무 멀리 있었다. 그와 곧 새로운 생활을 시작할 참이었다. 장민애는 죽는다는 것보다도 그것이 깨어질까 무서웠다.

그녀는 침대가에 웅크리고 앉아 있었다. 얼마쯤 시간이 지났을 때 문 쪽에서 절그럭거리는 소리가 들리더니 문이 열렸다. 사내가 들어섰다. 그녀를 납치한 사내였다. 장민애는 눈을 크게 뜨고 몸을 굳혔다. 그는 무표정한 얼굴로 주위를 훑어보았다. 30대의 혈색이 좋은 얼굴이었다. 그러고는 장민애의 얼굴에 시선을 고정시켰다.

"여보세요. 도대체 왜 이러는 거예요?"

안간힘을 쓰면서 장민애가 입을 열었다. 목소리가 떨렸다.

"시키는 대로만 해."

사내가 냉담하게 말했다.

"제발 절 보내주세요. 그러면 은혜는 잊지 않을게요. 전 곧 결혼을 할……"

사내가 갑자기 얼굴에 웃음을 띠었으므로 장민애는 말을 멈췄다.

"넌 인질이야. 잠자코 있어."

장민애는 입을 벌렸다.

"넌 김원국의 여자니까 잡혀온 거야."

"……"

"그러니까 시키는 대로만 해. 그러지 않으면 당장 선원들을 한 놈씩 이 방에 집어넣을 테니까."

그는 장민애의 위아래를 훑어보았다. 장민애는 온몸을 움츠렸다.

"괜찮군. 미인이야. 우선 나부터 하고 싶군."

"당신을 가만두지 않을 거야."

장민애가 그를 쏘아보며 말했다.

"당신, 그렇게 했다간 혼날 거야."

사내가 입술을 찌그러뜨렸다.

"더 매력적이군, 화난 얼굴이."

그가 한 걸음 다가서자 장민애는 이를 악물고 벽에 등을 붙였다.

"여보세요! 사람 살려요!"

갑자기 장민애는 목청껏 소리쳤다. 사내는 우두커니 서서 그녀를 바라보았다. 헐떡이며 장민애는 소리치는 것을 멈췄다. 갑자기 목이 막혀 기침을 했다.

"그 모습이 보기 좋군."

사내가 말했다.

"이제 알겠지? 소리쳐도 소용없다는 것을 말이야."

장민애의 눈에 눈물이 고였다.

"이 배에 네 편은 없어."

"……."

"얌전히 있도록 해."

그는 몸을 돌려 방을 나갔다. 문밖에서 열쇠를 채우는 소리가 들렸다.

"잠깐만요!"

장민애가 마룻바닥을 달려 나가 문고리를 잡아 돌렸으나 문은 열리지 않았다. 장민애는 주먹으로 문을 두드렸다.

"잠깐만요! 여보세요!"

"왜 그러는 거야?"

문 밖에서 짜증 난 듯 사내가 물었다.

"날 어디로 데려가는 거예요?"

"홍콩."

장민애는 문 앞에 우두커니 서 있었다. 홍콩에는 김원국이 있었다.

제13장
장렬한 최후

밤의 대통령

서울로 돌아온 김원국은 제일상사 사무실에 앉아 있었다. 초조한 듯 시계를 보았으나 누구를 기다리는 것도 아니었다. 밤 9시가 넘었다.

어젯밤 비행기로 도착한 김원국이 제일 먼저 한 일은 장민애의 가족들을 안심시켜 주는 것이었다. 장민애는 납치당한 것이 틀림없었다. 그리고 납치를 한 것은 마약 조직일 것이다. 그러나 한국의 마약 조직에 대해서는 정보가 거의 없었다. 오히려 홍콩의 조직에 대해서 잘 알고 있는 것이다.

김원국은 장민애의 가족에게 거짓말을 해야만 했다. 이제 그들은 장민애가 김원국의 심부름으로 홍콩으로 간 것으로 생각하고 있을 것이다.

김원국은 자리에서 일어섰다. 이번 사건은 위천산과 관계가 있을 것이다. 마약 5킬로그램을 빼앗은 것에 대한 보복이 틀림없었다. 그러나 아직까지 그쪽에서는 아무런 연락이 없었다. 시간이 지날수록 김원국의 가슴은 무거워졌다.

연락이 없다는 것은 뻔한 것이다. 납치하는 것이 아니고 단순한 보복이라면 그것은 최악의 상황이었다.

박태운이 끌려간 곳은 변두리에 있는 새로 지은 빌딩이었다. 빌딩에는 임대 선전의 기다란 플래카드가 내걸려 있었고 치우다 만 지저분한 나무 부스러기들이 빌딩 주변에 널려 있었다. 그들은 비어 있는 2층으로 올라갔다. 박태운은 아직도 배가 아파 두 명의 사내가 양쪽 팔을 끼고 층계를 올라가야만 했다. 2층은 5, 60평쯤 되어 보였다. 깨끗하게 치워진 바닥에 대여섯 개의 철제 의자가 놓여 있었고 그곳에 서너 명의 사내가 앉아 들어서는 박태운을 바라보고 있었다. 박태운을 끌고 들어온 사내들은 그를 의자 하나에 앉히고는 양옆에 섰다.

"네가 박태운이냐?"

정면에 앉아 있던 사내가 대뜸 물었다. 어디서 본 듯한 사내였다. 박태운은 그를 바라보며 잠시 대답하지 않았다. 갑자기 옆에서 주먹이 날아왔다. 볼을 얻어맞은 박태운이 의자에서 넘어질 듯 상체를 굽혔다. 금방 입안이 터져 찝찔한 피가 고였다.

"네가 박태운이냐?"

사내가 다시 물었다. 그러자 기억이 났다. 체스터에서 본 사내였다.

"예, 내가 박태운이오. 그런데 당신들은 누구요?"

박태운이 기를 쓰고 물었다.

"너, 마약 거래하고 있지?"

사내가 다시 물었다.

"무슨 소립니까? 난."

"죽이기 전에 이야기해라."

사내의 말은 나지막했으나 소름이 끼쳤다.

"한 번만 더 딴소리했다가는 토막을 내겠다."

오함마는 옆에 있는 사내에게 손을 벌렸다. 사내가 호주머니에서 두툼한 잭나이프를 꺼내어 그에게 건네주었다. 오함마는 날을 폈다. 하얀 칼날이 섬뜩하게 빛났다.

"그놈 양팔을 잡아라."

그가 말하자 사내들이 박태운의 양쪽 팔을 잡았다.

"대답을 안 하거나 딴소리할 때마다 손가락 하나씩 자르겠다. 그다음엔 발가락, 코, 귀, 튀어나온 곳은 모조리 자르겠다. 자, 대답해. 너, 마약 거래하지?"

박태운은 이들이 경찰도, 수사기관원도 아닌 것을 깨달았다. 그렇다면 최악의 상황이었다. 그러나 그는 왜 이러는지 이유를 알고 싶었다.

"여보쇼. 도대체 왜 이러는 겁니까? 사정이나 알고 이야기합시다."

그가 사정하는 투로 말했다.

"시간이 없다."

오함마가 눈짓을 하자 사내 두 명이 한꺼번에 달려들었다. 그들은 박태운의 한쪽 손을 잡아당기고는 철제 의자 위에 내려놓았다.

"묶어라."

그들은 익숙한 동작으로 박태운의 몸을 의자에 묶고 한쪽 손을 다른 의자 위에 내려놓고 동여맸다.

"그놈 주먹을 펴라."

오함마가 말하자 사내 한 명이 의자 위에 놓인 박태운의 주먹을 발로 밟았다. 박태운의 손가락이 펴졌다. 오함마는 주저 없이 다가가 박태운의 새끼손가락 사이에 칼을 꽂고는 바깥쪽으로 썩둑 눌렀다.

"으아악!"

박태운이 찢어질 듯한 비명을 질렀다. 사내가 구둣발을 치우자 새끼손가락이 가운데서 잘려져 있었다. 잘라진 덩어리가 바로 앞에 놓여 있었고 끝 쪽 부분의 흰 뼈가 보였다.

"으아악!"

그것을 본 박태운이 다시 비명을 질렀다. 그러자 손가락 끝에 불에 타는 듯한 고통이 왔다.

"다시 묻는다. 이번에도 손가락 한 개다. 너, 마약쟁이지?"

오함마가 다시 물었다. 박태운의 얼굴에서 물을 뒤집어쓴 것처럼 땀이 흘렀다. 눈을 흡떠 오함마를 바라보았으나 초점이 잡히지 않았다.

"네가 약을 누구에게 받는가 말해. 위천산이냐?"

"네? 아니, 저는 잘……."

오함마가 다시 일어섰다.

＊　　　　　＊　　　　　＊

　최정호는 신문을 내려놓았다. 신문에는 실종 기사도, 아무것도 나 있지 않았다. 어쩌면 김원국 조직은 아직 그 여자가 납치당했다는 것을 모르고 있는 것 같았다. 이틀밖에 안 된 것이다.

　그의 경호원인 강창배와 위천산이 보낸 부하 한 명이 장민애를 납치하여 배에 실었다. 그것은 위천산이 계획한 것이다. 그는 위천산이 장민애에 대해서 자세히 알고 있는 것에 놀랐다. 장민애는 무방비 상태였다. 한세라는 빈틈없이 경호하면서도 그들의 보스인 김원국의 약혼자 주위에는 경호원이 한 명도 보이지 않았던 것이다.

　최정호는 전화기를 끌어당겼다. 약의 공급 약속이 이틀이나 늦어져 그들은 목이 타게 기다리는 중이다.

＊　　　　　＊　　　　　＊

　"형님, 면회 금지라 겨우 들어왔습니다."

　홍성철의 옆에 다가와 앉은 조우열이 말했다. 홍성철은 침대에 누워 멍한 시선으로 그를 올려다보았다.

　"사고가 생겼어요. 큰형님의 약혼자가 납치당하신 것 같아요. 그래서 서울이나 홍콩 모두가 비상입니다."

　홍성철의 눈이 조우열에게 고정되었으나 입을 열지는 않았다.

　"위천산의 짓이라고 합니다. 위천산이 서울로 마약을 보내는 것을 우리가 가로챘습니다. 그것을 알고 위천산이 서울에서 큰형님의 약혼자를 납치한 것 같습니다."

"……."

"빈 타오는 어제저녁에 태국으로 돌아갔습니다. 빈 타오하고도 관계가 있다고 하더군요."

"……."

"형님, 몸조리 잘하십시오. 일이 좀 풀리면 다시 오겠습니다."

조우열이 일어서서 머리를 숙였다. 홍성철은 잠자코 그의 뒷모습을 바라보았다. 문이 닫히고 혼자 있게 되자 홍성철은 혀로 입술을 핥았다.

가슴이 뛰고 머리가 아직도 어지러웠으나 조우열의 말이 귓전에 남아 있었다. 장민애가 납치당했으니 마약 조직하고 본격적인 싸움이 붙게 될 것이다. 그들이 장민애를 납치했다면 인질로 삼아 이쪽에 무슨 요구를 해올 것이 틀림없었다.

병실에 구금된 지 보름이 넘었으나 홍성철은 아직 뚜렷하게 병세가 나아지는 증세를 느끼지 못했다. 그러나 약을 마시고 싶은 감정이 폭발하여 미칠 듯이 몸부림을 치다가 기진하여 늘어진 순간에 생각하는 시간이 생기게 되었다. 예전에는 절제와 통제가 없었으므로 자신이 뛰쳐나가면 되었다. 스스로 하는 절제는 마약의 유혹 앞에서는 너무나 무력했다. 사고가 마비된 상태였고 약 기운이 떨어지게 되면 광란 상태가 되었다. 그러나 지금은 헐떡이며 어쩔 수 없이 생각할 시간을 갖게 된 것이다.

언젠가 리첸에게 김원국과 장민애에 대해서 이야기해 준 기억이 났다. 장민애의 전화번호까지 가르쳐 주었다. 빈 타오가 그 정보를 가져갔다면 위천산에서 넘겨주었을 것이다. 빈 타오는 위천산과 밀착되어 있으니 그것은 당연한 일이었다. 홍성철은 자신도 모르게 몸을 벌떡 일으키려고 했지만 머리만 든 채 움직이지 못했다. 아직도 두 팔과 가슴에는 굵고 넓은 밴드가 매어져 있었기 때문이다.

홍성철은 갑자기 입을 벌리고 얼굴에 웃음을 띠었다. 모든 것이 엉망이었다. 자신도 그렇지만 주변도 마찬가지였다.

그는 소리 내어 웃었다. 창문에 사람이 나타나 그를 바라보더니 사라졌다. 그것도 우스웠다. 홍성철은 다시 웃었다. 숨을 헐떡이며 웃던 그는 이윽고 웃음을 멈췄다. 언제부터인지도 모르게 눈물이 흘러내리고 있었다. 눈을 깜박여 눈물을 털어냈으나 그것은 자꾸만 흘렀다. 다시 온몸이 근지러워지기 시작했다.

"형님, 위천산이 경찰의 보호를 신청했습니다."

김칠성이 방으로 들어와 말했다. 그는 급했던 모양인지 연락도 하지 않고 찾아왔다.

"지금 경찰들이 위천산의 집에 깔려 있습니다."

"경찰의 보호를 신청해?"

강만철이 그를 노려보았다.

"이놈이 겁이 나는 모양이군."

"그런데 왜 아무 말도 없을까요? 혹시……."

"이봐, 쓸데없는 소리 하지 말고 이걸 빨리 형님한테 알려야겠다."

강만철은 전화기를 집어 들었다.

"서울에선 아직 연락 없습니까?"

"없어."

다이얼을 누르면서 강만철이 말했다.

"웅남이하고 함마가 미치려고 한다."

"……."

"형님한테서는 연락도 오지 않는다. 그러니까 내가 더 죽겠다." 그러고는 전화기를 귀에 댔다.

"여보세요. 형님? 저, 만철입니다."

김칠성은 우두커니 앉아 강만철을 바라보았다. 한세라를 생각하자 김원국의 마음이 어떠하리라는 게 짐작되었고, 아무 소리하지 않는 그에게 죄를 짓는 기분이 들었다.

미칠 듯 복도를 내달려가자 두 명의 간호사가 뛰쳐나와 앞을 가로막았다. 홍성철은 그대로 달려 나가면서 양팔을 벌리고 다가온 간호사의 턱을 올려 차고는 몸을 틀면서 옆에 선 간호사의 가슴을 주먹으로 쳤다. 건장한 체격의 간호사 둘은 복도에 그대로 나자빠졌다.

다시 달려 현관으로 가자 병원은 온통 고함 소리와 비상벨 소리로 수라장이 되었고 세 명의 경비가 곤봉을 움켜쥐고 기다리고 있었다. 뒤쪽에서도 달려오는 발소리가 들렸다. 홍성철은 경비를 바라보면서 달려들었다. 경비들은 일순 주춤거렸지만 곤봉을 쳐들고는 좌우로 벌려 섰다. 현관은 그들 세 명으로 꽉 막혔다.

접수구에서 유리창에 얼굴을 대고 이쪽을 바라보고 있는 간호사들이 보였다. 홍성철은 좌측에 선 경비에게 달려들면서 그가 내려친 곤봉을 왼팔로 받았다. 팔목이 찌릿하였지만 그의 오른쪽 주먹은 경비의 턱을 쳐 올렸다. 그 순간에 우측에 있던 경비의 곤봉이 그의 등을 때렸다.

홍성철은 휘청거리는 경비를 안듯이 하면서 경비의 몸을 그들 쪽으로 돌려세웠다. 막 곤봉을 내려치려던 경비가 주춤하는 사이에 뒤에서 안고 있던 경비를 와락 그들에게 밀었다. 가까운 데 있던 경비가 그를 안고 비틀거렸다. 홍성철은 발을 들어 그에게 다가서는 경비의 사타구니를 차올렸다. 땅이 꺼지는 듯한 신음 소리가 들리며 경비가 허리를 굽혔다.

간호사들 서너 명이 달려왔다. 홍성철은 땅에 떨어져 있는 곤봉을 집어 들었다. 그러고는 몸을 가누려는 경비의 머리를 치고 간호사들에게 달려들었다.

그들은 깜짝 놀란 듯 몸을 세우려고 했지만 이미 그들 앞에 다가선 홍성철에게 곤봉으로 두들겨 맞아 두 명이 바닥에 뒹굴었다. 뒤에 섰던 간호사가 몸을 돌려 도망을 치자 남아 있던 한 명이 주춤거리다가 곤봉으로 머리를 얻어맞고 주저앉았다.

몸을 돌린 홍성철은 현관문을 박차고 뛰쳐나갔다. 현관 밖은 바로 인도였고 왕래하는 사람들이 놀라 그를 바라보았다. 홍성철은 손에 쥔 곤봉을 내던지고 뛰었다. 온몸에서 땀이 흘러내렸다. 무척 몸이 약해졌다고 생각했다. 가쁜 숨을 헐떡이면서 그는 골목으로 뛰어들었다.

장갑수가 서둘러 들어왔다. 그의 얼굴이 심상치 않았다.

"형님, 성철 형님이 병원을 탈출했습니다."

강만철과 김칠성은 서로 얼굴을 마주 보았다.

"한 시간쯤 전인 아침 10시경에 밥을 먹다가 간호사를 때려눕히고 도망쳤답니다. 병원에서 연락이 왔습니다."

"……."

"지금이 가장 어려운 때라 발작을 한다고 합니다. 그래서 애들을 마약 거래하는 곳으로 몇 명 보냈습니다. 아마 그 근방으로 가셨을 겁니다."

"그 자식은 하필 이런 때에……"

강만철이 말하다가 입을 다물었다.

"난 위천산한테 가볼랍니다."

김칠성이 불쑥 일어섰다. 그는 위천산의 집 앞에서 감시하고 있다가 달려온 것이다.

"칠성아."

강만철이 부르자 문 앞에서 김칠성이 몸을 돌렸다.

"우리, 형님한테는 성철이 이야기 아직 하지 말자."

"알아요."

화난 듯 대답하면서 김칠성이 문을 닫고 사라졌다. 장갑수가 우두커니 서서 강만철을 내려다보았다.

"형님, 어떡해요?"

장갑수가 불쑥 물었다.

"뭘 말이냐?"

"큰형님 말이에요."

강만철은 머리를 돌렸다.

"제 생각으로는 위천산을 잡는 게 제일 나을 것 같습니다만."

"그놈은 경찰의 보호를 받고 있다."

장갑수는 눈을 껌벅이며 서 있었다.

진 경감은 흐뭇한 기분으로 방을 나갔다. 그의 호주머니에는 5만 달러가 들어 있었다. 김원국으로부터 살해 위협을 받고 있는 위천산이 공식적으로 보호를 요청해 온 것이고 본부에서도 지시가 떨어졌다. 더욱이 두둑한 사례금까지 받으니 기분이 좋았다.

그의 뒷모습을 바라보던 위천산이 몸을 돌렸다.

"오늘 밤에 타이완 해협을 지나서 빈 타오가 여자를 인수하기로 했다. 아마 이삼 일 후면 여자는 빈 타오의 농장에 들어가 있을 거다."

"빈 타오의 농장은 태국의 북쪽 국경 지대라고 들었습니다. 어떻게 그렇게 빨리 들어갑니까?"

여귀철이 놀라 물었다.

"그들의 배가 사이엠 만을 들어서면 빈 타오가 헬리콥터를 보내어 싣고 가겠다고 했다."

여귀철이 머리를 끄덕였다.

"그러면 김원국이하고 협상은 언제 시작합니까?"

"내일부터."

여귀철이 긴장하며 그를 바라보았다.

"이 사건을 경찰에 알릴 바보들은 아니지만 그럴 경우에는 여자를 처치하겠다는 조건으로 시작하겠다."

"……."

"첫째로 지난번 마약 강탈 사건에 대해 김원국이 변상할 것. 그놈 구역에서 일어났으니 그놈이 변상해야 한다. 다른 조직들도 환영할 거다."

여귀철은 잠자코 있었다.

"두 번째로 이번의 마약 대금을 지불할 것. 그년이 가로챈 5킬로그램의 마약 대금이다."

"……"

"마지막으로 한국과 홍콩의 그의 구역에서 거래를 하도록 거래 관계를 맺어야 돼. 그때는 다른 조직과 똑같은 조건으로 한다. 그러면 김원국도 만족할 거야. 그렇지. 그 합의는 여러 조직의 보스들이 모여 있는 곳에서 해야겠군. 그래야 증거도 남고 딴소리를 못 할 테니까."

"보스, 만일에 말입니다. 만일에 거절하면 어떻게 합니까?"

여귀철이 주저하며 물었다.

"무엇을?"

"그 제의를 말입니다."

"어떤 제의?"

여귀철은 이맛살을 찌푸렸다. 그는 잠시 입을 열지 않고 위천산을 바라보았다.

"그래, 첫 번째 두 번째는 김원국의 자존심을 세워주려고 내가 양보할 수 있지."

위천산이 느긋하게 말했다.

"그렇지만 세 번째는 안 돼. 내가 바라는 것은 그것이야. 김원국이 세 번째는 받아들여야 돼."

"그렇지만 만일 그것도 거절한다면 어떻게 합니까?"

위천산이 긴장한 얼굴로 물었다.

"그것도 거절해? 제 약혼자가 인질로 잡혔는데도 말이냐? 못 이긴 척 받아들이는 것이 그놈의 체면도 살고 돈도 벌게 된다는 생각은 안 해본 거냐?"

"……."

"저 혼자만 잘난 척해 보아야 저 혼자 병신 된다는 것을 깨달아야 해. 흠, 그것도 거절한다면 하는 수 없지."

위천산도 생각은 하고 있었던 모양이었다. 생각에 잠긴 듯 입을 다물고 벽을 노려보았다.

"보복을 하는 거지. 나는 놈 때문에 손해 본 것에 대해서 앙갚음을 할 것이고, 그놈도 나에게 할 것이다."

"……."

"서로 득 될 것 없는 싸움을 하는 거야. 나는 김원국이 그렇게 우둔한 놈이라고 생각하지 않아."

위천산은 갑자기 싱긋 웃었다.

"광여림이 묻지도 않은 것을 보고하더군. 그 여자가 미인인 모양이야. 하긴 김원국의 약혼자쯤 되면 미인일 수밖에. 그럴수록 값이 더 나가겠지. 김원국에게나 우리에게나 말이다."

김칠성이 앉아 있는 음식점 2층에서는 위천산 집이 바라보였다. 도로 건너편에 안쪽으로 들어가는 샛길이 있었고 끝이 위천산의 집이었다. 붉은 기와지붕의 3층 벽돌집이었는데 정문에 두 대의 경찰차가 세워져 있는 것이 보였다.

김칠성은 앞에 놓인 물컵을 들어 한 모금을 마셨다. 점심때가 되었으나 배가 고픈 줄을 몰랐다. 홍성철 생각을 하자 갑자기 짜증이 났다. 그를 생각하면 안타까웠고 한편으로는 미웠다. 홍성철은 냉정한 점도 있었지만 잔정이 많았다. 강만철이 좀처럼 본심을 드러내지 않는데 비하면 그는 가끔씩 수다스러울 정도로 떠들기도 했다. 그래서 동생들이 많이 따르는 편이었다.

약속이나 책임감도 강했고 융통성이 뛰어나서 김원국에게 신임을 받아 회사에서 비중을 쏟는 일만 맡았다. 그런 그가 여자에게 빠져 마약 중독에 걸리리라고는 생각지도 못했다. 김칠성이 탐람을 처치하고 그의 주머니에서 테이프를 꺼내 들었을 때 그는 테이프를 없애고 싶었다.

김칠성은 물컵을 내려놓았다. 그의 시선에 위천산의 집에서 두 명의 경찰이 걸어 나오는 것이 보였다. 그들은 뜨거운 태양에 지친 듯이 샛길을 천천히 걸어 큰 도로 쪽으로 나오고 있었다. 김칠성은 그들을 쏘아보았다. 이제는 경찰들도 위천산과 같은 놈들로 보였다. 무슨 수단을 썼는지는 모르지만 저놈들은 이제 방해물일 뿐이다.

홍성철은 이마에 배어 있는 땀을 손바닥으로 닦았다. 온몸이 땀으로 흠뻑 젖어 있어서 여름 날씨였지만 지나가는 사람들이 힐끗거렸다. 지나가는 사람에게서 빼앗아 입은 얼룩무늬 남방셔츠는 몸에 맞았으나 냄새가 났다. 지독한 마늘 냄새였다. 그리고 바지는 길이가 짧았다. 검정색 바지 끝에 발목뼈에서 5센티미터쯤 올라와 있었다.

홍성철은 위천산의 집으로 꺾어지는 샛길에서 서성거리면서 이쪽저쪽을 두리번거렸다. 위천산의 집은 전부터 알고 있었다. 경찰차 두 대가 정문 양쪽에 세워져 있는 것이 보였다. 그것이 마음에 걸렸다. 햇살이 뜨겁게 내리쬐고 있었다. 머리가 어지러웠고 얼굴에서는 땀이 흘러내려 턱을 타고 떨어졌다. 그러나 온몸은 조금씩 떨렸다.

정문이 열리더니 두 명의 제복을 입은 경찰관이 나왔다. 그들은 곧장 이쪽으로 다가왔다. 홍성철은 주춤하였으나 잠자코 서서 그들을 바라보았다. 경찰들은 그의 옆을 지나 모퉁이에 있는 음식점으로 들어갔다. 잠시 망설이던 홍성철은 그들을 따라 음식점에 들어섰다. 변두리여서 그런지 음식점은 지저분했고 대여섯 명의 사람들이 앉아 음식을 먹고 있었다. 아침부터 아무것도 먹지 않았으나 배가 고프지 않았다. 더러운 메뉴판을 손가락으로 짚어 콜라 한 잔을 주문한 홍성철은 잠자코 앉아 있었다.

*   *   *

배는 쉬지 않고 달렸다. 장민애는 의자에 앉아 바다를 바라보았다.

어젯밤에 바꿔 탄 배는 속력이 더 빠른 것 같았으나 심하게 흔들렸다. 배에 탄 선원들은 피부가 검었고 중국계 같아 보이지 않았다. 처음에 이 배에 옮겨 탈 적에 장민애는 공포감으로 가슴이 찢어지는 것 같았다. 선원들이 모두 흉악하게 보였던 것이다.

그들은 그녀를 방 안에 가둬둔 채 들여다보지도 않았다. 아침에 검은 얼굴의 사내 한 명이 불쑥 문을 열고 들어서는 바람에 장민애는 기겁을 했지만 그는 쟁반에 담긴 밥과 고기를 탁자 위에 내려놓고 돌아가 버렸다.

그녀를 납치했던 사내는 이 배에 옮겨 타지 않았다. 이 배의 선장인 듯한 사내와 몇 마디 이야기를 나누는 것 같더니 뛰어 건너온 두 명의 선원들에게 들러 이 배로 옮겨온 것이다.

그녀가 소리를 질렀으나 아무것도 보이지 않는 어둠 속의 바다 위에서 무서움만 더해졌다.

장민애는 손바닥으로 얼굴을 쓸었다. 사흘 동안 변변히 세수를 하지도 못하다가 어제 한 번 얼굴을 씻었던 것이다. 장민애는 바다를 바라보던 시선을 돌렸다. 방 안에는 의자와 탁자가 바닥에 붙어 있었고 벽에는 거울도 걸려 있었다. 앉아 있던 그녀는 비틀거리며 일어났다. 배가 흔들리고 있었으므로 일어서 있기에도 힘이 들었다.

거울 앞으로 다가가 장민애는 거울에 비친 자신의 얼굴을 들여다보았다. 퀭하게 커진 눈이 보였다. 피부는 까칠하게 메말랐다. 머리칼이 헝클어져 있었으므로 두 손으로 다듬어 내렸다.

갑자기 눈물이 핑 돌았다. 그이는 내가 납치당한 것을 알고 있으리라고 생각했다. 그이는 나를 내버려 두지 않을 것이다. 아저씨들의 얼굴이 떠올랐다. 그러자 가슴이 조금 든든해졌다.

*　　　　　*　　　　　*

홍성철은 저택 안에 위천산이 있는 것을 알았다. 경찰의 보호를 받고 있는 것이다. 수용소를 뛰쳐나와 위천산의 집에까지 달려왔을 때는 정확히 무엇을 해야겠다는 의식이 없었다. 죄책감과 초조감이 그를 급작스럽게 억눌러 폭발된 반사 반응이었을 뿐이다. 아침에 조우열이 이야기해 주고 간 것이 그를 견뎌내지 못하게 한 것이다. 그러나 이제는 마음을 정했다. 위천산을 처치하고 나서 자신도 죽어야겠다고 생각했던 것이다.

그렇게 생각하자 초조했던 마음이 조금씩 진정이 되었다. 그 시간이 곧 마약에 취할 시간처럼 느껴졌고 기다려졌다. 옷을 빼앗아 입고 왔을 때 다행히 지갑에 돈이 조금 들어 있었으므로 홍성철은 위천산의 저택 앞 길 모퉁이에 있는 음식점에서 시간을 보냈다. 오리엔트호텔에 있을 강만철이나 부하들이 생각났으나 그들에게 이 일을 상의하고 협조를 구할 생각은 없었다. 속죄를 하는 일이나만치 물어볼 일이 아니었다.

홍성철은 탁자 위에 놓인 그릇을 바라보았다. 그릇에는 두 개의 만두가 놓여져 있었다. 저녁 6시가 되었으나 손님은 그 혼자밖에 없었다. 저녁 식사 시간치고는 이른 모양이었다.

젓가락을 들고 만두를 집으려던 홍성철은 눈에 보일 정도로 젓가락 끝이 떨리는 것을 보았다. 힘을 주어 젓가락을 잡자 이제는 더 떨렸다. 다시 구역질이 났고 얼굴에 땀방울이 맺혔다. 온몸이 근지러웠고 피부 위를 조그마한 벌레들이 기어 다니는 것 같았다. 마약의 기운이 떨어지면 일어나는 환각 현상이었다.

홍성철은 입술을 비틀어 웃음을 띠었다. 이제 그렇게 되지는 않을 것이다. 떨리지도, 고통도, 환각 상태도 나를 괴롭히지 못할 것이다. 곧 그놈들을 이겨낼 생각을 하자 조금 기운이 났다.

그러자 문득 리첸 생각이 났다. 그가 처음으로 몰두한 여자였다. 어느 한 부분도 애착이 가지 않는 곳이 없었다.

그는 철저하게 그녀를 소유했다고 지금도 믿었다. 그녀가 빈 타오의 지시를 받아 정보를 빼내갔다고 들었지만 그의 믿음은 변하지 않았다. 그녀의 열락에 몰두한 얼굴 표정과 신음 소리, 그리고 격렬한 몸짓엔 거짓이 하나도 없었다. 그 순간의 그도 마찬가지였을 것이다. 그녀는 배신하지 않았다. 마약에 취해 시킨 대로 했을 뿐이다. 마약을 먹지 않았다면 그녀는 그런 일을 하지 않았을 것임에 틀림없다.

그렇게 생각하자 가슴이 차분히 내려앉았다. 이제는 좋은 추억만 간직하게 되었다. 그것은 떠나는 사람에게 쥐어진 가장 값진 선물일 것이다.

식당 문이 열리더니 경찰관 두 명이 들어왔다. 점심때 들렀던 사람들이었다. 그들은 떠들썩하게 지껄이며 낮에 앉았던 자리에 앉았다. 그들을 기다리고 있던 홍성철은 자리에서 일어섰다. 그는 안쪽의 화장실로 들어갔다.

김칠성은 식당에서 턱을 괴고 앉아 건너편 길을 바라보고 있었다. 위천산의 집에 불이 켜졌다. 정문의 양쪽 기둥 위에 세워진 커다란 둥근 전등이 켜지더니 현관과 1층, 2층 순으로 순식간에 불을 밝혔다. 불을 밝힌 위천산의 저택은 장관이었다. 저택의 뒤쪽으로 검은 바다가 보였고 별빛처럼 배의 등불들이 떠 있었다.

두 명의 경찰이 정문을 나와 순찰차를 지나 이쪽 도로로 걸어왔다. 점심때도 본 녀석들이었다. 그들은 도로 모퉁이에 있는 조그마한 음식점으로 들어갔다. 저녁 식사를 할 모양이었다.

백장용이 다가왔다.

"형님, 식사하셔야죠?"

"그래, 아무거나 시켜라."

백장용은 김칠성의 대답에 입맛을 다시더니 웨이터를 불렀다. 식당에도 손님들이 들어서고 있었다. 입구 근처의 식탁에 앉아 음식을 먹고 있는 세 명의 부하가 보였다. 아래층의 계단 근처에도 세 명의 부하가 있을 것이다.

김칠성은 식탁 위에 놓인 이름 모를 요리를 씹어 삼켰다. 가슴이 답답하고 도무지 기력이 없는 것 같다가도 어느 때엔 2층 창밖으로 뛰어내려 위천산의 집으로 쳐들어가고 싶은 충동을 느끼기도 했다. 그렇지만 지시가 떨어질 때까지 기다려야만 했다. 무심코 창밖을 바라본 그의 눈에 경찰 한 명이 음식점에서 나와 저택으로 돌아가는 것이 보였다. 저녁을 빨리 먹은 모양이었다.

걸어가면서 홍성철은 자신의 몸차림을 다시 한 번 훑어보았다. 옷은 제법 맞았으나 어색했다. 허리에 찬 권총집이 걸음을 옮길 때마다 허벅다리를 건드렸다. 다른 한 자루의 권총은 주머니에 넣고 있었으므로 바지 주머니가 불룩했다. 경찰관들을 화장실로 불러내어 멋모르고 다가온 그들을 넘어뜨리는 데는 시간이 별로 걸리지 않았다. 그러나 옷을 갈아입고 그들이 차고 있는 총을 꺼내어 실탄을 확인하고, 그들을 묶어 화장실 안에 처박아두는 데 시간이 걸렸다. 그리고 화장실 문을 안에서 잠가두었으나 오래지 않아 발각될 것이다.

모자를 깊숙이 눌러쓰고 순찰차를 지나 정문으로 다가갔다. 정문 안의 오른쪽 편에 두 명의 사내가 서 있다가 다가왔다. 사내들은 힐끗 홍성철을 바라보더니 정문의 사이에 난 쪽문의 빗장을 빼었다. 밤이었으므로 얼굴이 보이지 않는 것도 도움이 되었다.

홍성철은 머리를 숙이고 안으로 들어서자 곧장 현관 쪽으로 걸었다. 넓은 잔디밭을 지나는데 오른쪽 분수대 근처에서 인기척이 났다. 밤이라 물을 뿜어내지 않는 분수대의 시멘트 난간에 두 명의 사내가 앉아 있었다. 그들은 힐끗 홍성철을 바라보더니 저희들끼리 다시 이야기를 나누었다.

현관은 환하게 불을 밝혀두고 있었다. 현관문은 흑갈색으로 옻칠을 한 육중한 나무 문으로, 불빛을 받아 반들거렸다. 두 명의 사내가 문의 좌우에 서 있었다. 그들은 조금 전에 지나친 사내들처럼 긴장이 풀려 있는 것 같지가 않았다.

홍성철이 거침없이 다가서자 왼쪽에 있는 사내가 문고리를 잡고 문을 밀었다. 문이 조금 열렸다. 홍성철이 막 문 안으로 들어서려고 하자 오른쪽의 사내가 다가서며 홍성철의 얼굴을 들여다보았다. 순간 사내의 얼굴이 굳어졌다. 눈을 치켜뜨고 입을 벌렸다. 그 순간 홍성철은 주먹으로 그의 아랫배를 내려쳤다. 그러고는 한 걸음 뒤로 물러서면서 팔꿈치로 뒤에 선 사내의 가슴을 찍었다. 다시 아랫배를 움켜쥐고 허리를 구부린 사내의 턱을 발끝으로 걷어차면서 그는 문을 밀고 안으로 들어섰다.

그는 문을 등지고 안쪽을 살폈다. 1층은 넓은 홀이었으나 인기척이 없었다. 홍성철은 문고리를 찾아 걸었다. 위쪽에 쇠로 만든 빗장이 있었으므로 빗장을 내렸다. 홍성철은 내키지 않았으나 권총을 뽑아 들었다. 콜트 6연발이었다.

그가 가까운 방문을 열고 안을 들여다보았을 때 현관문을 두드리는 소리가 들렸다. 그 소리는 요란했고, 밖에서 고함을 질러

대고 있었다. 집 안에서 이리저리 달리는 발소리들이 났다. 세 명의 사내가 홀을 달려 문 쪽으로 다가갔다. 그중 한 명은 경찰관이었다. 홍성철은 방 안으로 들어갔으나 그쪽은 빈 방이었다. 홍성철은 방문을 등지고 그들에게 권총을 겨누었다. 문의 빗장을 열려고 손을 뻗친 사내를 겨누어 방아쇠를 당겼다

탕!

총소리가 집 안을 울렸다. 사내가 어깨를 움켜쥔 채 입을 쩍 벌리고는 놀란 듯 홍성철을 바라보다가 쓰러졌다. 두 명의 사내가 두 손을 번쩍 올렸다.

탕!

총소리가 다시 울렸다. 홍성철의 볼에 화끈한 느낌이 왔다. 그가 고개를 돌리자 위쪽의 2층 발코니에서 한 사내가 그를 향해 총을 겨누고 있었다. 홍성철이 허리를 숙이자 다시 총소리가 울렸다. 뒤쪽의 문에 총알이 박히는 둔탁한 소리가 들렸다. 홍성철은 2층을 향해 연거푸 두 발을 쏘았다. 그리고 그가 총에 맞은 것을 확인할 겨를도 없이 앞에 선 두 사내에게 다시 두 발을 쏘았다. 두 사내가 총을 뽑아 들었기 때문이다.

다시 총소리가 울렸다. 이번에는 계단 옆의 문이 열리더니 두 명의 사내가 구르듯 뛰쳐나왔다. 홍성철과의 거리는 10미터밖에 되지 않았다. 홍성철은 한 사내를 향해 방아쇠를 당기면서 달려들었다. 사내가 배를 움켜쥐고 쓰러지자 홍성철의 어깨에 거센 충격이 왔다. 그는 비틀거리면서 다가갔다. 바닥에 엎드린 사내가 다시 그를 향해 총을 쏘았다. 이번에는 총알이 스쳐 지나간 것 같았다. 홍성철은 그를 향해 방아쇠를 당겼다.

"철컥."

총알이 떨어진 모양이었다. 홍성철은 바닥으로 몸을 뒹굴었다. 호주머니에 권총이 있었으나 쓰러진 사내가 쥐고 있는 권총이 눈에 띄었기 때문이다. 다시 총소리가 울렸다. 사내는 커다란 화분의 뒤에 몸을 숨겼다. 홍성철은 사내의 손에서 총을 빼앗아 쥐었다.

현관문이 부서질 듯이 커다란 소리를 내며 울리고 있었다. 밖에서 무거운 것으로 내려치는 모양이었다.

홍성철은 화분을 겨누어 총을 쏘았다. 화분에 총이 맞자 흙이 사방으로 튀어 올랐다. 화분 뒤로 엎드렸던 사내는 눈에 흙이 튀어 들어갔는지 몸을 꿈틀거리면서 뒤로 물러났다. 눈이 보이지 않았으므로 그는 엄폐물과 직선으로 물러나지 못했다. 홍성철은 그의 상반신을 겨누어 방아쇠를 당겼다. 사내는 흠칫하더니 움직이지 않았다. 왼쪽 어깨는 움직일 수가 없었다. 오른쪽 뺨에서 피가 흘러내려 목이 끈적거렸다.

홍성철은 상반신을 일으켜 세웠다. 사내들이 뛰쳐나온 방을 향해 비틀거리며 다가갔다. 그 방에서 요란하게 유리창이 부서지는 소리가 들렸다. 홍성철은 발로 차 문을 열었다.

총소리가 서너 방 들리더니 총알에 맞은 유리가 깨지는 소리가 났다. 홍성철은 몸을 굴려 방 안으로 들어갔다. 그 순간 왼쪽에 응접세트와 테이블이 놓여져 있는 것이 보였다. 그리고 두 명의 사내가 깨진 유리창 앞에서 그에게 총을 겨누고 있었다.

홍성철은 총구를 그들에게 돌렸다. 총소리가 다시 울렸다. 두 명이 한꺼번에 쏘아댔다. 일어서려던 홍성철은 거센 충격에 비틀거렸다. 배와 가슴에 구멍이 뻥 뚫린 것 같기도 했고, 창자와 모든 기관들이 갈가리 터져 나가는 것 같기도 했다.

야차와 같은 얼굴로 홍성철은 빙긋 웃으며 그들에게 방아쇠를 당겼다.

다시 배와 가슴에 충격이 왔으나 홍성철은 총알이 모두 떨어질 때까지 방아쇠를 당겼다. 두 명의 사내는 쓰러져 있었다. 홍성철은 자신의 호흡이 끊어진 것을 알았다. 그는 똑바로 서 있었다. 고통도 없었다. 정신이 백열등처럼 맑았다. 이겼다고 생각했다. 오른손을 호주머니에 집어넣고 권총을 꺼냈다. 눈앞으로 들어 올렸으나 손은 흔들리지 않았다. 이제 그놈을 이긴 것이다. 나는 그놈을 떨궈 버렸다.

홍성철은 입을 벌리고 웃었다. 형님, 미안합니다. 입이 떨어지지 않아 마음속으로 말했다. 그리고 사랑한다, 리첸.

그는 이마에 총구를 대고 방아쇠를 당겼다. 하얗게 반짝이던 자신의 머리가 오색찬란한 불꽃을 피우면서 찬란하게 퍼져 나가는 것을 그는 보았다. 그곳에 리첸이 있었다.

제14장
흥정

밤의
대통령

김원국은 다시 홍콩에 도착했다. 공항에는 강만철과 김칠성이 나와 있었다. 김원국의 뒤를 조웅남과 오함마가 따르고 있었다. 홍성철의 소식을 듣고 모두 달려온 것이다. 서로 얼굴을 마주쳤으나 그들은 이야기를 나누지도 않았다. 그들은 부하들이 끌고 온 차에 타고 오리엔트호텔로 달렸다.

"형님, 제가 성철이를 간수했어야 하는데, 죄송합니다."

창밖을 바라보고 있는 김원국에게 강만철이 말했다. 김원국이 머리를 돌려 그를 바라보았으나 입을 열지 않았다.

서울에서는 오함마와 조웅남이 한세라의 도움을 받고 최정호의 정체를 알게 되었다. 한세라가 처음에 장난감을 날라다 주었다는 이야기를 바로 임영철 수사관에게 알려준 것이 힌트가 된 것이다. 그들은 최정호를 찾아 회사를 덮쳤으나 이미 도주한 후였다. 그러나 지명수배를 당하고 있고 조직에서도 찾고 있으니 곧 잡아낼 것이었다. 박태운은 중간 소매상이었다. 그는 소지하고 있던 마약과 함께 구속되었다.

강만철은 김원국의 얼굴을 보고는 입을 다물었다. 그에게는 이중의 고통일 것이다. 장민애의 행방은 아직 알 수 없었다. 위천산이 분명 납치했으나 그에게서 제의나 협상이 오지 않았다. 납치된 지 5일이 지나도록 소식이 없자 조직의 모든 사람들은 최악의 경우를 상상하고 있었다. 거기에다 홍성철까지 자책감에 못 이겨 치고 들어가서 자살했다.

위천산은 다시 집에 돌아왔으나 안심이 되지 않았다. 아래층은 부서진 기물과 치우지 않은 핏자국으로 인해 보기에도 끔찍했다. 그리고 집으로 쳐들어온 사내가 홍성철 한 놈이라는 것을 알고 난 위천산은 아연했다.

마약 중독자 수용소를 탈출하여 단신으로 치고 들어온 것이다. 위천산은 어떻게 해서든지 홍성철의 범행을 김원국이 시킨 것으로 만들어보려고 애를 썼다. 그러나 홍성철은 면회 금지된 수용소에서 탈주한 사내였다. 김원국이 시켰다고 할 근거나 증거가 나오지 않았다. 더욱이 그들은 경찰에게 홍성철을 찾아달라고 수색 신고까지 했던 것이다.

2층의 거실에 앉은 위천산은 부드득 이를 갈았다. 어쩐지 일이 이상하게 돌아가고 있었다. 위천산의 계산대로라면 김원국 측은 설령 그가 납치한 것을 알고 있다손 치더라도 제의해 올 것을 기다려야 했다. 무조건 싸움을 걸었다가는 인질이 다치는 수가 있기 때문이다.

위천산은 인질 석방 조건을 내일 아침에 그들에게 요구할 작정이었다. 그것을 여귀철과 충분히 상의해 두었다. 그런데 또 차질이 생겼다. 1층의 응접실에 남아 있던 여귀철이 총에 맞아 죽은 것이다. 그가 의자를 집어던져 유리창을 깨고 자신을 밖으로 내보내 주지 않았더라면 응접실 안에서 여귀철과 함께 그 자신도 죽었을 것이다. 그나저나 홍성철은 지독한 놈이었다. 10여 발의 총탄을 맞고도 마지막엔 머리를 쏘아 자살해 버렸다.

"좋다. 해보자."

위천산은 눈을 부릅뜨고 중얼거렸다. 그러고는 인터폰을 눌렀다.

"장지평에게 오라고 해라."

아래층에서 기다리고 있을 부하를 불렀다. 그를 김원국 측에 보낼 예정이었다. 그들이 알고 홍성철을 보냈을지라도 어쨌든 간에 누가 열쇠를 쥐고 있는가는 분명히 해야 했다. 지금까지 그들에게 기세를 제압당했지만 앞으로는 달라질 것이라고 믿었다.

장지평은 육 척 장신에 배짱이 두둑한 사내였다. 위천산의 경호원 노릇을 10년 가깝게 해왔고 머릿속에 든 것도 제법 있었으므로 간부급 부하로 발탁되었다. 여귀철이 죽자 그 자신이 김원국에게 가는 역할을 맡게 되어 우선은 공명심이 생겼다. 그리고 어깨가 무거워지기도 했다.

김원국의 약혼자를 납치했다는 것은 알고 있었으나 그에게 당장 중요한 문제는 여귀철 못지않게 자신의 위신을 드높여 그들에게 보여주는 것과 두 번째로 위천산에게 신임을 받는 일이었다.

이 일만 잘 처리되면 여귀철이 맡았던 측근 참모의 일도 맡을 것 같았다. 그래서 위천산이 자신을 발탁한 것이라고 믿었다.

장지평이 오리엔트호텔로 들어서자 현관에서 한 사내가 다가왔다.

"위천산이 보낸 사람이오?"

사내는 보스인 위천산의 이름 뒤에 '씨'도 '선생'도 붙이지 않았다. 불쾌하였으나 머리를 끄덕였다.

"따라오시오."

장지평은 두 명의 부하를 이끌고 그의 뒤를 따랐다. 엘리베이터 앞에 서너 명의 사내들이 서 있었으나 장지평에게는 관심을 보여주지 않았다. 호텔 투숙객들이 많았으므로 그들은 투숙객들과 함께 엘리베이터에 올랐다. 투숙객들이 층마다 내려 15층에 이르렀을 때는 그들밖에 남지 않았다.

15층에서 내리자 그곳은 사무실이었다. 오고 가는 사내들로 분주했다. 사내는 복도를 걸어가 방문을 열었다.

"여기서 기다리시오."

장지평은 망설이지 않고 안으로 들어섰다. 부하들이 뒤를 따랐다. 안은 널찍한 회의실 같았다. 길쭉한 나무 책장이 놓여 있고 나무 책상의 끝에 의자가 하나 있었다. 그리고 책상의 양쪽에 가지런히 의자들이 놓여져 있었으므로 장지평은 왼편의 의자 하나를 잡아당겨 앉았다. 부하들이 곁에 앉았다.

방문이 열리더니 한 사내가 들어섰다. 그 사내의 얼굴을 본 장지평은 놀라 입을 벌렸다. 곽도위였다. 같은 동료였던 그는 장지평의 얼굴을 보더니 아는 척도 하지 않았다. 말없이 맞은편 의자에 앉았다. 단단한 체구에 날카로운 인상의 사내와 드럼통 두 개를 포개놓은 듯한 사내가 들어와 끝자리에 앉았다. 짙은 눈썹 밑의 눈이 맑았다. 그가 힐끗 장지평을 바라보았다.

"자네가 위천산의 부하인가? 용건을 말해라."

앞쪽 끝에 앉은 날카로운 인상의 사내가 장지평에게 말했다. 그는 영어를 썼으므로 장지평은 잠시 당황했다. 그러나 그 역시 영어에는 익숙했다.

"인질 석방 조건을 제의하겠다."

그들은 잠자코 그들을 바라보았다.

"첫째, 지난번 마약 강탈된 금액을 변상할 것. 금액은 홍콩 달러로 120만 달러다."

"……."

"둘째, 이번 홍콩에서 탈취당한 마약 대금이 홍콩 달러로 1천 800만 달러다. 그 돈을 변상해야 한다."

"……."

"셋째, 홍콩의 이쪽 조직의 구역과 한국에 마약이 들어갈 수 있도록 협조할 것. 조건은 다른 조직과 같이한다."

장지평은 말을 마치고 시선을 날카로운 인상의 사내에게 돌렸다가 다시 김원국으로 보이는 끝자리의 사내에게서 멈췄다. 그는 장지평을 바라보고 있었으나 입을 열지 않았다. 한동안 침묵이 흘렀다.

"네 이름이 무엇이냐?"

김원국이 물었다. 장지평은 긴장했다. 자신도 모르게 몸이 굳어졌다.

"장지평이다."

그는 턱을 내밀며 말했다. 김원국은 머리를 끄덕였다.

"장지평, 위천산에게 전해라. 김원국은 거절한다."

장지평의 얼굴에서 눈동자만이 어지럽게 흔들렸다. 김원국은 자리에서 일어나 방을 나갔다.

"후유."

길게 한숨을 내쉬는 소리가 났다. 장지평의 옆쪽 끝자리에 앉아 있던 거한이 내쉬는 숨소리였다. 어리둥절한 장지평이 자리에서 일어섰다. 부하들도 따라 일어섰다.

"앉아라."

강만철이 말했다. 장지평이 그를 바라보았다.

"앉으라고 말했잖아. 장지평, 앉아."

곽도위가 거칠게 말했다. 장지평은 다시 자리에 앉았다.

"우리가 형님을 설득해 보겠다. 위천산에게 이삼 일 기다려 달라고 전해라."

강만철이 말했다.

"당신들의 보스가 안 된다고 말하지 않았는가? 그것으로 결정이 난 것 아닌가?"

장지평이 기세 좋게 이야기하자 강만철이 기가 막히다는 얼굴로 물었다.

"너, 이 자리에서 죽고 싶으냐?"

장지평은 눈을 부릅떴다.

"저 사람에게 사지가 찢겨 죽고 싶으냐?"

강만철은 두 팔로 머리를 감싸고 있는 조웅남을 가리켰다.

"우리가 형님 말을 그대로 받아들여 버린다면 너희들은 한 시간도 못 되어서 씨가 마를 것이다. 그걸 알고 있느냐?"

"……."

"위천산은 알고 있을 것이다. 우리 형님은 약혼자를 버리려고 하신다. 그러고 나면 너희들은 살아남지 못한다. 한 놈 한 놈 찾아내서 사지를 토막 낼 테니까."

강만철의 시선을 받던 장지평이 눈을 내리깔았다. 이마에서 땀이 배어 나왔다.

"내 말을 그대로 전해라. 우리가 형님을 설득시키겠다고. 기다리라고 말이다."

장지평은 자리에서 일어섰다. 이제는 체면이고 뭐고 따질 겨를이 없었다. 이런 분위기도 처음이었지만 이런 조직도 처음이었다.

보스는 자신의 여자를 버리려고 하는데 부하들이 기를 쓰고 가로막고 있었다. 도대체 뭐가 뭔지 알 수가 없었다. 엘리베이터를 타고 문득 정신을 차려보니 곽도위가 옆에 있었다. 곽도위가 그를 보고 피식 웃었으나 왜 웃는지 생각해 볼 여유가 없었다.

홍성철의 장례식에는 홍콩의 모든 보스들이 찾아왔다. 형주량, 조진량은 말할 것도 없고 원삼기와 진상주도 찾아와 자리에 앉아 있었다. 그들을 따라온 간부급 부하와 수행원들로 장례식장은 살벌하면서도 북적거렸다. 빈 타오도 부하를 시켜 커다란 조화와 조의금을 보내왔다.

김원국은 상주의 자격으로 조문객에게 인사를 받고 있었다. 식이 진행되는 동안 형주량이 다가왔다. 그는 김원국 옆에 와 서더니 나직하게 말했다.

"고인은 이름을 크게 남겼습니다. 그는 마약도 이긴 것이나 다름없습니다."

김원국은 잠자코 있었다.

"그는 보스로서도 할 일을 다한 것입니다. 그렇지 않습니까?"

김원국은 머리를 끄덕였다.

"고인과 생전에 친하게 지냈습니다. 평소 그는 형님을 존경하고 있었지요."

"……"

"마약에 빠지고 나서 이성을 찾았을 때 갈등이 심했을 것입니다."

"……"

"저는 홍 형이 리첸을 사랑했다고 믿습니다. 약 때문은 아닐 겁니다."

"고맙소, 형 선생."

형주량은 씁쓸하게 웃었다.

"이젠 마약이 남의 일 같지가 않습니다."

김원국은 형주량을 바라볼 뿐 대꾸하지 않았다. 이런 때에는 충격을 받지만 곧 조직으로 되돌아가면 마약을 수용하지 않으면 안 되게끔 되어 있는 것이다. 조직의 중요한 자금원이기 때문이다.

김원국은 찾아온 조문객들을 바라보았다. 모두들 건장하고 험상궂은 남자들뿐이었다.

서로 적대시하는 조직들도 있었으므로 이곳이 장례식장만 아니라면 금방 총소리와 칼날 부딪치는 소리가 들렸을 것이다.

김원국은 형주량이 갑자기 리첸의 이야기를 꺼낸 것이 궁금했다. 하긴 리첸은 그의 전 보스였던 해리슨의 정부였으니 그가 관심을 가질 법도 했다. 그렇지만 여자 한 명 없는 살벌한 장례식이 그에게도 안타깝게 보인 것 같았다. 형주량이 자리로 돌아가자 조진량이 다가왔다.

"김원국 대형, 홍 형의 죽음은 참으로 안타까운 일입니다."

그의 말투는 정중했다.

"고맙소, 조 형."

"위천산, 그 쥐새끼 같은 놈은 유리창을 깨고 도망쳤다고 들었습니다. 그것도 유감입니다."

"……."

그는 이제 빈 타오가 마약을 형주량에게만 공급시키고 있으므로 위천산과는 거래가 없었다.

"마약업자들은 모조리 없애야 합니다."

김원국은 대답하지 않았다. 조진량이 사라지자 서울에서 달려온 오함마가 다가와 물었다.

"형님, 화장터에 가시겠습니까?"

김원국은 머리를 저었다.

수용소는 마치 감옥같이 보였다. 그러나 실제로는 감옥보다 더 무질서하고, 더 불결하고 위험하게 느껴졌다. 복도를 오가는 환자들의 눈빛은 모두 정상인의 것이 아니었다. 퀭하게 뚫린 의식 없는 짐승의 눈이 아니면 막 광기를 일으키려는 눈빛, 둘 중의 하나였다. 지나치는 간호사나 간호원들은 모두 지쳐 보였다.

　김원국은 간호사의 안내를 받아 감방같이 보이는 방으로 들어섰다. 김원국이 머리를 끄덕이자 간호사는 문을 닫고 나갔다. 이영후가 문에 등을 기대고 섰다. 김원국은 침상으로 다가갔다.

　리첸은 두 팔다리가 침대에 묶인 채 그를 올려다보고 있었다. 긴 머리는 어지럽게 베개 위에 흐트러져 있었다. 커다랗게 뜬 눈으로 깜박이지도 않고 김원국을 바라보고 있었는데 눈은 맑았다. 두어 개의 빨간 실핏줄이 흰 눈동자 위에 걸쳐 있었다. 볼이 여위기는 했으나 화장기 없는 피부는 아직도 매끄러워 보였다. 마른 입술을 달싹이더니 혀를 내밀어 입술을 축였다. 아름다웠다.

　김원국은 그녀 옆에 앉았다.

　"리첸, 나를 기억하나?"

　"네, 김 선생님."

　그녀가 맑은 목청으로 대답했다.

　"그래, 다행이군."

　"죄송해요, 김 선생님."

　김원국의 얼굴이 굳어졌다.

　"아니, 왜?"

　"제가 은혜를 원수로 갚았어요."

　리첸의 눈에 눈물이 고였다.

　"그게 무슨 말이야? 아니야, 리첸."

　"약 때문에. 탐 람은 우리가 먹을 약을 하루분밖에 주지 않았어요. 그리고 매일 물어볼 것을 시키고 나서야 약을 주었어요."

　그녀는 아이가 엄마한테 이르는 것처럼 말했다.

"그이와 같이 병원에 가기로 했어요. 나으면 절 방송국에 다시 출연시켜 준다고 했어요."

"……."

"우리 그인 지금도 치료받고 있나요?"

"……."

"이제 우리가 나으면 남들처럼 살 거예요. 전 그이를 이용한 것이 아니에요. 그일 만나시면 제가 진심으로 사랑했다고 전해주세요."

"그러지."

리첸은 갑자기 숨을 헐떡였다. 이마에 땀방울이 맺히고 두 팔과 다리를 심하게 떨었다. 눈동자가 충혈되어 있었다. 김원국이 놀라 몸을 일으켰다. 이형구가 문을 열고 뛰어 나갔다. 곧 간호사가 들어오더니 김원국의 등을 밀었다.

김원국은 수용소를 나왔다. 밖에 세워둔 차에 타려던 그는 잠시 수용소를 바라보았다. 장민애의 얼굴과 리첸의 얼굴이 겹쳐 보이고 눈앞이 흐려졌다. 리첸에게는 홍성철이 살아 있을 것이다. 시간이 흘러 아무리 기억이 무뎌지고 의식이 죽어간다고 해도 그들의 처절한 사랑은 남을 것이다. 한 사람이 죽으면 다른 사람의 가슴에 두 배로 남을 것이다.

그러자 홍성철은 외롭지 않겠다는 생각이 들었다.

"그 자식은 총을 열 몇 방을 맞고도 제 손으로 머리를 쏘아 죽었어."

강만철은 대취했다. 조웅남과 시합이라도 하듯이 양주병을 들고 병나발을 불었다.

"자살해 버렸단 말이다. 그놈들의 총알이 저를 못 죽이니까 자살을 했어. 응, 응."

강만철은 웅웅거리며 울기 시작했다. 소매로 얼굴을 가리고 울었다. 조웅남이 꿀컥이며 양주병을 거꾸로 세워 들고 마시고는 빈병을 내려놓았다.

"아녀, 같잖여서 그런 거여."

오함마와 김철성이 그를 바라보았다.

"성철이 가가 건방진 디가 있었거등."

"너는 씨발 놈아, 입 닥쳐!"

갑자기 강만철이 고함을 질렀다. 조웅남이 그를 돌아보았다.

"이 돼지 두 마리 합친 것 같은 놈아. 너는 성철이 이야기를 할 자격이 없는 놈이야, 이 새끼야!"

강만철이 악을 쓰자 의외로 조웅남은 잠자코 있었다. 조웅남은 언젠가 강만철에게 마약에 빠진 홍성철을 잔뜩 욕했던 적이 있었다. 그것을 양쪽 모두가 기억하고 있는 것이다.

김원국이 그들의 방으로 들어왔을 때 강만철은 소파에 자빠져 있었다. 김철성은 소파 뒤에 큰대자로 누워 있었고, 오함마는 자빠뜨린 의자를 베고 코를 골았다. 조웅남만이 똑바로 앉아 술병을 내려다보고 있었다. 김원국이 다가가자 조웅남이 술병을 내밀었다. 김원국이 술병을 받아 반쯤 남은 양주를 병째로 마셨다. 술병을 내려놓자 조웅남이 그를 바라보았는데 얼굴에서 눈물이 쏟아져 내리고 있다.

"형님, 성철이한티 미안혀서 어쩐다아?"

그러고는 어깨를 들썩이다가 엉엉 소리를 내며 울었다. 참다못한 김원국의 눈에서도 눈물이 흘러내렸다. 요란한 울음소리에 오함마가 깼고 김칠성도 따라 일어났다. 강만철도 머리를 들었다. 김원국은 눈물을 닦고 자리에서 일어났다.

"이제 쉬거라."

문을 열고 나가는 김원국을 오함마가 물끄러미 바라보고 있었다.

*   *   *

장민애는 2층의 발코니에 서서 검푸른 나무숲을 바라보았다. 그녀의 앞쪽 300미터쯤 떨어진 곳에서부터 밀림은 울타리처럼 저택을 에워싸고 있었다.

헬리콥터로 끝없이 펼쳐진 밀림 위를 비행해 이곳으로 왔다. 햇살이 뜨겁게 내리쬐었다. 아래쪽에서는 더위에도 아랑곳하지 않고 군복을 입은 사내들이 일을 하고 있었다. 밀림 속의 널따란 공터 위에 세워진 이 저택에 도착한 것은 3일 전이었다.

5일 동안 배와 비행기에 시달린 장민애는 기진맥진해 있었다. 시간이 지날수록 무서움과 불안이 절망과 체념으로 바뀌어가는 것을 그녀는 느끼지 못했다.

김원국이 찾아내 줄 것이라는 기대는 버리지 않았다. 오직 그것만이 그녀를 버티게 하는 단 하나의 희망이었다. 그러나 끝없이 달려가는 것 같던 배와 헬리콥터는 점점 김원국과 멀리 떨어지고 있다는 압박감을 심어주었다. 그리고 이제 이곳은 홍콩도 아니었다. 헬리콥터에서 내려 병사들의 부축을 받아 저택으로 들어왔을 때 장민애는 그녀를 바라보고 선 40대의 사내를 보았다. 검은 얼굴에 검게 반짝이는 눈을 가진 사내는 저택의 주인 같아 보였다. 2층으로 올라가는 계단 위에 서서 그는 차가운 눈으로 장민애를 훑어보았다.

"태국에 온 것을 환영합니다. 이제 당신은 내 손님이 되었소."

그는 기진맥진한 그녀를 바라보더니 부하들에게 데려가라는 듯 손짓을 했다. 장민애는 몸을 돌려 방 안으로 들어왔다. 침대가 안쪽에 놓여져 있었고 문 옆에 화장실과 목욕탕이 붙어 있는 구조였다.

장민애는 침대 옆에 놓인 의자에 앉았다. 조그맣게 한숨을 쉬었다. 서울을 떠난 지 며칠이 되었는가 다시 헤아려 보았다. 오늘까지 8일째였다. 시간이 지날수록 충격에 대한 반응은 무뎌지고 있었으나 그만큼 김원국이 자신을 찾아낼 시간이 많았을 것이라는 끈질긴 희망이 자리 잡고 있었다. 8일이면 7일보다 시간이 더 많았다. 내일이 되면 오늘보다 그에게 더 시간이 주어질 것이다.

문이 철커덕거렸다. 장민애는 시선을 돌렸다. 문이 열리고 저택의 주인이 들어섰다. 그는 문 앞에 서서 그녀에게 잠깐 시선을 주더니 방 안을 돌아보았다.

그가 이 방에 들어온 것은 처음이었기 때문에 장민애는 긴장하고 있었다. 식사 때가 되면 사내가 음식을 가져왔을 뿐 이제까지 이야기를 나눈 사람도 없었다. 방 안에 텔레비전이 있었으나 화면 상태가 좋지 않아 알아듣지도 못하는 소리만 듣고 있었다. 사내는 다가와 장민애의 앞자리에 앉았다 그녀는 그를 바라보았다. 가슴이 뛰었다.

"지내기는 어떤가?"

그가 영어로 물었다. 장민애는 잠자코 있었다.

"난 빈 타오라고 하는 사업가야."

그녀의 얼굴을 뚫어질 듯 바라보고 있었으므로 장민애는 얼굴을 돌렸다.

"김원국 씨도 사업가지. 그렇지 않은가?"

"……."

"그래서 내 친구가 그에게 사업적인 제의를 하려고 당신을 납치한 거야. 물론 나도 그 일에 찬성했지."

"……."

"김원국을 사랑하는가?"

장민애는 고개를 들어 그를 바라보았으나 이내 얼굴을 돌렸다.

"결혼할 예정이라고 들었는데, 그것이 사실이야?"

무슨 의도로 물어보는 것인지 알 수 없어 그녀는 입을 다물고 있었다. 사랑한다고 대답해서 이 남자가 도와줄 사람이 아니라는 것쯤은 알았다.

"이것 봐, 김원국이는 우리의 제의를 받아들이지 않겠다는 거야. 쉽게 말해서 당신을 데려가지 않겠다는 거지. 당신을 포기하겠다는 거야."

장민애는 번쩍 머리를 들었다. 그녀의 눈이 빈 타오를 쏘아보았다.

"거짓말 말아요."

빈 타오가 싱긋 웃었다.

"내가 거짓말할 이유가 있겠나? 생각해 봐."

"……"

"비정한 사내로군, 당신의 약혼자는 말이야. 나도 뜻밖이야."

장민애는 앞에 앉은 빈 타오가 멀리 떨어져 있는 것처럼 보였다. 그의 말소리가 옆방에서 들려오는 것 같았다.

"거짓말 말아요."

안간힘을 쓰면서 다시 말했으나 이젠 자신의 목소리도 자기 것이 아닌 것 같았다.

"그래서 내가 물었던 거야. 그를 사랑하고, 결혼할 작정이었냐고 말이야. 이해가 되지 않아? 아주 조금만 양보하면 되는 것인데. 아니, 양보도 아니야. 그에게는 큰돈을 벌 수 있는 기회인데 그는 쓸데없는 자존심과 고집을 부리고 있어."

"……"

"그래, 조직의 원칙과 명예를 위한다고 그러더군."

"……"

"그것을 위해서 당신을 포기하겠다는 거야."

더 이상 견딜 수가 없어 장민애는 두 손으로 얼굴을 가렸다. 눈물은 나오지 않았다. 절망감에 빠진 자신의 얼굴을 그에게 보이기 싫어서였다.

"이봐, 여기다 녹음기를 두고 가겠어. 당신의 약혼자에게 이야기를 해. 나도 사람이고 김원국이도 사람이야. 당신은 더 말할 나위가 없지. 우리의 제의를 받아들이라고 말해. 당신을 버리지 말아달라고 부탁하란 말이야. 오늘 밤까지 녹음해 둬. 내일 비행기로 보낼 테니까."

빈 타오는 자리에서 일어섰다.

"한국말로 해. 우리도 한국인 통역이 있으니까."

그는 싱긋 웃었다. 장민애는 얼굴을 감싼 채 움직이지 않았다.

빈 타오는 장민애의 방을 나와 복도를 걸었다. 지나치던 부하들이 인사를 하였으나 받지도 않았다.

가슴에 커다란 돌멩이라도 들어 있는 것처럼 무거웠고 편치 않았다.

빈 타오는 홍콩에 있는 부하로부터 보고를 받았다. 두 시간쯤 전이었다. 어젯밤 위천산의 집이 홍성철의 습격을 받아 쑥밭이 되었다는 것이다. 빈 타오가 알고 있던 여귀철도 총에 맞아 죽고 홍성철도 자살했다는 보고였다.

홍성철이 마약 중독자 수용소에 갇혀 있는 것을 알고 있었으므로 빈 타오는 아연했다. 그가 탈출해서 위천산을 친 것이다. 그를 중독자로 만들고 이용한 것은 빈 타오였다. 그래서 그들이 탐람에게 보복한 것이라고 빈 타오는 믿고 있었다. 만일 자신이 홍콩에 있었다면 그의 표적이 되었을지도 몰랐다. 그러고 나서 한 시간쯤 후에 위천산에게서 전화가 왔다. 김원국이 제의를 거부했다는 것이다. 빈 타오는 상황이 예상 밖의 최악으로 흘러가는 것을 느꼈다.

"그래서? 완전한 거부요?"

빈 타오가 확인하듯 다시 물었다.

—예, 그렇지만.

위천산이 말끝을 흐렸다. 그도 당황하고 있는 눈치였다.

"그렇지만 뭐요?"

—김원국의 부하들이, 강만철 같은 보스들이 며칠 시간을 달라고 했습니다. 김원국을 설득해 보겠다고 합니다.

빈 타오도 강만철을 알고 있었다. 눈치로 보아서 위천산은 강만철의 설득 작업을 기다릴 것 같았다. 어차피 그와는 손발을 맞춰야 하므로 빈 타오는 전화를 끊고 장민애를 찾아간 것이다. 그러자 녹음테이프에 실린 내용이 어떤 것이든 간에 김원국이나 그의 부하들에게 충격을 주리라는 생각이 들었다.

*　　　　　*　　　　　*

이틀 동안 김원국은 방에서 나오지 않았다. 강만철과 조웅남이 여러 번 방에 들어갔으나 혼자 있고 싶다면서 그들을 돌려보냈다. 강만철이 위천산과 타협하는 절충안을 내놓았다가 호된 질책을 받고 방을 나왔다. 강만철과 조웅남도 위천산의 석방 조건이라는 것이 일순간에 조직의 존립을 위태롭게 할 내용이라는 것을 알고 있었으므로 애꿎은 술만 마셨다.

저녁 6시쯤 되었을 때 김칠성이 찾아왔다. 그는 이틀 동안 보이지 않았다.

"형님, 나하고 같이 나갑시다."

김칠성의 옆에는 곽도위가 서 있었다.

"왜?"

짜증스럽게 조웅남이 물었다.

"사람 잡으러 갑시다. 곽도위 말로는 위천산의 부하로 화교 한 놈이 있는데 그 사건 일어나기 전에 서울로 출발했답니다. 그놈이 납치한 것이 틀림없다고 합니다. 그놈이 돌아왔다고 해요."

조웅남이 의자에서 벌떡 일어서자 의자가 넘어졌다.

승용차는 위천산의 집을 나와 넓은 차도로 들어서자 부쩍 속력을 냈다. 11시가 넘어서인지 변두리인 해변 도로는 한산했다.

어제 홍콩에 도착한 광여림은 그동안 위천산의 집이 습격당하고 인질 석방 조건을 거부한 김원국과의 상황들을 전해 들을 수 있었다. 그러나 이제 자신은 할 일을 다 했다는 생각에 마음이 조금은 가벼웠다.

일주일 동안 배를 타고 시달렸으므로 아직도 피로가 가시지 않았다. 어서 집에 돌아가 푹 쉬고 싶었다. 그는 백미러로 뒤를 바라보았다. 뒤를 따라오는 차량은 보이지 않았다. 그리고 김원국 일당은 자신이 누군지도, 자신이 그 여자를 납치했다는 것도 모르고 있을 거라고 믿었다. 우리가 인질을 잡고 있다고 공식적으로 놈들에게 통보했으므로 만일 그들이 일을 벌인다면 인질에게 영향이 갈 것을 알고 있을 것이다.

해변 도로를 달리던 차는 우회전하고는 오르막길을 올랐다. 좌우는 아파트와 상가가 밀집되어 있어서 밤이 늦었음에도 행인들의 왕래가 많았다. 광여림은 속력을 줄이고 길게 한숨을 내쉬었다. 그가 사는 아파트가 눈앞에 보였다.

김칠성은 아파트 12층의 엘리베이터 앞에 서 있었다. 엘리베이터는 아파트의 좌측에 붙어 있어서 내린 사람들은 우측으로 뻗어나간 통로를 타고 제집을 찾아가야 했다. 광여림의 집이 1205호였으므로 엘리베이터로부터 다섯 번째 집이었다.

김칠성은 창가로 가서 아래를 내려다보았다. 곽도위가 차 안에 있었다. 광여림의 얼굴을 알고 있으므로 그가 엘리베이터를 타면 신호를 해주기로 했다. 조웅남은 엘리베이터 옆쪽의 비상계단에 앉아 있었다. 아래쪽에서 끊임없이 차량의 소음이 들리고 있었으나 늦은 밤이어서인지 아파트는 조용했다. 집 안에서 들리는 소리는 밖으로 울려 나오지 않아서일 것이다.

김칠성이 등을 기대고 있던 창가에서 몸을 떼었다. 엘리베이터에 불이 들어오고 2에서 불이 켜졌다. 2층에 올라온 것이다. 그러자 빵, 빵, 빵, 빵 하고 네 번의 경적이 울렸다. 곽도위의 신호였다. 김칠성이 긴장하며 조웅남 옆으로 다가왔다. 부스스 일어난 김칠성은 엘리베이터 숫자를 바라보았다. 6에서 한 번 멈추었다가 그대로 올라오더니 12에서 멈췄다. 그는 옆으로 몸을 비켰다. 엘리베이터 문이 열리는 소리가 들리더니 뚜벅거리는 발소리가 났다. 한 사내가 그들에게 등을 보이며 걸어 나왔다. 김칠성이 재빨리 그에게로 다가갔다. 인기척에 놀란 듯 그가 발걸음을 멈추고 몸을 돌렸다. 크게 떠진 눈과 약간 벌린 입이 보였다. 그리고 한 손이 재빠르게 품속으로 들어가고 있었다.

김칠성의 주먹이 그의 관자놀이를 쳤다. 퍽 소리가 들렸으나 사내는 비틀거리면서도 품에서 꺼낸 권총을 놓치지 않았다. 다시 김칠성의 발길이 그의 아랫배를 차올렸다. 권총을 떨어뜨리면서 사내는 무릎을 꿇었다. 악문 잇새로 신음 소리가 흘러나왔다. 조웅남이 다가왔다. 땅에 떨어진 권총을 집어 들던 조웅남이 생각난 듯이 몸을 일으키면서 주먹을 휘둘러 그의 턱을 쳤다. 사내는 입을 쩍 벌리면서 땅바닥에 머리를 부딪치며 넘어졌다.

소파에 앉아 있던 김원국은 들어서는 강만철을 바라보았다. 그의 뒤를 따라 조웅남과 김칠성이 들어왔다. 새벽 2시가 넘었다. 그들은 말없이 앞자리에 앉았다.

"형님, 형수씨는 태국의 빈 타오가 데리고 있습니다."

강만철이 입을 열었다.

"공해상에서 빈 타오에게 넘겼다고 합니다. 아까 웅남이하고 칠성이가 납치했던 부하 한 놈을 잡아 자백을 받아낸 겁니다. 그놈은 화교였습니다."

김원국이 조웅남을 바라보았다.

"빈 타오의 농장에 있을 거라고 하더군요. 태국 북부에 있답니다."

조웅남은 잠자코 있었으나 김칠성이 대답했다.

"결국은 빈 타오와 위천산이가 같이 일을 꾸민 겁니다."

그렇게 말하는 강만철의 얼굴은 어두워 보였다. 장민애가 홍콩도 아니고 태국의 어느 곳인지도 모르는 곳에 있다고 생각하자 난감한 모양이었다.

"알았다. 그런데 그놈을 잡아서 어떻게 했니?"

김원국이 김칠성에게 물었다.

"실은 그것이 문젭니다."

강만철이 다시 나섰다.

"어떻게 손을 대다 보니까 죽었습니다."

"......"

"그래서 일단 바다에다 던져 넣었습니다만 저쪽에서도 곧 알아차릴 것 같은데요."

납치한 당사자가 조웅남을 만났으니 김원국도 예상하고 있었다는 듯 입을 열지 않았다.

"우리가 먼저 손을 써야 되지 않겠습니까?"

"필요 없다."

김원국이 자르듯 말했다.

"그리고 웅남이는 오늘 아침에 서울로 돌아가거라."

"......"

"여기에 미련이 있는 듯한 모습을 놈들에게 보일 필요가 없다."

"......"

"앞으로 내 허락 없이 개인행동을 하는 녀석이 있으면 그땐 나하고는 남이다."

모두들 잠자코 있었으나 표정은 가지각색이었다. 김칠성은 머리를 숙이고 발끝을 내려다보고 있었다. 강만철은 김원국을 바라보았으나 입을 꾹 다물고 다른 생각을 하고 있는 것 같다. 조웅남은 어두운 창밖을 바라보고 있었다. 그의 입술 끝이 한쪽으로 처져 있었다.

"마약으로 성철이 하나를 죽였으면 됐다. 이제 더 이상 희생시킬 수 없어. 그놈들에게 굴복해 조건을 들어줄 수도 없다."

김원국이 말을 이었다.

"너희들 감정은 잘 안다. 그리고 너희들은 이해하리라 믿는다. 너희들이 기둥이야. 경솔하게 움직이지 말아라."

김원국은 창밖으로 시선을 돌렸다.

"형님."

강만철이 김원국을 바라보며 입을 열었다. 그러다가 그는 섬뜩해졌다. 김원국이 그를 쏘아보고 있었다.

"이 자식아, 정신 차려. 감정에 휩쓸리지 마라."

그의 말소리는 낮았으나 날카로웠다. 조웅남과 김칠성이 그를 바라보았다.

"이건 내 일이야. 내가 비록 큰형님이지만 내 약혼자하고 조직을 바꿀 수는 없다."

"……"

"너희들이 목숨을 바쳐서 지켜내고 쌓아 올린 조직의 명예다. 이동수, 오유철, 홍성철… 걔들의 피를 더럽게 만들 수는 없다."

"……"

"웅남이는 아침 비행기로 서울로 돌아가거라. 함마 혼자 어려울 거다."

"……"

"만철이, 너는 칠성이하고 여기 일을 수습해야 할 테고, 저놈들과의 공식적인 협상은 있을 수 없다. 모두 끝났다."

"……"

"모두 돌아가거라. 나는 쉬겠다."

김원국은 의자에 등을 기대고 눈을 감았다.

제15장
마약과의 전쟁

밤의
대통령

장민애는 녹음기의 스위치를 눌렀다. 검정색 테이프가 천천히 돌아가는 것이 보였다. 자신의 말소리가 들렸다.

"저예요."

남의 목소리 같았다.

"저, 잘 있어요. 태국에 있어요. 더워요. 하지만 괜찮아요. 걱정하지 마세요. 그럼 안녕히 계세요."

테이프는 돌아가고 있었으나 그게 전부였다. 장민애는 녹음기의 스위치를 눌러 녹음된 부분을 지웠다. 그를 걱정시킬 말은 하기 싫었으므로 그저 잘 있다고만 할 수밖에 없었다. 당신을 보고 싶다고도 하지 못했다. 사랑한다고 부담을 주기도 싫었다.

갑자기 가슴이 아린 장민애는 무릎 위에 얼굴을 묻었다. 침대 위에 앉아 두 무릎을 세우고 양팔로 무릎을 껴안은 채 그녀는 한동안 그렇게 앉아 있었다. 갑자기 장민애는 머리를 들었다. 녹음 스위치를 다시 눌렀다.

테이프가 돌아가기 시작했다.

"저예요. 보고 싶어요. 무서워 죽겠어요. 매일 밤 당신이 날 데리러 오기를 바라요. 날 어서 데려가 줘요, 네? 빨리요. 여기 사람이 그러는데 당신이 날 포기했다고 해요. 거짓말이죠? 당신이 날 포기할 리가 없어요. 난 당신을 믿어요. 빨리 와줘요. 어서 날 꺼내줘요."

장민애는 눈물을 흘렸다. 그녀는 녹음기를 끄고는 스위치를 눌렀다. 자신의 목소리가 울려 나왔다. 무릎 위에 얼굴을 파묻고 장민애는 어깨를 들먹이며 울었다. 울면서 그녀는 손을 뻗어 녹음된 부분을 다시 지웠다.

위천산은 사무실에 앉자마자 인터폰을 눌러 장지평을 불렀다. 장지평이 문을 열고 들어왔다.

"저쪽, 강만철에게서는 연락이 없나?"

"예, 아직 없습니다."

위천산은 혀를 찼다.

"오늘이 며칠짼데… 네가 연락을 해라. 내일까지 소식이 없으면 우리가 알아서 하겠다고 해."

"예, 알았습니다."

"그리고 광여림은 아직 못 찾았나?"

"예, 아직."

"그놈은 어떻게 된 거야. 혹시?"

위천산은 장지평을 바라보고는 입을 다물었다. 사흘 동안 광여림이 차와 함께 행방불명이 된 것이다. 혹시 김원국의 일당이 손을 쓰지 않았나 하는 생각이 들었다. 만일 그렇다면 협상이고 제의가 문제가 아니었다. 물론 김원국의 조직과는 상대가 되지 못한다는 것은 위천산도 잘 알았다. 그렇지만 그때에는 김원국을 철저히 괴롭혀 줄 생각이었다.

장지평이 방을 나가고 한참이 지나도록 위천산은 생각에 잠겨 있었다. 이렇게 초조하고 불안하게 될 줄은 생각해 보지 못했다. 그러나 김원국보다는 나으리라고 믿었다.

김원국은 방을 나왔다. 강만철의 방을 지나 엘리베이터 앞에 와 섰다. 스위치를 누르고 주위를 둘러보았다. 이른 새벽이어서인지 통로에는 인적이 없었다. 엘리베이터가 멈추고 문이 열렸다. 김원국은 시계를 보았다. 새벽 4시가 되어가고 있었다.

그는 엘리베이터 안에서 목을 좌우로 돌려 굳어진 근육을 풀었다.

＊　　　　＊　　　　＊

비행기는 바다 위를 날고 있었다. 하늘에는 구름 한 점 없었으므로 비행기는 하늘 위에서 정지된 것처럼 느껴졌다. 엔진의 소음도 희미한 진동으로만 알아챌 수 있었다.

김원국은 시계를 보았다. 이제 30분이면 방콕에 도착할 것이다. 방콕이 가까워지자 김원국은 초조해졌다. 이제는 걷잡을 수 없을 정도로 마음이 급해지는 것이다.

장민애가 납치당한 지 12일째였다. 위천산이나 빈 타오도 이제는 그들의 납치가 얼마나 무익한 짓이었는지 깨닫고 있을 것이다. 그리고 조웅남이나 강만철도 조직을 지키는 것이 얼마나 중요한 일인지 냉정하게 생각할 수 있게 되었다.

조직은 보스가 개인의 의지로 이끄는 것이 아니다. 보스는 도의라는 바탕에 정의를 기초로 한 조직을 이끌되 그것이 사조직이 되면 안 된다고 믿어왔다. 명분이 있는 일을 하되 그것은 조직을 위한 일이어야 했다. 자신은 일의 명분을 만들어 주고, 가르쳐 주는 일을 해야 하는 것이다. 그리고 이제 강만철 등이 자신의 뜻에 익숙해졌다고 믿었다. 이제는 자신이 없어져도 그들이 조직을 충분히 이끌어 나가리라고 생각했다.

사건이 일어나자 불쑥대는 그들을 진정시키는 것이 제일 힘들었다. 김원국은 그들의 진한 격정이 때로는 고맙고 가슴이 벅차기도 했지만 조직을 위해서는 바람직하지 않았다. 이제 그들은 진정이 되었다. 그리고 이제 김원국은 장민애만을 생각해도 되었다. 모든 것을 보스들에게 넘기고 개인으로 날아가는 것이다. 이제는 개인의 일이었다.

김원국이 장민애에게 날아가는 것이다. 이제까지 그녀가 겪어야만 했던 불안과 공포, 그 고통을 상상하고 있노라면 가슴이 터질 것 같던 때가 한두 번이 아니었다. 투정을 부리듯 김원국을 책망하면서 행동을 일으키자던 조웅남마저 때려눕히고 싶도록 미웠었다. 이제 조웅남은 서울로 돌아가 근무를 하고 있을 것이다.

기내 방송이 울렸다. 방콕에 곧 착륙한다는 안내 방송이었다.

김원국은 벨트를 매고는 눈을 감았다. 며칠 동안 빈 타오의 농장에 대해서 조사를 해두었다. 형주량에게 도움을 많이 받았다. 그는 빈 타오의 농장과 그의 조직에 대해서 자세히 알고 있었다.

비행기가 공항에 착륙하자 김원국은 손에 든 짐이 없는 덕분에 빠르게 통관을 마쳤다. 대합실로 나와 주위를 살펴보자 40대의 비대한 몸집의 사내가 다가왔다.

"김 선생이십니까?"

"그렇소. 당신이 호 선생이오?"

"네, 그렇습니다."

그는 웃는 얼굴로 머리를 숙였다. 형주량의 소개로 알게 된 태국에 거주하는 중국인 호운이었다.

"절 따라오시지요."

호운이 앞장을 섰다. 그는 공항 앞에 세워둔 자신의 왜건에 김원국을 태웠다.

"곧장 저희 창고로 가시겠습니까? 저희 집이 창고나 마찬가지입니다만."

호운이 핸들을 잡고 몸을 돌려 물었다. 김원국이 끄덕이자 그는 차를 발진시켰다. 호운은 복잡한 도로를 능숙하게 차를 몰아 빠져나갔다.

"요즘 홍콩은 어때요?"

호운이 물었다.

"잘됩니까?"

뒤로 얼굴을 돌린 그를 향해 김원국은 웃어 보였다. 그는 태국의 무기 상인이었다. 형주량이 일러준 그의 전화번호로 미리 전화를 해놓았던 것이다. 호운은 그가 홍콩에 있는 한국 조직의 무기 구매 담당쯤으로 알고 있었다. 김원국이 그렇게 말해주었기 때문이다.

어쨌든 호운에게는 상관없을 것이다. 어떤 조직이든 간에 무기만 팔면 되었다. 싸움이 일어날수록 그의 장사는 신바람이 났다. 뭔가 안정이 되어간다 싶으면 짜증이 나는 것이다.

"형님이 어디 나가신지 너도 모르냐?"

강만철이 김칠성에게 물었다. 김칠성은 자리에 앉지도 않고 눈을 끔벅였다. 아침 10시가 되어 있었다.

"언제 나가셨는데요?"

김칠성이 되묻자 강만철이 혀를 찼다.

"그걸 알면 내가 너한테 왜 묻겠어."

"아니, 밖에 나갔다 지금 들어온 내가 뭘 압니까? 난 어제 밤새도록 위천산이 집 앞을 쳐다보고 있었다구요."

"……"

"형님은 바로 옆방에 있었으면서 나에게 물으면 어떻게 해요?"

강만철은 인터폰을 눌러 야간 경비를 불렀다. 김칠성이 방을 나갔다. 김원국의 방으로 가보는 것 같았다. 야간 경비로 있던 부하들 네 명이 강만철의 방으로 들어왔다. 모두들 긴장하고 있었다.

"너희들, 형님 못 봤어?"

강만철이 묻자 그들은 서로의 얼굴을 들여다보았다.

"전 못 뵈었습니다."

"저도 그렇습니다."

김칠성이 방으로 들어왔다.

"옷도 그대로예요. 그저 잠깐 밖에 나가신 것 같아요."

경비들을 내보내고 강만철은 김칠성과 마주 앉았다.

"너, 형님이 형수씨를 포기하신 것 같으냐?"

강만철이 불쑥 물었다. 김칠성은 강만철을 바라보았으나 입을 열지 않았다. 강만철은 대답을 기다리는 듯 끈질기게 김칠성을 바라보았다.

"할 수 없지 않습니까? 큰형님은 이 일이 조직을 동원할 일이 아니라고 생각하시니까요."

"……"

"그렇지만 분해요. 만일 무슨 일이 있다면 난 누구 말도 안 들을랍니다. 형님도 알아두세요. 난 나대로 처리하고 떠날랍니다."

"난 형님을 잘 알아."

강만철이 입을 열었다.

"형님은 책임감이 강한 사람이야."

그는 혼잣소리처럼 말했다.

"이제까지 형님을 믿고 따른 사람을 한 번도 배신한 적이 없었단 말이야."

김칠성이 눈을 껌벅이다가 말했다.

"조직을 위해서라고 하지 않습디까."

"조직?"

강만철이 새삼스러운 듯 물었다. 그러자 전화벨이 울렸다. 직통 전화였으므로 강만철이 전화기를 들었다.

"여보세요."

—만철이냐?

"아, 형님. 거기 어디세요? 말씀도 없이 나가시면 어떡합니까?"

강만철이 이맛살을 찌푸리며 소리쳤다. 김원국의 웃음소리가 들렸다. 강만철이 의외라는 듯 김칠성을 돌아보았다. 근래에 와서 처음 듣는 그의 웃음소리였다.

—여기 마카오다.

아닌 게 아니라 전화의 감이 멀었다.

"거긴 무슨 일입니까, 갑자기?"

—기분 전환으로 도박을 한다.

"어딥니까? 제가 가든 칠성이를 보내든 하지요."

—필요 없다. 혼자 즐기겠다. 다시 연락하마.

전화가 끊어졌다.

"여보세요, 여보세요."

끊어진 전화에 대고 소리를 지르던 강만철이 전화기를 내려놓았다.

"마카오야. 거기서 도박을 하신대."

김칠성이 머리를 끄덕였다.

"답답할 땐 기분 전환으로 최고예요."

"그렇지만 혼자란 말이야."

강만철은 혀를 찼다.

"네가 마카오로 가서 찾아. 애들 데리고 가고."

김칠성이 자리에서 일어섰다. 11시가 되어가고 있었다.

전화기를 내려놓은 김원국이 길가에 세워둔 차에 올랐다. 그의 옷차림이 바뀌어 있었다.

군화에 캔버스 천으로 만든 바지와 상의를 입었고 허리에는 두꺼운 가죽 혁대를 맸다. 차는 호운에게서 빌린 지프였다. 브레이크를 풀고 김원국은 가속페달을 밟았다. 치앙마이까지는 300킬로미터 정도 남아 있었다. 오후 3시까지는 치앙마이에 도착해야 했다. 지금이 12시였으니 세 시간 동안 300킬로미터를 달려야 하는 것이다. 국도는 포장이 되어 있었으나 황량한 벌판은 휘몰아오는 먼지에 시야가 가끔씩 가려져 속력을 낼 수가 없었다.

사오십 킬로미터를 달리자 이제는 주변이 빽빽하게 들어찬 밀림으로 바뀌었다. 후텁지근한 공기가 차 안으로 밀려 들어왔다.

김원국은 다시 속력을 냈다. 온몸에서 땀이 흘러내렸다.

그는 팔소매로 얼굴에서 흘러내리는 땀을 닦았다. 지프에는 에어컨이 작동되지 않았다. 반대편에서 달려오던 트럭이 옆을 스쳐 지나가자 지프가 휘청거리며 흔들렸다. 북쪽으로 달리는 도로는 올라갈수록 차량의 통행이 적어지고 있었다. 달리면서 그는 핸들 위에 지도를 펼쳐 놓고 살펴보았다.

이제 타크까지 삼사십 킬로미터밖에 남지 않았다. 타크에서 치앙마이까지는 200킬로미터였다. 치앙마이에서 산길로 40킬로미터쯤 올라가면 빈 타오의 농장이 나온다. 그곳에 빈 타오가 있었다. 500명에 가까운 개인 군대를 가진 마약 왕국이었다. 최신 무기로 무장한 그들의 군대는 차오 중령이라는 사내의 지휘를 받고 있다고 들었다.

빈 타오는 매년 수억 달러의 외화를 벌어들이는 무시하지 못

할 존재였다. 그가 벌어들이는 외화는 국내에 풀리게 되므로 산업 발전에도 공이 컸다. 그는 또한 막대한 금액을 정부와 자선단체에 투자하여 인심을 얻고 있었다. 치앙마이와 북쪽의 산간 마을들은 그의 힘으로 번영을 이룩해 나간다고 해도 과언이 아니었다.

빈 타오는 또한 관리들과 군대에 뇌물을 뿌렸다. 요직의 관리들치고 그에게 선물과 뇌물을 받아보지 않은 사람이 드물었다. 미국이 마약 근절과 빈 타오의 농장에 대해 공공연히 문제를 들고 나오면 군대와 경찰은 주택 주변의 밀림에서 사격 연습을 하다가 돌아오곤 했다.

김원국은 빈 타오에 대해 소상하게 조사를 해두었다. 자신의 행동이 무모하다는 것도 알고 있었다. 어쩌면 죽을지도 몰랐지만 그것은 각오하고 있었다. 장민애 옆에서 죽으면 그것으로 만족할 수 있을 것 같았다. 그것이 안 되면 그녀의 얼굴이라도 보고 죽었으면 했다. 또 그것마저 어렵다면 그녀의 이름을 소리쳐 부르고 자신이 왔다는 것을 들려주고 싶었다.

김원국은 다시 액셀러레이터를 힘주어 밟았다. 끝없는 길을 맹렬히 달려가면서 김원국은 지나온 날을 생각했다.

이동수의 죽음과 오유철의 죽음, 그리고 홍성철의 죽음을 차례로 떠올리면서 그들의 의리와 신의, 그들의 책임감을 되새겨 보았다.

문득 얼굴에 웃음이 떠올랐다. 이제 남아 있는 녀석들도 그렇게 될 것이다. 그런 동생들이 있다는 것이 자랑스러웠고 그들을 그렇게 단련시킨 자신이 또한 흐뭇했다. 장민애의 얼굴이 떠올랐다. 눈을 반짝이며 웃던 모습과 성을 내던 얼굴, 놀라던 눈동자, 그리고 귀엽게 매달리던 자태가 떠오르다 지워졌다. 지프는 맹렬히 달려가고 있었다.

오후 3시가 되었으나 김원국을 찾을 수가 없었으므로 김칠성은 로비에 있는 소파에 털썩 주저앉았다. 세 시간 동안 헤맸어도 소득이 없다. 20여 명의 부하가 지금도 마카오를 샅샅이 뒤지고 있을 것이다.

김일두가 다가왔다. 그도 지친 얼굴이었다.

"형님, 큰형님이 분명 마카오라고 말씀하셨어요?"

"아, 그럼. 왜 그걸 묻는 거야?"

김칠성이 짜증스럽게 물었다.

"아닙니다."

김칠성은 혀를 찼다.

"형님은 도대체 어디에 있는지나 말씀하실 일이지 말이야."

그러다가 문득 여자 생각이 났을까 했지만 그럴 리는 없어서 생각을 지웠다.

"지금 호텔은 다 찾아보았고 애들은 마사지하는 데나 터키탕을 찾아다니고 있습니다."

김칠성은 이맛살을 찌푸렸으나 입을 열지는 않았다. 김원국이 그런 곳을 좋아하지 않는다고 말해도 찾을 곳이 없어진 부하들이 헤집고 다니는 것을 탓할 수는 없었다. 김일두가 들고 있던 핸드폰이 울렸다.

김일두가 서둘러 귀에 가져다 대더니 김칠성을 바라보며 머리를 저었다.

위천산은 창밖을 바라보았다. 정원에 부하들과 함께 두어 명의 경찰관이 모여 서 있었다. 지난번 홍성철의 습격 사건이 있은 후로 경찰들도 증원이 되었다. 부하들도 20여 명이 저택에 상주하고 있었으므로 저택 안팎은 언제나 사람들로 가득 차 있는 것이다.

장지평을 그들에게 보냈으나 김원국은 어떠한 요구도 받아들일 수 없다고 통보해 왔다. 이번에는 강만철 등 보스들도 장지평에게 기일을 연장해 달라는 요구를 하지 않았다. 장지평은 겁에 질려 돌아왔다. 위천산도 당황했다. 그들이 이렇게 완전한 거부를 하자 오히려 이쪽이 초조해지고 불안해진 것이다. 부랴부랴 경찰을 찾아가 사정을 하여 인원을 증원받고 경호원의 수를 늘렸으나 안심이 되지 않았다. 당분간 마약 거래도 중지 상태였다.

위천산은 창에서 몸을 돌렸다. 소파로 돌아와 탁자 위에 놓인 전화기를 집어 들었다. 그가 상의할 사람은 빈 타오밖에 없었다. 위천산의 이야기를 듣고 난 빈 타오가 말했다.

—할 수 없지. 이젠 나에게로 화살이 돌아올 참이로군.

"빈 선생, 여기도 심각합니다. 우리 애들도 밖에 나가길 꺼립니다."

—그래, 당신은 어떻게 하면 좋겠소? 여자를 말이오.

위천산은 잠자코 있었다.

—이젠 나에게 넘긴다는 뜻이오?

빈 타오가 다시 물었다.

"아닙니다. 이제 여자가 필요 없지 않습니까."

─그럼 내가 처리하란 말이오?

"……."

위천산은 빈 타오가 여자를 처리하는 문제로 곤혹스러워한다고 느꼈다. 그는 자신이 여자를 빈 타오에게 넘긴 것을 잘했다고 생각했다. 이젠 그가 여자를 잡고 있으니만큼 김원국의 화살이 그쪽으로 돌려질 것이 틀림없었다.

"그것은 빈 선생이 알아서 해주시지요. 여기도 정신이 없습니다."

광여림은 아직도 나타나지 않았다. 경찰도 수사를 하고 있으나 그는 죽은 것이 틀림없었다. 김원국 조직에게 보복을 당한 것이다. 전화기를 내려놓은 위천산은 잠시 생각에 잠겼다. 그는 인터폰을 눌러 장지평을 불렀다. 장지평이 문을 열고 들어왔다.

"거기 앉아라."

위천산이 말하자 그는 앞자리에 앉았다. 장지평은 이제 그의 심복이 되어 있었다.

"그쪽, 김원국의 조직은 우리가 여자를 데리고 있는 것을 알고 있나?"

그가 묻자 장지평은 머리를 한쪽으로 틀면서 생각하는 듯하다가 말했다.

"그건 모르겠습니다. 저에게 그런 걸 물어보지도 않았고… 당연하지 않겠습니까?"

"뭐가 당연해?"

"우리가 데리고 있으니까 그런 조건을 요구한 것으로 생각하겠지요. 그래서 홍성철이도 쳐들어온 게 아닐까요?"

위천산은 눈을 깜박였다. 장민애를 빈 타오가 데려간 것을 아는 사람은 위천산 자신과 광여림, 여귀철밖에 없었다. 여귀철이 홍성철에게 죽었으므로 아는 것은 자신과 광여림뿐이었다. 그렇지만 다시 광여림이 행방불명이 된 것이다. 그는 광여림이 김원국 조직에 잡혀서 사실을 말했기를 바랐다.

장지평은 잠자코 그를 바라보았다. 그도 장민애가 홍콩의 어느 은밀한 곳에 숨겨진 것으로 생각하는 모양이었다.

"너, 곽도위를 만났다면서?"

위천산이 물었다.

"네, 이제는 그들의 조직원이 되었더군요. 으스대고 있었습니다."

"그놈을 다시 만날 수도 있겠구먼."

장지평은 잠자코 그를 바라보았다.

"그놈을 만나라. 오리엔트호텔로 찾아가 만나도 된다."

"……."

"그놈에게 그렇게 이야기를 해. 지나가는 말처럼 말이다. 여자는 빈 타오가 데리고 있다고 말이야. 입장이 난처하다고 이야기해. 빈 타오가 여자를 내놓지 않으려고 한다고 말해라. 이 일도 모두 빈 타오의 지시였다고 말해도 좋다."

"정말입니까?"

장지평이 깜짝 놀라 물었다. 위천산이 머리를 끄덕였다.

"모든 오해를 내가 뒤집어쓰고 있으니까 답답해. 빈 타오는 멀쩡히 구경만 하고 있고 말이야."

"제가 곽도위를 만나 보지요."

"그렇다고 해서 매달리는 행동은 하지 마. 사실을 말해주는 것이니까."

"그건 염려 마세요."

장지평이 일어서서 방을 나갔다. 그의 어깨도 가벼워진 것처럼 보였다.

강만철은 시계를 보았다. 오후 5시가 넘어 있었다. 김칠성은 마카오에 서너 명의 부하들을 남겨놓고 돌아오는 중이었다. 이제나 저제나 하고 김원국의 전화를 기다렸으나 전화는 걸려 오지 않았다. 심상치 않았다.

갑자기 강만철은 자리에서 일어섰다. 서둘러 방을 나가 김원국의 방으로 들어섰다. 책상 서랍을 열어젖혔다. 그의 성격대로 가지런히 진열된 내용물들이 보였다.

강만철은 서랍을 하나씩 뒤져 나갔다. 열중해 있는 그의 앞에서 인기척이 났다. 장갑수가 서 있었다.

"형님, 손님이 찾아왔는데요."

"누구야?"

"길 건너편 음식점 주인입니다. 꼭 형님을 뵈어야겠답니다."

강만철은 자신의 방으로 되돌아갔다. 장갑수가 50대의 사내를 데려왔다. 낯익은 사내였다.

"아, 방 사장. 웬일입니까?"

강만철이 의외라는 듯 묻자 그는 호주머니에서 흰 봉투를 꺼내 강만철에게 내밀었다.

"여기 김 사장께서 오후 5시가 되면 강 사장께 전해 드리라고 했습니다. 그래서……."

"김원국 사장이 말입니까?"

강만철이 봉투를 받으면서 물었다. 장갑수가 눈을 크게 뜨고 한 걸음 다가왔다.

"예, 새벽에 제 가게로 오시더니 꼭 5시가 되면 드리라고 해서요."

강만철은 분주하게 봉투를 뜯었다. 김원국의 편지였다.

만철에게.

넌 짐작했겠지만 난 태국에 간다. 혼자 가는 것이다. 네가 이 편지를 읽을 때쯤이면 난 빈 타오의 농장 근처에 있을 것이다. 소란 떨지 마라. 그러다가 내가 발각되면 큰일이다. 이제 너희들에게 모두 맡겨놓았으니 내 일을 하러 가야지. 민애가 얼마나 가슴이 아팠겠냐?

놈들은 내가 민애를 포기했다는 것을 그 애에게 말해주었을지도 모른다. 민애가 고통받을 걸 생각하니 차라리 가까운 곳에서 죽는 게 나을 것 같다.

이렇게 쓰는 것은 큰형님 김원국이 아니라 인간 김원국이 되었기 때문이다. 동요하지 말고 조직을 잘 이끌어가기를 바란다.

웅남이, 칠성, 함마, 너희들이 기둥이다. 동생들 잘 관리해라.

김원국.

강만철의 손이 떨렸다. 그는 눈을 부릅뜬 채 한동안 편지를 노려보고 서 있었다. 장갑수가 불안한 듯 다가와 그를 바라보았다. 그가 머리를 젓자 장갑수는 방 사장을 데리고 방을 나갔다.

"그러면 그렇지."

저도 모르게 강만철의 입에서 말이 새어 나왔다.

*　　　*　　　*

태양은 밀림 위에 걸려 있는 것처럼 보였다. 앞쪽의 커다란 창고는 길게 그림자를 뻗치고 있었다. 군인들이 열을 지어 창고와 저택 사이를 빠져나갔다.

장민애는 몸을 돌려 방으로 들어왔다. 테이프를 찾으러 온다던 빈 타오는 오지 않았다. 다행이었다. 테이프에는 아무것도 녹음되지 않았다. 밤새도록 녹음기에 대고 말하였으나 한 번 듣고는 반드시 지웠다. 그에게 그냥 인사만 전하는 것도 싫었고 울면서 애원하기도 이제 싫어졌다. 그것을 빈 타오가 들을 것을 생각하자 녹음을 단념한 것이다.

빈 타오는 자신의 목소리를 들려줌으로써 그의 마음을 돌리려고 하는 것이다. 처음에는 그 생각을 하지 못했었다. 자신의 목소리를 김원국이 듣게 한다는 것만 생각했다. 그러면 멀리 떨어져 있다손 치더라도 무엇인가 연결된 듯한 기분이 들 것 같았다.

그러나 시간이 조금 지나고 나자 그는 바쁜 사람이라는 것을 생각해 냈다. 언제나 큰 것을 생각하는 사람이었다. 큰 것을 위해서는 자신을 절제할 줄 아는 사내였다.

장민애는 그의 옆에서 지켜봐 왔다. 그는 자기희생에 철저했다. 어쩌면 지금도 그럴지 모른다고 생각했다. 아마도 빈 타오는 자신을 인질로 삼아 그와 그의 조직에 무엇을 요구했을 것이다. 그리고 그는 가차 없이 거부했다. 김원국다운 일이었다. 그는 그의 조직과 나 둘 중에서 조직을 선택했다. 그것은 그에게 너무나 당연한 일이었다. 이들이 놀라는 것은 그를 모르기 때문이다.

장민애는 침대에 걸터앉았다. 그러면 나는 누구인가? 나는 그의 무엇인가? 그가 선택을 거부한 나는 그와의 인연 때문에 이렇게 되었는데, 어떻게 해야 하는가? 눈에 눈물이 맺혔으나 장민애는 손을 들어 닦으려 하지 않았다. 손을 들어 올릴 기력도 없었지만 이젠 귀찮아졌다.

나는 아무것도 아니다. 장민애는 부끄러웠다. 빈 타오에게도 부끄러웠고 자신에게도 부끄러웠다. 장민애는 김원국의 얼굴을 떠올렸다. 차가운 사내는 아니었다. 그녀는 그가 밉지 않았다. 차츰 장민애의 가슴이 가라앉아 갔다.

발소리가 들리더니 문이 열렸다. 빈 타오가 들어섰다. 장민애는 잠자코 그를 바라보았다. 그는 무표정한 얼굴로 의자에 앉았다.

"유감스러운 일이지만 김원국이 인질을 받지 않겠다는군. 완전히 거부했어. 날더러 당신을 마음대로 하라는 것인데……."

장민애는 잠자코 있었으나 얼굴이 화끈거렸다. 가슴이 무섭게 뛰었다. 이제는 불안과 공포가 아니라 부끄러움과 치욕의 감정이 그녀를 뒤흔들고 있었다. 자신도 모르게 그녀는 이를 악물었다.

"이젠 이것도 필요 없군."

빈 타오가 탁자 위에 놓인 녹음기를 바라보며 입술 끝을 구부리며 웃었다.

"이봐, 날 원망하지 마. 난 일반적인 결과를 예상했었어. 유감인 것은 김원국이 우리의 예상을 깬 것이지. 그것이 나나 당신을 곤경에 빠뜨린 거야."

"······"

"홍."

빈 타오는 코웃음을 치며 자리에서 일어섰다. 그러고는 방문을 열고 나갔다. 장민애는 두 무릎을 구부려 양팔로 안았다. 얼굴을 무릎 위에 놓고 탁자 위의 녹음기를 바라보았다. 다시 마음이 가라앉아 갔다. 그녀는 한 팔을 길게 뻗어 녹음기의 스위치를 켰다. 테이프가 돌아가기 시작했다. 장민애는 김원국이 앞에 앉아 있는 것처럼 말했다.

"난 슬퍼요. 난 당신이 모든 걸 제쳐 두고 달려와 줄 줄 알았어요. 그렇게 믿고 견디어왔어요. 당신을 미워하려고 아까부터 노력해 봐도 안 돼요··· 나는 당신의 누구였어요? 나는 당신을 사랑했어요··· 나는 죽는 순간에도 당신을 사랑할 거예요. 죽겠어요··· 이젠 견딜 수 없을 것 같아서 그래요."

무릎 위에 얼굴을 놓은 채 말하는 장민애의 눈에서 눈물이 넘쳐흘러 귀를 적셨다. 눈물도 녹음기에 담아두고 싶었다. 짜고 깨끗한 눈물이 그의 귀에 들어가 아프게 자신을 기억시키게라도 하면 이제 그것으로 만족할 것 같았다.

장민애는 눈을 감았다. 녹음기는 아직도 돌아가고 있었다.

치앙마이를 지나자 길은 포장되지 않은 1차선 도로였다. 다행히 오가는 차량이 없었으므로 덜컹거렸으나 속력은 낼 수 있었다. 지도상으로 보면 5킬로미터쯤 더 가면 빈 타오의 농장이 나오게 된다. 김원국은 시계를 들여다보았다. 오후 5시 30분이었다.

농장에서 1킬로미터쯤 떨어진 곳에 차를 숨겨두고 밀림으로 들어갈 생각이었다. 도로의 양쪽은 숲이 무성한 밀림이어서 숲에서 풍겨 나오는 짙고 비린 듯한 나무 냄새가 차창으로 흘러들었다. 길에는 차량도 다니지 않았지만 인적도 없었다. 고르지 못한 맨땅을 지프는 덜컹거리며 달려 나갔다.

지금쯤은 강만철이 편지를 받아 보았을 것이라는 생각이 들었다. 신중한 녀석이니까 움직이지 않을 것이다. 아무런 준비도 없이 무모하게 달려드는 사내가 아니었다. 만일의 경우 그가 나를 구하러 이곳에 온다면 준비를 마치고 도착하는 데 아무리 빨라도 사흘은 걸린다. 그러면 그때는 모든 것이 끝나 있을 것이다. 강만철은 돌아가는 수밖에 없다. 쓸모없는 복수극 따위를 벌여 동생들을 희생시키라고 가르치지 않았다. 그는 이성을 찾고 돌아갈 것이라고 믿었다.

김원국은 차의 속도를 줄였다. 핸들 위에 지도를 펼치고 이제까지 지나온 곳과 앞을 바라보았다. 그는 길가로 차를 붙이며 천천히 달렸다. 길가 밀림 쪽으로 제법 평평한 공터가 보였다. 그는 지프를 그쪽으로 밀어 넣었다. 나무숲에 바짝 지프를 붙여 세우고 난 그는 차의 뒤쪽에서 묵직한 헝겊 가방을 들어내 끈을 풀었다.

김원국은 상의를 벗고 방탄조끼를 걸쳐 입었다. 다시 상의를 입자 묵직하고 거북하였으나 견딜 만은 했다. M—16을 꺼내고 30발 들이 탄창 다섯 개를 밴드에 찔러 넣었다. 상의의 큼직한 호주머니에 수류탄 열 발을 나눠 넣고 가방에서 권총을 꺼내 손에 쥐어 보았다. 베레타였다. 탄창 다섯 개와 함께 바지 주머니에 넣었다. 나이프를 허리춤에 꽂고 망원경을 꺼내 목에 걸었다. 수통을 어깨에 걸쳤다가 내려놓았다. 플래시와 철조망 끊는 펜치를 바지 주머니에 넣었다.

김원국은 배낭을 들어 지프에 던져 넣었다. 비상식량이 있었으나 내버려 두었다. 그는 M—16을 움켜쥐고는 길을 따라 100미터쯤 나간 다음 밀림 속으로 들어섰다. 발각될까 염려가 된 것이다. 길과 병행해서 숲 속으로 가는 것이 안전할 것 같았다.

밀림 속은 습기가 가득 차 있었다. 햇빛이 닿지 않는 땅바닥엔 식물들이 썩어가고 있어서 발을 디디면 미끈거리면서 발목이 빠졌다. 썩은 냄새에 머리가 어지러워 입을 벌리면 이번엔 매운 듯한 습기가 폐 속까지 들어가 가슴이 답답했다. 길을 따라 300미터쯤 전진하는 데 30분이 걸렸다.

김원국은 밖으로 뛰쳐나가고 싶은 충동을 참고 끈질기게 앞으로 나아갔다. 주위가 어두워져 왔다. 밤이 순식간에 찾아오는 것 같았다. 앞쪽에서 반짝이는 불빛이 보였다. 그는 불빛을 바라보고 발을 옮겼다.

저택은 휘황하게 불빛을 비추고 있었다. 3층 저택이었다. 저택의 오른쪽에 단층의 기다란 건물 두 채가 보였다. 군인들의 막사 같았다. 저택의 뒤쪽으로 커다란 창고처럼 보이는 2층 건물이 마약 공장일 것이다.

김원국은 정문에서 50미터쯤 떨어진 숲 속에 서 있었다. 정문은 초소 위에 불이 켜져 있어서 주변이 환했다. 두 명의 군인이 초소 옆에 서서 이야기를 하고 있었다. 육중한 철문으로 되어 있는 정문의 좌우는 철조망으로 가려진 울타리였다.

김원국은 적외선 망원경을 내리고는 밀림을 조심스럽게 빠져 나왔다. 정문을 살펴보다가 길을 건넜다. 그러고는 다시 숲 속으로 들어갔다. 플래시를 켰으나 나무와 무성한 잎에 가려져서 이삼 미터 앞은 볼 수가 없었다. 그는 비 오듯 땀을 쏟으며 50미터쯤 전진한 다음 오른쪽으로 방향을 바꿨다.

계산대로라면 정문에서 왼쪽으로 50미터 떨어진 부근이 나와야 한다. 직선으로 나간다고 생각했으나 가로막힌 나무와 잔가지들을 피해 나가는 바람에 자신이 없었다. 짙게 풍겨오는 숲의 냄새에 질식할 것 같았으나 이를 악물고 멈추지 않았다.

갑자기 부드러운 흙냄새가 맡아지고 서늘한 바람이 얼굴에 와 닿았다. 어느 사이에 밖으로 나온 것이다. 초소 쪽을 바라보니 오른쪽으로 100미터도 넘게 떨어져 있었다. 차라리 잘된 일이었다. 이제 저택이 정면으로 보였다. 철조망을 넘으면 직선거리로 300미터쯤 되었고 장애물은 없었다. 김원국은 철조망으로 다가갔다.

*　　　　　*　　　　　*

김칠성이 방으로 들어서자 강만철은 책상 옆에 서 있었다.

"형님은 마카오에 안 계신 것 같아요."

투덜거리며 말하던 김칠성은 강만철의 표정이 심상치 않자 그의 옆에 다가섰다. 강만철이 책상 위에 놓인 편지를 집어 김칠성에게 건네주었다.

"이게 뭡니까?"

편지를 받아 든 김칠성은 김원국의 글씨를 알아보았다.

"이런, 젠장."

편지를 읽고 난 김칠성의 얼굴이 금방 상기되었다. 강만철은 그의 손에 든 편지를 빼앗아 손에 쥐었다.

"나는 움직이지 못해."

"이런, 젠장."

김칠성이 헛소리처럼 다시 말했다.

"나는 절대로 여기 있어야 돼."

강만철은 혼잣말처럼 중얼거렸다.

"어딜 가는 거냐?"

한걸음에 내달려 문고리를 잡은 김칠성에게 강만철이 소리쳤다.

"내가 전에 말했지요?"

김칠성이 강만철을 노려보았다.

"이런 일 생기면 내 멋대로 하겠다고 했어요."

"칠성아."

"형님은 책임자니까 안 돼요. 이 일은 내가 해야 돼요."

김칠성은 문을 닫고 나갔다. 강만철은 잠시 우두커니 서 있었다. 김칠성을 잡을 수가 없었다. 그가 부러웠고 자신도 김원국을 따라가고 싶었기 때문이다.

강만철은 전화기를 들었다. 다이얼을 누르고 기다리자 오함마가 전화를 받았다.

"함마냐. 나다."

―형님, 웬일입니까?

강만철은 자초지종을 설명했다. 오함마가 숨을 죽이고 듣는 것을 느낄 수 있었다.

"그래서 칠성이가 뛰쳐나갔다. 형님의 명령이라 나도 이러고 있지만 이거 어떡하면 좋으냐?"

―형님은 움직이면 안 돼요.

오함마가 잘라 말했다.

―제가 지금 출발할랍니다.

"뭐야?"

강만철이 놀라 물었다.

―서울은 웅남 형님이 계시면 돼요. 저야 어차피 책임을 져야할 사람이고, 칠성이하고 같이 가겠습니다.

"야, 인마. 형님 편지에……"

―형님!

오함마가 악을 썼다.

―형님 편지에 시체 가지러 오지 말라는 말은 없었지요? 그렇죠?

강만철은 말이 막혔다.

―어차피 늦었어도 형님 몸이라도 모셔오겠습니다. 잘하면 형수씨도……

"함마야."

―형님, 웅남 형님에게는 비밀로 해주세요. 그 양반 떠나면 서

울은 빕니다.

"……."

—여기서 곧장 태국으로 갈 테니까 빈 타오의 농장 정보가 있으면 모조리 팩스로 보내주세요.

오함마는 자기가 먼저 전화를 끊었다.

저녁 8시가 되자 거대한 중국 음식점인 광동성은 가족들이나 친구들과 함께 찾아온 손님들로 북적거렸다.

백장용은 입구 근처의 테이블에 앉아 있었는데 식탁 위엔 엽차 잔만 놓였다. 10분쯤 지나자 두 명의 서양인이 입구로 들어서는 것이 보였다. 백장용이 손을 들었다. 두리번거리던 그들이 백장용을 발견하고 다가왔다. 그들은 백장용 앞에 와 섰다.

일어서서 기다리던 백장용이 갈색 머리의 나이 든 사람에게 손을 내밀었다.

"오랜만입니다, 빌 패트릭. 당신이 홍콩에 계시는 줄은 알았지만 이렇게 만나게 될 줄은 몰랐군요. 당신 가족들은 잘 있는지요."

"미스터 백, 정말 반갑습니다. 나도 당신이 홍콩에 머물러 있는 것을 알고 있었습니다. 인사하시죠. 이쪽은 제임스 맥클레인, 내 보좌관입니다."

백장용은 특전사 시절 태권도 교관으로 한국에 파견 나와 있던 미국 CIA 요원들에게 태권도를 가르쳤던 적이 있었고, 그때 빌 패트릭과 친하게 지낸 인연이 있었다. 당시 빌은 백장용에게 가족 사진을 보여주면서 향수병에 걸린 자신을 달래주지 않는다면서 농담을 하곤 했다. 그가 홍콩으로 다시 근무지를 옮기고 나서 백장용은 김원국 밑으로 들어갔던 것이다.

40대의 빌 패트릭은 자리에 앉아 백장용을 찬찬히 바라보았다. 회색빛 눈이 찌그러진 눈시울 밑에서 움직이지 않았다. 제임스라고 하는 금발의 사내는 호리호리한 체격이었다. 30대 초반으로 보였다.

"갑자기 전화를 드려 죄송합니다. 급하게 상의할 일이 있기 때문에."

빌이 보일 듯 말 듯 머리를 끄덕였다. 말을 계속하라는 것 같았다.

"난 제일상사에서 일하고 있고, 우리 보스는 김원국입니다. CIA에서도 알고 계시겠죠?"

그들은 잠자코 있었다.

"지금 우리는 마약 조직하고 심각한 상태에 있습니다."

빌의 눈이 두어 번 깜박였으나 입을 열지는 않았다.

"홍콩에서 마약에 손을 대지 않은 조직은 우리밖에 없습니다. 그래서 마약 조직의 반감을 사고 있지요."

백장용은 이제까지의 사건을 간단간단히 설명해 나갔다. 용궁호텔에서 마약을 빼돌린 일과 그들이 장민애를 납치한 것을 이야기하자 그들은 서로 얼굴을 마주 보았다.

"잠깐, 그들이 당신들 보스인 김원국의 약혼자를 납치했단 말이오?"

빌이 입을 열었다.

"그렇습니다."

"언제?"

"10여 일 되었어요."

"그런데 왜?"

"그들은 석방 조건으로 세 가지 조건을 내걸었습니다. 마약 거래를 하라는 것이죠."

백장용은 위천산이 제의한 조건들을 설명했다.

"그런데 우리 보스는 거부했습니다."

"……."

"인질을 마음대로 하라고 한 겁니다."

"……."

"보스는 우리를 해산시켰습니다. 위천산과는 연락이 끊어졌습니다."

백장용은 수건을 꺼내 땀을 닦았다.

"지난번 위천산 집의 습격 사건도 이것과 연관이 있는 것이군."

빌이 낮은 소리로 말했다.

"그렇습니다. 마약에 중독된 보스가 자책감을 이기지 못해 습격해 들어갔기 때문에 그렇게 되었습니다."

"그래서? 우리에게 말하고 싶은 것은 뭡니까?"

빌이 상체를 기울이며 물었다. 조는 듯이 보였던 그의 눈이 반짝였다.

"저희 보스가 혼자 태국으로 떠났습니다."

빌이 눈을 깜박이며 백장용을 바라보았다.

"보스라면, 김원국 말입니까?"

"네."

"혼자라니, 무슨 말입니까?"

"우리 몰래 혼자 약혼자를 구하려고 태국에 들어갔단 말입니다."

"왜?"

백장용은 대답하지 않았다. 식탁에 놓인 물컵을 들어 한 모금 물을 마셨다. 빌과 제임스는 자기들끼리 무슨 말인가를 주고받았다.

"그래서 홍콩에 남아 있는 저희 보스가 우리들을 데리고 태국으로 들어가려고 합니다."

백장용이 그들을 바라보며 말했다.

"우리 보스는 빅 보스를 구해야겠다고 결심했고, 우리들도 모두 따를 작정입니다. 빅 보스를 빈 타오의 농장에서 혼자 죽게 내버려 둘 수 없습니다."

"……."

"나는 보스의 승낙을 받고 당신을 찾은 겁니다. 우린 두 시간 후에 출발합니다. 우리에게 무기와 항공 수단을 지원해 줄 수 없습니까?"

빌과 제임스가 다시 얼굴을 마주 보았다.

"당신들에게도 빈 타오는 쓰레기 같은 존재일 겁니다. 우리가 당신들의 지원만 받으면 그놈을 없애겠습니다."

"……."

백장용은 시계를 보았다.

"우린 시간이 없습니다."

"도대체 몇 명이나 됩니까?"

이제까지 잠자코 있던 제임스가 물었다.

"지원하라면 모두 따라나설 것 같아서 보스는 스물네 명을 선발했습니다. 우리는 두 시간 후에 출발하지만 한국에 있는 보스는 벌써 방콕으로 출발한 것 같습니다."

"한국에 있는 보스라니?"

"예, 한국의 보스요. 오함마라는 보스인데, 빅 보스가 혼자 떠났다고 하자 즉시 부하들을 데리고 떠난 모양입니다."

"……"

"그쪽 인원은 몇 명인지 모르겠습니다."

"잘 알았소."

빌이 자리에서 일어섰다.

"이 일은 상의를 해봐야겠습니다."

그는 손을 내밀었다.

"어쨌든 행운을 빕니다."

백장용이 일어서서 그의 손을 잡았다. 그들은 사람들을 헤치고 입구를 빠져나가고 있었다. 그들의 뒷모습을 바라보고 선 백장용에게 종업원이 메뉴판을 들고 다가왔다.

머리를 흔들어 보이고 난 백장용은 식당을 나왔다.

제16장

찬란한 햇살

밤의 대통령

달도 뜨지 않은 어두운 밤이라 오히려 김원국에게는 다행이었다.

철조망을 끊어 눕히는 데 30분이나 걸렸다. 내일 아침이면 발각될 것이지만 밤에는 보이지 않을 것이다. 무심코 내일 아침 걱정을 하던 자신을 깨달은 김원국은 씁쓸해졌다.

철조망을 통과하자 저택과의 사이에는 장애물이 없는 것처럼 보였다. 저택의 불빛이 바로 눈앞에 있는 것처럼 비쳐 왔고 아래층 창가에서 오가는 사람의 그림자도 보였다.

김원국은 엎드려서 적외선 망원경으로 저택을 살펴보았다. 10여 개의 계단을 올라가야 하는 저택의 현관에는 두 명의 무장 군인이 서 있었다. 계단 아래에도 세 명의 군인이 모여 서서 이야기를 하고 있는 것이 보였다. 1층과 2층에는 모두 불이 밝혀져 있었으나 3층에는 불이 꺼져 있는 방도 있었다.

한동안 망원경으로 저택을 살피고 난 김원국은 허리를 숙인 채 저택을 향해 걸음을 옮겼다. 장민애가 어느 방에 있는지 알 수 없었다. 그는 저택의 왼쪽 끝을 향하여 비스듬히 나아갔다. 갑자기 사람들의 인기척이 났다. 김원국은 땅바닥에 엎드렸다. 대여섯 사람의 발소리였다. 저택에서 비치는 불빛을 받아 군인들이 오른쪽에서 이쪽으로 다가오는 것이 보였다. 김원국은 손에 든 M—16의 자물쇠를 풀고 그들에게 총구를 겨누었다. 품에 넣은 수류탄이 땅에 닿아 가슴을 아프게 눌렀으나 움직일 수 없었다.

군인들이 다가오더니 그의 10여 미터 앞을 지나 왼쪽으로 나아갔다. 잠시 후 그들의 모습은 보이지 않았다. 긴장으로 온몸에서 땀이 흘러내렸다.

김원국은 무릎을 세우고 일어나 다시 앞으로 나아갔다. 저택의 정면은 너무 밝았다. 왼쪽 끝으로 돌아 뒤쪽으로 살펴볼 작정이었다. 저택의 왼쪽은 주차장인 듯 보였다. 서너 대의 승용차가 세워져 있었다. 주차장에 한 사내가 차 사이에 서 있었는데 담배를 피우는지 불똥이 보였다.

김원국은 주차장의 왼쪽 끝 부분으로 다가갔다. 이제는 주변이 모두 보였으므로 주차장의 시멘트 담장 뒤에 몸을 숨겼다. 시멘트 담장은 높이가 50센티미터도 되지 않았다. 담배를 피우고 선 사내와의 거리는 20미터 정도였다. 저택의 옆면은 2층에 튀어나온 베란다가 있었을 뿐 출입구가 없었다. 1층에 창문이 세 개 있었는데 모두 커튼이 드리워져 있었다.

김원국은 세워진 차들의 뒤쪽을 돌아 사내에게로 다가갔다.

가운데 세워진 검정색 벤츠에 엉덩이를 기대고 선 사내는 담배를 피우고 있었다. 저택을 바라보고 있는 그의 옆얼굴이 보였다. 김원국은 한걸음에 달려들었다. 사내가 놀라 입을 쩍 벌리는 것이 보였다. 김원국의 발길이 그의 아랫배를 차고 그의 턱에 총 개머리판이 날아들었다. 덜컥하는 소리가 들렸다. 사내는 차에 등을 부딪히더니 땅바닥에 엎어져 버렸다.

김원국은 사내 옆에 웅크리고 앉아 주위를 둘러보았다. 50미터쯤 앞에 또 몇 명의 군인이 보였다. 정문에 있는 군인들이었다.

사내의 입에서 나직한 신음 소리가 흘러나왔다. 김원국은 허리춤에서 대검을 꺼내 들었다. 사내의 머리칼을 잡아 얼굴을 들어올렸다. 사내는 눈을 크게 뜨고는 목에 닿은 칼날을 보자 입을 딱 벌렸다.

"여자는 어디 있느냐?"

김원국이 나지막이 영어로 물었다. 사내는 입속으로 무언가를 중얼거렸다.

"여자는 어디에 있어?"

김원국이 다시 머리를 잡아 뒤로 젖히면서 물었다. 사내는 중얼거렸다. 어둠 속에서 그의 입가에서 흘러내리는 검은 액체가 보였다. 사내는 이제 온몸을 부들부들 떨었다.

"여자 말이다. 한국 여자."

김원국이 다급하게 다시 물었다. 사내의 눈동자가 김원국에게로 향해졌다.

"한국인?"

"그래."

사내는 손을 들어 저택의 2층을 가리켜 보았다. 손가락이 차에 가로막혀서 2층인지 3층인지 구별할 수 없었다.

"2층?"

김원국이 물었다. 사내는 머리를 끄덕였다. 갑자기 발소리가 들렸다. 왼쪽 커다란 창고 쪽에서 다가오는 서너 명의 군인들이 보였다. 그들은 저택과 주차장 사이의 공간을 향해 걸어왔다. 그들의 말소리가 들렸다.

김원국은 사내의 머리칼을 쥔 손을 풀면서 목덜미를 내려쳤다. 사내는 땅바닥에 얼굴을 부딪히고는 움직이지 않았다. 군인들이 김원국의 정면을 지나고 있었다. 그들과의 거리는 10미터도 되지 않았다. 차체에 몸을 숨긴 김원국은 그들을 바라보았다. 군인 하나가 이쪽을 힐끗 보았으나 그들은 저택의 모퉁이를 꺾어 돌아 현관 쪽으로 다가갔다.

김원국은 차 사이에서 몸을 빼 저택으로 달려갔다. 20미터쯤의 거리였으나 그에게는 100미터도 넘는 것 같았다. 화단같이 보이는 낮은 울타리를 뛰어넘어 창문 밑에 다가가 벽에 등을 기대고 앉았다. 가쁜 숨을 헐떡이며 김원국은 주위를 살폈다. 오른쪽에는 커다란 창고가 있었고, 창고 주변에도 등이 밝혀져 있었으므로 창고 앞을 오가는 군인들이 보였다.

김원국은 몸을 벽에 붙이고 뒤쪽으로 다가갔다.

저택의 뒤쪽은 50미터쯤 떨어진 공장에서 비치는 불빛으로 인해 완전히 노출되어 있었다. 창고 앞에 7, 8명의 병사들이 경비하고 있었으므로 저택의 뒤쪽으로 나가면 바로 그들의 눈에 띌 것이었다. 다시 돌아선 김원국은 가까운 창문가에 붙어 섰다. 커튼이 쳐져 있었으나 안쪽은 불이 켜져 있어서 불빛이 흘러나왔다.

창문은 열리지 않았다. 김원국은 옆의 두 번째 창문에 달라붙었다. 온몸에서 땀이 흘러내렸다. 두 번째도 열리지 않았다. 다시 몸을 움직이려는데 뒤쪽에서 날카로운 고함 소리가 들렸다. 흠칫 놀란 김원국은 몸을 땅바닥에 엎드렸다. 창고 쪽에서 병사 한 명이 그를 향해 총을 겨누고 있는 것이 보였다. 그는 다시 고함을 질렀다. 그러고는 그의 총구에서 불이 번쩍이며 요란한 총성이 울렸다. 총알이 벽에 맞아 튀었다.

김원국은 엎드린 채 그를 향해 M—16의 방아쇠를 당겼다. 다시 총성이 울리고 병사가 손에서 총을 떨어뜨리더니 주저앉았다. 김원국은 벌떡 몸을 일으켰다. 창문으로 다가가 개머리판으로 유리창을 찍었다. 유리창이 깨지자 그는 성큼 두 팔을 짚고 상반신을 안으로 집어넣었다. 커튼과 함께 그의 몸이 뒹굴며 방 안으로 떨어졌다. 김원국은 다급히 얼굴을 감싼 커튼을 젖히며 일어났다. 빈방이었다.

장민애는 저녁 식사로 나온, 탁자 위에 놓인 플라스틱 식판을 바라보았다. 쌀밥과 국수가 나란히 놓여 있었다. 국수에 들어간 매운 양념 냄새가 방 안에 흘렀다. 아침부터 아무것도 먹지 않았으나 식욕은 일어나지 않았다. 매일 저녁이면 오늘까지 며칠째인가 하고 세어보았었다. 그러나 며칠 전부터는 그것도 세지 않았다. 이제 그녀에게는 기다림이 없었고 또한 희망도 사라진 것이다.

처음엔 납치되어 있다고 하더라도 내일은 희망이었다. 김원국을 생각하는 한 그녀는 다음 날 눈을 뜨면서 닥쳐올 무엇인가를 기대하고 있었다.

장민애는 억눌린 가슴을 스스로 위로하듯 웅크리고 누웠다. 그리고 가슴을 두 팔로 감싸 안았다. 지금 생각하는 서글픔이나 아픔들은 오늘 밤이 지나면 끝날 것이다. 이제는 이렇게 허무한 기다림과 절망감으로 고통을 받지 않아도 된다. 가슴이 미어졌으나 그녀는 애써 숨을 가다듬었다.

그때 갑자기 고함 소리가 들렸다. 창고 쪽에서 들리는 것 같았다. 그러더니 총소리가 울렸다. 그리고 다시 요란한 총성이 터졌다.

두 손으로 총을 움켜쥔 김원국은 문을 박차고 뛰어나갔다. 1층은 넓은 홀이었으나 양쪽에 여러 개의 문이 있었다. 좌측에 2층으로 올라가는 계단이 보였다. 계단은 기역 자로 꺾여 있었다. 두 명의 사내가 홀을 가로질러 가다가 김원국을 보더니 깜짝 놀라 그를 향해 몸을 돌렸다. 신사복 차림이었다. 그들은 일제히 허리춤에 손을 집어넣었다.

김원국은 그들을 향해 방아쇠를 당겼다. 요란한 총성이 울려 퍼졌다. 앞쪽의 방문들이 열리더니 사내 두 명이 총을 겨누고 뛰쳐나왔다. 그들을 향해 김원국이 다시 총을 쏘아댔다. 2층 계단을 향해 김원국은 달려 나갔다. 총성이 울렸다. 2층의 계단 꼭대기에서 한 사내가 총을 쏘아대고 있었다. 김원국이 계단의 손잡이 기둥에 몸을 숨기고 그를 향해 연사하자 그는 계단으로 굴러 떨어졌다.

현관문이 열리더니 몇 명의 병사들이 뛰어들었다. 김원국은 서너 계단씩 뛰어오르면서 주머니에서 수류탄 두 개를 한 주먹에 꺼냈다. 총소리가 어지럽게 들리면서 그의 주변에 총알이 쏟아졌다. 총알 한 개가 그의 어깨를 뒤에서 스치고 지나갔다. 어깨에 화끈한 느낌이 왔다.

김원국은 이빨로 수류탄의 안전핀을 물어뜯었다. 그러고는 한꺼번에 두 개를 홀 안으로 집어던졌다. 층계 꼭대기에서 얼핏 인기척이 느껴졌다. 그쪽으로 연사를 하자 아래층에서 수류탄이 찢어질 듯한 폭음을 내면서 폭발했다. 천장에 걸린 거대한 샹들리에가 떨어질 듯이 출렁거렸고 나뭇조각들과 함께 횟가루가 쏟아져 내렸다. 아래층에서 비명과 총성과 고함 소리가 한꺼번에 울려 나왔다.

김원국은 계단의 꼭대기에 올라 2층 복도를 바라보았다. 몇 명의 사내가 달려오는 것이 얼핏 보였다. 그의 모습을 발견하고 재빨리 방문을 닫아버리는 사내의 모습도 얼핏 보였다. 김원국은 달려오는 사내들을 향해 총을 쏘았다. 그들이 팔다리를 휘저으며 복도 위에 쓰러졌다.

그러자 철컥이면서 노리쇠가 빈 탄창을 쳤다. 모퉁이에 몸을 숨긴 김원국은 빈 탄창을 빼냈다. 아래쪽에서 다시 총성이 울리면서 총알이 쏟아졌다. 그의 배에 거센 충격이 왔다. 방탄조끼 위였으나 주먹으로 얻어맞은 것 같았다. 허리를 굽히면서 새 탄창을 갈아 끼우고 노리쇠를 잡아당겼다.

호주머니에서 다시 수류탄 두 개를 집어 들었다. 이빨로 안전핀을 물어뜯어 뱉었다. 층계 꼭대기에 서 있었으므로 좌측은 2층 복도였고 오른쪽은 아래층으로 내려가는 계단이었다. 계단은 기역 자로 구부러져 있어서 그들이 계단을 꺾어 올라올 때까지는 보이지 않았다. 그들도 마찬가지일 것이다. 그러나 계단의 위쪽은 공간이어서 아래층 현관과 윗부분이 거의 보였다.

아래층에서 다시 총성이 울리고 현관 부근의 화분과 커다란 시계 밑에 몸을 숨긴 병사들이 총을 쏘았다. 그리고 현관문이 왈칵 열리고는 병사들이 쏟아져 들어왔다. 그들은 들어오자마자 사방으로 흩어져 몸을 숨겼다.

김원국은 수류탄을 던졌다. 그리고 2층의 복도로 뛰어들었다.

"민애! 민애! 어디 있니!"

복도를 달리면서 김원국이 소리쳤다. 좌측의 방문이 벌컥 열렸다. 문을 방패 삼아 선 사내가 불쑥 겨눈 총구에서 불꽃이 튀었다. 요란한 총성이 복도를 메웠다.

김원국은 가슴에 충격을 받고 벽에 부딪히며 주저앉았다. 앉으면서 그쪽으로 방아쇠를 잡아당겼다. 문은 재빨리 닫혔으나 대여섯 개의 구멍이 뚫린 문의 안쪽에서는 다시 움직이는 기척이 없었다.

"민애야!"

복도의 끝 쪽에서 힐끗 사람의 그림자가 보였다. 불쑥 총구가 그에게로 겨누어지면서 총성과 함께 총알이 쏟아졌다. 김원국은 복도를 뒹굴었다. 방탄조끼를 입었으나 가슴이 얼얼했고 다시 총알이 그가 쥔 총신에 맞아 튀었다. 손목이 저렸다. 그는 복도의 끝 쪽으로 방아쇠를 당겨 사내들이 얼굴을 내밀지 못하도록 했다. 주변에는 여러 개의 방문이 있었고 조금 전에 열렸던 방문 외에는 모두 닫혀 있었다. 김원국은 엎드린 채 복도를 기어 나갔다.

"민애야!"

복도에 엎드려 총을 쏘면서 김원국이 다시 외쳤다. 복도 끝 쪽에 3층으로 올라가는 계단이 있는 것 같았다. 끊임없이 얼굴이 내밀어졌다가 총구가 나와 불을 뿜었다. 이쪽저쪽으로 몸을 굴려 그들에게 고정된 목표를 만들어주지 않았으나 2층의 아무 방에나 선뜻 들어서지 못했다. 그러면 그 방에 갇히게 될 것이다. 방을 휘둘러보는 사이에도 놈들은 3층 계단에서 쏟아져 내려올 것이다. 뒤쪽에서도 고함 소리가 울려왔다. 1층에서도 다시 병사들이 올라온 모양이었다.

김원국은 수류탄 하나를 꺼내 안전핀을 뽑았다. 그리고 몸을 굴리면서 뒤쪽의 계단을 향해 수류탄을 던졌다. 이어서 찢어질 듯한 폭음이 들렸다. 그 순간 총알이 그의 이마를 스쳤다. 그쪽을 향해 총을 쏘면서 김원국이 소리쳤다.

"민애! 김원국이 왔다! 너 여기 있니?"

김원국은 헐떡였다. 그리고 갑자기 가슴이 내려앉았다. 다시 총알이 쏟아져 왔고 이번에는 팔에 맞았다. 그는 뒹굴면서 주머니에서 수류탄을 꺼내 안전핀을 물어뜯었다. 복도의 끝으로 수류탄을 굴렸다. 그러자 바로 옆에서 문이 열렸다. 뒹굴면서 총을 겨눈 그의 앞에 장민애가 서 있었다. 그 순간 폭음이 울리면서 수류탄이 터졌다. 판자 조각들이 어지럽게 튀어 날아왔고 벽에 걸린 액자들이 떨어져 내렸다. 횟가루와 먼지가 복도를 가득 메웠다.

장민애는 그 바람에 엉덩방아를 찧고 방 안에 주저앉았다. 김원국은 몸을 굴려 그녀의 방 안으로 들어갔다. 문을 발로 차 닫고 그녀의 손을 잡고 끌고 가 안쪽 벽에 주저앉혔다. 그는 가쁜 숨을 내쉬었다. 얼굴은 피와 땀으로 얼룩져 있었다.

그는 문을 응시한 채 수류탄을 꺼내 앞에 내려놓았다. M—16의 탄창을 빼고 다시 새 탄창으로 갈아 끼웠다. 이마에서 피가 흘러내리고 있었으므로 손등으로 문질러 닦았다. 주머니에서 권총을 꺼내 바닥에 내려놓고 M—16의 총구를 문에다 겨누었다. 가쁘게 내쉬는 그의 호흡 소리가 들렸다. 장민애는 그의 옆에 쪼그리고 앉아 우두커니 그를 바라보았다.

*　　　*　　　*

오함마와 그의 일행 스물다섯 명이 방콕에 도착한 것은 새벽 4시였다. 대부분 맨몸들이어서 그들 일행은 통관을 빠르게 마치고 대합실에 모였다.

"형님, 모두 나왔습니다."

이형구가 다가와 말했다. 김원국과 홍콩에 같이 있었던 그는 김원국이 서울로 출장을 보내 버렸었다. 이형구는 오함마의 이야기를 듣고는 발을 굴렀다. 그들이 공항을 빠져나가는데 두 명의 서양인이 다가왔다.

"오함마 씨가 누굽니까?"

그들에게 다가온 한 사내가 물었다. 부하들이 서양인을 에워쌌다. 이형구가 나섰다.

"무슨 일이오?"

"난 CIA의 제임스라고 합니다. 백장용을 아시는지요?"

"예, 압니다."

이형구는 긴장을 풀지 않았다. 부하들도 말없이 그들을 바라보았다.

"그럼 김칠성 씨도 아시겠군요."

"그렇소. 그런데 왜?"

"그럼 절 따라오십시오."

"어디로 간다는 거요?"

"그들을 만나게 해드리겠습니다."

오함마가 부하들을 헤치고 다가왔다.

"무슨 일이야?"

제임스가 주위를 둘러보더니 말했다.

"갑시다. 그들도 곧 도착할 겁니다."

*　　　*　　　*

빈 타오는 눈을 부릅뜨고 차오 중령을 노려보았다. 입술 끝이 경련을 일으키고 있었다. 1층 응접실에 앉아 있던 빈 타오는 총성과 폭발음에 온 집 안이 무너질 듯 진동을 하자 재빠르게 비상구를 통해 빠져나왔었다.

"지금 방 안에 갇혀 있습니다. 부하들이 포위하고 있으니까 죽이든 살리든 저희들 마음대로……."

"누구야?"

듣기 싫다는 듯이 빈 타오가 거칠게 물었다.

"그건 아직……."

빈 타오는 혀를 찼다.

"하지만 김원국 조직의 부하인 것은 틀림없습니다. 여자를 찾으러 왔으니까요."

빈 타오는 오늘처럼 차오가 우둔하게 보이는 것은 처음이었다. 평상시의 말과 태도는 분명하고 조리가 있었으나 막상 상황이 벌어지자 굼뜨고 천방지축으로 보였다.

"지금 여자 방에 같이 있습니다."

천장에서 횟가루가 떨어져 내렸다.

빈 타오는 눈을 깜박이며 일어서서 횟가루를 피했다.

"한 놈이란 말이지……."

그러면서 빈 타오는 기가 막혔다. 그가 자랑하던 저택이 쑥대밭이 된 것은 말할 것도 없었다. 그는 이렇게 두려움을 느낀 적이 없었다. 김원국이 보낸 한 사내에 의해 차오가 자랑하던 병사들 30여 명이 희생되고 저택은 만신창이가 되었다. 다행히 그는 장민애의 방에 감금되었다고 하지만 아직도 멀쩡하게 살아 있는 것이다. 감금이 아니었다. 그는 제 발로 찾아간 것이다. 빈 타오는 차오 중령을 노려보았다.

김원국이 장민애를 돌아보았다. 이마에서 피가 흘러내려 볼과 목을 적시고 있었다. 장민애는 수건으로 그의 피를 닦아주고 싶었으나 온몸이 굳어져서 움직일 수가 없었다.

이윽고 그녀는 그의 이마의 상처에 손을 댔다. 김원국이 손을 들어 그녀의 팔을 잡아 내렸다. 팔에서도 피가 흐르고 있었다. 장민애는 입술을 깨물었다. 가슴이 벅차올랐으나 그것이 기쁨 때문인지 슬픔 때문인지 알 수 없었다.

김원국이 장민애의 얼굴을 들여다보았다. 처음 보는 사람 같은 눈길이었다. 그는 다시 방문 쪽으로 시선을 돌렸다.

"민애, 나 혼자 왔어."

그의 말에 장민애는 머리를 끄덕였다.

"겁나니?"

이번에는 머리를 저었다.

"같이 있어 줄게."

장민애는 피에 흠뻑 젖은 그의 한 손을 들어 자기 볼에 댔다.

"내가 올 줄 알고 있었지?"

그의 손과 함께 그녀의 머리가 끄덕였다. 그의 어깨에 찢어진 상처가 보였다. 울컥하며 가슴에서 무엇인가 치솟아 오른 장민애는 가늘게 신음 소리를 냈다.

"아파요?"

떨리는 목소리로 겨우 그렇게 물었다.

"응."

장민애는 한 손을 들어 그의 어깨에 올려놓았다 그녀의 손과 얼굴도 김원국의 몸에서 흘러나온 피로 인해 피투성이가 되었다. 문밖에서 인기척이 들렸다.

탕, 탕.

김원국이 문을 향해 방아쇠를 당겼다. 문 위쪽에 나란히 구멍이 뚫렸다. 김원국은 장민애를 구석에 밀어 넣고 자신은 그녀 앞에 앉았다. 한쪽 다리는 뻗고 다른 쪽 다리는 위에 총을 받쳐 겨누었다. 장민애는 그를 뒤쪽에서 껴안고는 얼굴을 그의 등에 묻었다.

"이봐, 거기 안에 있는 놈 들어라."

밖에서 누군가가 소리쳤다.

"항복해라. 무기를 버리고 나와! 개죽음 당하지 말고!"

김원국의 어깨가 두어 번 들썩였다. 보지 않아도 그가 웃음을 짓고 있는 것을 장민애는 알 수 있었다. 그녀도 얼굴에 웃음을 띠었다.

*   *   *

헬리콥터는 밀림의 나무 끝을 스칠 듯이 낮게 떠서 날았다. 프로펠러 바람에 휩쓸린 나무들이 한쪽으로 쏠리는 것이 보였다.

김칠성은 머리를 돌렸다. 네 대의 헬리콥터가 나란히 따라오고 있었다. 김칠성의 좌우에도 한 대씩 날고 있으니까 모두 일곱 대였다. 헬리콥터와 장비들은 모두 CIA에서 지원을 받은 것이다. 오함마가 방콕에 먼저 도착해 있을 줄은 생각하지 못했었다. 그는 강만철의 연락을 받자마자 부하들을 소집해서 날아온 모양이었다.

제임스가 정보를 받고 오함마를 방콕에서 잡지 않았으면 김칠성은 그를 만나지도 못했을 것이다. 앞에 앉은 백장용이 익숙한 손놀림으로 M—16을 조작하고 있었다. 김칠성은 손에 쥔 M—16을 바라보았다. 이젠 전쟁이었다. 각자가 수류탄과 실탄이 가득 든 탄창들을 휴대하고 있었다. 제임스는 그들을 농장에 내려놓고 지원사격까지는 해줄 것이다. 그들이 개입된 것이 알려진다면 중대한 국가 간의 문제가 될 수 있었다.

김칠성은 시계를 보았다. 6시 5분이 되어 있었는데 앞으로 30

분 후면 농장에 도착할 것이다.

김칠성과 오함마들은 제임스로부터 빈 타오의 농장에 대한 상세한 설명을 들었고 공격 방법에 대한 것도 교육을 받았다. 제임스는 시간이 더 있었으면 하는 눈치였다. 그러나 그도 김원국이 살아 있는 동안 구출해 내려는 한국인들의 초조한 마음을 알고 있었으므로 서둘러 주었다.

오함마는 조종사로부터 30분 후면 농장에 착륙한다는 말을 들었다.

"준비해라. 30분 후다."

앞자리에 있는 부하들에게 소리쳤다. 강만철로부터 연락을 받고 곧 부하들을 모아 출발했지만 농장에 대한 정보나 공격용 화기들은 전혀 준비하지 못한 형편이었다. 그저 빈 타오의 농장이 태국 북부 치앙마이 북쪽에 위치하고 있다는 것 정도만 알았었다. 방콕에서 무기상들을 만나 화기를 구입하고 안내원을 고용할 일들로 머리가 어지러운 때에 제임스가 나타난 것이다.

김칠성이 자신과 마찬가지로 홍콩을 뛰쳐나와 날아온다는 것에 든든했고, 더욱이 그들은 CIA 측에 부탁하여 협조를 약속 받고 있었다.

백장용이 빌 패트릭과 맺은 인연이 이렇게 큰 도움이 될 줄은 꿈에도 생각하지 못했다. 다급한 김에 지푸라기라도 잡는 심정으로 백장용이 빌에게 연락을 취하긴 했겠지만 큰 기대는 하지 않았던 것이다.

그러나 CIA로서도 잃던 이처럼 여기던 빈 타오를 김원국의 조직이 치고 들어가겠다고 했을 때 적절히 이용만 한다면 손해 볼 일이 없다고 판단한 모양이었다.

오함마는 농장이 다가올수록 초조했다. 홍성철이 홍콩에서 문제가 생기는 바람에 자기가 한국에 남아 제일유통을 지키고 있었지만 이제까지 김원국의 곁을 떠나본 적이 별로 없었다. 이동수가 죽은 이후로 곁에서 떨어지지 않았던 것이다.

장민애의 사건도 따지고 보면 자신의 책임이었다. 서울에 남아 있었으면 김원국 대신 그녀의 신변을 지켜야 했다. 오함마는 책임을 질 작정이었다.

       *   *   *

병사 한 명이 김원국의 등을 뒤에서 걷어차자 그는 의자와 함께 앞으로 쓰러졌다. 쓰러지면서 머리가 테이블에 부딪히는 바람에 총알이 스친 이마의 상처가 다시 터지면서 피가 튀었다.

김원국은 다리에 힘을 주고 일어섰다. 그러고는 넘어진 의자를 바로 세웠다. 의자에 앉으려고 엉덩이를 내리자 이번에는 곁에 서 있던 차오 중령이 의자를 옆으로 치웠다. 김원국은 엉덩방아를 찧으면서 바닥에 주저앉았다. 빈 타오는 찌푸린 표정으로 그것을 바라보고 있었다.

김원국이 다시 일어섰다. 그는 치워둔 의자를 잡고 그 위에 다시 앉았다. 이번에는 차오와 병사들이 건드리지 않았다. 지친 모양이었다. 두 시간이 넘도록 김원국은 빈 타오의 심문을 받고 있었다.

"정직하게 이야기해. 정말 혼자 이곳에 온 거냐?"

그는 손에 담배를 든 채 신경질적으로 테이블 위를 두드렸다.

"그렇다."

김원국이 말했다. 그는 두 팔을 올려 얼굴에서 흘러내리는 피와 땀을 닦았다. 양손이 묶여져 있었고 팔과 어깨의 상처가 끈적거렸다. 몸을 움직일 때마다 통증이 전해져 왔다. 햇살이 빈 타오의 뒤쪽 창문에서 반짝이며 퍼져 나갔다.

빈 타오는 김원국을 노려보았다.

"끈질긴 놈. 어디 두고 보기로 하자. 네놈을 인질로 해서 네 부하들의 충성심을 한번 보겠다."

"못난 놈 같으니."

김원국이 뱉듯이 말했다. 빈 타오가 얼굴을 번쩍 들었고 뒤쪽에 있는 병사 하나가 총 개머리판으로 김원국의 어깨를 찍었다. 김원국이 휘청이며 상체를 굽혔다. 총에 맞은 어깨를 친 것이다. 격렬한 통증이 왔고 눈앞이 깜깜했다. 김원국은 두 발이 겨우 방바닥을 딛고 있다는 것만 느낄 수 있었다.

김원국이 천천히 상체를 일으켜 세우더니 눈에 힘을 주고 빈 타오를 보았다. 흐릿하게 그의 상반신이 보였다.

"날 인질로 삼아라. 그리고 여자는 보내라."

김원국의 말에 빈 타오가 턱을 들고 웃음을 띠었다.

"잘 말해주었다. 이제야 네 약점이 나왔군. 나는 네놈과 네놈의 약혼자를 한꺼번에 이용할 작정이야. 너희들같이 명예나 의리따위에 구속받지 않아, 나는."

빈 타오는 손을 저었다. 병사들이 달려들어 김원국의 양쪽 팔을 잡아 일으켜 세웠다.

"비겁한 놈."

김원국이 잇새로 말을 뱉었다. 김원국은 복도를 걸어 1층 끝에 있는 방으로 끌려 들어갔다.

장민애가 구석에 쪼그리고 앉아 있다가 그의 처참한 모습에 놀라 일어섰다. 가늘게 흐느끼는 소리를 내며 그녀가 달려왔다. 그녀의 두 손도 밧줄로 묶여 있었다.

병사들은 돌아 나가 밖에서 문을 잠갔다. 방에는 창문도 나 있지 않았다. 천장에 조그마한 전등 하나가 켜져 있었다. 숨이 막힐 정도로 습기가 가득 찬 방이었다. 부서진 가구와 고장 난 세탁기가 한쪽에 쌓여 있었다.

김원국이 장민애를 바라보았다. 흐린 시선으로 한동안 그녀의 얼굴을 들여다보았으나 입을 열지는 않았다. 이마에서 흘러내린 피가 그의 얼굴을 피투성이로 만들어놓았다. 소매에는 구멍이 뚫려 있었고 피가 말라붙어 있었다.

김원국은 벽에 등을 기대고 앉았다. 장민애가 그의 옆에 앉아 이마의 상처에 헝겊 조각을 가져다 댔다. 갑자기 김원국이 그녀의 손을 잡았다. 그는 장민애의 손목을 끌어당기더니 이빨로 밧줄을 물어뜯었다. 굵은 삼밧줄로 매어진 포승은 조금도 느슨해지는 것 같지 않았다.

장민애는 두 손바닥을 벌렸다. 막 입을 벌리고 삼밧줄을 다시 물어뜯으려던 김원국은 그녀가 벌린 손바닥을 보았다. 김원국의 입이 천천히 닫혀졌고 장민애의 손바닥이 그의 얼굴을 감쌌다.

"보인다!"

오함마가 앞쪽을 바라보며 소리쳤다. 헬리콥터는 밀림의 나뭇가지를 부러뜨릴 듯 낮게 날았다. 기관총 사수가 철컥이며 총알을 장전하고 있었다. 갑자기 기관총 소리가 고막을 때렸다. 앞서서 날아가던 두 대의 헬리콥터가 아래를 향해 기관총을 쏘아 갈기고 있었다.

오함마가 탄 헬리콥터는 저택을 향해 곧장 날아가고 있었다. 기관총 사수가 온몸을 밖으로 내놓고는 아래에 대고 기관총을 쏘아대기 시작했다. 손가락만 한 탄피가 마구 튀어 날아들었다. 아래에서도 응사를 하는 것 같았다. 총알이 스쳐 지나가는 소리가 들렸다.

저택이 점점 가까워졌다. 오함마는 안전띠를 움켜쥐고 기다렸다. 헬리콥터는 더욱 고도를 낮췄다. 옆을 바라보자 두 대가 나란히 저택을 향해 돌진하고 있었다. 일곱 대의 헬리콥터에서 쏘아대는 기관총으로 인해 아래는 금방 아수라장이 되었다. 은폐물이 거의 없는 저택 앞의 광장을 미친 듯 뛰는 병사들이 보였다. 헬리콥터는 그들의 머리 위를 스치고 나아가 저택에서 30미터쯤 떨어진 곳에서 멈췄다.

"내려!"

오함마는 1미터쯤 공중에 떠 있는 헬리콥터에서 뛰어내렸다. 그러고는 저택을 바라보고 달려 나갔다. 우측의 병영은 헬리콥터의 집중사격을 받고 있었다. 그쪽은 김칠성이 맡을 것이다.

저택에서 총알이 날아왔다. 옆에서 달리던 부하가 쓰러졌다. 오함마도 저택을 향하여 총을 쏘면서 달렸다. 오함마가 현관문을 박차고 들어서자 안쪽에서 총알이 쏟아져 나왔다. 몸을 뒹굴어 피했으나 방탄조끼를 입은 배에 충격이 왔다. 뒤따라 들어온 백 장용이 수류탄을 집어 던졌다. 부하들이 잇따라 뛰어들었다. 밖에서도 콩 볶는 듯한 총성이 울리고 있었다.

김원국은 총소리에 정신이 들었다. 장민애도 놀라서 머리를 들고 그를 바라보았다. 김원국은 벌떡 자리에서 일어섰다.

"민애, 저기 들어가 있어. 어서."

장민애에게 세탁기가 놓인 구석을 가리켰다. 그녀가 김원국을 보면서 망설였다.

"어서!"

장민애는 벽과 세탁기 사이에 쪼그리고 앉았다. 김원국은 두 팔을 들어보았다. 다시 총소리가 요란하게 났다. 헬리콥터의 엔진 소리가 들렸다. 그것도 여러 대 같았다. 이제는 콩 볶는 듯한 총소리가 사방에서 들렸다.

두 팔이 삼밧줄로 억세게 묶여 있었으나 두 발은 사용할 수 있었다. 그는 두 발을 번갈아 들어 보았다. 이쪽으로 달려오는 발소리가 들렸다. 서너 명쯤 되어 보였다. 김원국은 문가에 몸을 붙이고 섰다. 힐끗 장민애를 보았다. 그녀는 눈을 커다랗게 뜨고 쪼그리고 앉아 그를 바라보고 있었다.

문이 열리고 병사들이 쏟아져 들어왔다. 김원국의 발길이 뒤에 선 병사의 배를 옆에서 후려 때리듯이 찼다. 그리고는 이쪽으로 몸을 돌리는 병사의 얼굴을 두 손으로 올려 쳤다. 병사 하나가 주춤대며 총구를 그에게 돌렸으나 김원국의 발길이 그의 팔목을 차자 그는 총을 떨어뜨렸다. 한 걸음 다가간 김원국이 껑충 뛰어오르면서 몸을 돌리고는 발끝으로 병사의 턱을 차올렸다. 순식간에 세 명의 병사가 나뒹굴었다.

김원국은 병사의 총을 두 손으로 쥐었다. 불편했으나 겨누고 방아쇠는 당길 수 있을 것 같았다. 총소리가 저택 안에서 나기 시작했다. 김원국은 두 손으로 총을 겨누고 문을 열었다.

두 명의 병사가 이쪽으로 달려오는 것이 보였다. 김원국의 총구에서 불꽃이 튀었다. 병사들은 복도를 뒹굴었다. 복도 끝은 홀이었다. 그쪽에서 격렬한 총성이 울리고 있었다.

수류탄이 밖에서 폭발하자 안에 걸려 있던 액자들이 떨어져 내렸다. 응접실 안은 천장과 벽에서 떨어져 내리는 먼지들로 인해 목이 막혔다. 저택 안의 총성이 차츰 줄어들고 있었다. 밖에서는 아직도 격렬한 총격전이 벌어지고 있어서 벽에 맞은 총알들이 튀었다.

빈 타오는 벽장에 세워 둔 M—16을 꺼내 손에 쥐었다. 김원국의 부하들이 헬리콥터를 동원하여 군사작전을 벌이리라고는 생각지도 못했다. 기껏해야 자동차에 무장한 부하들을 싣고 달려오리라고 생각했었다. 그러나 헬리콥터들이 저택 주위를 돌면서 기관총을 쏘아대고 있었다.

차오 중령이 권총을 뽑아 들었다. 그의 눈에 핏발이 서 있었다.

"보스, 여긴 제가 맡겠습니다. 피하십시오."

빈 타오는 머리를 저었다. 총소리가 들리더니 총알이 문짝을 뚫고 들어왔다.

"보스, 창문을 열고 공장 쪽으로 피하십시오."

차오가 다시 소리쳤다. 빈 타오는 M—16의 안전장치를 풀었다. 누군가가 발길로 문을 걷어찼다. 문짝이 부서질 듯 흔들렸다. 차오가 문을 향해 권총을 쏘았다. 잠시 주춤하던 밖에서 문을 향해 총을 쏘아댔다. 문에 수십 발의 총알구멍이 생겼다. 차오가 한 옆으로 비켜섰다.

빈 타오는 책상 옆에 서서 M—16을 세워 들었다. 지금 밖으로 몸을 피한다고 해도 김원국의 부하들을 만날 것이다. 차라리 여기서 마주칠 작정이었다. 그러자 문득 빈 타오는 가슴이 내려앉았다. 이제는 자신이 막다른 곳에 와 있다는 생각이 든 것이다. 그는 이를 갈았다.

다시 문에 충격이 오면서 문이 활짝 열렸다. 차오가 앞으로 나서면서 권총을 두 발 쏘았다. 들이닥치던 사내 하나가 앞으로 고꾸라졌다. 그러나 뒤를 이어 달려온 사내의 손에 쥔 기관총이 요란한 소리를 냈다. 차오가 두 손을 휘저으며 넘어지는 것이 보였다.

빈 타오는 책상 위에 M—16을 세워 든 채 그들을 바라보았다. 두 명의 사내가 다시 뛰어 들어왔다. 그들은 빈 타오를 향해 일제히 총을 겨누었다.

"총을 내려!"

한 사내가 소리쳤다. 빈 타오가 총에서 손을 떼었다. M—16이 책상 위에서 넘어졌다.

"손을 들어 올려! 네가 빈 타오지?"

다른 사내가 소리쳤다.

"그렇다."

빈 타오가 말했다.

"내가 빈 타오다."

두 손이 묶인 채 총을 쥐고 복도를 걸어 나오는 사내를 본 누군가가 고함을 쳤다.

"큰형님이다! 큰형님이다!"

산발적으로 울리던 총성이 뚝 그쳤다.

"형님!"

오함마가 층계 밑에서 달려 나왔다. 그는 김원국의 몰골을 보고 눈물을 쏟았다. 오함마는 김원국의 두 팔을 들어 올렸다. 부하 한 명이 칼을 꺼내 손목의 밧줄을 끊었다.

"그 칼을 이리 내라."

김원국은 칼을 받아 손에 쥐었다. 그는 몸을 돌렸다.

"형님, 어딜 가십니까?"

오함마가 소리쳤다.

"민애한테."

오함마가 뒤를 따랐다.

김원국은 복도를 걸어 구석의 방문을 열었다. 장민애는 세탁기 옆의 구석에 아직도 쪼그리고 앉아 있었다. 김원국의 얼굴을 보고 이어서 따라 들어오는 오함마 등을 본 그녀는 눈물을 쏟았다. 김원국은 그녀에게 다가섰다.

"손을 이리 내."

장민애가 손을 내밀었다. 김원국은 그녀의 밧줄을 끊었다.

저택 안에서 총성이 그치자 밖에서도 약속이나 한 듯이 총소리가 그쳤다. 김일두가 다가왔다. 그의 팔 하나가 덜렁거리고 있었으나 그는 다른 사람의 것인 양 멀쩡한 얼굴이었다.

"형님, 빈 타오를 잡았습니다."

김원국은 고개를 끄덕였으나 움직이지 않았다. 홀 복판에 서서 물끄러미 부하들을 바라보았다. 김칠성이 들어왔다.

"형님."

그러면서 그는 주먹으로 눈을 닦았다.

"살아 계셨군요."

김원국은 머리를 끄덕였다.

"너두 살았구나."

그러자 웃음이 나왔다. 김원국이 웃음을 띠자 김칠성도 울면서 웃었다.

"저택이 조용하니까 병사 놈들이 모두 도망을 쳐버렸습니다."

김원국은 빈 타오의 응접실에 들어섰다. 빈 타오가 구석에 놓인 의자에 앉아 있었다. 빈 타오는 들어서는 김원국을 보면서 입가에 쓴웃음을 지었다. 한 시간 만에 주객이 전도된 것이다.

"당신은 운이 좋군."

빈 타오가 담담하게 말했다.

"싸움이 시작되었을 때 난 당신과 당신 약혼자를 데려와 총알받이로 쓰려고 했는데 당신 부하들이 너무 빨랐던 모양이야."

김원국은 잠자코 그를 바라보았다.

"내가 조금만 더 시간이 있었더라면 큰 걸 얻었을 텐데 말이야."

"빈 타오, 나도 몰랐다."

김원국이 불쑥 입을 열었다. 빈 타오는 입을 벌린 채 그를 바라보았다.

"그리고 네가 시간을 얼마나 더 얻었든 간에 너는 이렇게 되었을 것이 틀림없다."

빈 타오는 대답하지 않았다.

김원국은 방을 나왔다. 오함마가 따라 나왔다. 장민애가 홀의 구석에 앉아 있다가 일어나 다가왔다. 홀에는 부하들이 가득 몰려 있었다.

사상자가 있었으나 활기찬 분위기였다. 그들 사이를 지나 김원국의 앞에 선 장민애가 물었다.

"일 끝났어요?"

맑은 표정이었다.

"일? 그래, 끝났어."

그녀의 팔을 잡고 김원국이 웃었다.

탕! 탕! 탕!

갑자기 응접실에서 총성이 세 번 울렸다. 부하들이 우르르 응접실로 달려갔다. 김칠성과 백장용, 김일두 등이 응접실에서 나오고 있었다. 김칠성이 김원국 앞에 와 섰다.

"빈 타오를 없앴습니다."

"……"

"저, CIA하고 거래를 했습니다. 그쪽에서 그걸 원했습니다."

"……"

"그리고 성철 형님의 복수를 하고 싶었습니다."

고개를 끄덕이며 김원국은 몸을 돌렸다.

장민애의 어깨를 짚고 현관을 나서자 눈부신 남국의 태양이 내리쬐고 있었다. 뜨겁고 찬란한 햇살이었다.

장민애는 김원국의 겨드랑이를 받치고 햇살 속을 걸어 나갔다.

『밤의 대통령』 2부 1권에 계속…